Moon Notes

Anne-Marie Jungwirth

BLESSED & BROKEN

Die Kraft des Klangs

Moon Notes

Klimaneutral
Druckprodukt
ClimatePartner.com/53248-2011-1002

Dieses Buch wurde klimaneutral produziert. Dadurch fördern wir anerkannte Nachhaltigkeitsprojekte auf der ganzen Welt. Erfahre mehr über die Projekte, die wir unterstützen, und begleite uns auf unserem Weg unter www.oetinger.de

FSC www.fsc.org
MIX
Papier aus verantwortungsvollen Quellen
FSC® C014496

Originalausgabe
1. Auflage

Lektorat: Yvonne Lübben

Dieses Buch wurde vermittelt von der Literaturagentur erzähl:perspektive, München
(www.erzaehlperspektive.de)
Satz: Satz für Satz, Wangen im Allgäu
Druck und Bindung: GGP Media GmbH,
Karl-Marx-Straße 24, 07381 Pößneck, Deutschland
Printed 2021
ISBN 978-3-96976-021-5

www.moon-notes.de

Für Mama

1

Keuchend zerre ich den prall gefüllten Getreidesack hinter mir her und platziere ihn lieblos neben dem Mahlstein. Während ich mir mit der Hand den Schweiß von der Stirn wische, wünsche ich mir einmal mehr, meine Segnung würde das für mich erledigen. Oder mein Vater – schließlich wiegt das Ding beinahe doppelt so viel wie ich. Beides bleibt mir verwehrt.

Seufzend beuge ich mich vor, löse die Kordel und ziehe die Öffnung des rauen Tuchs weit auf. Mit einem tiefen Atemzug prüfe ich, ob die Ware verdorben ist. Dann gleite ich mit einer Hand in den Sack und lasse ein paar Körner durch meine Finger rieseln, bevor ich eine kleine Portion Kamut herausnehme. Er ist etwas zu trocken, aber immer noch in Ordnung. Nickend werfe ich die Probe zurück und sinke auf dem staubigen Boden hinter unserem Haus in einen Schneidersitz.

Wachsam lasse ich meinen Blick umherschweifen, stelle sicher, dass ich keine Zuschauer habe. Keine Menschenseele ist zu sehen. Die schmalen einstöckigen Häuser um mich herum verschmelzen farblich mit der Gasse. Nur gelegentlich wird die sandfarbene Einheit von bunten Vorhängen durchbrochen, die im Moment alle fest zugezogen sind. Die Sonne steht hoch und jeder, der kann, flüchtet um diese Tageszeit in sein Haus. Jeder außer mir. Ich habe mich an die Arbeit in der brütenden Hitze gewöhnt und sie stört mich nicht mehr.

Natürlich könnte ich – wie alle anderen auch – eine Mittagsruhe einlegen, aber dann wäre ich noch länger an diesen Ort gekettet. Lieber beiße ich die Zähne zusammen, halte durch und habe später etwas Zeit, um durch den Innenbezirk zu streifen oder mich heimlich in die Bibliothek zu schleichen. Allein der Wunsch danach ist den meisten Menschen aus meiner Schicht fremd, denn von jeher ist ihr Tag von Sonnenaufgang bis Sonnenuntergang mit Arbeit gefüllt. Doch als ich klein war und Mutter großzügig vom Herrscher bezahlt wurde, da gab es so etwas wie freie Zeit. Manchmal kommt es mir vor, als wäre es in einem anderen Leben gewesen oder in einem Traum, den ich nur noch verwaschen vor mir sehe. Immer wieder versuche ich, an diesen kleinen Erinnerungsfetzen festzuhalten, will verhindern, dass sie mir entgleiten. Im Gegensatz zu meinem Vater möchte ich nämlich nicht vergessen, sondern zurück. Zurück in das Leben, das wir hinter uns gelassen haben. In das Leben, das mir bestimmt ist und er mir verwehrt.

Ich lege meine Hände in den Schoß und spüre den rauen Stoff meines Wickelkleids. Es ist kaum besser verarbeitet als der Sack mit den Kamutkörnern vor mir, aber immerhin ein wenig schöner. Während ich meine Augen schließe, beschwöre ich Bilder meiner Mutter herauf. Dabei bleibt ihr Gesicht unscharf, einzig ihre Lippen sehe ich deutlich vor mir und lausche ihrer Stimme. Sie ist das, was mich mit ihr verbindet – über ihren Tod hinaus.

Wie so oft, wenn ich unbeobachtet bin, summe ich die Melodie, mit der Mama früher meine bemalten Steine zum Tanzen gebracht hat. Vorsichtig öffne ich meine Augen, ohne dabei zu verstummen. Die Körner fliegen kreisend aus dem Sack in die Luft, drehen kleine Pirouetten und versüßen mir mit ihrem Anblick den Tag. Ich wünschte, sie würden nicht nur tanzen, sondern wirklich tun, was ich ihnen sage und auf den Mahlstein schweben, um sich dort gleichmäßig auszubreiten. Leider weiß ich nicht, wie ich das bewerkstelligen soll. Ich summe höher, tiefer, versuche, mehr zu vibrieren, doch der Kamut gehorcht meinen Klängen nicht. Er ändert die Richtung, wird mal schneller, mal langsamer, aber es scheint, als würde er es aus einer Laune heraus tun und nicht, weil ich es ihm befehle. Wäre nur Mama noch hier und könnte mir sagen, was ich falsch mache!

Schritte erklingen hinter mir. Augenblicklich presse ich meine Lippen zusammen, lasse die Melodie verstummen und die Körner damit alle auf einmal zu Boden fallen. Sie bewegen sich so unnatürlich schnell, dass selbst einem schlichten Gemüt klar sein muss, dass die Segnung ihre Finger im Spiel hat. Ruckartig fahre ich herum und sehe ausgerechnet meinen Vater näher kommen. Er ist der letzte Mensch, der mich beim Üben erwischen soll.

Finster blickt er mich an und baut sich vor mir auf. »Livia, ins Haus. Sofort!«

Langsam erhebe ich mich, klopfe den Staub vom Kleid und folge ihm. Schnaubend marschiert mein Vater voran und stößt die dunkle Holztür so schwungvoll auf, dass sie sich fast aus der Verankerung löst. Meine Füße berühren den gefilzten Teppich, der über dem gesamten Boden ausgebreitet ist. Er ist schmucklos, aber weich und gemütlich.

In der Mitte des Zimmers bleibt Vater stehen. Seine schütteren Haare und sein am Kinn ergrauter Bart lassen ihn selbst an guten Tagen grimmig wirken. Doch wenn er die Augen so wie jetzt zusammenkneift, ist er es auch.

Ich schließe die Tür hinter mir und gehe einen Schritt auf ihn zu. Was jetzt folgt, weiß ich genau, und ich bin es so leid.

»Was fällt dir eigentlich ein?«, zischt mein Vater leise, um den Rest der Familie nicht zu wecken.

Doch das ist zwecklos. Unser Haus besteht aus nur einem

Raum und ich kann genau erkennen, wie mein kleiner Bruder Toman und seine Mutter Turia sich auf ihren Schlafstätten nur schlafend stellen.

Ich wende mich wieder meinem Vater zu und zucke mit den Schultern. Was soll ich schon sagen?

»Bist du völlig von Sinnen? Schlimm genug, dass du nicht darauf verzichten willst ... Aber draußen im Freien, wo dich jeder beobachten kann ...«

»Mich hat aber niemand gesehen«, entgegne ich, obwohl ich mich manchmal frage, ob ich nicht die Tracht Prügel riskieren und dafür der Heimlichtuerei ein Ende setzen sollte.

»Aber es hätte dich jemand sehen können.«

Mir liegt viel auf der Zunge, doch ich verkneife es mir. »Ich bin vorsichtig.«

»Ich weiß wirklich nicht, was ich noch mit dir machen soll, Livia. Du weißt, welches Schicksal deine Mutter ereilt hat. Willst du ihrem Beispiel folgen?«

Ich sage nichts, denn die einzig vernünftige Antwort darauf lautet Ja. Schließlich ist alles besser als dieses Leben hier.

»Entweder bist du unglaublich dumm oder hast Todessehnsucht.«

Oder du bist einfach ein unglaublich feiger Mann, der nicht einsieht, dass meine Segnung die Rettung für unsere Familie sein könnte.

»Du wirst nicht nur den Kamut für die heutige Teigration mahlen, sondern den gesamten Sack. Und wenn ich dich noch einmal dabei erwische, wie du deine Kräfte einsetzt, lasse ich dir deinen Mund zunähen.«

»Wie soll ich so essen?«

»Schweig!«

Kopfschüttelnd wende ich mich von ihm ab. »Ich bin draußen und mahle den Kamut.«

»Ich warne dich. Überstrapaziere nicht meine Geduld.«

Wenn hier etwas überstrapaziert ist, dann meine Nerven. Über die Schulter blicke ich zurück. »Entschuldige, Vater.«

Er nickt wohlwollend, und ich verschwinde wieder hinaus in die Hitze. Missmutig stapfe ich hinters Haus. Der Sack steht noch genau dort, wo ich ihn kurz zuvor hingeschleift habe. Natürlich tut er das. In Palente gibt es zwar Verbrechen, aber der Herrscher sorgt mit seiner strikten Rechtsprechung dafür, dass sie die Ausnahme darstellen. Dieben wird ohne Prozess die Hand abgehackt, und die meisten Menschen besitzen genug, um das nicht zu riskieren.

Schicksalergeben lese ich die verstreuten Körner vom Boden auf, puste den Staub weg und werfe sie wieder in den Sack. Ich knie mich hin und lege ein paar große Blätter des Roten Schirmbaums vor dem Mahlstein aus, mit denen ich später das Mehl auffange. Dann streue ich eine Handvoll Kamut auf den Stein und verteile die Körner gleichmäßig auf der durch harte Arbeit glatt polierten Oberfläche. Mit beiden Händen greife ich nach dem länglichen Reibwerkzeug und umschließe es fest. Von vorn nach hinten presse ich es schwungvoll über die Körner und wieder zurück. Ich höre, spüre und sehe, wie die ersten von ihnen aufspringen. Doch obwohl meine Arme in den letzten sieben Sommern kräftig geworden sind und ich immer schneller werde, brauche ich für eine Portion Mehl trotzdem mindestens fünfzehn Schübe. Weil ich lustlos arbeite, waren es für diese sogar achtzehn. Mit den Händen schiebe ich den gemahlenen Kamut vom Stein auf die Blätter hinunter und wiederhole den Vorgang ein paarmal.

In der Gasse ist es nach wie vor gespenstisch still, und ich finde es passend, weil ich manchmal das Gefühl habe, wir sind zusammen mit Mama gestorben. Ich hasse dieses Leben jeden Tag ein Stückchen mehr. Wie gern würde ich all dem den Rücken kehren und mein eigenes Leben beginnen. Doch das geht nicht. In Palente gibt es nur zwei Arten von Frauen, die allein leben – Witwen und Huren. Und natürlich die Priesterinnen. Aber die sind nicht nur eine Klasse, sondern sogar eine Schicht für sich.

Inzwischen hat sich auf den ausgelegten Blättern schon so viel Mehl angesammelt, dass es an der Zeit ist, es umzufüllen. Ich stehe auf und schleiche mich zurück ins Haus. Die Mittagsruhe ist noch nicht vorbei und Vater hat sich zu den anderen gebettet. Sie alle liegen auf ihrem Stroh und haben die Augen fest geschlossen. Vorsichtig husche ich zum hinteren Teil des Zimmers, denn dort lagert neben dem kleinen Hausofen ein ungeordnetes Sammelsurium von Säcken und Behältern. Kniend suche ich im Halbdunkel nach einem der feiner gewebten Säcke, in den ich das Mehl umfüllen kann. Normalerweise ist das nicht nötig, weil wir alles, was ich mahle, gleich zu Teig verarbeiten und backen. Aber normalerweise schläft mein Vater um diese Zeit auch schon tief und erwischt mich nicht beim Üben. Vermutlich ist er zu spät in die Schänke gekommen und hatte nicht genug Zeit, um sich vor der Mittagsruhe einen Rausch anzutrinken. Aber der Tag ist noch jung …

Endlich habe ich den engmaschig gewebten Sack gefunden und verschwinde mit ihm zurück zu meinem Arbeitsplatz hinters Haus. Dort angekommen, hebe ich vorsichtig die Blätter, die vor dem Mahlstein liegen, hoch und leere den gemahlenen Kamut in den Sack, den ich mit einer Hand aufhalte. Die wenigen Körner wirken erbärmlich darin. Schon beim Gedanken daran, dass ich ihn heute komplett füllen muss, gerate ich ins Schwitzen und die Sonne tut ihr Übriges. Aber ich jammere nicht. Zwar wäre mir danach zumute, doch die Genugtuung will ich meinem Vater nicht gönnen. Er soll nicht denken, dass er mich gebrochen hat. Denn diese Macht über mich gestehe ich ihm nicht zu.

Die Sonne ist bereits Richtung Westen gewandert, und rings um mich herum kehren die Menschen von der Arbeit in ihre Häuser zurück. Auch meine Schwester Rina ist unter ihnen. Sie ist der Tupfen Farbe, der mein Leben wie ein Licht erhellt. Meine Kleidung ist – wie nahezu alles in dieser Siedlung – braun. Vermutlich will man uns so unseren Wert zeigen. Doch Rina schafft es immer, irgendwo Pigmente aufzutreiben, um sich ihre Kleider zu färben. Ihre Tunika ist gelb und ihr Gürtel in einem weit kostbareren Rot gehalten.

Mit einem breiten Lächeln setzt sie sich neben mich auf den Boden und lehnt sich gegen den großen, längst erkalteten Ofen, in dem wir das Brot backen.

»Ich habe auf dem Markt alles bis aufs letzte Brot verkauft«, verkündet sie stolz und sieht verwundert vom Mahlstein zu mir. »Und warum arbeitest du immer noch?«

»Vater hat mich wieder beim Üben erwischt und lässt mich zur Strafe den gesamten Kamut mahlen.«

Rina erhebt sich etwas, schielt in den Sack mit dem Mehl und verzieht mitleidig das Gesicht.

Obwohl ich ohne Pause gearbeitet habe, ist er erst zu einem Drittel voll. Vermutlich werde ich bis nach Sonnenuntergang hier sitzen. »Ich brauche wohl noch etwas.«

»Ich helfe dir, dann geht es schneller.«

»Du hasst es, Mehl zu mahlen.«

Seufzend legt sie ihre Hände auf meine Schultern und zwingt mich damit, sie anzusehen. Mit jedem Tag, den sie älter wird, ähnelt sie Mutter mehr. Sie hat ihre dunklen Locken, ihre honigfarbenen Augen, ihre vollen Lippen und ihr Mienenspiel geerbt. Die Leute sagen immer, Rina und ich könnten Zwillinge sein. Da meine Haare jedoch glatt sind, behaupten sie das vermutlich nur, um mir zu schmeicheln.

»Ja, ich hasse es, Mehl zu mahlen. Aber ich liebe dich und kann unmöglich mit einem ruhigen Gewissen in die Schänke gehen, während du hier schuften musst.« Lächelnd löst sie ihre Hände von meinen Schultern und lässt sie in ihren Schoß gleiten.

»Ach was. So viel ist das gar nicht mehr.«

Rina zieht eine Braue nach oben, genau wie Mama es immer getan hat, wenn ich sie angeflunkert habe.

»Ja, es ist viel«, lenke ich ein. »Aber ehrlich gesagt ist mir heute nicht nach Gesellschaft. Geh du ruhig und amüsiere dich.«

»Livi«, setzt sie an, wird jedoch von Hufgetrappel unterbrochen, das unweit von uns erklingt und den Boden erzittern lässt. »Was …«

Niemand in unserer Schicht besitzt Pferde, und die Oberschicht interessiert sich viel zu wenig für uns, als dass sie ohne triftigen Grund durch unser Viertel reiten würde.

»Vermutlich nichts Gutes.«

Das Lächeln verschwindet aus dem Gesicht meiner Schwester und gemeinsam erheben wir uns, gehen ums Haus und suchen nach der Quelle der Geräusche. Lange müssen wir nicht Ausschau halten. Aus südlicher Richtung kommen vier, fünf, nein, es sind sogar acht Reiter. Sie schreien etwas, das wir nicht verstehen, und halten ihre Banner in die Höhe. Sie sind blau, die Farbe des Herrschers. Das heißt, es ist nicht wirklich die Farbe des Herrschers, aber sie kommt in der Natur nicht vor und es ist so kompliziert, sie herzustellen, dass nur er oder sehr wohlhabende Oberschichtler sich mit ihr schmücken.

»Was sagen sie denn?«, fragt Rina dicht an mein Ohr gepresst.

»Keine Ahnung, aber ich glaube, ich habe das Wort ›Markt‹ gehört.«

Mittlerweile stehen fast alle Nachbarn auf der Straße und beobachten gebannt, was passiert. Auch Turia, die zweite Frau unseres Vaters, und unser kleiner Bruder Toman, haben das Haus verlassen und kauern neben uns. Mehrere schwarze Strähnen hängen unserer Stiefmutter ins Gesicht und ihre braunen Augen blicken besorgt auf ihren Sohn herab. Weil er fast den ganzen Tag draußen ist und nur einen Schurz trägt, ist er sonnengebräunt. Schützend zieht sie ihn an sich und fährt ihm übers Haar, das schon lange nicht mehr auf eine einheitliche Länge gestutzt wurde.

Die Reiter teilen sich auf. Zwei von ihnen steuern weiter auf uns zu, der Rest zweigt ab. Die Menschen um uns herum beginnen, aufgeregt zu tuscheln, und obwohl niemand weiß, worum es geht, liegt Spannung in der Luft.

Endlich kommen die Boten näher und stoppen abrupt vor der Menschentraube, an deren Rand wir stehen. Dabei wirbeln sie Staub auf, der in der Luft feine Muster bildet, bevor er sich vor meinen Augen auflöst. Unwillkürlich frage ich mich, ob die Priesterinnen die Segnung so wahrnehmen. Denn sie können mit ihr nicht nur Gegenstände bewegen und verformen, sondern die Welle des Klangs, die all das bewirkt, auch sehen und steuern.

»Bürger von Kalasin!«, ruft einer der beiden Reiter. »Unser Herrscher, Cyr der Siegreiche, hat seinen Untertanen etwas kundzugeben. Die gesamte Bevölkerung der Stadt wird aufgefordert, sich unverzüglich auf dem Marktplatz zu versammeln.«

»Was hat er uns denn zu verkünden?«, fragt einer unserer Nachbarn.

Der andere Bote hebt abwehrend seine Hand, antwortet aber

nicht. Dann reiten die beiden Männer einfach davon und lassen uns ratlos zurück.

Rina umklammert meinen Arm und lehnt sich an mich. »Was meinst du, worum es geht?«

»Krieg«, höre ich immer wieder aus dem Stimmengewirr um uns herum. Nachdenklich versuche ich, mich an die letzte Kundgebung, bei der ich dabei war, zu erinnern. Es ist Jahre her und die Bilder in meinem Kopf schon etwas verblasst, aber sie passen zu dem, was die meisten hier denken. *Krieg.* Damals wurde allen Handwerkern auferlegt, extra Rationen für die Armee zu produzieren und abzugeben. Die Schlachten tobten weit entfernt von Kalasin, doch an die langen Tage, die schmerzenden Hände und Arme erinnere ich mich gut.

»Livi«, sagt meine Schwester und schüttelt mich. »Glaubst du, die Leute haben recht?«

»Wir werden es bald herausfinden«, erwidere ich sanft. »Wo ist Vater?«

Rinas Blick ist Antwort genug.

»In der Schänke?«

Sie nickt und Turia antwortet für sie: »Er wird von dort sicher direkt zum Marktplatz kommen.«

Manchmal frage ich mich, wie sich Turia freiwillig ein Leben mit meinem Vater aussuchen konnte. Bei meiner Mutter habe ich es noch verstanden. Denn damals – vor ihrem Tod – war er ein anderer Mann. Aber heute …

»Dann lasst uns gehen«, schlage ich vor.

Toman streckt seine Hand nach seiner Mutter aus. Normalerweise macht er das schon lange nicht mehr, doch die gedrückte Stimmung hier in der Siedlung lässt ihn kindlicher erscheinen, als er eigentlich ist. Rina hakt sich bei mir unter und gemeinsam folgen wir dem Tross, der sich mit uns auf den Weg zum Marktplatz begibt.

Obwohl es beängstigend ist, dass der Herrscher so viel Macht über uns hat, ich vertraue Cyr. Er ist hart, aber gerecht. Palente ist ein sicheres Land und niemand leidet Hunger. Glaubt man den Geschichten der Älteren, ist das nicht selbstverständlich und war nicht immer der Fall. Ein flaues Gefühl breitet sich in mir aus. Was, wenn wir gerade alle zurück in diese grauen Zeiten steuern?

2

Je näher wir dem Marktplatz kommen, desto größer werden die Häuser. Sie bestehen aus Stein, nicht aus Lehm wie die in unserer Siedlung, und scheinen eine einschüchternde Wirkung auf die Menschen um mich herum zu haben. Doch während die Bewohner aus meiner Schicht vor Furcht gebeugt gehen, wird meine Haltung mit jedem Schritt aufrechter. Hier im Innenbezirk lebe ich auf. Ich betrachte die monumentalen Säulen, die den Marktplatz einfassen, und fühle mich mit ihnen verbunden. Denn jeder einzelne dieser großen Steine wurde mithilfe der Segnung aus den Granitsteinbrüchen im Osten aus den Felsen gelöst, geformt und hier wieder aufgetürmt.

Gemeinsam halten wir Ausschau nach Vater und finden ihn neben dem Wirt und dem Gerber. Selbst aus der Entfernung kann ich seine vom Bier geröteten Wangen und die Flecken auf seiner Tunika erkennen.

Turia und Toman stürmen auf ihn zu, doch ich wende mich an meine Schwester. »Lass uns ganz nach vorn gehen.«

»Seit wann bist du so neugierig?«

Vermutlich ist es der Wunsch nach etwas, das die Eintönigkeit meines Lebens durchbricht – wenn auch nur kurz. »Du denn nicht?«

Rina zuckt mit den Schultern und wendet sich nach dem Rest unserer Familie um. Vater winkt jedoch ab, bedeutet uns, ruhig ohne sie weiterzulaufen.

So voll wie heute ist der Marktplatz sonst nicht einmal bei Hinrichtungen. Und die sind wahre Attraktionen. Aber im Gegensatz zu einer Kundgebung des Herrschers sind sie auch keine Pflicht. Wir setzen uns in Bewegung und ergattern einen Platz nur wenige Schritte von der Tribüne entfernt. Seitlich von ihr sitzt die Oberschicht bereits auf den für sie vorgesehenen Steinbänken. Im Gegensatz zu uns mutet man ihnen nicht zu, einfach zu stehen – eines der wenigen Dinge, um die ich sie nicht beneide. Dazu bin ich zu gern aktiv.

Eine Handvoll Soldaten tritt auf die Tribüne. Sie alle wirken stark und anmutig, doch nur einer von ihnen erregt meine Aufmerksamkeit.

Natürlich entgeht das meiner Schwester nicht. »Wie ich sehe, genießt du die Aussicht. Aber wenn du nicht gleich deinen Mund schließt, wird eine Biene hineinfliegen.«

Verlegen wende ich meinen Blick von der Tribüne zu Rina. »Ich starre nicht ihn an, sondern seine Rüstung.«

Wieder einmal quittiert sie meine Äußerung mit einer hochgezogenen Augenbraue. »Selbstverständlich.«

Ich will gar nicht leugnen, dass er attraktiv ist, aber … »Im Ernst. Er sieht kaum älter aus als wir, ist aber total dekoriert.« Während die restlichen Soldaten eine einfache schwarze Rüstung über ihrer saphirblauen Tunika tragen, ist seine zusätzlich mit goldenen Ornamenten verziert.

»Und muskelbepackt.«

Seufzend verschränke ich meine Arme vor der Brust. »Du weißt, dass mich so was nicht interessiert.«

»Ja«, antwortet sie und nickt bedächtig. »Manchmal kann ich gar nicht glauben, dass wir verwandt sind.«

Rinas liebster Zeitvertreib war es schon immer, den Jungen in der Siedlung den Kopf zu verdrehen. Für mich sind Männer nur Hindernisse, die zwischen mir und meiner Freiheit stehen.

Zwischen mir und meinem Traum, meine Segnung zu beherrschen. Meine Schwester wird das nie verstehen können. »Ich habe eben andere Interessen.«

Gequält lächelt sie. »Ich weiß. Aber du solltest nicht vergessen zu leben und zu lieben.«

»Ich …«, setze ich an, verstumme jedoch, als die Sänfte des Herrschers auf der Tribüne abgesetzt wird. Er trägt ebenfalls eine blaue Tunika, doch seine Rüstung ist komplett vergoldet und genau wie seine Krone mit funkelnden Saphiren besetzt.

Cyr steigt aus seiner Sänfte und mit seinem Auftritt erstirbt jedes andere Geräusch. Er hebt seine Arme, streckt sie seinem Volk entgegen und die Menge jubelt ihm zu. Auch ich kann mich dem nicht entziehen und applaudiere. Ich lasse meinen Blick kurz zu meinem Vater wandern und sehe seine hassverzerrten Augen. Er gibt dem Herrscher die Schuld am Tod meiner Mutter. Als hätte dieser den Befehl gegeben … Sie starb in seinem Dienst, im Dienst an ihrem Volk. Und ich bin mir sicher, sie würde Vaters Groll gegen Cyr nicht gutheißen. Denn sie glaubte an ihn und seine Vision für Palente.

»Bürger von Kalasin«, begrüßt er uns und erntet für diese drei Worte erneuten Beifall. Als er abflaut, fährt er fort: »Palente lebt in einem nie da gewesenen Wohlstand, und ihn zu erhalten ist meine oberste Priorität. Doch wie die meisten von uns wissen, hat es die Göttin dieses Jahr nicht gut mit uns gemeint und uns eine Dürre geschickt.«

Um mich herum nicken die Menschen mit betrübter Miene und ich folge ihrem Beispiel. Die Bauern sprechen über nichts anderes mehr, und viele der Brunnen in Kalasin mussten tiefer gegraben werden.

»Die gute Nachricht ist: Für unser Volk besteht kein Grund zur Sorge. Unsere Kornspeicher sind prall gefüllt, und die diesjährige Ernte wird zwar mager, aber nicht komplett ausfallen.«

Cyrs Miene wird ernst. »Doch leider habe ich auch eine schlechte Nachricht. Denn während wir in den letzten Jahren vorausschauend gewirtschaftet haben und deshalb eine Katastrophe abwenden können, hat Tritevo dies nicht getan.«

»Unzivilisierte Bestien«, zischt ein Mann neben mir verächtlich.

Ich bin noch nie jemandem aus einem Land außerhalb Palentes begegnet, und wenn von dem, was man sich über unsere Nachbarn erzählt, nur die Hälfte wahr ist, möchte ich es auch lieber nicht.

»General Cristan, erzählen Sie dem Volk von Ihren Beobachtungen«, fährt der Herrscher fort.

Der hochdekorierte Soldat tritt neben Cyr, verneigt sich vor ihm und Rina knufft mir in die Seite. »Jetzt haben wir sogar einen Namen zu den Muskeln.«

Sanft schüttele ich den Kopf, bedeute ihr zu schweigen und will hören, was dieser junge General zu sagen hat.

Aufrecht und stolz steht er neben dem Herrscher. »Ich komme gerade mit einem Spähtrupp aus Tritevo zurück, und was wir dort gesehen haben, ist äußerst beunruhigend. Da das Land – im Gegensatz zu uns – nicht über Bewässerungsanlagen verfügt, hat die Dürre dort schlimmer zugeschlagen. Die Speicher des Landes sind so gut wie leer, die Schmieden hingegen arbeiten unermüdlich.« Er lässt seinen Blick einmal über die Menge schweifen, als wollte er sicherstellen, dass jeder hört, was er zu sagen hat. »Für uns lässt dies nur einen Schluss zu: Tritevo rüstet auf und will uns unsere Vorräte streitig machen. Das bedeutet Krieg.«

Krieg. Da ist das Wort wieder. Die Menschen wirken plötzlich ein paar Nuancen blasser, und obwohl es auch mich beunruhigen sollte, tut es das nicht. Im Gegenteil. Etwas wird sich ändern und ich fühle mich bereit dafür.

Cyr nickt dem General zu und ergreift das Wort. »Bürger von Kalasin. Was General Cristan eben mit euch geteilt hat, klingt beunruhigend, doch es besteht kein Grund zur Sorge. Wir fürchten uns nicht vor Tritevo, und sollten sie uns angreifen, werden wir zurückschlagen und sie besiegen.«

Die Menschen um mich herum beginnen zu klatschen und zu jubeln.

Mit einer beschwichtigenden Geste sorgt der Herrscher für Ruhe. »Trotzdem werden wir nicht leichtsinnig sein, sondern Maßnahmen ergreifen. Obwohl unsere Armee stark und gut ausgerüstet ist, werden auch wir die Produktion unserer Waffen verstärken. Hierzu muss jeder Bürger seinen Beitrag leisten, und dieser Beitrag erfolgt in Form einer Steuer auf Getreide. Bei jeder Abholung aus dem Kornspeicher wird der zwanzigste Teil davon als Steuer einbehalten.«

Nun jubelt niemand mehr.

»Für Palente!«, ruft Cyr und reckt seine Hände in die Luft.

Während die Zuschauer verhalten klatschen, steht in ihren Gesichtern der blanke Horror. Und ich muss mir ebenfalls eingestehen – dafür bin ich nicht bereit. Wir verkaufen ein Brot für einen Kupferling. Niemand würde zwei bezahlen. Und ein Großteil der Bürger Kalasins wird vom Kornspeicher aus bezahlt. Wenn ihnen künftig der zwanzigste Teil fehlt, ist fraglich, wie viele sich überhaupt noch ein Brot für einen Kupferling leisten können. Schon jetzt müssen wir hart arbeiten, um unser Überleben zu sichern. Doch in Zukunft …

Ich fühle mich klein, machtlos und bin enttäuscht von Cyr. Sieht er denn nicht, wie hart diese Steuer uns Menschen in der Unterschicht trifft? Oder schlimmer: Sieht er es und es ist ihm egal?

»Du dreckiger Bastard!«, höre ich jemanden aus der Masse schreien und zucke zusammen. Ich kenne die Stimme und bete, dass sie sofort wieder verstummt. »Erst meine Frau, jetzt meine Lebensgrundlage. Was willst du mir noch nehmen, du dreckiger Bastard?«

»Vater?«, fragt Rina mit geweiteten Augen neben mir.

»Ja«, antworte ich knapp und suche ihn in der Menge. Als ich ihn erfasse, ist er bereits von Soldaten umzingelt, die ihn nach vorn zerren. Turia versucht erfolglos, sie daran zu hindern. Die Männer schleifen ihn auf die Tribüne und werfen ihn dort vor den Füßen des Herrschers zu Boden.

Cyr sieht ungerührt auf ihn herab und spricht mit eiskalter Stimme: »Palente ist Palente, weil es Dinge gibt, die ich nicht dulde.« Er dreht seinen Kopf zur Seite. »Cristan.«

Schneller als ich blinzeln kann, zieht der General sein Schwert aus der Scheide. Die Klinge glänzt fast unwirklich über dem Kopf meines Vaters.

»Livi, tu was«, fleht meine Schwester mich an.

»Stopp!«, schreie ich und renne los, ohne genauer darüber nachzudenken. Kurz bevor ich die Tribüne erklimmen will, versperrt mir ein Soldat den Weg. »Bitte nicht!«

»Er weiß nicht, was er da spricht«, höre ich Turia in meinem Rücken.

»Ich bin seine Tochter«, sage ich zu dem Soldaten und schiebe mich an ihm vorbei.

Der General hält inne, senkt sein Schwert und sieht mich an.

Bis zu diesem Augenblick dachte ich immer, ich hasse meinen Vater. Jetzt, da ich ihn hier auf dem Boden liegen sehe, empfinde ich zum ersten Mal Mitleid mit ihm. »Ich bitte Euch, verschont sein Leben! Es ist die Trauer, die aus ihm spricht. Er hat seine Frau im Krieg verloren und ist seitdem nicht mehr er selbst.«

»Frau im Krieg?«, wiederholt der General, als würde das überhaupt keinen Sinn ergeben. »Eine Gesegnete?«

Ich nicke und schicke eine stumme Bitte hinterher.

Cyr kneift seine Augen zusammen und betrachtet meinen Vater und mich näher. »Amara«, spricht er leise den Namen meiner Mutter aus.

Obwohl auch ich wütend auf ihn sein will, erfüllt es mich mit Stolz, dass er sie noch kennt. »Ja«, bestätige ich.

Mit erhobener Hand weist der Herrscher den General zurück. Dann wendet er sich an meinen Vater und gleichzeitig an sein Volk. »Eigentlich verdienst du, dass dir der Kopf abgeschlagen wird. Auf der Stelle.« Er seufzt. »Aber weil deine Frau Palente wertvolle Dienste geleistet hat, verschone ich dein Leben. Stattdessen«, fügt er mit erhobenem Zeigefinger hinzu, »entziehe ich dir hiermit den Status als Bürger.«

Ich schlage mir die Hände vors Gesicht. Ein Teil von mir ist erleichtert, dass mein Vater noch lebt, der andere denkt sich, er hätte ihn besser gleich töten sollen. Denn entbürgert sein ist nicht mehr als der Tod auf Raten. Man hat keine Rechte und jeder Oberschichtler kann jederzeit bedingungslos über einen verfügen. Ich an seiner Stelle würde jetzt vermutlich darum betteln, dass man mir lieber den Kopf abschlägt. Doch mein Vater ist nicht ich und erhebt sich stattdessen kleinlaut, um die Tribüne zu verlassen.

»Danke für Eure Gnade«, erwidere ich stellvertretend für ihn.

Wie angewurzelt stehe ich da. Die dichten Augenbrauen des Generals ziehen sich zusammen und seine grünbraunen Augen funkeln mich finster an. Womöglich habe ich ihm gerade seinen Spaß verdorben. Mir liegen ein Dutzend Dinge auf der Zunge, die ich ihm gern sagen würde, doch bevor mein Kopf hier zur Debatte steht, lasse ich es lieber und verlasse ebenfalls das Geschehen.

Am Fuß der Tribüne steht meine gesamte Familie versammelt. Der Schrecken steht Rina und Toman ins Gesicht geschrieben. Lediglich Turia wirkt erleichtert und zieht mich an sich. »Danke«, haucht sie mir ins Ohr, während sich mein Vater abwendet und mich keines Blickes würdigt.

Wie sehr ich mir gerade das Leben zurückwünsche, das ich heute Morgen noch so gehasst habe.

3

Schweigend und ohne Vater gehen wir nach Hause. Ob er direkt zurück in die Schänke ist, um seine letzten Kupferlinge zu vertrinken, oder ob ihn bereits ein Oberschichtler für niedere Tätigkeiten eingespannt hat, wissen wir nicht.

Zu viert betreten wir unser Haus. Sorge steht ins Gesicht meiner Stiefmutter geschrieben und ich teile sie.

Ich strecke meine Hand aus und lege sie auf ihren Unterarm. »Wir werden härter arbeiten müssen als vorher, aber wir schaffen das.«

»Natürlich«, bestätigt Rina, doch ich kann ihr ansehen, dass sie ihren Worten keinen Glauben schenkt.

Toman baut sich vor uns auf. »Und ich werde euch dabei helfen. Ich bin alt genug und kann mit anpacken.«

Für mich wird er vermutlich immer mein kleiner Bruder bleiben, aber er hat recht. Er ist zu jung, um sich für Mädchen zu interessieren oder um in den Krieg zu ziehen, aber zum Arbeiten ist er alt genug. Zumindest war ich das in seinem Alter.

Turia löst sich von mir und drückt ihren Sohn fest an sich. »Ja, das bist du wohl.«

»Was machen wir mit unseren Preisen?«, stelle ich schließlich die Frage, die mich am meisten beschäftigt.

»Wir können nicht mehr verlangen als die anderen Bäcker«, entgegnet unsere Stiefmutter blitzschnell.

Rina wiegt ihren Kopf hin und her. »Nicht für ein gewöhnliches Brot. Das werden wir wohl weiterhin für einen Kupferling verkaufen müssen. Aber die Menschen aus der Oberschicht fragen immer wieder nach besonderen Broten.«

»Besondere Brote?«, hake ich nach.

»Ja, welche mit Gewürzen oder Früchten, ausgefallen geformte ... besonders eben. Dafür würden sie bestimmt zwei oder sogar drei Kupferlinge zahlen.«

Während Turia skeptisch die Stirn runzelt, nicke ich zustimmend. Meine Schwester ist täglich auf dem Markt, verkauft unsere Ware und ist mit den Menschen im Gespräch. Ich traue ihrem Urteil und Gespür für die Lage. »Wir sollten das probieren.«

»Mit einer kleinen Menge«, stellt unsere Stiefmutter klar.

»Mit Zimt und Honig.« Toman legt eine Hand auf seinen Bauch und sein Blick wird schwärmerisch.

Fragend sehe ich zwischen Turia und Rina hin und her und beide nicken. »Mit Zimt und Honig«, bestätige ich. »Aber wo bekommen wir das her?«

»Ich kenne den Sohn des Gewürzhändlers«, erwidert meine Schwester mit einem Lächeln auf den Lippen. »Ich kann bei ihm sicher einen guten Preis für uns herausschlagen.«

Wenn das irgendwer kann, dann Rina mit ihrem Charme.

»Klingt gut. Versuchen wir es.«

Meine Schwester fährt sich durchs Haar und zupft ihr Kleid zurecht. »Ich werde gleich mal in die Schänke gehen. Normalerweise ist er immer dort. Kommst du mit?«

Unter Menschen gehen, trinken und mich amüsieren – danach ist mir selten zumute und heute noch weniger als sonst. »Vielleicht komme ich nach.«

Rina zwinkert mir zu und verabschiedet sich mit einem »Bis später!«.

Wir wissen beide, dass ich nicht nachkommen werde. Wenn

ich das Haus verlasse und behaupte, in die Schänke zu gehen, schleiche ich mich meist heimlich in die Bibliothek. Denn abgesehen davon, dass der Unterschicht der Zugang verboten ist, hält mein Vater Lesen für Zeitverschwendung. Zum Glück war Segur, der Bibliothekar, mit meiner Mutter befreundet. Abends drückt er beide Augen zu und gewährt mir Zutritt.

Doch das Ende des Tages ist weit entfernt und die Wände unseres Hauses erdrücken mich. Ich muss dringend ins Freie und öffne ohne ein Wort die Tür.

»Wo willst du hin?«, fragt Turia, als ich mich auf den Weg nach draußen mache.

»Den Kamut fertig mahlen«, murmele ich, weil mir gerade tatsächlich nichts Besseres einfällt.

Missmutig stapfe ich hinters Haus. Mit dem, was mich dort erwartet, hätte ich nie gerechnet. Ein Mann steht dort und schultert die Säcke mit dem Kamut und dem Mehl – hier in Kalasin, wo es sonst kaum Verbrechen gibt. Ich kenne sein Gesicht, aber nicht seinen Namen. Jemand aus unserer Siedlung will meine Familie und mich bestehlen! Ich habe genug Geschichten gelesen, um zu wissen, dass Menschen zu Bestien werden können. Nur wusste ich nicht, dass es so schnell geht.

»Lass sofort die Säcke fallen«, fahre ich den Mann mit erstaunlich fester Stimme an.

Er blickt mich an und lacht.

Zuerst war ich geschockt und traurig, jetzt bin ich wütend. »Ich meine es ernst, ich lasse dir die Hand abhacken. Wie es sich für Diebe wie dich gehört.«

»Ich sehe kein Schwert in deiner Hand, und bis du die Stadtwache gerufen hast, bin ich längst weg, und dann steht dein Wort gegen meines.«

Wenn ich ihn jetzt fliehen lasse, können wir morgen auf dem Markt kein Brot verkaufen. Der Kamut, den er gerade stehlen will, ist unsere Lebensgrundlage, und ich werde nicht zulassen, dass er sie mir raubt. Koste es, was es wolle. »Um dir die Hand abzuhacken, brauche ich zum Glück kein Schwert.«

»Ach«, kontert er süffisant. »Machst du das etwa mit deiner spitzen Zunge?«

Anstatt ihm zu antworten, beginne ich zu singen. Ich kann nicht sagen, was sich gleich bewegen wird, dazu bin ich zu aufgebracht, aber ich hoffe, irgendetwas wird jetzt durch die Luft wirbeln. Das Mehl, das ich vor der Kundgebung des Herrschers auf dem Mahlstein zurückgelassen habe, beginnt zu vibrieren und weht hinab auf den Boden. Davon lasse ich mich nicht entmutigen und konzentriere mich nur auf meinen Klang. Er mutet etwas schief an, doch kleine Steine fliegen über den Boden und ein Blick in die Augen des Mannes verrät mir, er begreift nun.

»Du hast die Segnung«, stammelt er.

»Ja, und glaube mir, du möchtest nicht herausfinden, zu was ich alles in der Lage bin.«

Langsam nickend stellt er die Säcke ab und verschwindet.

Innerlich jubele ich. Zum ersten Mal seit dem Tod meiner Mutter habe ich wieder das Gefühl, jemand zu sein. Und es gefällt mir mehr, als es das vermutlich sollte.

Schnell laufe ich zu dem Kamut und Mehl und bringe sie ins Haus. Turia und Toman warne ich, in Zukunft nichts mehr unbewacht zu lassen, und trete anschließend wieder hinaus.

Ohne Ziel streife ich durch die Straßen und lasse unsere Siedlung und die anderen äußeren Bezirke hinter mir.

Der Marktplatz ist mittlerweile wie leer gefegt, und es fällt mir schwer zu glauben, dass genau hier vor Kurzem mein Leben so unerwartet auf den Kopf gestellt wurde. Ich gehe weiter, und die Häuser hochrangiger Beamter säumen den Weg zum Tempel der Göttin und zum Palast des Herrschers. Unwillkürlich frage ich mich, ob auch sie sich Gedanken über die heute verkündeten Einschnitte machen. Vermutlich bemerken sie es nicht einmal.

Vor der Bibliothek bleibe ich stehen. Das Gebäude ist älter als viele der Prachtbauten, die tagsüber ihren Schatten darauf werfen. Nicht ein einziges Relief ziert die Säulen am Eingang, und die Kanten der Mauern wirken, als hätte ein hungriges Tier daran genagt. Für gewöhnlich fällt mir das nicht auf und ich sehe das Gebäude so vor mir, wie es bei seiner Erbauung erstrahlt sein muss, und höre Mutters liebliche Stimme in meinem Ohr, deren Geschichten farbenfrohe Bilder vor meinem inneren Auge entstehen lassen. Heute nehme ich nichts davon wahr.

Ich trete an die Tür, die wie immer um diese Tageszeit verschlossen ist, und klopfe. Normalerweise öffnet mir der Bibliothekar, vergewissert sich, dass mich niemand sieht, und lässt mich hinein. Doch heute bleibt die Tür verschlossen. Natürlich tut sie das. An einem Abend wie diesem hat Segur sicher andere Sorgen, als mir eine Zuflucht vor meinem Alltag zu gewähren.

Enttäuscht mache ich mich auf den Weg zurück in unsere Siedlung. Schon von Weitem dringt das lautstarke Treiben in und vor der Schänke an mein Ohr. Ein Ersatz für die geschlossene Bibliothek ist dieser Ort für mich nicht. Um Rinas willen werde ich jedoch zumindest einen kurzen Blick hineinwerfen.

Eine Gruppe Männer, die nicht mehr in der Lage ist, gerade zu stehen und klar zu sprechen, steht vor dem Eingang versammelt.

»Sieh an«, sagt einer von ihnen. »Die Tochter des Entbürgerten will es heute wohl noch einmal wissen.«

Genervt musterte ich den Mann, der kaum älter ist als ich. »Nicht wirklich. Und was ist mit euch? Hat der Wirt euch schon vor die Tür gesetzt? Vor Sonnenuntergang?«

»Hier draußen ist der beste Platz.« Verächtlich schnalzt er mit der Zunge. »Aber du solltest lieber gleich wieder gehen. Mit deinem losen Mundwerk wirst du dadrinnen keinen Mann betören.«

»Das will ich hoffen«, beende ich das Gespräch und öffne die Tür. Die Schänke ist bis in den letzten Winkel mit Gästen gefüllt. Ich habe das Gefühl, die gesamte Siedlung ist heute hier, um vor der Einführung der Steuer ein letztes Mal zu feiern.

Obwohl es so voll ist, entdecke ich Rina sofort. Sie steht am Tresen und unterhält sich äußerst angeregt. Auch sie erspäht mich schnell und winkt mich zu sich. Der Gedanke, mich bis ganz nach vorn durchzudrängen und dabei an den vielen schwitzenden, bierausdünstenden Körpern vorbeizumüssen … Mit einem Kopfschütteln und einen Fingerzeig nach draußen signalisiere ich ihr, dass ich lieber heimgehe.

Rina will mich offenbar vom Gegenteil überzeugen und schiebt sich durch die Menge zu mir durch. »Du bist ja doch gekommen – wie schön! Komm mit nach vorn, ich muss dir jemanden vorstellen.«

Sie zeigt auf einen Mann, von dem ich nur die kurzen, dunklen Haare erkennen kann. »Ein anderes Mal. Du bleibst noch?«

»Natürlich. Der Abend fängt gerade erst an.«

»Dann amüsiere dich gut. Wir sehen uns später.«

»Oder morgen«, erwidert sie mit einem verschmitzten Lächeln.

Ich drücke ihr sanft den Oberarm, bevor sie sich wieder durch die Menschenmenge zurück an den Tresen quetscht.

Unser Zuhause ist der letzte Ort, an dem ich gerade sein möchte. Weil ich sonst nicht weiß, wohin mit mir, mache ich mich trotzdem auf den Weg zurück. Ich lasse mir Zeit, versuche, mich mit meinem neuen Schicksal anzufreunden, Ordnung in das Chaos in meinem Kopf zu bringen.

Und während es um mich herum dunkel wird, flammt ein Funke Hoffnung in mir auf. Ein Gedanke macht sich in mir breit und lässt mich nicht mehr los. Jetzt, da mein Vater entbürgert ist und mir nichts mehr verbieten kann, steht es mir frei, mich mit meiner Segnung in den Dienst des Herrschers zu stellen. Die Entscheidung liegt nun allein bei mir. Meine Segnung für Palente einsetzen im Tausch gegen ein Leben in der Oberschicht oder mein Leben behalten? Wären da nicht noch Rina und Toman, um die ich mich sorge – ich wäre schon auf dem Weg zum Palast.

Obwohl Vaters Wort von heute an keine Bedeutung mehr hat, mache ich mich zu Hause wieder über den Kamut her. Ich schleife die Säcke mit den Körnern und dem Mehl nach hinten zum Mahlstein und setze meine Arbeit fort. Wenn ich nicht dazu gezwungen werde, fühlt es sich nicht einmal halb so schlimm an. Außerdem helfen mir die monotonen Bewegungen dabei, meine Gedanken fließen zu lassen.

Selbst als das Mehl gemahlen ist, bleibe ich draußen an die Wand gelehnt sitzen. Die Sterne schmücken bereits den Himmel, als ich Rinas unverwechselbares Lachen in der Ferne höre. Schritte kommen näher – nicht nur die leichtfüßigen meiner Schwester. Ich springe auf, laufe ums Haus herum und sehe sie gemeinsam mit dem Mann aus der Schänke. Er ist groß, kräftig gebaut und stützt sie etwas.

»Du kannst gehen. Ich übernehme sie«, raune ich ihm zu und lege Rinas Arm um meine Schulter.

Nickend kehrt der Mann um und verschwindet in der Nacht.

»Livia«, begrüßt mich meine Schwester strahlend und nicht

nur an ihrem Gang wird klar, dass sie wohl etwas zu viel Bier getrunken hat.

»Ist alles in Ordnung?«

Ihre Augen und Wangen leuchten so stark, dass es mir selbst im Mondschein auffällt. »Mir geht es blendend!«

»Gut.« Ich drücke sie an mich und bin froh, dass wenigstens sie glücklich ist. Das war schon immer ihre *Segnung* – immer glücklich sein, egal wie die Umstände auch sind.

»Und ich habe einen guten Preis für unsere Gewürze ausgehandelt.« Bei diesen Worten leuchten ihre Augen noch ein Stück mehr.

Ein schrecklicher Gedanke kommt mir. »Du hast dich doch nicht …«

»Nicht was?«

Ich räuspere mich, weiß gar nicht recht, wie ich das Thema laut aussprechen soll. »Für die Gewürze prostituiert«, flüstere ich ihr ins Ohr und meide ihren Blick.

»Nein, nicht für die Gewürze«, antwortet sie mit einer ausschweifenden, wegwischenden Handbewegung.

»Aber du hast?«

»Ssschh!« Rina legt sich einen Finger auf den Mund und schüttelt den Kopf. »Alles ist gut. Mach dir keine Sorgen um mich.«

Ihre Worte beruhigen mich nicht wirklich, doch ihr Anblick tut es sehr wohl. Sie sieht nicht aus, als hätte sie Schreckliches erlebt. Sie sieht aus wie immer. Glücklich. Wie Rina eben. Trotzdem bin ich nicht in der Lage, es darauf beruhen zu lassen. Statt ins Haus ziehe ich sie zurück an meinen Mahlplatz. »Sag mir, was los ist.«

Sie lächelt mich an, als wäre das Antwort genug. »Ich bin verliebt.«

»Verliebt?«

»Schon länger. In Mator, den Sohn des Gewürzhändlers.«

Ihr Geständnis trifft mich unvorbereitet. Dabei sollte es das nicht. Mädchen in ihrem Alter verlieben sich. Mädchen in ihrem Alter werden zu Frauen. Frauen in ihrem Alter heiraten. Und auch wenn es schwer für mich zu verstehen ist – genau das war immer Rinas Traum.

4

Ein sanfter Windhauch streicht über meinen Körper, und als ich meine Augen halb öffne, sehe ich Rina nach draußen schleichen. Müde bleibe ich liegen und drehe mich zur Seite. Viel habe ich nicht geschlafen. Schuld sind die neuen Möglichkeiten, die mir begleitet von quälenden Vorwürfen die ganze Nacht im Kopf herumgegeistert sind. Doch nun weiß ich, was ich zu tun habe, auch wenn ich vorerst Stillschweigen bewahre. Schließlich ist meine Familie dagegen, dass ich meine Segnung in den Dienst des Herrschers stelle. Vater war es schon immer und Turia ist immer seiner Meinung. Selbst bei Rina überwiegt die Angst, mich zu verlieren. Und Toman … Er ist nicht dagegen, aber er ist ein Kind und seine Meinung zählt nicht.

Gähnend strecke ich mich und richte mich auf. Das Rascheln des Strohs unter mir weckt auch den Rest der Familie. Meine Arme schmerzen von meiner langen Arbeitseinheit gestern. Mit kreisförmigen Bewegungen massiere ich meine Muskeln und verschaffe mir so etwas Erleichterung.

»Guten Morgen«, murmeln wir uns zu, obwohl jedem von uns klar ist, dieser Tag wird alles andere als gut. Vor allem nicht für Vater.

Während Rina vom Waschhaus zurückkehrt, bereitet Turia eilig eine kleine Menge Teig zu und backt erste Brote, die sie in ein Bündel packt und Vater in die Hand drückt.

Dankend blickt er jeden einzelnen von uns an. »Bis heute Abend«, sagt er und verschwindet mit seinem Proviant.

Zurück bleibt die gedrückte Stimmung im Raum, die Turia versucht zu vertreiben. »An die Arbeit, wir haben viel zu tun.«

»Ich muss noch etwas erledigen.« Ich hoffe, es klingt so beiläufig wie möglich. »Aber nachdem ich gestern genug Mehl gemahlen habe, kommt ihr sicher auch eine Weile ohne mich aus.«

»Ich weiß nicht«, setzt Turia an.

»Das war keine Frage«, unterbreche ich sie schroffer, als sie es von mir gewohnt ist.

Irritiert sieht sie mich an.

»Entschuldige«, sage ich, meine damit allerdings nur meinen Ton. »Aber meine Arbeit ist erledigt und ich bin zurück, ehe dir das Mehl ausgeht.«

»Wenn du das für richtig hältst«, erwidert sie schmallippig.

Meine Geschwister beobachten unser Wortgefecht mit großen Augen und zusammengepressten Mündern.

»Bis später«, verabschiede ich mich von ihnen und mache mich auf den Weg.

Kaum habe ich die äußeren Siedlungen hinter mir gelassen, beginnt mein Herz schneller zu schlagen. Ich erreiche den Kern von Kalasin und vor mir erhebt sich der prächtige Palast. Ein mit Säulen gesäumter Weg führt auf ihn zu, und die darin eingemeißelten Bilder erzählen die Geschichte Palentes. Als ich noch im inneren Bezirk wohnte, brachte mich mein Lehrer beinahe täglich hierher, um mir die wichtigsten Episoden einzutrichtern. Erfolgreich – an die meisten kann ich mich erinnern.

Ich lasse meine Hand über die Säule gleiten, auf der die Geschichte der Göttin erzählt wird. Wie sie Palente in größter Not beistand und mithilfe der Macht des Klangs aus Tritevos Unterjochung befreite. Und anschließend die Segnung wie einen Samen über die Palenter streute, auf dass sie in uns weitersprießt. Für mich ist es nicht nur die Geschichte des Landes, sondern meine und die meiner Mutter. Aufrecht gehe ich weiter und erklimme die Treppen, die zum Palast führen. Wie erwartet, versperren mir oben zwei bewaffnete Wachen den Weg.

»Was tust du hier?«, fährt mich einer der beiden an.

»Ich verlange eine Audienz beim Herrscher.«

»Der Herrscher ist heute nicht für die Anliegen der Unterschicht verfügbar«, antwortet der andere.

Natürlich … Schließlich hat er ja gestern schon zu uns gesprochen. »Ich möchte gar nichts von ihm. Ganz im Gegenteil. Ich habe ein Angebot für ihn, das ihn überaus interessieren wird.«

Die beiden mustern mich skeptisch und ich fürchte, ich habe mich etwas missverständlich ausgedrückt.

»Ein Angebot«, wiederholt der Erste und prüft mich weiter mit seinen Blicken, als wäre ich eine Ware.

»Nicht so eines«, stelle ich klar und bin versucht, mich abzuwenden und zu gehen.

Im gleichen Moment tritt ein Mann aus dem großen Eingangstor des Palasts und kommt direkt auf mich zu. Ich erkenne ihn sofort. Es ist der General, der gestern meinem Vater den Kopf abschlagen wollte.

»Macht sie Ärger?«, fragt er die Wachen, lässt mich dabei jedoch nicht aus den Augen.

»Nein, sie hat nur nach einer Audienz gefragt«, erklärt einer der beiden.

Der General steht nun unmittelbar vor mir. Er ist mindestens einen Kopf größer als ich und sieht auf mich herab. »Cyr war großzügiger, als er meiner Meinung nach sein sollte. Wenn du ihn jetzt anbetteln willst, dem alten Mann den Bürgerstatus zurückzugeben …«

»Was dann?« Nicht, dass ich das vorhabe, aber ich schaffe es einfach nicht, seiner Provokation zu widerstehen.

»Dann werde ich ihn persönlich davon überzeugen, doch noch einen Kopf rollen zu lassen.« Er umfasst mein Kinn und mustert mich. »Vielleicht sogar deinen hübschen.«

Ich winde mich aus seinem Griff. »Ich wollte ihn nicht anbetteln. Ich verfüge über die Segnung und möchte mich in seinen Dienst stellen.«

Plötzlich sieht er mich an, als wäre ich mit Gold überzogen. »Die Segnung.«

»Ganz genau.« Ich stemme meine Hände in die Hüften und mache mich so groß wie möglich.

»Beweis es«, fordert er mich auf.

Das musste ja kommen. Mein Blick verfängt sich in seinen Augen, und in ihnen spiegeln sich alle Farben des Waldes, Schmerz und Entschlossenheit. »Wenn Ihr mich so anstarrt, kann ich mich nicht konzentrieren.«

Kopfschüttelnd grinst er mich an. »Wenn hier jemand starrt, dann du. Ich beobachte nur. Und ich bin ein General, du solltest mich mit dem gebührendem Respekt anreden.«

Anstatt darauf etwas zu erwidern, beginne ich zu singen. Um mich herum finde ich keine kleinen Gegenstände und alles, worauf ich mich fokussiere, ist der General. Sein Umhang flattert und das Schwert, das an einem Gürtel um seine Hüften hängt, beginnt zu vibrieren. Er umfasst das Heft, schließlich weiß er nicht, dass ich es vermutlich gar nicht schaffen würde, es vollständig aus der Scheide zu befreien. Unsicher, ob er damit schon zufrieden ist, verstumme ich.

»Wie es aussieht, hast du nicht gelogen.«

»Dann bringt Ihr mich zu ihm?«

Er legt seinen Kopf schief und lächelt. »Das könnte ich.«

Das hier ist sinnlos. Resigniert werfe ich die Hände in die Luft, drehe ihm den Rücken zu und gehe die Stufen hinab.

»Gibst du so schnell auf?«

Ich bleibe stehen und sehe über die Schulter zu ihm. »Hat man als General nichts Besseres zu tun, als junge Frauen zu necken?«

Er lächelt schief und kommt auf mich zu. »An manchen Tagen nicht.«

»Soll ich auf die nächste Audienz für die Unterschicht warten oder bringt Ihr mich jetzt zum Herrscher?« Langsam drehe ich mich wieder zu ihm.

»Ich könnte …«

Meine Zeit nicht verschwenden? Aufhören, Spiele zu spielen? Ungeduldig wippe ich auf meinen Ballen auf und ab.

Nachdenklich fährt er sich durch seine langen, braunen Haare. »Warum eigentlich nicht? Folge mir.«

Das lasse ich mir nicht zweimal sagen und betrete hinter ihm den Palast. Seit meiner Kindheit war ich nicht mehr hier, doch es sieht noch genauso aus, wie ich es in Erinnerung habe. Der Boden ist mit poliertem Marmor ausgelegt und an den Wänden prangen opulente Gemälde der Herrscherfamilie und ihrer Schlachten. Alles ist mit Gold verziert und ich frage mich, wie viele Säcke Kamut allein der Schmuck in der Eingangshalle wohl wert ist.

Der General marschiert mit großen Schritten durch den Raum und ich bleibe dicht hinter ihm. Als wir den Thronsaal betreten, verneigt er sich und ich tue es ihm gleich.

»Mein Herrscher«, setzt er an. »Diese junge Frau verfügt über die Segnung und möchte sie in Euren Dienst stellen.«

Cyr winkt mich zu sich heran und ich gehorche seinem stummen Befehl. Sein vergoldeter Thron steht auf einem Podest und über ihm flattern blaue Banner, auf denen vier Sterne ein Trapez bilden. Es ist das Sternenbild Gav, das die Regentschaft seiner Familie einläutete. Am Fuße des Podests bleibe ich stehen und verbeuge mich erneut.

»Du bist das Mädchen vom Markt. Du bist Amaras Tochter.« Alles an Cyr scheint zu strahlen. Seine schwarzen Locken, die goldene Krone und das massive Amulett mit dem größten Saphir, den ich je gesehen habe, an seinem Hals.

»Cyr der Siegreiche«, setze ich an und nicke. »Ich verfüge ebenso wie meine Mutter über die Segnung, und ich möchte sie in Euren Dienst stellen.« Ich pausiere kurz und sammele mich, ehe ich meine Forderung vorbringe. »Im Tausch gegen ein Leben in der Oberschicht für mich und meine Familie.«

Der Herrscher legt eine Hand an seinen Kinnbart und streicht ihn glatt. »Interessant.«

Nervös zupfe ich an dem herabbaumelnden Stoffgurt meines Kleides herum und hoffe, dass er endlich weiterspricht.

»Wie alt bist du, Tochter von Amara?«

Für die Menschen in der Unterschicht gibt es so etwas wie Alter nicht. Solange Kinder gesäugt werden, sind sie Babys, danach Kinder. Mädchen, die ihre Menstruation bekommen, werden Frauen. Jungen, die in den Stimmbruch kommen, werden Männer. Mehr wird nicht gezählt, mehr spielt keine Rolle. Deshalb muss ich kurz überlegen und mithilfe meiner Finger zählen. Ich war in meinem sechsten Sommer, als meine Mutter starb und im zehnten, als wir in unsere Siedlung zogen, weil Vater das Geld, das ihm der Herrscher nach Mutters Tod hat zukommen lassen, bereits vertrunken und verspielt hatte. »Ich bin siebzehn Sommer«, sage ich schließlich. »Und ich heiße Livia.«

Unwillkürlich werfe ich einen kurzen Schulterblick zum General, der den Kopf schüttelt, als wäre es ein Fehler gewesen, meinen Namen zu nennen.

Der Herrscher lehnt sich in seinem Thron zurück und seine Ellen ruhen auf den Armlehnen. »Warum erfreust du mich nicht mit einer Kostprobe?«

»Sehr gern.« Ich wische meine schweißnassen Hände am rauen Stoff meines Kleids trocken und hole einmal tief Luft. Verzweifelt suche ich im Raum nach kleinen Gegenständen. Auf einem Tisch neben dem Herrscher stehen ein Bierkrug und Becher neben einer Schale mit Beeren.

»Einen Moment.« Mit einer entschuldigenden Geste steige ich auf das Podest und greife nach der Schüssel. Natürlich ernte ich dafür ein erneutes Kopfschütteln vom General, aber ich muss sie vom Krug separieren und in der Hand halten. Nicht, dass ich dem Herrscher am Ende das Bier versehentlich ins Gesicht kippe.

Wieder am Fuß des Podests angekommen, lasse ich die ersten Töne von Mutters Lied erklingen. Meine Augen fixieren die Beeren und die obersten beginnen, sich zu erheben. Ich singe lauter weiter und die roten Kugeln wirbeln durch die Luft. Sie tanzen, wechseln ihre Partner und formieren sich ständig neu. Ich werde leiser und versuche so, den Beeren zu befehlen, zurück in die Schale zu schweben. Nur ein Bruchteil von ihnen gehorcht mir und die meisten der dunkelroten Früchte liegen nun vor meinen Füßen und auf dem Podest. Immerhin habe ich es geschafft, den Herrscher nicht damit zu besprenkeln.

»Schenke mir einen Becher Bier ein«, fordert Cyr mich auf.

Mit meiner Segnung? »Ich … Ich … Das kann ich nicht.«

Der Herrscher verzieht seinen Mund. »Wurdest du ausgebildet?«

»Nein«, antworte ich und senke kurz den Kopf.

Cyr reibt sich müde die Augen. »Du bist schon zu alt.«

»Zu alt?«, wiederhole ich.

»Ja, zu alt. Ich habe keine Verwendung für dich.«

»Aber …« Wie kann man zu alt für seine Segnung sein? »Amara war sehr mächtig und ich weiß, ich kann es auch sein. Ich werde hart an mir arbeiten. Härter als jede andere Gesegnete. Bitte, gebt mir die Möglichkeit, mich zu beweisen.«

Er verschränkt die Arme vor der Brust und mustert mich eingehend von oben bis unten.

»Ich werde euch nicht enttäuschen«, setze ich nach.

»In Ordnung. Ich gebe dir die Möglichkeit. Dir allein. Ich werde nicht zusätzlich zu deiner teuren und trotzdem ungewissen Ausbildung noch deine Familie in die Oberschicht erheben und durchfüttern.«

»Euer Angebot ehrt mich, mein Herrscher. Doch ich kann meiner Familie nicht den Rücken kehren. Jetzt, da mein Vater nicht mehr für sie sorgen kann, muss ich das tun.« Obwohl es mir das Herz bricht, ich kann sie nicht im Stich lassen – vor allem Rina und Toman nicht.

»Das ist nobel von dir. Solltest du es dir anders überlegen, mein Angebot steht.« Der Herrscher nickt dem General zu, der mich augenblicklich am Oberarm packt und aus dem Thronsaal schleift. Und er muss mich schleifen, denn ich fühle mich selbst nicht imstande zu gehen.

»Bist du völlig von Sinnen?«, fragt er, während wir den Palast durch das Haupttor verlassen und an den Wachen vorbei die Stufen nach unten nehmen. Dabei klingt er eher neugierig als vorwurfsvoll.

Am Fuß der Treppe bleiben wir stehen. »Weil ich abgelehnt habe?«

Er nickt und löst seinen Griff. »Du musst deine Familie sehr lieben, wenn du auf diese Gelegenheit verzichtest.«

Ich lache laut auf. »Eigentlich nur meine Schwester und meinen kleinen Bruder.«

Mit vor der Brust verschränkten Armen mustert mich der

General, als wäre ich ein Kind, das etwas angestellt hat, und er müsse sich überlegen, wie er mich nun bestraft. Dabei bleibe ich erneut an seinen Augen hängen. Sie wecken eine Sehnsucht in mir, die ich nicht näher benennen kann. Vielleicht ist es nur der Wunsch, mal wieder durch einen Wald zu streifen. Aber noch mehr fühlt es sich wie ein Verlangen nach Abenteuer an, nach einem Leben, das so viel voller ist als meines. Ich wende meinen Blick ab, aus Angst davor, wo meine Gedanken mich sonst hinführen.

»Komm«, fordert mich der General plötzlich auf.

Zögerlich sehe ich zu ihm. »Wohin?«

»In den Tempel. Ich will prüfen lassen, wie viel Potenzial deine Segnung hat.«

Das kommt unerwartet. »Warum tut Ihr das, General?«

»Spielt das denn eine Rolle?«

Zaghaft schüttele ich den Kopf.

»Gut. Aber nenn mich Cristan. Und lass doch besser diese respektvolle Anrede. Aus deinem Mund klingt das … Egal. Lass es einfach.« Lächelnd streckt er mir seine Hand entgegen. »Wollen wir?«

Ohne zu zögern, greife ich nach ihr. Sie ist überraschend warm und weich. »Sehr gern, Cristan.«

5

Gemeinsam mit Cristan überquere ich den großen Platz zwischen Palast und Tempel. Vielleicht war die angebotene Hand nur eine höfliche Geste und ich sollte sie loslassen. Doch ich kann nicht. Sein fester Griff gibt mir Kraft und Mut, verhindert, dass ich den Verstand verliere.

Obwohl heute der Tag sein könnte, an dem meine Träume wahr werden, fällt es mir schwer, daran zu glauben. Nicht nur die Absage des Herrschers lässt mich zweifeln, bereits der Anblick des Tempels löst Furcht in mir aus. Der Gedanke an Honoria, die Hohepriesterin … Wenn mein Schicksal allein von ihrem Wort abhängt, bin ich verloren. Einst waren sie und meine Mutter beste Freundinnen, befanden sich gemeinsam in der Ausbildung im Tempel. Aber etwas entzweite die beiden, machte aus den Freundinnen Rivalinnen. Über die Gründe kann ich nur spekulieren.

Mama sagte stets: »Das erzähle ich dir später.« Aus später wurde nie.

Cristan beschleunigt neben mir seine Schritte und zieht mich hinter sich her, als hätte er Angst, der Tempel könnte wegrennen. Ich folge ihm stumm. Was auch immer ihn dazu bewogen hat, sich für meine Segnung zu interessieren – ich möchte ihn nicht davon abbringen.

Der Tempel vor uns sieht aus wie das geschrumpfte Ebenbild des Palasts. Zumindest der lang gezogene Eingangsbereich, dessen Dach von Säulen getragen wird. Diese Mauern und alles, was ich mit ihnen verbinde, rauben mir den Atem.

Wir erreichen die Treppe, und während Cristan die erste Stufe nimmt, schrecke ich zurück, lasse seine Hand los und bleibe an ihrem Fuß stehen.

Sofort dreht er sich zu mir und mustert mich ungeduldig. »Was ist los?«

»Es ist …« Wie soll ich ihm nur annähernd erklären, was gerade in mir vorgeht?

Seufzend sieht er zu mir herab. »Willst du herausfinden, wie mächtig deine Segnung ist, oder hier herumstehen und zaudern?«

»Ich zaudere nicht!«

»Natürlich nicht«, entgegnet er süffisant. »Du stehst nur da und schindest Zeit. Wie nennt man das noch einmal?«

Ich werde ihm jetzt nicht den Gefallen tun und »zaudern« sagen. »Ich sammele mich kurz.«

»Dann sammele dich mal fertig.« Cristan wendet mir den Rücken zu und erklimmt mit geschmeidigen Bewegungen die restlichen Stufen.

Obwohl ich ihm folgen möchte, gehorchen mir meine Beine nicht. Vor mir liegt alles, wovon ich immer geträumt habe, doch statt mich anzutreiben, lähmt es mich. Als wäre diese Zukunft gefangen in einer Luftblase und ich hätte Angst, sie mit einer falschen Bewegung zu zerstören.

An eine Säule gelehnt, verschränkt Cristan seine Arme. »Ich bin wirklich froh, dass du nicht zauderst. Das kann ich nämlich gar nicht leiden. Aber sich sammeln …« Gespielt beeindruckt nickt er mir zu.

Ich würde ihm gern einen Stein an den Kopf werfen. Mal sehen, ob ihm dann immer noch nach Scherzen zumute ist. Die Wut auf ihn treibt mich an, und im Handumdrehen stehe ich neben ihm und funkele ihn an. »Das hier bedeutet mir alles. Wenn du nicht verstehen kannst, dass ich deshalb nervös bin, bist du ein verflucht schlechter General.«

Schon wieder nimmt er mein Kinn in seine Hand und bringt sein Gesicht nah an meines. Wie ich das hasse! Ich habe nichts verbrochen und gehöre ihm nicht. Und während die zornige Livia ihm am liebsten eine Ohrfeige verpassen würde, muss das Mädchen in mir ihm einfach in die Augen blicken. Wie macht er das bloß?

»Ich verstehe das gut, Livia«, murmelt er und ich kann dabei seinen Atem auf meinen Wangen spüren. »Sogar sehr gut. Und genau deshalb habe ich gewusst, was zu tun ist, um dich endlich aus deiner Starre zu befreien.« Er lässt mich frei, richtet seinen Kopf wieder auf und lächelt breit.

Stein! Wo ist ein Stein? »Die Menschen müssen dir zu Füßen liegen.«

»In der Tat.« Selbstzufrieden wendet er sich ab und geht in Richtung der Soldaten, die das Tor ins Innere des Tempels bewachen.

Ich beschließe, meinen gekränkten Stolz herunterzuschlucken. Er ist ein Widerling, aber aus irgendeinem Grund will er mir helfen und es wäre kindisch, das nicht anzunehmen. Mit großen Schritten folge ich ihm und bleibe hinter ihm stehen.

»General Cristan«, begrüßt ihn eine der Wachen. »Was führt Euch hierher?«

Auch meine Mutter kannte man beim Namen, und obwohl mich das nicht antreibt, beeindruckend ist es allemal.

Cristan deutet auf mich. »Dieses Mädchen hier verfügt über die Segnung. Ich ersuche um eine Audienz bei der Hohepriesterin, um sie prüfen zu lassen.«

Mädchen? Ist es das, was ich für ihn bin?

»Einen Moment«, sagt der Soldat, verschwindet durch das

Tor und kommt kurz darauf mit einer jungen Priesterin zurück. Ihr Haar ist bis auf eine lange Locke, die über ihren Rücken gleitet, hochgesteckt und sie sieht aus, als würde sie strahlen. Vermutlich liegt das an ihrem reinweißen Kleid. Neben ihr fühle ich mich, als hätte ich mir einen unserer Kamutsäcke übergestülpt.

»Ich bin Priesterin Femi«, stellt sie sich uns vor. »Folgt mir.«

Gemeinsam mit Cristan betrete ich hinter ihr den Innenhof. Der Anblick löst schmerzhafte Erinnerungen in mir aus. Als Kinder haben Rina und ich hier viele Stunden verbracht. Haben mit jungen Priesterinnen wie Femi Fangen gespielt, während meine Mutter im Inneren etwas erledigte. Obwohl sie selbst keine Priesterin war und mit ihrer Segnung dem Herrscher und nicht den Tempel diente, setzte sie außerhalb des Schlachtfelds ihre Klänge oft auf Baustellen oder in der Landwirtschaft gemeinsam mit anderen Priesterinnen für Palente ein. Ich versuche, die Bilder abzuschütteln, ganz gelingt es mir nicht.

Abrupt bleibt Femi stehen und wendet sich an mich. »Wie heißt du?«

»Livia«, antworte ich knapp und verneige mich unbeholfen.

»Du kommst mit mir«, erklärt sie und winkt dann eine weitere in Weiß gekleidete Frau zu sich. »General, Ihr folgt bitte Priesterin Pea.«

Femi führt mich auf ein Gebäude zu, das an den Innenhof grenzt, während Cristan mit der anderen Priesterin in die entgegengesetzte Richtung geht. Als ich das immer näher kommende Haus mustere, erinnere ich mich daran, dass sich dort die Badestätten befinden. Nichts von draußen darf ins Innerste des Tempels gelangen. Keine Waffen, keine Kleidung, nicht einmal Schmutz oder Staub.

Nach Femi betrete ich die Räumlichkeiten der Frauen und sehe auf das große in den Boden eingelassene Becken. Das Wasser ist klar und der Duft von Rosen weht mir in die Nase. Mit den Badehäusern in unserer Siedlung ist das hier nicht zu vergleichen.

»Du weißt, was zu tun ist?«, fragt mich die Priesterin.

»Ja.« Ich löse den Gürtel meines Kleides, streife es ab und lege es auf die *unreine* Bank neben der Tür.

Mit den Zehen prüfe ich die Temperatur des Wassers und stelle erfreut fest, dass es beheizt ist. Ich steige in das Becken und tauche unter. Die Wärme ist eine Wohltat für meinen Körper. Meine vom Mahlen und Schleppen verkrampften Muskeln entspannen sich mit jedem weiteren Atemzug. Erst jetzt wird mir bewusst, wie mir dieser Alltagsluxus gefehlt hat. Langsam tauche ich wieder auf und sehe Femi mit einem Korb voller Schwämme am Beckenrand stehen. Auf den Zehenspitzen wate ich durchs Wasser auf sie zu und werde dabei argwöhnisch von ihr beobachtet. Ich nehme mir einen der weichen Schwämme aus ihrer Sammlung und lasse ihre Blicke an mir abprallen. Wenn sie mich einschüchtern möchte, muss sie schon härtere Geschütze auffahren.

Gerade als ich anfangen will, meinen Körper zu schrubben, hält sie einen tönernen Krug in die Luft. Ich vermute darin Duftöle und bin erstaunt, dass sie mir eine Portion zugesteht. Um mich zu reinigen, würden Wasser und Schwamm schließlich auch genügen.

»Du möchtest Honoria doch nicht übel riechend gegenübertreten«, sagt Femi mit einem Augenzwinkern, das ihre beleidigenden Worte wohl entschärfen soll.

Tut es nicht, aber wie Dreck behandelt zu werden, ist mir als Unterschichtlerin nicht fremd. Lächelnd strecke ich ihr meinen Schwamm entgegen. »Danke.«

Sie senkt den Krug und goldene Flüssigkeit träufelt auf ihn nieder. Ich führe ihn an meine Nase und sauge den Duft tief ein.

Rosen und Tonkabohnen. Der Geruch flutet meinen Kopf mit Bildern: Mama, wie sie mir einen Kuss auf die Stirn gibt und mir dabei ihre dunklen Locken ins Gesicht fallen. Die vielen Lieder, die sie mit mir gesungen hat und die ich seit ihrem Tod nur im Stillen summen darf.

Ich presse den Schwamm fest an meine Brust. Dieses Öl ist nicht nur irgendein köstlicher Duft für mich. Es ist der Duft meiner Mutter, meiner Kindheit. Ich weiß nicht, wie mein Vater und Rina mit ihrem Verlust umgehen. Oft habe ich das Gefühl, sie vergessen Mama jeden Tag ein Stück mehr und sind froh über den so nachlassenden Schmerz. Ich hingegen klammere mich an alles, was sie weiter in mir leben lässt. Ich kann und will sie nicht loslassen. Nicht heute. Nicht morgen. Nie.

Femi sieht verwundert in meine Richtung. Kurz überlege ich, ihr zu sagen, was mir durch den Kopf geht. Doch bevor sie mit einem Blick oder einer unangebrachten Bemerkung diesen Moment für mich zerstört, behalte ich es lieber für mich. Ich drücke den Schwamm etwas aus und verteile das kostbare Öl auf meiner Haut. Mit einem Lächeln auf den Lippen reibe ich mich damit ein und schrubbe mich sauber.

Nachdem ich am anderen Ende des Beckens aus dem Wasser gestiegen bin, reicht mir Femi ein großes Tuch, mit dem ich mich abtrockne. Der Stoff fühlt sich besser an als jedes meiner Kleider. Während ich es auf die an der Wand befestigte Stange zum Trocknen hänge, wartet bereits ein weißes Kleid auf der *reinen* Bank zum Anziehen auf mich. Ich halte es vor mich in die Luft und bestaune die leuchtende Farbe – so hell, als wäre sie nicht von dieser Welt. Vorsichtig, um keine Falten in das feine Tuch zu machen, schlüpfe ich hinein und spüre, wie sich der Stoff wie eine zweite Haut an meine schmiegt. Mit einem dünnen Gürtel um meine Taille sorge ich für etwas Kontur und trete ans Becken, um meine Reflexion im Wasser zu erhaschen.

Obwohl ich mich sonst nicht sonderlich für Kleider interessiere, muss ich unwillkürlich strahlen. Ich sehe fast aus wie eine Priesterin.

»Lass mich noch deine Haare kämmen«, sagt Femi plötzlich ganz sanft.

Ich stelle mich vor sie und halte meinen Kopf gerade. Da ich meine Haare immer nur mit den Fingern entwirre, sind sie ziemlich verknotet, und ich beiße die Zähne zusammen, um nicht vor Schmerz aufzuschreien.

Schließlich betrachtet mich Femi zufrieden und nickt mir zu. »So kannst du vor Honoria treten.«

»Danke!«, presse ich hervor und mir wird bewusst, dass nun gleich der Moment kommt, der über mein weiteres Leben entscheidet.

Als Femi und ich die Empfangshalle des Tempels betreten, steht Cristan bereits in der Mitte des Saales, jedoch ohne die Priesterin, die ihn zur Reinigung geführt hat. Ich frage mich, ob sie ihm beim Baden zugesehen hat, und irgendwie versetzt mir der Gedanke einen Stich.

Sobald wir ihn erreicht haben, wendet sich Femi an uns beide: »Wartet hier, bis die Hohepriesterin euch empfängt.«

Damit verschwindet sie und lässt mich mit Cristan allein in dem großen Raum zurück. Er trägt lediglich einen Schurz, und ohne dass ich es will, gleitet mein Blick über seinen Oberkörper. Seine gebräunten Muskeln bilden einen starken Kontrast zu dem hellen Stoff. Meine Augen ziehen seine Konturen nach und entdecken dabei mehrere Narben. Ich verspüre den merkwürdigen Wunsch, sie zu berühren und Cristan nach ihrer Geschichte zu fragen.

»Du starrst mich an«, unterbricht er meine Gedanken.

Ertappt wende ich meinen Kopf von ihm ab. »Ich starre dich nicht an.« Wem mache ich hier eigentlich was vor? »Mir sind nur deine Narben aufgefallen.«

»Ich dachte gar nicht, dass du so eine bist.«

»Was für eine?«

»Na eine, die sich mit heroischen Kriegsgeschichten herumkriegen lässt.«

Ich weiß nicht, ob ich gekränkt bin, wütend oder beides. »Dein erster Eindruck hat dich nicht getäuscht. Ich bin nicht so eine.«

»Dann ist ja gut.« Er glaubt mir offensichtlich kein Wort, was mich nur noch mehr aufregt. Ich atme tief durch und beschließe, mich nicht weiter von ihm provozieren zu lassen. Das hier ist viel zu wichtig. Mit den Augen fixiere ich die Wand vor mir, starre einfach auf einen Punkt und hoffe, Honoria kommt bald.

Obwohl ich nicht auf Cristan achten will, spüre ich, wie er mich beobachtet. Ich drehe mich zu ihm. Sein Blick wandert völlig unverfroren über mein Kleid. Erschrocken frage ich mich, ob es vielleicht durchsichtig ist, und sehe kurz nach unten. Ist es nicht. Der Göttin sei Dank!

»Du starrst mich an«, werfe ich ihm seine eigenen Worte an den Kopf.

»Ja«, antwortet er und versucht nicht einmal, es abzustreiten. »Natürlich starre ich dich an. In diesem Kleid siehst du schließlich aus wie eine Frau.«

Überrumpelt von diesem direkten Geständnis spüre ich, wie mir die Hitze ins Gesicht steigt. Abermals wende ich mich beschämt von ihm ab und hoffe inständig, er reitet nicht weiter darauf herum. Und erstaunlicherweise tut er mir diesen Gefallen.

Obwohl ich vorhin innerlich vor Honoria und ihrem Urteil gezittert habe, bin ich nun erleichtert, als sie die Empfangshalle betritt und die unangenehme Stille im Raum durchbricht. Ihre dunklen Haare sind noch kunstvoller auf ihrem Kopf aufgetürmt als die von Femi, und die einzelne Locke, die aus ihrer Frisur heraushängt, reicht ihr weit über den Rücken.

Während sie vor uns tritt, verneigt sich Cristan neben mir und ich tue es ihm gleich.

»Wer seid Ihr und was ist Euer Begehr?«, kommt sie sofort zum Punkt.

»Hohepriesterin Honoria, ich bin General Cristan und ich möchte dieses Mädchen, Livia, gern von Euch prüfen lassen. Sie verfügt über die Segnung, ist aber nicht in ihr ausgebildet.«

Und schon bin ich wieder nur ein Mädchen. Doch ich habe keine Zeit, mich darüber zu ärgern, denn Honoria mustert mich streng. Kurz zeichnet sich ein Lächeln auf ihren Lippen ab, bevor ihr kluger Blick sich verfinstert.

»Du bist Amaras Tochter?«, fragt sie.

»Ja, Hohepriesterin Honoria.«

»Die jüngere oder die ältere?«

»Die ältere«, antworte ich knapp.

»Ach«, entfährt es ihr und ich frage mich, ob das ein gutes oder ein schlechtes Ach ist.

Nervös reibe ich mir die Hände an meinem Kleid trocken. Ihr Schweigen fühlt sich an wie eine Ewigkeit. Ob sie mich wegschickt, ohne mich überhaupt zu prüfen?

»Wie alt bist du?«

Schon wieder diese Frage. »Siebzehn.«.

Verächtlich betrachtet sie mich und winkt ab. »Zu alt.«

Ich will etwas erwidern, aber mein Mund bleibt verschlossen.

»Hohepriesterin Honoria, sie ist für eine Ausbildung bereits sehr alt, das ist mir bewusst. Doch ihre Mutter war mächtig und sie könnte es immer noch lernen. Wenn Talent und Zielstrebigkeit zusammenkommen, ist meiner Erfahrung nach alles erreichbar.«

Dankbar sehe ich zu Cristan und bin froh, dass er für mich einsteht.

»Unmöglich ist es nicht«, sagt Honoria und macht einen Schritt auf mich zu. »Aber es braucht neben der Veranlagung auch äußerste Willensstärke und Disziplin. Ich bin mir nicht sicher, ob jemand, der den Großteil seines Lebens in der Unterschicht verbracht hat, beides aufbringen kann.«

Und plötzlich finde ich meine Stimme wieder. »Ich arbeite täglich hart, um meine Familie zu ernähren. Mahle stundenlang Kamut, ohne dabei eine Miene zu verziehen. Für die Möglichkeit einer Ausbildung würde ich alles tun. Ich werde unerbittlich lernen, mehr geben als jede Schülerin vor mir. Ich …«

Sie hebt eine Hand und gebietet mir zu schweigen. »Da du genau wie deine Mutter redest – vielleicht hast du ja auch ihre Veranlagung.«

»Das heißt, Ihr werdet mich prüfen?«, frage ich vorsichtig.

»Das heißt es.« Die Hohepriesterin rafft den Stoff ihres am Boden schleifenden Kleides nach oben. »Folge mir.«

Aufmunternd zwinkert Cristan mir zu. »Enttäusche mich nicht.«

Ich richte mich auf und sehe ihm direkt in die Augen. »Ich werde *mich* nicht enttäuschen.« So sicher, wie ich klinge, bin ich da zwar nicht. Aber ich werde alles geben und über meine Grenzen gehen.

6

Als ich hinter Honoria durch das Tor des Heiligtums trete und einen ersten Blick erhasche, erstarre ich innerlich. Diesen Teil des Tempels habe ich noch nie besucht und kenne ihn nur aus Mutters Erzählungen. Ihn mit eigenen Augen zu sehen … Der Raum ist rund und seine Form verkörpert die Göttin. Ohne Kanten, ohne Anfang, ohne Ende. Perfekt und unendlich. Im Vergleich zum Herrscherpalast sucht man hier vergebens nach Wand- und Deckenbildern. Hier ist alles weiß, denn die Göttin und ihre Priesterinnen drücken sich nicht mit Farbe, sondern rein durch den Klang aus.

Eine Gänsehaut überzieht meinen Körper. Obwohl es draußen warm ist, habe ich plötzlich das Gefühl, entsetzlich zu frieren. Während die anderen Böden aus Granit sind, der die Wärme speichert, fühlt sich dieser hier völlig kalt an. Einen solchen Stein habe ich vorher noch nie gesehen. Er ist weiß, glatt poliert und spiegelt, wie es sonst nur ruhiges Wasser vermag.

Ich komme in der Raummitte neben der Hohepriesterin zum Stehen und betrachte das Heiligtum eingehend. Jetzt wird mir klar, warum der Raum auch ohne Bilder so kunstvoll wirkt. Die runden Wände sind vom Boden bis zur Decke mit unterschiedlich großen Waben und Lamellen verziert. Ich könnte den ganzen Tag hierbleiben und sie mit meinen Augen nachzeichnen.

»Sie unterstützen den Klang«, erklärt Honoria neben mir, die offensichtlich meinem Blick gefolgt ist. »Und die Muster sind nötig, um der Göttin unsere heiligsten Klänge in ihrer reinsten Form darzubieten.«

Obwohl ich zwar höre, was sie sagt, es aber nicht wirklich verstehe, nicke ich.

»Ich werde dich nun prüfen«, kündigt sie mit ruhiger Stimme neben mir an, und ich konzentriere mich wieder auf sie. »Ich will herausfinden, wie viel der Segnung die Göttin in dich gepflanzt hat. Dazu musst du nichts bewegen, sondern einfach die Töne, die ich gleich für dich anstimme, so exakt wie möglich nachsingen.«

Trotz meiner Erleichterung darüber zittere ich vor Aufregung.

Honoria öffnet den Mund und ein tröstlich tiefer Klang verlässt ihn. Die Wände werfen ihn zurück zu mir, hüllen mich darin ein.

Ich stimme einen Ton an, höre jedoch sofort, dass er zu hoch ist. Augenblicklich korrigiere ich ihn, aber die Hohepriesterin schüttelt den Kopf. Sie singt ihn noch einmal für mich und dirigiert mich mit einem herauf- oder herabdeutenden Zeigefinger zum korrekten Klang. Ich brauche einige Anläufe, um ihn zu treffen, und bin erstaunt. Denn ich dachte immer, die hohen Töne wären die schweren, nicht die tiefen. Aber vielleicht ist das ja auch so, und ich stelle mich nur jetzt schon völlig ungeschickt an.

Ausladend bewegt Honoria ihre Hände durch die Luft. Vermutlich zieht sie an meinem Klang und steuert die Wellen, die er erzeugt. Es sieht aus, als würde sie an einem Seil ziehen und ihn so aus mir herausholen und dann mit wischenden und kreisenden Bewegungen im Raum verteilen. Erstaunt nehme ich wahr, dass sich der Ton dabei tatsächlich verändert.

»Kannst du die Wellen des Klangs sehen?«, fragt sie, nachdem wieder völlige Stille im Heiligtum eingekehrt ist.

»Nein«, murmele ich mit gesenktem Haupt.

»Sie spüren?«

Nachdenklich wiege ich meinen Kopf hin und her. Ich bin mir nicht sicher und will sie nicht anlügen. »Manchmal, glaube ich.«

Sehr zufrieden wirkt sie mit dieser Antwort nicht. »Beschreibe es mir.«

»Zum einen ist da natürlich die Vibration«, setze ich an.

»Die spüren auch Menschen, die nicht gesegnet sind«, fällt sie mir ins Wort.

Ich nicke und fahre fort: »Ja, ich weiß. Aber gelegentlich habe ich das Gefühl, dass es eine Verbindung zwischen mir und der Vibration gibt. Als wäre da ein unsichtbarer Faden.«

Mit zusammengezogenen Brauen mustert mich die Hohepriesterin, kommentiert meine Ausführungen aber nicht. Ihrem Gesichtsausdruck nach zu urteilen glaubt sie, ich rede Unsinn. Verübeln kann ich ihr das nicht.

Schließlich stimmt sie einen mittelhohen Klang an und ich bemühe mich, ihn auf Anhieb zu treffen. Ich schaffe es wieder nicht, brauche dieses Mal aber weniger Anläufe. Erneut verteilt Honoria den Ton im Raum, und ich stelle mir dabei vor, die Welle bestünde aus Farbe, die sie großflächig verstreicht. Welches Muster würde sie wohl erzeugen? Ich weiß es nicht und wenn ich sie jetzt nicht überzeuge, werde ich es nie herausfinden.

Weitere Fragen stellt mir die Hohepriesterin nicht, sondern geht mit mir einen Ton nach dem anderen durch. Wir sind bereits bei den hohen angelangt und ich hoffe inständig, es folgen nicht mehr viele. Schon den letzten konnte ich nur mit Müh und Not anstimmen, und er hat sich für mich gar nicht sauber angehört.

»Einen Klang habe ich noch für dich«, sagt Honoria und lächelt. Freut sie sich schon über mein Scheitern, oder will sie mich damit tatsächlich aufmuntern? »Es ist der höchste und ich bin gespannt, ob du ihn meisterst.«

Vielleicht spüre ich die Wellen nicht, dafür deutlich den Druck, der auf mir lastet. Während er von außen meine Brust zerquetscht, drohe ich, innerlich zu zerplatzen.

»Atme«, fordert mich die Hohepriesterin auf. »Und richte dich auf.«

Ich gehorche ihren Worten und fühle mich augenblicklich etwas besser. Honoria schmettert den hohen Ton durch den Raum, und anstatt ihn nachzuahmen, stehe ich mit offenem Mund da und nehme ihn in mich auf. Er klingt so rein und schön, mir treibt es fast die Tränen in die Augen.

Erstaunlicherweise werde ich dafür nicht getadelt. »Ungeachtet der Tatsache, dass unsere Segnung eigentlich nur auf die Materie wirkt, lässt dieser Klang nur wenige Gemüter unbeeindruckt. Sollen wir herausfinden, ob du ihn beherrschst?«

Ich nicke. Obwohl ich nur schwer daran glauben kann, dass ich dazu fähig bin, werde ich nicht aufgeben. Vermutlich blamiere ich mich bis auf die Knochen, aber damit muss ich leben.

Geräuschvoll atme ich aus, sammele mich kurz. Jetzt kommt es darauf an. Ich stimme den Ton an und würde mir am liebsten selbst die Ohren zuhalten. Honoria korrigiert mich mit ihrem Zeigefinger weiter nach oben. Ich habe das Gefühl, schon am Anschlag zu sein, versuche es aber trotzdem. Es hört sich immer schrecklicher an, aber die Hohepriesterin lässt nicht locker. Schließlich erreiche ich die von ihr gewünschte Höhe. Meine Stimmbänder schmerzen und mein Kopf pocht. Ich hoffe, die Prüfung ist bald beendet.

Nun ändert Honoria ihre Handbewegungen. Es sieht immer noch so aus, als würde sie an der Welle ziehen, sie dann aber nicht mehr verteilen. Stattdessen habe ich das Gefühl, sie liest neugierig in ihr. Schließlich faltet sie die Welle zusammen und wirft sie beinahe achtlos zu Boden. Meine Leistung weiter kommentieren muss sie nicht, ich weiß selbst, dass ich versagt habe.

»Wir sind fertig«, sagt sie und wischt dabei ihre Hände aneinander ab, als hätte mein Klang sie beschmutzt. »Geh zurück durch das Tor, aus dem wir gekommen sind. Ich werde mich mit der Göttin beraten und dir und dem General dann gleich mein Urteil verkünden.«

Als ich den Empfangssaal betrete, lächelt mich Cristan erwartungsfroh an. Es fällt mir schwer, seinem Blick standzuhalten, und am liebsten würde ich mich in Luft auflösen. Der Gedanke, nicht nur mich enttäuscht zu haben, sondern auch ihn, trifft mich auf eine unerwartete Weise.

»Und?«, fragt er, nachdem ich neben ihm angekommen bin.

Ich will ihm sagen, dass es eine Katastrophe war, bringe es aber nicht über mich. »Ich weiß nicht«, antworte ich stattdessen ausweichend.

Zum Glück lässt Honoria uns nicht lange warten. Mit anmutigen Schritten kommt sie auf uns zu, ihre Miene ist undurchschaubar. Ich will nicht hören, was sie zu sagen hat. Sobald sie ihr Urteil verkündet hat, werde ich ins Badehaus rennen und dort bis zum Sonnenuntergang sitzen und warten, damit ich Cristan nicht unter die Augen treten muss. Oder ich ziehe mich blitzschnell um und fliehe noch vor ihm aus dem Tempel.

Cristan stupst mich an und reißt mich aus meinen Gedanken. Erschrocken drehe ich mich zu ihm, sehe, wie er sich vor der Hohepriesterin verbeugt, und neige meinen Oberkörper ebenfalls.

»General, Ihr habt mich gebeten, dieses Mädchen zu prüfen.« Honoria presst ihre Lippen aufeinander und sieht zu mir. »Das habe ich getan.«

»Ich danke Euch vielmals«, erwidert Cristan. »Und wie lautet Euer hochgeschätztes Urteil?«

Mein Herz pocht so laut, dass ich Angst habe, Honorias Worte zu überhören. Zum ersten Mal in meinem Leben denke ich mir, es ist gut, dass Mutter nicht mehr lebt und diese Schande nicht mit ansehen muss.

»Sie hat Amaras Veranlagung. Zweifelsohne«, setzt sie an und mir fällt ein Stein vom Herzen. »Doch«, fährt sie mit erhobenem Zeigefinger fort und bremst so meine kurz entflammte Euphorie, »das allein genügt nicht. Ihre Ausführungen sind unsauber, und sie hat keinerlei Kontrolle über ihren Klang.«

»Davon bin ich ausgegangen, da sie nicht ausgebildet wurde«, entgegnet Cristan neben mir ruhig. Im Gegensatz zu mir wirkt er keineswegs enttäuscht. »Aber die für mich interessante Frage lautet: Kann sie es noch lernen?«

»Keine Schülerin ist wie die andere, jede hat ihre Stärken und Schwächen. Aber die Ausbildung der Stimmbänder braucht Zeit. Wenn man jung anfängt, sind sie formbarer und es geht schneller. Aber in ihrem Alter …« Die Hohepriesterin lässt den Satz in der Luft hängen und redet über mich, als wäre ich gar nicht anwesend.

»Glaubt Ihr, sie kann vieles nicht mehr lernen oder wird es einfach nur dauern?« Cristan denkt offensichtlich weiterhin nicht daran aufzugeben.

Als wäre meine Körperhaltung für ihre Antwort ausschlaggebend, mustert mich Honoria aufmerksam von oben bis unten. »Meiner Einschätzung nach wird ihre Ausbildung ungewöhnlich viel Zeit in Anspruch nehmen. Und trotzdem wird sie die hohen Töne möglicherweise nie voll und ganz beherrschen.«

»Verzeiht meine Unwissenheit«, setzt Cristan galant an. »Aber was genau bewirken die hohen Töne?« Er dreht seinen Kopf zu mir und schenkt mir ebenfalls einen prüfenden Blick. Doch ich versuche, mich nicht auf Cristan zu konzentrieren, sondern auf die Worte der Hohepriesterin.

Die Frage scheint Honoria zu stören, denn ihre Augen verfinstern sich. »Im Allgemeinen werden sie dazu angewendet, Materie Höhe überwinden zu lassen. Für etwas Zerstörerisches sind sie eher nicht geeignet, falls es das ist, was Euch interessiert.«

Cristan nickt zufrieden und lässt damit Wut in den Augen der Hohepriesterin aufflackern. Ich will mich ebenfalls darüber ärgern, bin aber gerade zu keiner Reaktion fähig. Mir ist, als wäre nur mein Körper anwesend und mein Geist taub.

»Aufgrund ihres Alters ist eine Ausbildung nicht zu empfehlen«, schließt Honoria ihre Bewertung über mich ab.

Mit ihrem Urteil sterbe ich nicht, aber mein größter Traum. Und das ist viel schlimmer. Der Gedanke an meine Segnung und die mit ihr verbundene Rückkehr in die Oberschicht haben mir Kraft gegeben. Mein jetziges Leben war für mich immer nur eine Zwischenstation. Nun ist es mein Schicksal.

»Ich danke Euch für Eure Einschätzung, Hohepriesterin.« Cristan verneigt sich erneut.

Auch ich verbeuge mich vor ihr, einen Dank bringe ich jedoch nicht über die Lippen.

»Sehr gern«, sagt Honoria und ihr gütiges Lächeln kehrt zurück. »Bevor Ihr geht, lasst uns gemeinsam der Göttin danken.«

Ich weiß nicht recht, wie ich mein Verhältnis zur Göttin beschreiben soll, denn seit dem Tod meiner Mutter ist es quasi nicht existent. Mein Vater gibt ihr – genau wie Cyr – eine Mitschuld an ihrem Tod. Obwohl ich gegen diese Behauptung aufbegehren sollte, wispert auch in meinem Kopf diese leise Stimme, die wieder und wieder fragt, wie sie es nur zulassen konnte. Meine Mutter war eine Gesegnete, ihre treue Dienerin. Und doch ließ sie den Anschlag auf ihr Leben einfach geschehen. Vermutlich sind es diese Gedanken, die mich von meiner Segnung fernhalten, dazu führen, dass die Saat der Göttin nicht vollständig in mir aufgeht.

Honoria bringt ihre Hände vor der Brust zusammen und Cristan und ich folgen ihrem Beispiel. Klänge verlassen ihren Mund, und obwohl sie wunderschön sind, hören sie sich für mich eher an wie eine Tonleiter als ein Lied. Hinter uns begleiten weitere Stimmen den Gesang. Ich wende kurz meinen Kopf und erkenne Femi und die Frau, die Cristan zum Waschhaus geführt hat.

Die Priesterinnen verstummen und Honoria ergreift das Wort, die Hände immer noch vor ihrer Brust gefaltet. »Dir, Göttin, die du deinen Samen der Segnung weiterpflanzt, sei Lob und Dank. Dir Göttin, die du Livia die Pforte zu deinem Heiligtum geöffnet hast, sei Lob und Dank.«

»Danke«, murmele ich dazwischen, obwohl sich das Wort wie eine Lüge anfühlt.

Die Hohepriesterin nickt uns zu und wendet sich ab. Anstatt wie geplant ins Waschhaus zu rennen, sehe ich ihrem langen, wehenden Kleid hinterher, bis Femi neben mir auftaucht und mit einer auffordernden Geste zu der Badestätte der Frauen zeigt. Ruckartig schaue in die entgegengesetzte Richtung und erhasche einen letzten Blick auf Cristan, bevor er mit der jungen Priesterin durch das Tor verschwindet. Es war vermutlich das letzte Mal, dass ich ihn gesehen habe.

Obwohl gerade alles in mir zerbricht, tragen mich meine Füße tapfer weiter und folgen Femi. Als ich vor dem nach Rosen und Tonkabohnen duftenden Wasserbecken stehe, wird mir bewusst, dass ich nie wieder darin baden werde. Nie wieder diese Nähe zu meiner Mutter spüren werde.

Ich streife das schöne weiße Kleid von meinem Körper und lege es zurück auf die *reine* Bank, von der ich es vorhin genommen habe. Doch es ist nicht mehr rein, ich habe es mit meinem Versagen beschmutzt. Nackt gehe ich um das Becken herum und greife nach meinem Kleid, das sorgsam gefaltet auf mich wartet. Ich ziehe es über und mit jedem rauen Stück, das mich berührt und bedeckt, spüre ich die Schande. Sie brennt sich durch meine Haut, als wäre das Tuch aus Nesseln gewebt.

Wortlos trotte ich hinter Femi ins Freie. Cristan steht mit der jungen Priesterin bereits im Innenhof und trägt wieder seine Uniform. Ich dachte, er wäre schon fort. Und obwohl ich mich am liebsten abwenden möchte, um ihm nicht mehr unter die Augen zu treten, fühlt es sich tröstlich an, ihn noch einmal zu sehen.

»Danke, Pea«, sagt Femi zu der jungen Priesterin, die höflich nickt und durch eines der Tore im Tempel verschwindet.

Cristan löst ein kleines Ledersäckchen von seinem Gürtel und greift hinein. Ich kann nicht glauben, was er daraus hervorholt, blinzele, um mich zu versichern, dass ich mir das nicht einbilde. Es ist ein Goldling. Ich kann mich nicht erinnern, wann ich zuletzt einen gesehen habe. Sie sind kaum im Umlauf und werden hauptsächlich vom Herrscher und seinem Hof verwendet. Kein Wunder – schließlich ist eine dieser Münzen tausend Kupferlinge wert. In meiner Welt gibt es praktisch nichts, was in Goldlingen bezahlt wird.

»Für die Dienste der Hohepriesterin und des Tempels«, sagt Cristan und drückt Femi die Münze in die Hand.

»Ihr seid sehr großzügig, General«, antwortet die Priesterin. »Der Tempel dankt.«

Mit offenem Mund starre ich ihn an. Ich kann nicht glauben, dass er solche Unmengen für mich ausgibt. Wie viel Kamut ich davon kaufen könnte …

»Lass uns gehen«, wendet sich Cristan an mich und unterbricht damit meinen verzweifelten Versuch, das Gold in Kamut umzurechnen.

Uns? Hat er denn nicht gehört, was Honoria gesagt hat? Was will er noch von mir? Mir kommt eine Idee, doch die gefällt mir gar nicht. Was, wenn er den Goldling von mir zurückerwartet?

»Sammelst du dich wieder?«, fragt er und ein Lächeln umspielt seine Lippen.

Ich bin verwirrt. Wie kann er jetzt so fröhlich sein? Vermutlich wirklich, weil er das Geld nicht als verloren ansieht, sondern nur als gewährten Kredit. Mir wird übel. »Ich …«

»Ich warte bei den Stufen auf dich.«

Ich sehe ihm nach, während er durch das von den Wachen flankierte Eingangstor tritt, und weiß, ich kann nicht ewig hier stehen bleiben. Mit gemischten Gefühlen folge ich ihm.

»Ich kann dir das unmöglich zurückzahlen«, werfe ich ihm an den Kopf, nachdem ich den untersten Treppenabsatz erreicht habe.

Mit gerunzelter Stirn sieht er zu mir. »Wann habe ich denn gesagt, dass du es mir zurückzahlen musst?«

»Gar nicht«, gebe ich kleinlaut zurück.

»Gut, dann komm.« Er dreht sich in Richtung des Palasts und setzt sich in Bewegung.

Irritiert schließe ich zu ihm auf. »Und nun?«

»Nun wissen wir mehr«, antwortet er und geht weiter.

Ich weiß nicht warum, doch ich folge Cristan über den weitläufigen Platz, der zurück zum Palast führt.

Vor den Stallungen auf der Westseite des Palasts kommt er zum Stehen. »Warte hier.«

Cristan verschwindet im Inneren und ich lasse meinen Blick über die Anlage schweifen. Wie viele Pferde hier wohl untergebracht sind? Jedenfalls zu viele, um sie zu zählen. Ein Stallbursche, kaum älter als Toman, umsorgt eines der edlen Tiere. Während in meinem Viertel die Menschen um ihre Existenz bangen, reibt er das Pferd ausgiebig mit einer Handvoll Stroh trocken. Vor den Ställen stehen große Tröge gefüllt mit Gerste und Früchten für die Fütterung bereit. Ich weiß, auch diese Tiere arbeiten hart, aber vermutlich haben sie trotzdem ein besseres Leben als die meisten Menschen der Unterschicht.

Leises rhythmisches Hufgetrappel dringt an mein Ohr, und als ich meinen Kopf wende, erblicke ich Cristan. Aufrecht sitzt er auf einem schwarzen Pferd und reitet auf mich zu. Als er direkt vor mir zum Stehen kommt, bestaune ich, wie anmutig, kraftvoll und schön dieses Tier ist. Aber was für eine Art Pferd sollte jemand wie Cristan auch sonst reiten?

»Steig auf«, fordert Cristan und streckt mir seine Hand entgegen.

Zögerlich greife ich nach ihr und ziehe mich auf den Rücken des Tieres.

»Wohin?«, will er wissen.

Eine einfache Frage und trotzdem will mir keine Antwort über die Lippen kommen. Denn hierher gehöre ich nicht und nach Hause zieht es mich nicht.

»Wo wohnst du?«, präzisiert er.

»Am Osttor, in der Siedlung der einfachen Handwerker.«

Über die Schulter hinweg sieht er mich an. »Du wirst vom Pferd fallen, wenn du nicht näher rückst und dich an mir festhältst.«

Instinktiv will ich ihm widersprechen, ihm sagen, ich brauche ihn und seine Ratschläge nicht. Doch als meine Augen auf seine treffen, fällt all mein Widerwille in sich zusammen. Ich rutsche zu ihm auf und lege meine Hände auf seine Hüften. Plötzlich greift er nach ihnen und zieht sie weiter nach vorn. Meine Handflächen ruhen nun auf dem festen Brustpanzer seiner Uniform und erzittern bei der Berührung. Vielleicht auch, weil mir in diesem Moment bewusst wird, dass meine Schenkel seine berühren und mich diese Nähe nervös macht. Ich will nicht, dass mein Körper so auf ihn reagiert, und schelte mich innerlich dafür. Bevor ich länger über diese Situation nachdenken kann, reitet er los, am Palast und den prunkvollen Häusern der Beamten vorbei, auf dem staubigen Pfad, der zum Osttor führt.

Der Wind bläst mir ins Gesicht und durch meine Haare, und kurz vergesse ich, wie angespannt ich noch vor wenigen Augenblicken war. Wir sind so schnell und ich davon berauscht. Cristans Duft weht mir in die Nase. Er riecht nach dem Leder seiner Uniform und nach Blättern im Morgentau. Ich ertappe mich sogar dabei, wie ich meinen Kopf zu ihm neige und diese ganz besondere Note tief einsauge.

»Du kannst mich hier absteigen lassen«, sage ich, als wir vor der Gabelung ankommen, die zu uns führt.

»In welchem Haus wohnst du?«, fragt er und zügelt sein Pferd.

Ich zeige in die Richtung. »Es ist gleich dort hinten.«

Cristan reitet weiter, folgt dem schmaler werdenden Pfad. Alles in mir sträubt sich dagegen, ihm unser Haus zu zeigen. Ich schäme mich dafür, und mir das einzugestehen, macht es nicht leichter. »Dort vorn, das mit den schiefen Fenstern.«

»Hier gibt es nur schiefe Fenster«, entgegnet Cristan.

Für ihn muss das so aussehen, schließlich ist er sehr viel Besseres gewohnt. Doch wer hier lebt, erkennt die vielen Abstufungen von ärmlich, schief und einfach. »Reite einfach langsam und ich sage dir, wann du halten musst.«

Kaum merklich wendet er seinen Kopf zu mir und ich erkenne ein Lachen in seinen Mundwinkeln.

Köpfe lugen aus fast allen Türen, um zu sehen, warum schon wieder ein Pferd durch die Siedlung reitet.

»Halt«, sage ich schließlich, und Cristan gehorcht meinem Befehl und wir kommen zum Stehen. Nur zögerlich löse ich meine Hände von seiner Rüstung. Honoria hat meinen Traum im Tempel platzen lassen. Aber jetzt abzusteigen und durch die Tür unseres Hauses zu gehen, lässt es erst wahr werden. Zumindest fühlt es sich so an.

»Danke«, hauche ich ihm über die Schulter zu und rutsche vorsichtig vom Rücken des Pferdes. Die neugierigen Nachbarn sind zurück in ihren Häusern, ihre Blicke spüre ich jedoch weiterhin.

»Hier wohnst du also«, erwidert Cristan. Dabei verzieht er keine Miene und verliert kein Wort über die Siedlung und unser Haus. Das rechne ich ihm hoch an.

Ich nicke stumm und überlege, wie ich mich von ihm verabschieden soll. Warum er meinem Vater den Kopf abschlagen wollte, weiß ich. Warum er mir allerdings helfen wollte, ist mir immer noch schleierhaft. »Warum tust du das?«

»Weil ich wissen wollte, wo du wohnst.«

Ob mir das später zum Verhängnis wird? »Ich meine nicht, warum du mich heimgebracht hast, sondern …«

Süffisant lächelt Cristan von seinem Pferd herab. »Ich weiß. Sagen wir einfach, ich habe meine Gründe.«

Das erklärt zwar nichts, aber wenigstens nimmt er mir damit das Gefühl, ihm etwas zu schulden. Langsam gehe ich zur Tür. Bevor ich eintrete, wende ich mich erneut um. »Leb wohl, Cristan.«

»Auf Wiedersehen, Livia.« Dann reitet er davon und lässt wie die Soldaten, die gestern zur Kundgebung aufgerufen haben, nichts als aufgewirbelten Staub zurück. Diesmal sehe ich ihn nicht nur, ich spüre ihn tief in mir. Denn alles in mir ist heute zu Staub zerfallen.

Als wäre nichts von Bedeutung geschehen, trete ich durch die Tür. Obwohl Rina bereits mit der ersten Ration auf dem Markt ist, riecht es immer noch nach Brot.

»Wo warst du? Wer war das?«, fragt Turia.

»Nirgends, niemand«, antworte ich, weil ich nicht darüber reden will.

Traurig, aber verständnisvoll nickt sie.

Die Stimmung im Haus ist gedrückt und Vater noch unterwegs. Es ist vermutlich das erste Mal seit vielen Sommern, dass er den ganzen Tag hart arbeiten muss. Toman läuft auf mich zu, schlingt seine dünnen Arme um meine Hüften und legt seinen Kopf an meine Brust. »Du bist doch nicht auch in Schwierigkeiten?«

»Mach dir keine Sorgen, Toman. Alles ist gut«, seufze ich. »Ich bin hier und das wird so bleiben.«

Während mein kleiner Bruder sich von mir löst, starre ich von der einen braunen Wand zur anderen. Unsere gemeinsame Schlafstätte und die von Turia und Vater, die Küche, der kleine freie Platz am Boden, auf dem wir immer essen – alles ist nur wenige Schritte voneinander entfernt. Wieder einmal habe ich das Gefühl, von der Enge hier erdrückt zu werden. »Ich bin kurz draußen.«

Ich trete vor die Tür. Die Sonne steht hoch und läutet die nahende Mittagsruhe ein. Gedankenversunken starre ich auf die Hufspuren von Cristans Pferd, die immer noch am Boden zu sehen sind. Tief in mir habe ich das Gefühl, irgendetwas tun zu müssen. Wenn Menschen sterben, schmücken wir sie mit Blumen und verbrennen sie anschließend. Aber was tut man, wenn nur ein Teil von einem stirbt? Betrinkt man sich in der Schänke wie mein Vater? Sucht man Ärger und zettelt eine Rauferei an? Nichts davon erscheint mir irgendwie passend.

An der Hauswand lasse ich mich zu Boden gleiten. Ein paar der Nachbarn stecken ihre Nasen erneut aus den Fenstern und Türen. Frustriert schirme ich mein Gesicht mit den Händen ab und ignoriere sie. Obwohl mich Honorias Urteil verstummen lassen sollte, beginne ich zu summen. Leise und monotone Töne verlassen meinen Mund, zeichnen Muster in den Staub, türmen ihn zu unnatürlichen Formationen auf. Einige Zuschauer treten daraufhin zurück ins Innere ihrer Häuser, manche hinaus auf die Straße und beobachten mich nun unverhohlen. Könnte ich meine Welle gezielt steuern, um sie zu erschrecken – ich würde es tun. Hätte mir Vater noch etwas zu sagen, er würde toben. Wobei ich ihm die Angst, der Herrscher würde mich ihm wegnehmen, wenn er von meiner Segnung wüsste, nun nehmen könnte. Und obwohl dies kein Schauspiel ist, das ich für unsere Nachbarn betreibe, es fühlt sich gut an, meine Segnung nicht mehr verstecken zu müssen.

»Was gibt es da zu starren?«, frage ich laut, ohne jemand Bestimmten von ihnen anzusprechen.

Eine Antwort erhalte ich nicht. Doch meine Zuschauer ziehen sich zurück oder beobachten mich zumindest nicht mehr so auffällig. Ob sie das aus Respekt vor meiner Segnung tun, die ich ihnen nun offenbart habe, oder aus Mitleid, weil mein Vater entbürgert ist, kann ich nicht sagen.

7

Verschlafen liege ich auf der mit Stroh ausgelegten Schlafstätte. Obwohl ich das Mehlmahlen hasse, gestern habe ich festgestellt, backen und Hausarbeit sind noch viel schlimmer. Da immer noch genug Kamut da ist, wird der heutige Tag vermutlich auch nicht besser, und meine Freude auf ihn hält sich in Grenzen. Ein Halm pikst mir in die Flanke und ich drehe mich um. Seltsamerweise ist Rinas Seite leer. Toman liegt nach wie vor auf seinem Fleck an der Wand und Vater und Turia ein Stück abseits von uns auf ihrem Lager. Leise, um den Rest der Familie nicht zu wecken, erhebe ich mich und schleiche zur Tür. Mein Blick gleitet zu Vater. Eingerollt wie ein verwundetes Tier liegt er auf der Seite und kein Ton verlässt seinen Mund. Sonst ruht er ausgestreckt auf dem Rücken und schnarcht so laut, dass die Wände vibrieren. Und das nach nur einem vollen Tag als Entbürgerter …

Vorsichtig trete ich durch die Tür ins Freie. Die Sonne ist noch nicht aufgegangen, aber der Himmel erhellt sich bereits. Ich schließe meine Augen und lausche in die ruhigen Gassen. Würgegeräusche dringen an mein Ohr und ich folge ihnen. Kurz vor den Latrinen an der nächsten Gabelung finde ich meine Schwester, die vornübergebeugt spuckt.

Fürsorglich lege ich Rina eine Hand auf den Rücken. »Ich bin es nur«, beruhige ich sie und bemühe mich, nicht zu tief zu atmen, denn der beißende Geruch von Erbrochenem mischt sich unangenehm mit dem der Latrinen.

Als ihr Magen entleert ist, ziehe ich sie zu dem Wasserbecken in der Mitte des Platzes. Kniend reinigt sie ihr Gesicht, weicht meinem Blick jedoch aus.

»Was ist mit dir?«, frage ich und hoffe, sie hat gestern nur zu viel getrunken oder etwas Falsches gegessen.

»Ich weiß nicht«, wispert Rina und beginnt zu schluchzen.

Ich setze mich neben sie und ziehe sie in meine Arme. Während ich ihr sanft über den Kopf streichele, spüre ich ihre Tränen an meinem Hals. »Was auch immer geschieht, ich bin für dich da.«

Leise summe ich Mamas Einschlaflied und wiege Rina dabei. Noch mehr Tränen fließen, doch ihr Körper entspannt sich mit jedem Ton. Sand und Staub am Boden wirbeln durch die Luft. Meine Augen werden ebenfalls feucht, aber anstatt zu weinen, singe ich weiter.

Rina löst sich von mir und sieht mich mit ihren geröteten Augen an. »Das geht nun schon seit Tagen so. Am ersten Tag dachte ich, ich hätte mir den Magen verdorben. Am zweiten auch. Aber dann …« Sie schluckt. »Ich glaube, ich bin schwanger.«

Instinktiv will ich ihr widersprechen. Sie ist meine kleine Schwester. Sie kann nicht schwanger sein. Sie darf nicht schwanger sein! In mir beginnt es zu brodeln. »Wo wohnt er?«

»Mator?«, fragt Rina erschrocken.

»Ich bringe ihn um! Ich besorge mir ein Schwert und bringe ihn um.«

Meine Schwester umfasst meine Hände, die ich zu Fäusten geballt habe. »Sei nicht böse auf ihn. Es ist nicht seine Schuld.«

Die Liebe muss ihr den Verstand vernebelt haben. Dieses Desaster ist einzig und allein seine Schuld. »Er hat dich verführt und geschwängert.«

»So einer ist er nicht. Und ich wollte es genauso wie er.«

In mir kocht es immer noch, aber sein Tod würde das Problem nicht lösen. »Wenn ich ihn nicht umbringen darf, dann muss er wenigstens deine Ehre wiederherstellen und dich heiraten.« Ich kann nicht glauben, dass ich diese Worte ausspreche. Heirat ist das Letzte, das ich für mich selbst begehre. Wir sind gerade erst von Vaters Tyrannei befreit worden – Rina nun gleich wieder an einen anderen Mann zu verlieren …

»Das wird er, Livi. Verlass dich drauf.« Zum ersten Mal, seit ich sie hier gefunden habe, strahlen ihre Augen.

Meine Schwester ist nicht wie ich. Einen Mann finden und ihm Kinder gebären ist für sie keine Schreckensvorstellung. Ich bemühe mich, nette Worte zu finden. »Selbstverständlich. Er wäre töricht, wenn nicht.«

»Ich werde nach dem Markt mit Mator reden.«

»Lass uns nach Hause gehen.« Ich erhebe mich und klopfe mir den Staub von meinem unförmigen Schlafkleid.

Auch Rina steht auf, und die ersten Sonnenstrahlen des neuen Tages ergießen sich über ihr. Als hätte die Göttin persönlich ihre Hand auf sie gelegt. Meine Schwester ist so schön und gut und ich hoffe, dieser Mann erweist sich als würdig.

Am Stand der Sonne gemessen müsste der Markt bereits geschlossen haben. Nervös gehe ich im Haus auf und ab und warte auf Rina. Ich muss einfach wissen, dass Mator ihre Ehre wiederherstellt. Denn eine eigene Familie zu gründen, ist Teil von Rinas Lebenstraum. Aber niemand heiratet eine Frau mit einem unehelichen Kind. Schon gar nicht, wenn sie die Tochter eines Entbürgerten ist.

Turia sieht von ihren Flickarbeiten auf. »Ich habe dich heute nicht einen Moment ruhig sitzen gesehen. Was ist los mit dir?«

»Ich hoffe, dass es Vater gut geht«, lüge ich. Er ist heute wieder kurz nach Sonnenaufgang zu einer Baustelle aufgebrochen. Ich sollte mir wirklich Sorgen um ihn machen. Die Arbeit dort ist hart und er nicht mehr der Jüngste. Doch sein Schicksal ist bereits besiegelt, das meiner Schwester noch nicht.

»Ich denke auch schon den ganzen Tag an ihn. Aber dein Vater ist zäher, als er aussieht. Ich bin mir sicher, ihm wird nichts passieren.«

Ich nicke abwesend und starre weiter zum Eingang. Ein mittlerweile fast schon vertrautes Geräusch dringt an mein Ohr – Hufgetrappel. Blitzschnell laufe ich nach draußen und suche nach dem Reiter. Enttäuscht stelle ich fest, es ist nur eine Stadtwache. Ich weiß nicht, warum die Erkenntnis mich so trifft. Warum sollte Cristan mich denn schon besuchen? Und selbst wenn – warum sollte ich das wollen?

Kopfschüttelnd will ich zurück ins Haus, als der Reiter genau vor mir sein Pferd zügelt. Mit seinen Fingern zählt er die Häuser und sieht dann fragend zu mir. Für mich gibt es nur eine Erklärung: Vater hat etwas angestellt, womöglich eine Arbeit verweigert. Oder er hat sich nicht verweigert und … Ich will diese Möglichkeit gar nicht zu Ende denken.

»Ich suche eine Livia«, spricht die Stadtwache mich an. »Die Tochter des kürzlich Entbürgerten.«

Mein Körper versteift sich und ich fühle mich unfähig, nach Turia zu rufen.

»Bist du Livia?«, fragt er.

»Ja«, antworte ich knapp.

»Kannst du lesen?«

Eine nicht unberechtigte Frage in dieser Siedlung. »Ja.«

»Gut.« Er greift in eine Tasche und reicht mir ein Pergament. »Hier.«

Irritiert nehme ich es entgegen. Ich kann mich nicht erinnern, wann ich zuletzt außerhalb der Bibliothek ein Schriftstück gesehen habe. Abgesehen davon, dass die meisten Menschen der Unterschicht nicht lesen und schreiben können – niemand würde sein Geld für Pergament verschwenden.

Ich streife mit dem Finger über die leicht raue Oberfläche und fasse mich langsam wieder. Gerade als ich fragen will, was es damit auf sich hat, reitet die Stadtwache ohne ein weiteres Wort davon. Die Schriftrolle fest umklammert, sehe ich dem Mann nach, bis er hinter einer Reihe Häuser verschwindet. Vorsichtig rolle ich das Pergament auf. Als würde ich beim Anblick des Textes erblinden, wage ich nur langsam, es zu lesen.

Von der Göttin gesegnete Livia!

Unwillkürlich zucke ich zusammen. Anreden in Briefen werden stets mit Bedacht gewählt. Sie sind viel mehr als ein Gruß und beschreiben sowohl den Status des Empfängers als auch das Verhältnis zum Schreibenden. Sofort wandert mein Blick ans Ende des Pergaments. Ich will wissen, wer mich mit der ehrenvollen Anrede der Gesegneten bedenkt.

Ergebenst, General Cristan

Meine Hände beginnen zu zittern, als ich seinen Namen lese, und ein kleiner Hoffnungsschimmer wächst in mir. Ist mein Traum doch noch nicht ausgeträumt?

Von der Göttin gesegnete Livia!

Ich hoffe, Ihr seid wohlauf.
Der gestrige Tag geht mir nicht aus dem Kopf und ich habe viel über Eure Segnung nachgedacht.

Honorias Urteil ist mir wertvoll, doch auch ich habe mir eines über Euch gebildet. Meine Gedanken darüber auf dieses Pergament zu bannen, fällt mir schwer. Schließlich bin ich ein Mann des Schwertes und nicht der Feder. Erlaubt mir, Euch meine Worte persönlich mitzuteilen und beglückt mich zum Tee, morgen nach der Mittagsruhe. Ich lasse einen Reiter schicken, der Euch zu mir bringt. Nehmt meine Einladung an und sorgt Euch nicht. Ich versichere Euch, ich führe nichts Unehrenvolles im Schilde.

Ergebenst, General Cristan

Ungläubig starre ich auf den Brief in meiner Hand. Mein Magen fühlt sich an wie eine Portion Teig, die von kräftigen Händen geknetet wird. Einerseits bin ich aufgeregt, weil es noch nicht vorbei ist. Andererseits hege ich Zweifel. Warum setzt Cristan sich so für mich ein, obwohl der Herrscher Bedenken wegen meines Alters hat und Honoria meine Ausbildung nicht befürwortet? Und was soll dieser formelle Brief? *Ergebenst, General Cristan.* In meiner Vorstellung bricht er sich alle Finger, wenn er so etwas schreibt. Doch egal, was er tatsächlich im Schilde führt, meine Neugier ist geweckt.

Ungeduldig verbringe ich auch diesen Nachmittag mit langweiliger Hausarbeit und warte sehnsüchtig darauf, dass Rina nach Hause kommt. Ich bin so erleichtert, als es endlich so weit ist. Noch bevor sie über die Schwelle tritt, komme ich ihr entgegen und lotse sie hinters Haus.

»Was hat Mator gesagt – wegen du weißt schon was?« Angespannt halte ich die Luft an und hoffe auf gute Nachrichten.

»Er liebt mich so wie ich ihn und freut sich.« Sie beißt sich auf die Unterlippe und blickt kurz zu Boden. »Und er hat mit seinen Eltern gesprochen. Sie wollen mich kennenlernen, morgen während der Mittagsruhe.«

Erleichtert atme ich aus. »Soll ich mitkommen? Vater steht es nicht mehr zu, Gespräche für dich zu führen. Und mir natürlich auch nicht, aber falls du dich fürchtest und nicht allein gehen willst, begleite ich dich.« Obwohl mich die Neugier auf Cristans Einladung umtreibt, für meine Schwester würde ich sie sofort absagen.

Rina beginnt zu lachen und steckt mich damit an.

»Was ist daran so komisch?«, will ich wissen, nachdem ich mich wieder beruhigt habe.

»Ich bin aufgeregt. Sogar sehr. Und ich weiß es zu schätzen, dass du für mich da sein willst. Aber ich bin dort nicht allein, Mator ist bei mir.«

»Natürlich ist er das.« Manchmal frage ich mich, ob Rinas grenzenloses Vertrauen in Menschen ein Geschenk ist oder sie noch ins Verderben führen wird.

»Es wird alles gut gehen, du wirst sehen.«

»Erzähl mir von ihm«, fordere ich sie auf. Vielleicht fällt es mir so leichter, ihre Zuversicht zu teilen.

Mit dem Rücken zur Wand setzen wir uns auf den Boden und Rina sieht mich entzückt an. »Wenn ich bei ihm bin, dann vergesse ich alles um mich herum. Ich habe das Gefühl, einen Bienenschwarm in meinem Bauch zu haben und mein Körper … der wird leicht wie eine Feder. Und seine Küsse und Berührungen …« Sie seufzt und nimmt meine Hand in ihre. »Das kann ich dir nicht beschreiben, du musst es irgendwann selbst herausfinden.«

Ich löse meine Hand aus ihrem Griff und schüttele mich. »Darauf würde ich nicht vertrauen.«

»Du weißt gar nicht, was dir entgeht.«

Bevormundung durch einen Mann und Schwangerschaft. Ich sage es nicht laut, aber so verlockend klingt das für mich nicht.

Obwohl ich sie nicht verstehe, lausche ich ihren Ausführungen, die sich bis zum Abendessen ziehen.

Am nächsten Tag bin ich gedanklich bei Rina und ihrem Treffen mit Mators Eltern. Ich bin mir sicher, meine Schwester wird sie verzaubern und ihr Problem bald keines mehr sein. Mein Glaube daran ist so stark, dass ich ohne schlechtes Gewissen immer wieder über Cristans Einladung grübele.

Ungeduldig blicke ich aus dem Fenster. Draußen verlassen die Menschen ihre Häuser und kehren von der Mittagsruhe zur Arbeit zurück. Ich lausche, ob zwischen all dem Lärm Hufgetrappel zu hören ist. Doch da sind nur Schritte und Stimmen.

»Ich gehe dann auch«, wende ich mich an Turia.

»Das musst du nicht. Wir haben bereits genug gemahlenen Kamut.«

»Ich habe noch etwas vor«, erkläre ich unbestimmt.

»Verstehe.« Ich kann ihr ansehen, dass sie Fragen hat, aber sie schweigt. Selbst zum Besuch der Stadtwache gestern kam kein Kommentar über ihre Lippen. Vermutlich ist sie einfach froh, dass ich weiterhin anpacke und helfe, die Familie zu unterstützen. Denn zwingen kann mich in diesem Haus niemand mehr zu irgendetwas.

Ich trete hinaus in die heiße Gasse und schirme meine Augen vor der Sonne ab. Alles, was ich sehe, sind die neugierigen Blicke meiner Nachbarn. Gründe zum Starren hatten sie schon immer. Erst, weil Mutter getötet wurde und wir unser Leben in der Oberschicht verloren haben. Dann, weil Vater so lange keine neue Frau wollte. Und nun, weil er entbürgert wurde, ich die

Segnung besitze und Besuch von einer Stadtwache hatte. Obwohl mich nur einige dabei beobachtet haben, ich bin mir sicher, es hat sich herumgesprochen.

Endlich höre ich einen Reiter näher kommen. Bestimmt liefere ich den Nachbarn damit wieder einen Grund, über uns zu klatschen, und der Gedanke erheitert mich ein wenig. Sie sind keine schlechten Menschen, aber diese Blicke von ihnen … Es ist, als würden sie sich freuen, dass unser Leben nun genauso schlecht ist wie ihres. Wenn nicht gar schlechter.

Die Wache, die mich abholen soll, ist nun nicht mehr weit. Ich kann die saphirblaue Tunika bereits erkennen. Langsam nimmt die Uniform Kontur an, und sie ist wesentlich schmuckvoller als die der Stadtwache.

Ein tiefschwarzes Pferd bleibt vor mir stehen und erst jetzt erkenne ich: Cristan hat keinen Reiter geschickt, um mich zu holen, er ist persönlich gekommen.

Selbstbewusst lacht er mich an und reicht mir eine Hand.

Es widerstrebt mir, sie kommentarlos zu nehmen. »Woher willst du wissen, dass ich deine Einladung überhaupt annehme?«

»Weil ich das Feuer in deinen Augen gesehen habe. Du willst mehr von deinem Leben als das hier.« Er deutet um sich und gibt sich keine Mühe, seine Geringschätzung zu verbergen.

Es gibt nur eine Sache, die mich mehr ärgert als sein selbstgefälliges Grinsen: dass er recht hat.

8

Ich nehme Cristans Hand und ziehe mich hoch aufs Pferd. »Warum holst du mich selbst? Ich dachte, du schickst einen Reiter?«

»Bin ich kein Reiter?«, entgegnet er und blickt über seine Schulter zu mir.

Wieder sehe ich in seinen Augen die Leidenschaft für ein Leben voller Abenteuer, und er weckt sie auch in mir. Wie soll ich dagegen ankämpfen? Seufzend schließe ich meine Arme um ihn und er reitet los. Die Menschen in den Gassen sehen zu uns auf und machen uns Platz. Für Cristan mag das normal sein, für mich nicht. Ich recke meinen Kopf über seine Schulter und genieße den kühlenden Wind, der mir entgegenweht. Ein Schauer jagt durch meinen Körper und jeder einzelne Muskel in meinem Körper scheint zu schreien: *Das ist das Leben, das dir versprochen wurde.* Und ich will es. Aber was soll Cristan mir anbieten? Soll ich auf Festen das Publikum mit kleinen Tricks amüsieren? Dafür würde meine Segnung ausreichen.

Die Häuser entlang des Weges werden größer und die Farben wechseln von Braun zu Grau und Weiß. Wir überqueren den weitläufigen Platz zwischen Palast und Tempel und mir stockt der Atem. Denn in der Siedlung dahinter stehen die prunkvollsten Häuser Kalasins, selbst für einen General unerschwinglich. Während bei uns dicht an dicht gebaut wird, passt unser ganzes Haus mehrmals zwischen die Abstände hier.

Vor einem Gebäude, das aussieht wie ein kleiner Palast, lässt er das Pferd stoppen. Säulen zieren den Eingangsbereich und kunstvolle Reliefs schmücken die Wände.

Mühelos springt Cristan zu Boden und stützt mich beim Absteigen. Seine Hand an meinem Rücken nehme ich dabei kaum wahr, ich bin viel zu geblendet von diesem Prunk.

»Das ist dein Haus?«, frage ich.

»Das meiner Eltern«, antwortet er mir und wendet sich dann an den Stallburschen, dem er das Zaumzeug übergibt. »Du musst Zafira nicht abreiben. Ich reite später noch aus.«

»Zafira«, wiederhole ich und sehe dem Pferd nach. »Passt ein Hengst nicht besser zu dir?«

»Eigentlich schon, aber meinen Hintern vertraue ich lieber einer Frau an.«

Um Cristans Bemerkung zu überspielen, deute ich auf das Haus. »Bist du mit dem Herrscher verwandt?«

»Nein, aber meine Familie besitzt ziemlich wertvolle Ländereien.«

Mit offenem Mund starre ich ihn an.

»Ein paar Felder, Steinbrüche und eine Goldmine«, erklärt er. »Die meisten Leute glauben, dass alles dem Herrscher gehört. Aber das stimmt nicht.«

Ich komme mir töricht vor, weil auch ich das immer gedacht habe.

»Lass uns ins Haus gehen, der Tee ist sicher schon angerichtet.« Galant streckt er mir seinen Ellbogen entgegen und fordert mich so auf, mich bei ihm unterzuhaken. Es ist eine Ehre, die man sonst nur Frauen von Rang zukommen lässt. Ich bin zu überrascht, um seine stumme Bitte abzuschlagen. Seinen Arm zu berühren fühlt sich merkwürdig vertraut an.

Gemeinsam betreten wir das Haus und eine Dienerin neigt zur Begrüßung den Kopf. »General Cristan, der Tee ist im Innenhof angerichtet.«

Cristan nickt der Frau zu und geleitet mich durch den unwahrscheinlich großen Raum, in dessen Mitte eine Tafel steht, an der fast unsere ganze Gasse Platz finden würde. Selbst der Boden ist mit glatt poliertem Stein ausgelegt. Ich kann mich gar nicht mehr daran erinnern, wie es ist, nicht ständig von Staub und Sand umgeben zu sein.

Der Innenhof ist nicht minder schön. Die Wände spenden nicht nur einen angenehmen Schatten, sie sind überwuchert mit der herrlich duftenden rosaroten Sternblume. Etwas seitlich steht ein Tisch, flankiert von zwei Bänken. Als ich auf die Tischplatte sehe, läuft mir das Wasser im Mund zusammen. Nicht nur der obligatorische Minztee steht bereit, sondern auch allerlei Köstlichkeiten. Frisches Obst, kandierte Früchte, Brot und Honig. Obwohl wir uns jede Woche, am Tag der Göttin, darum bemühen, unsere besten Speisen aufzutischen – so einen reich gedeckten Tisch gibt es bei uns nicht einmal dann. Selbst am höchsten Feiertag Palentes, dem Siegestag, reichen unsere Speisen an dieses Aufgebot nicht heran. Und das ist nur der Tee …

Staunend nehme ich gegenüber von Cristan Platz.

»Greif zu«, sagt er und untermalt seine Worte mit einer einladenden Geste.

Meine Hände wollen nach dem Obst greifen, sich so viel wie möglich davon in den Mund stopfen. Ich unterdrücke den Impuls. Stattdessen mustere ich die muskulösen Unterarme meines Gastgebers und warte darauf, dass er zuerst mit dem Essen beginnt. Leider will mich Cristan entweder auf die Probe stellen oder ist nicht halb so hungrig wie ich.

Meine Geduld ist schneller erschöpft, als mir lieb ist, und ich greife nach einer roten, kandierten Frucht, deren Namen ich nicht kenne, und koste sie. Ich erwarte Süße, werde jedoch von Säure überrascht. Unwillkürlich schüttele ich mich und kann nicht anders, als mir gleich noch eine dieser seltsamen Kugeln zu nehmen.

Cristan mustert mich eingehend. »Die Jorabeere erinnert mich an dich. Von außen wirkt sie einfach nur lieblich, doch wenn man hineinbeißt, stellt man fest, dass in ihrem Inneren etwas ganz anderes auf einen wartet.«

Ich bin mir nicht sicher, ob er mich damit beleidigen oder mir schmeicheln will. An mich heranlassen werde ich beides nicht. Ich halte seinem Blick stand und greife nach einer weiteren. »Ich finde sie köstlich.«

»Ich auch.« Langsam und genüsslich steckt sich Cristan eine der Beeren in den Mund.

Verlegen greife ich nach dem Minztee, der bereits eingeschenkt für mich bereitsteht, und hoffe, er kühlt meine Wangen, die gerade dabei sind zu erröten. Ich nippe daran und versuche, meine klebrigen Fingerkuppen von der Tasse fernzuhalten. Selbst Cristans Hände sind nicht sauber geblieben, doch seine Strategie ist eine völlig andere. Er streckt seine rechte Hand aus, weg vom Tisch, und einen Augenblick später steht eine Dienerin an seiner Seite und wischt sie mit einem feuchten Lappen ab.

Die Frau stellt sich neben mich und ich setze meinen Tee ab, reiche ihr ebenfalls meine Hand. Genießen kann ich diese Behandlung nicht. Abgesehen davon, dass ich nicht mit der Dienerin tauschen möchte, fühle ich mich dabei so unselbstständig.

»Ich habe Erkundigungen über dich oder besser gesagt deine Mutter eingeholt.« Er führt die Tasse an seinen Mund und nimmt einen Schluck Tee.

»Einladungen schreiben, Erkundigungen einholen – das Leben eines Generals habe ich mir anders vorgestellt.«

»Ich mir auch«, entgegnet er und verzieht den Mund zu einem schiefen Lächeln. »Dafür weiß ich jetzt, mit wem ich es zu tun habe.«

»Ach …«

»Deine Mutter hat fast im Alleingang die Schlacht von Dirowa gewonnen. Seither hat Kavolep es nie wieder gewagt, uns anzugreifen. Ich muss gestehen, ich bin beeindruckt.«

Und trotzdem hat Cyr mein Angebot abgelehnt. »Dafür hättest du keine Erkundigungen einholen müssen. Du hättest mich einfach fragen können.«

Cristan greift nach dem Brot, bricht es und reicht mir eine Hälfte. Zögerlich betrachte ich das Gebäck und will am liebsten aufstehen. Das alles ist zu viel. Man bricht nicht einfach das Brot mit jemandem. Diese Geste hat Bedeutung, zeugt von Partnerschaft und wenn man so will – Intimität. Ich weiß, dass er das weiß. Und er weiß, dass ich das weiß. Er spielt mit mir, und obwohl es mich ärgert, schmeichelt es mir auch. Schließlich greife ich trotzig nach dem Brot und beiße ein Stück ab.

»Schmeckt wie unseres«, sage ich.

»Es ist eures. Ich habe Neda heute speziell dafür auf den Markt geschickt.«

»Wer ist Neda?« *Und wozu der ganze Aufwand?*

Cristan legt seinen Kopf schief und grinst mich an. »Deine zukünftige Dienerin.«

Vermutlich wäre jetzt ein guter Zeitpunkt zum Aufstehen, aber ich bin einfach zu neugierig. »Wenn sie mir für dieses Brot hier zu Diensten ist …«

»Euer Brot ist gut, aber zu wenig, um eine Neda zu bezahlen.«

»Der Herrscher und Honoria halten mich für zu alt, um mit der Ausbildung zu beginnen. Ich werde mir also bis an mein Lebensende selbst meine Finger abwischen müssen.«

Er schüttelt seinen Kopf, als hätte ich das nicht richtig verstanden. Dabei ist er derjenige, dem das Urteil der Hohepriesterin offensichtlich entfallen ist. »Das wird sich zeigen.«

Sehnsüchtig sehe ich auf den Honig und träufele mir etwas davon auf mein Brot. Sosehr mich dieses Gespräch auch gerade ärgert – das kann ich mir einfach nicht entgehen lassen. Cristan folgt mit seinen Augen jeder kleinen Bewegung und es scheint ihm Spaß zu machen, mich beim Essen zu beobachten.

Ich stecke meine Finger in den Mund und schlecke genüsslich den danebengetropften Honig ab. Dass ich damit gegen die hier geltenden Gepflogenheiten verstoße, ist mir bewusst und Cristans geweitete Augen lassen keinen Zweifel daran.

»Sagst du mir nun endlich, was dieser übertrieben höfliche Brief und diese Einladung sollen?«, frage ich ihn schließlich.

»Ich bin ein General, ein Soldat und deshalb oft ein wenig roh, aber wie du siehst, bin ich von Geburt her ein Edelmann. Als solcher gehört es sich einfach, einen Brief mit dem nötigen Respekt zu formulieren.« Er lehnt sich etwas über den Tisch und ich hoffe sehr, das war noch nicht die gesamte Erklärung. »Cyr will deine Ausbildung nicht finanzieren und für deine Familie sorgen. Honoria hingegen empfiehlt sie lediglich nicht. Aber vielleicht bin ich ja an deiner Segnung interessiert.«

Das würde einiges erklären. Und leisten kann er sich meine Ausbildung vermutlich auch ohne Probleme. Ich lasse die Hände in meinen Schoß sinken und betrachte ihn aufmerksam.

»Wie du weißt, bin ich General. Der jüngste in der Geschichte Palentes.« Er unterstreicht seine Worte mit einer abwertenden Handbewegung, doch ich kann ihm ansehen, wie stolz er darauf ist. »Aber ich möchte mehr als das. Viel mehr.« Sein Blick schweift in die Ferne und bekommt einen bitteren Ausdruck.

Auch wenn ich nicht genau weiß, was in seinem Kopf vorgeht. Ich kenne das Gefühl, das ich in seinen Augen lese, zu gut. »Und was willst du?«

»Oberster Befehlshaber werden.« Während er die Worte

spricht, sieht er mir tief in die Augen und richtet sich auf. »Der jüngste in der Geschichte Palentes, versteht sich.«

Selbst für einen General ist er jung. Für einen Obersten Befehlshaber … »Und dazu brauchst du mich?«

Er nickt, steht auf und wirbelt um den Tisch herum. Plötzlich sitzt er neben mir – natürlich, ohne den gebührenden Abstand einzuhalten. Als er meine Hände in seine nimmt, muss ich schlucken. »Stell dir vor, was wir zusammen erreichen können. Ich an der Spitze der Armee und du als meine kostbarste und gefährlichste Waffe an meiner Seite …«

Cristans Gesicht ist mir so nah, dass mein Herz beginnt, schnell und wild zu pochen. Ich befehle ihm stumm, damit aufzuhören. Zwecklos.

»Schließ deine Augen«, flüstert er mir ins Ohr. Ich gehorche ihm vor allem deshalb, weil ich hoffe, mich so zu beruhigen. »Kannst du uns sehen? Unsere Zukunft?«

Uns, unsere … Die Bilder, die sich vor meinem geistigen Auge entfalten, haben zwar mit Cristan zu tun, allerdings nichts mit Krieg. Dabei sollten sie nur das zeigen. Schließlich ist es genau das, was er von mir will. Ich schlage meine Lider wieder auf und halte seinem Blick stand. »Tut mir leid, ich sehe nichts.«

Seufzend lässt er meine Hände los und geht zurück auf seinen Platz. »Dann muss ich dir wohl ein farbenfroheres Bild malen.«

»Versuch es.«

»Ich will dir ein Angebot machen«, setzt er an und nimmt in aller Ruhe einen Schluck Minztee. »Ich finanziere deine Ausbildung und du wirst danach im Gegenzug an meiner Seite kämpfen.«

»Genau dieses Angebot hat mir der Herrscher bereits gemacht«, sage ich und verschränke die Arme vor der Brust. »Falls du dich erinnern kannst, habe ich es abgelehnt. Und in seinem Dienst wäre ich zwar auch eine Waffe, aber nicht nur.«

»Selbstverständlich hast du das. Schließlich wäre so nicht für deine Familie gesorgt. Aber weil ich weiß, wie wichtig dir das ist, werde ich ihnen während deiner Ausbildung jede Woche einen Sack Kamut zukommen lassen. Ich nehme an, das dürfte reichen, um ihre Grundbedürfnisse zu decken.«

Damit wäre der Wegfall von Vaters und meiner Arbeitskraft tatsächlich verschmerzbar … »Und danach?«

»Wird es dir an nichts mangeln und du wirst sie weiter mit Kamut versorgen können.«

Ich kann es nicht abstreiten, das Angebot ist wesentlich besser als das von Cyr. Obwohl ich für meine Segnung andere Wünsche als den Krieg hatte … Diese Zukunft hört sich besser an als das, was ich jetzt habe. »Vielleicht kann ich es langsam sehen.«

»Langsam«, wiederholt er. »Glaubst du denn, du kannst noch mehr herausschlagen? Deine Ausbildung ist kostspielig und der Erfolg nicht gewiss. Du solltest dankbar für diese Möglichkeit sein.«

Obwohl er recht hat, machen mich seine Worte wütend. »Woher willst du wissen, dass ich nach der Ausbildung nicht weglaufe, Kalasin verlasse und woanders ein gutes Leben mit meiner Segnung beginne?«

»Das ist einfach.« Blitzschnell langt er über den Tisch, greift nach meiner Hand und zieht mich ein Stück nach vorn. »Damit ich voll und ganz über deine Segnung verfügen kann, wirst du mich nach deiner Ausbildung heiraten müssen.«

»Heiraten.« Ich entziehe ihm meine Hand und spucke das Wort aus, als wäre es Gift, denn für mich ist es nichts anderes.

»Selbstverständlich. Jetzt wärst du natürlich keine standesgemäße Frau für mich, aber nach deiner Ausbildung löst unsere Verbindung gleich mehrere Probleme für mich.«

Seine Verachtung trifft mich wie ein Schwert, und obwohl ich es nicht will, steigen heiße Tränen in mir auf. »Und wenn ich mich weigere, deine Frau zu werden?«

»Glaub mir, ich werde dafür sorgen, dass du es möchtest.«

Ich weiß nicht, ob er sich für unwiderstehlich hält oder ob er mich mit Gewalt dazu zwingen will. Beides ist unerträglich. »Du bist dir deiner wohl sehr sicher.«

»Nein, aber deiner. Denn wenn du dich nicht an die Abmachung hältst, wird jemand aus deiner Familie leiden. Und das wirst du nicht in Kauf nehmen. Lieber leidest du.«

Ich hasse, dass er recht hat. Aber noch mehr würde ich mich dafür hassen, sein Angebot anzunehmen. Mich an ihn zu verkaufen. Mich an ihn zu binden und ihn über mich bestimmen zu lassen. Lieber mahle ich für den Rest meines Lebens Kamut.

»Ich habe mich getäuscht. Ich sehe nichts. Gar nichts. Und mach dir keine Mühe, ich finde allein zurück nach Hause.« Ich erhebe mich und verbiete mir einen letzten wehmütigen Blick auf den reichlich gedeckten Tisch, bevor ich erhobenen Hauptes den Innenhof durchquere und sein Haus verlasse.

9

Noch nie habe ich so hässliche Dinge gehört wie hinter diesen schönen Mauern. Ich bin wütend auf Cristan und sein grausames Angebot. Wie kann er sich nur so sicher sein, dass ich mich mein Leben lang von ihm befehligen lassen möchte? Als seine Frau und seine Kriegswaffe! Und ich bin wütend auf mich, dass ich überhaupt so töricht war, mir wirklich Hoffnungen zu machen. Ich will etwas zerschmettern, meiner Wut freien Lauf lassen, und ich weiß auch schon genau wo.

Innerlich kochend und mit geballten Fäusten verlasse ich den inneren Bezirk in Richtung unserer Siedlung. Doch ich gehe nicht nach Hause, sondern verlasse Kalasin durch das Osttor. Vater hat mir und Rina unzählige Male eingeschärft, immer innerhalb der Stadtmauer zu bleiben. Außerhalb sind die Stadtwachen fern und das Land deshalb ein gesetzloses Gebiet.

Ein bitteres Lachen verlässt meinen Mund, als mir klar wird, das Land dort ist nun quasi wie Vaters Leben. Es ist, als würde jeder in meiner Familie das Schicksal erleiden, das er am meisten fürchtet. Ich weiß nicht, was Mutter fürchtete, aber der Tod war mit Sicherheit darunter. Und ich … ich werde mein Leben lang Kamut mahlen und Brot backen. Ich klammere mich an die Hoffnung, dass Rina mehr Glück hat, den Mann, den sie liebt, heiratet und eine Familie mit ihm gründet.

Vor mir ragen die verfallenen Mauern des alten Tempels auf. Einst wurde in ihm dem alten Gott gehuldigt und er stand dort, wo heute der Tempel der Göttin thront. Als die Priesterinnen ihren errichteten, trugen sie die alten Steine hierher und bauten sie außerhalb der Stadt wieder auf. Alle, die weiterhin an den alten Gott glauben wollten, konnten es hier tun. Niemand sollte gezwungen sein, die Göttin anzubeten. Doch es dauerte nicht lange und alle hatten sich vom alten Gott abgewendet. Schließlich hatte die Göttin Palente gerettet und Gott sie im Stich gelassen. Dementsprechend war es nur eine Frage der Zeit, bis auch der Tempel mehr und mehr zerfiel.

Ich bücke mich, um einen Stein aufzuheben, und werfe ihn mit voller Wucht gegen die Ruine. Und noch einen. Und noch einen. Es tut so gut, seinen Gefühlen freien Lauf zu lassen, und hier draußen nimmt einem das niemand übel. Schon als Kind war dies deshalb mein Rückzugsort. Vor allem in Momenten, wenn ich mich über Vater geärgert habe. Also oft … Manchmal hat mich Rina begleitet. Allerdings warf sie nur selten Steine gegen die Mauer. Meistens saß sie einfach nur im Inneren des alten Tempels und hatte Mitleid mit dem alten Gott, an den nun niemand mehr glaubte. Ich war immer der Meinung, er hat dieses Schicksal verdient und selbst dazu beigetragen. Vermutlich sieht die Göttin gerade auf mich herab und denkt genau das Gleiche über mich.

Im Sand suche ich nach einem noch größeren Stein und schmettere ihn gegen die poröse Mauer. Die Wand bröckelt, ohne weiter einzustürzen, aber es fühlt sich trotzdem gut an. Ein tiefer Laut verlässt meine Kehle, und ich spüre den Sand und die Steine um mich herum vibrieren. Wüsste ich wie, würde ich jetzt die Mauern mit meiner Segnung zu Staub zerfallen lassen.

Eine Hand legt sich auf meine Schulter und ich zucke zusammen. Zögerlich verstumme ich und blicke nach hinten. »Rina! Hast du mich erschreckt!«

»Das denken sich die armen Steine und Mauern auch gerade.«

»Ich glaube nicht, dass die denken können«, murmele ich vor mich hin, während ich mich umdrehe und meine Schwester in meine Arme ziehe. Obwohl ich doch eigentlich stark für sie sein sollte, tut es gut, mich auf sie zu stützen. Ich schicke ein stummes Gebet an die Göttin und hoffe, ihr Treffen mit Mators Eltern ist besser gelaufen als meines mit Cristan. Da sie von sich aus nichts darüber erzählt, fürchte ich Schlimmes.

Ich löse mich von ihr und umfasse ihr schönes Gesicht. Bevor ich fragen kann, was passiert ist, lösen sich Tränen aus ihren Augen.

Rina legt ihren Kopf auf meiner Schulter ab und beginnt zu schluchzen. »Es war so schrecklich.«

Sanft fahre ich ihr über den Rücken und spende ihr Trost.

»Sie waren so gemein zu mir«, fährt sie tränenerstickt fort. »Sie … sie …«

Ich hebe ihren Kopf an und zwinge sie, mich anzusehen. »Was ist passiert?«

»Sie haben gesagt, ich sei nicht gut genug für ihren Sohn, und behauptet, es sei vermutlich nicht einmal sein Kind.«

In mir beginnt es zu brodeln und ich muss mich zügeln. Hier geht es nicht um mich und meine Gefühle, sondern um die meiner Schwester. »Wie können sie nur so etwas sagen? Sie kennen dich doch gar nicht.« Ich fahre ihr übers Haar und meine Augen werden feucht. »Sonst wüssten sie, wie liebenswert und großartig du bist und sich Mator glücklich schätzen kann, dich als Frau zu bekommen.«

Rina schweigt und kommt langsam zur Ruhe.

»Was hat denn Mator dazu gesagt?«

Scharf saugt sie die Luft ein und sieht mich traurig an. »Der hat sich hinter mich gestellt und ihnen gesagt, dass es auf jeden

Fall sein Kind wäre und dass wir uns lieben. Er hat sie angefleht, mich heiraten zu dürfen.«

»Und da haben sie nicht eingelenkt?«

»Doch«, antwortet meine Schwester und lacht bitter auf. »Er darf mich heiraten, wenn ich eine Mitgift von vier Goldlingen zahle.«

»Vier Goldlinge!«, wiederhole ich ungläubig. Ich weiß nicht, wie viele Sommer wir sparen müssten, um diese Summe zusammenzubekommen. Vermutlich würde Rinas Kind bis dahin schon an meiner Stelle am Mahlstein sitzen. »Das ist doch verrückt!«

»Aber es ist ihr letztes Wort.«

»Ich werde mit ihnen reden. Sie müssen ihre Meinung einfach ändern.«

Rina schüttelt den Kopf und sieht mich mutlos an. »Mator hat versucht, sie umzustimmen und es nicht geschafft. Du wirst es auch nicht schaffen.«

»Aber was wirst du jetzt tun?«

»Das Kind bekommen und zusammen mit euch in Schande leben«, antwortet sie schulterzuckend.

Mir ist egal, ob meine Schwester in Schande lebt oder nicht, aber dass man ihr dadurch ihren Lebenstraum stiehlt – das kann ich einfach nicht hinnehmen. Wenn es einer aus unserer Familie verdient hat, glücklich zu sein, dann Rina. Ich werde alles tun, um sie wieder strahlen zu sehen. Und ich weiß auch schon genau, was ich dafür tun muss und wer mir dabei helfen wird – Cristan.

Als wir wieder zu Hause ankommen, begleite ich meine Schwester nach drinnen. Vater ist auch schon da. Er sitzt auf dem freien

Platz am Boden, um den wir uns immer zum Essen versammeln, und sieht erschrocken von Rina zu mir. Fast, als wüsste er, was los ist. Natürlich ist das unmöglich, aber irgendwie habe ich in diesem Moment das Gefühl, wir alle teilen einen Schmerz. Wie nach Mutters Tod …

»Wie waren die Einnahmen heute?«, stelle ich meiner Schwester die Frage, die vermutlich alle im Raum interessiert.

»Etwas schwächer als sonst. Aber wir haben ja auch noch nicht angefangen, die neuen Spezialbrote zu verkaufen.«

Ich hole das Lederbündel, in dem unsere Einnahmen verwahrt sind. Sonderlich schwer ist es nicht und in ein paar Tagen werden wir neuen, teureren Kamut nachkaufen müssen. Trotzdem habe ich das Gefühl, das Richtige zu tun, als ich drei Kupferlinge herausfische und meinem Vater in die Hand drücke. »Ein Besuch in der Schänke würde dir wieder einmal guttun, oder?«

Er senkt den Kopf. »Das können wir uns nicht leisten.«

»Du hast recht«, stimme ich ihm zu. »Wir können es uns nicht leisten. Aber eigentlich können wir uns gar nichts mehr leisten, und die drei Kupferlinge mehr oder weniger machen keinen Unterschied. Aber für dich … Für dich machen sie einen Unterschied.«

Er nickt, bringt aber kein »Danke« über die Lippen.

»Ich muss noch etwas erledigen«, wende ich mich an alle. Bevor ich mich lästigen Fragen stellen muss, verschwinde ich durch die Tür.

Die Sonne steht bereits tief, als ich das Haus von Cristans Eltern erreiche. Der Eingang wird von zwei Stadtwachen gesäumt – fast wie der Palast oder der Tempel.

»Ich möchte zu General Cristan«, wende ich mich an eine der Wachen.

»Er ist nicht hier«, erwidert der Mann knapp.

Damit will ich mich nicht abspeisen lassen. »Wo kann ich ihn finden?« Ich bemerke ihren skeptischen Blick und setze nach: »Ich war heute hier zum Tee eingeladen. Er kennt mich und ich bin mir sicher, auch er möchte mich sehen.«

Der bisher Stummgebliebene bedeutet mir mit einer Geste zu warten und geht ins Haus. Mit der Dienerin, die uns heute Nachmittag die Finger abgeputzt hat, kehrt er zurück.

»Ja, sie war hier«, bestätigt sie und zieht sich dann augenblicklich wieder zurück.

»Ich habe keine Ahnung, warum du heute hier warst und warum er dich sehen wollen würde«, entgegnet der Redseligere. »Aber wenn du ihn suchst, findest du ihn auf dem Übungsplatz der Armee.«

»Vielen Dank!«, entgegne ich und mache kehrt.

Hier im inneren Bezirk befindet sich lediglich der Exerzierplatz, der Rest der Armeeanlagen liegt am nördlichen Ende der Stadt. Wenn ich vor der Dämmerung dort eintreffen will, sollte ich mich beeilen. Ich renne los, muss jedoch ständig kurz pausieren und mir die Seite halten.

Als ich meinem Ziel immer näher komme, stelle ich fest, dass die Siedlung im Norden nur unwesentlich schöner aussieht als unsere. Hier wohnen hauptsächlich die gewöhnlichen Soldaten. Bei den größeren Gebäuden handelt es sich um Freudenhäuser. Zumindest habe ich das gehört …

Unwillkürlich frage ich mich, ob auch Cristan mit seinen Männern solche Häuser besucht, verdränge den Gedanken aber schnell.

Während bisher nur vereinzelt Soldaten auf der Straße waren, stehen nun ganze Trauben vor ihren Häusern. Vielleicht sind sie mit der Arbeit fertig und ich zu spät. Ich raufe mir die Haare und überlege, ob ich nicht gleich wieder umkehre.

»Was haben wir denn hier Hübsches!«, ruft ein Mann, der gerade aus einem der kleinen Lehmhäuser ins Freie tritt.

»Ich suche General Cristan. Es ist dringend«, erwidere ich und ignoriere seine anzügliche Bemerkung einfach.

»Cristan, verstehe«, wiederholt er und mustert mich von oben bis unten. »Der ist wie immer noch auf dem Übungsplatz.«

Ich laufe weiter und rufe dem Mann ein »Danke« über die Schulter zu.

Endlich erreiche ich mein Ziel. Ich lasse meinen Oberkörper nach vorn sinken und hole tief Luft. Nachdem sich mein Atem beruhigt hat, richte ich mich auf. Der riesige Platz ist leer. Bis auf einen einzigen Mann, der dort mit freiem Oberkörper sein Schwert durch die Luft wirbelt. Seine Bewegungen gleichen eher einem Tanz denn einem Kampf.

Obwohl ich ihn hassen will, ertappe ich mich dabei, wie ich auf meiner Position verharre und ihn beobachte. Er wirkt so konzentriert und trotzdem hat jede Drehung und jeder Hieb eine gewisse Leichtigkeit. Schweiß glänzt auf seinen nackten Muskeln und es fällt mir schwer, meinen Blick abzuwenden.

Plötzlich senkt er sein Schwert und stützt sich lässig darauf. »Gefällt dir, was du siehst?«

»Ich … ich bin gekommen, um mit dir zu sprechen.«

Mit langsamen, bedächtigen Schritten nähert er sich mir. »Sah eher aus, als wärst du gekommen, um mich anzustarren.«

»Ich habe nicht gestarrt.«

Anstelle einer Antwort zieht er eine Augenbraue nach oben.

»Ich habe dich beobachtet. Ich wusste nicht, dass das Kämpfen so aussieht. Ich dachte, es wäre …«

»Das waren auch nur Schrittfolgen«, erklärt er. »Echte Kämpfe sehen tatsächlich etwas anders aus. Komm mit.«

Er marschiert auf eine Bank zu, auf der seine blaue Tunika, seine Rüstung und ein weißes Tuch liegen. Seine Hände greifen nach Letzterem und er wischt damit seinen glänzenden Körper trocken. »Hast du es dir anders überlegt?«

»Was?«, frage ich erschrocken.

»Mein Angebot natürlich.«

»Ja. Nein. Ich habe noch eine zusätzliche Bedingung.«

»Mir war klar, du würdest wiederkommen«, sagt er und zieht sich seine Tunika über. »Aber ich dachte, was weitere Forderungen angeht, habe ich mich klar ausgedrückt.«

»Es geht nicht um mich!«

»Natürlich nicht. Lass mich raten. Es geht um deine Familie.« Er rollt mit den Augen und beginnt, seine Rüstung anzulegen.

Ich schlucke meinen Stolz herunter und erzähle ihm von Rinas misslicher Lage und der Mitgift, die Mators Eltern verlangen. »Gib mir vier Goldlinge für meine Schwester und ich willige in alles andere ein.«

Cristans Mundwinkel zucken verräterisch. »Vier Goldlinge sind eine Menge.«

Ich erinnere mich an meine Prüfung im Tempel und den Goldling, den er dafür bezahlt hat, als wäre es gar nichts. »Nicht für dich.«

»Nein, nicht für mich.«

»Dann haben wir eine Abmachung?« Ich strecke ihm meine Hand entgegen, doch er nimmt sie nicht.

»Nicht so schnell.«

Er hält mich hin und das macht mich wütend. »Was denn? Soll ich vielleicht noch für dich tanzen?«

»Ich werde dich nicht davon abhalten.«

Was tue ich hier nur? »Sagst du mir jetzt, was du dafür zusätzlich willst?«

»Nichts. Aber ich werde dir die vier Goldlinge erst geben, nachdem du deine Ausbildung erfolgreich abgeschlossen hast.«

»Das ist doch nicht dein Ernst!« Das kann viele Wochen, wenn nicht gar Sommer dauern.

»Das ist mein voller Ernst.« Er legt seine Hände auf meine Schultern und strahlt. »Und mir kommen deine neuen Umstände sehr entgegen. Denn so hast du wenigstens einen Grund, dich mit deiner Ausbildung zu beeilen.«

Rinas Hilfe rückt wieder in weite Ferne und ich spüre, wie mir langsam die Galle aufsteigt. »Rina braucht das Geld so schnell wie möglich. Selbst wenn ich mich beeile und alles gebe, wird man ihren Bauch bereits sehen, bis ich so weit bin.«

»Das ist dein Problem, nicht meines. Aber ich bin kein Unmensch. Natürlich unterstütze ich dich und sorge dafür, dass du schneller und ungestörter lernen kannst, indem du von zu Hause ausziehst und im Tempel wohnst.«

Im Tempel leben … Es gab Zeiten, da hätte ich nichts lieber getan. Aber ich will Rina nicht allein lassen, sie nicht zu hart arbeiten lassen.

»Weil ich sehe, du überlegst … Dein Auszug aus eurem Haus war kein Vorschlag, sondern Teil der Abmachung. Wenn du dortbleibst, wirst du die Hälfte deiner Zeit doch wieder nur Mehl mahlen oder Ähnliches.«

Ich hasse, dass er so oft recht hat. »Ich werde in den Tempel ziehen. Aber bitte … Bitte gib mir gleich die Goldlinge für die Mitgift. Ich verspreche dir, ich werde mich trotzdem mit der Ausbildung beeilen. Und auch sonst – ich werde alles tun, was du sagst. Aber …«

Mit erhobener Hand gebietet er mir Einhalt und geht einen Schritt auf mich zu. Nun steht er unmittelbar vor mir und schiebt mir sanft eine Strähne hinters Ohr. »Ich glaube dir sogar, dass du das in diesem Moment vorhast. Aber die Menschen vergessen so schnell … Glaube mir, ich habe das oft genug erlebt.«

Ich weiß nicht, wie viel Zeit mir noch bleibt, Rina noch bleibt. Es sind Wochen und es erscheint mir völlig unmöglich, bis dahin das zu können, was die Schülerinnen sonst über viele Sommer lernen. Doch Cristans Angebot ist Rinas einzige Hoffnung und ich werde sie ihr nicht nehmen. Ich atme tief durch und strecke Cristan die Hand erneut entgegen.

Er drückt sie fest und sieht mir dabei tief in die Augen. »Dann haben wir jetzt eine Abmachung.«

10

Ich stehe vor unserem Haus und warte, bis das Hufgetrappel von Cristans Pferd endgültig verklungen ist. Obwohl es vermutlich ein Dutzend Dinge gibt, die zu besprechen wären, hat er es vorgezogen, mich fast augenblicklich nach unserer getroffenen Einigung zurückzubringen. In mir herrscht ein noch nie da gewesenes Gefühlschaos. Man sollte meinen, dass die positiven Emotionen die negativen ausgleichen. Doch das tun sie nicht. Ganz im Gegenteil. Sie schaukeln sich gegenseitig hoch und mir wird abwechselnd heiß, kalt und übel.

Als ich endlich unser Haus betrete, tun alle plötzlich beschäftigt. Aber da mich das vor unangenehmen Fragen bewahrt, kommt mir das ganz gelegen.

»Rina, ich brauche deine Hilfe. Kommst du kurz mit mir nach draußen?«, sage ich anstelle einer Begrüßung.

Meine Schwester nickt und folgt mir. Vor der Tür umfasse ich ihren Unterarm und ziehe sie mit mir hinters Haus.

»Was soll das? Wo warst du? Und wer war der Reiter?«, sprudelt es aus ihr heraus.

»Nicht so laut.« Ich blicke mich um, stelle sicher, dass wir allein sind, und erzähle ihr dann die ganze Geschichte. Angefangen bei meiner Audienz beim Herrscher, Honorias Prüfung, bis hin zu Cristans Angebot. Rinas Augen werden immer größer.

Ich strecke meine Hände nach ihren aus und drücke sie sanft. »Ich werde die Mitgift für dich verdienen. Alles wird gut.«

»Nein«, antwortet sie fest.

»Ich weiß, dass das nicht einfach wird, aber ich werde es schaffen. Ich muss es schaffen. Für dich. Für euch.« Mein Blick gleitet über ihren noch schlanken Bauch.

»Das kommt überhaupt nicht infrage. Du wolltest nie heiraten. Nie!«

»Die Lage hat sich geändert.«

Energisch schüttelt sie den Kopf. »Die Lage hätte sich geändert, wenn dich der Pfeil der Göttin getroffen hätte und du verliebt wärst. Aber du kannst doch nicht irgendeinen General heiraten, damit er meine Mitgift zahlt.«

»Ich sehe keine andere Lösung.«

»Weißt du, wie man Frauen nennt, die so etwas tun?«

Das weiß ich und es ist mir egal. »Fürsorgliche Schwestern.«

»Ich will nicht, dass du solche Opfer für mich bringst. Dich trifft schließlich keine Schuld an meiner Lage.«

»Rina, ich möchte einfach nur, dass du glücklich bist. Mutter ist tot und Vater entbürgert. Wenigstens eine aus unserer Familie sollte ihren Traum leben.«

»Und warum sollst du das nicht tun?«

Ich beiße mir auf die Unterlippe und atme geräuschvoll aus. »Für mich und meinen Traum ist es zu spät. Für deinen noch nicht. Mir ist egal, was du jetzt sagst – ich werde Cristans Angebot annehmen.«

»Ich kann nicht glauben, dass du das für mich tust.« Eine dicke Träne rollt über ihre Wange. »Mutter wäre stolz auf dich.«

Meine Schwester weiß, wie viel mir dieses Lob bedeutet. »Danke!«

»Nein, ich danke dir. Und ich werde immer in deiner Schuld stehen.«

Eingehend betrachte ich ihr schönes Gesicht. Sie schuldet

mir gar nichts, doch ich weiß, jede Diskussion darüber wäre vergebens. »In Ordnung. Jetzt muss ich nur noch Vater, Turia und Toman erklären, dass ich ab morgen nicht mehr hier wohne …«

»Ich dachte, diese Rede hast du schon geübt, seit du ein kleines Mädchen bist.«

Gemeinsam lachen wir laut auf. Es ist befreiend und nimmt der Lage etwas von ihrer Schwere.

Ich sitze auf dem gefilzten Teppich in unserem Haus und blicke in die erwartungsvollen Mienen meiner Familie. Rina hat recht. Seit wir hier eingezogen sind, habe ich den Tag herbeigesehnt, an dem ich diese Siedlung verlassen und endlich meine Segnung offen ausüben kann. Doch bis vor Kurzem hätte ich nie erwartet, allein zu gehen …

»Ich muss euch etwas sagen.« Weil ich dieses Gespräch so schnell wie möglich hinter mich bringen will, beschließe ich, sofort auf den Punkt zu kommen. Nicht auf den mit Rina – das bleibt vorerst unser kleines Geheimnis –, aber auf den Rest. »Ich habe einen General kennengelernt, der mir die Ausbildung im Tempel finanziert. Im Gegenzug verpflichte ich mich dazu, an seiner Seite zu kämpfen.«

»Nein!«, ruft mein Vater und ich sehe die Fassungslosigkeit in seinen Augen.

Turias Kiefer mahlen. »Ich habe gewusst, dass das passiert. Du denkst wirklich nur an dich!«

Ihr Vorwurf trifft mich, aber um Rinas willen lasse ich ihn auf mir sitzen. »Ja, endlich bin ich frei.«

»Sie tut das nicht für sich«, steht meine Schwester mir bei.

Ich signalisiere ihr mit einem leichten Kopfschütteln, nicht mehr dazu zu sagen. »Damit ihr über die Runden kommt, wird der General euch, solange ich mich in der Ausbildung befinde, jede Woche einen Sack Kamut zukommen lassen. Und danach werde ich natürlich weiter für euch sorgen.« Nun kommt der für mich schwerste Teil. Doch vermutlich freuen sie sich darüber am meisten. »Wenn ich mit meiner Ausbildung fertig bin, werde ich nicht nur mit der Armee kämpfen müssen, ich werde auch heiraten. Den General.«

Während Turias Gesichtszüge sich entspannen, sind die meines Vaters immer noch von Sorge gezeichnet. Ich kann es ihm nicht verdenken, schließlich mache ich nun genau das, wovor er mich stets schützen wollte.

»Wie heißt dein General?«, will Toman wissen.

»Er heißt Cristan.« *Und wenn er hören würde, dass du ihn »mein General« nennst, würde er dir vermutlich die Ohren langziehen. Oder die Zunge herausschneiden – ganz sicher bin ich mir da nicht.*

»Ich habe versucht, mehr für euch auszuhandeln. Aber wie es aussieht, bin ich wohl schon zu alt, um wirklich wertvoll zu sein.«

»Mit dem versprochenen Kamut kommen wir über die Runden.« Ausgerechnet Turia zeigt sich plötzlich sehr versöhnlich …

Rina nickt eifrig. »Ohne Probleme.«

»Ich bin ja auch noch da«, fügt Toman hinzu und spannt dabei seine Muskeln an.

»Ja, und auf dir ruht all meine Hoffnung. Schließlich bist du nun schon ein stattlicher Mann.« Ich zwinkere meinem kleinen Bruder zu, bevor ich zögerlich zu Vater blicke. »Ich weiß, du hast das nicht für mich gewollt, aber …«

»Du hilfst uns damit«, fällt er mir gepresst ins Wort. »Deine Mutter wäre stolz auf dich.«

Das ist vermutlich das Netteste, was er je zu mir gesagt hat. Auf den Knien krieche ich zu ihm hinüber und schließe meine Arme um seinen Hals. Ich weiß nicht, wann ich das zuletzt getan habe, aber es ist viele Sommer her. Während er sonst hauptsächlich nach Bier roch, strömt nun vor allem Schweiß in meine Nase. Es kümmert mich nicht, und ich genieße seine Berührung, die mir gerade den Trost spendet, den ich mir seit Mutters Tod so oft von ihm gewünscht habe.

Er löst sich von mir und sein Blick war noch nie so weich. »Es gibt da etwas, das ich dir gern geben möchte.«

»Ich brauche nichts.«

»Es hat deiner Mutter gehört«, fährt er fort und steht dabei auf. Mit gebeugtem Rücken durchquert er den Raum, holt aus einer Truhe ein kleines Kästchen aus Holz hervor und winkt mich zu sich.

Ich gehorche seinem stummen Befehl. Gespannt beobachte ich, wie er den Deckel öffnet und etwas Glänzendes enthüllt. Langsam zieht er ein goldenes Medaillon heraus und legt es mir in die Hand. Darauf ist das Sternenbild Gav abgebildet. Es ist Cyrs Symbol und die Gravur mündet in mehrere Wellen. Ehrfurchtsvoll fahre ich die Linien mit meinem Finger nach.

»Es sollen Klänge sein«, erklärt er. »Amaras Klänge, die seine Herrschaft beflügelt haben. Er hat das nach der großen Schlacht von Dirowa für sie anfertigen lassen.«

Womöglich ist es das Letzte, was meinem Vater von ihr bleibt, und ich will es ihm nicht nehmen. »Ich kann das nicht annehmen.«

Liebevoll schüttelt er den Kopf. Dann nimmt er mir das Medaillon aus der Hand und legt es mir um. »Sie hätte gewollt, dass du es trägst. Ich habe es für dich aufbewahrt und den Goldling, den es wert ist, stets abgelehnt.«

»Danke!« Erneut ziehe ich ihn in meine Arme. Plötzlich verstehe ich ihn und alles, was er seit Mutters Tod getan hat. Vielleicht war er blind vor Angst, doch ich war es vor Groll. Wir weinen beide und schämen uns nicht dafür.

Am nächsten Morgen holt mich ein Reiter ab. Er hat ein zweites Pferd für mich dabei, an dem große Stofftaschen befestigt sind, um meine Habseligkeiten zu transportieren. Verlegen sehe ich auf das kleine Bündel auf meiner Schulter und stopfe es hinein. Platz wäre noch reichlich, aber mehr besitze und brauche ich nicht.

»Ist das alles, was du mitnehmen willst?«, fragt der Reiter, der sich mir zuvor als Jarus vorgestellt hat.

»Ja«, antworte ich knapp und lasse mir von ihm aufs Pferd helfen.

Obwohl ich meine Familie gebeten habe, meinen Abschied zu ignorieren – schließlich werde ich sie weiterhin besuchen –, stehen sie nun alle vor der Tür. Während Turia fast stolz wirkt, mich auf dem Rücken eines Pferdes zu sehen, haben Rina, Vater und Toman nasse Augen. Auch ich spüre ein Stechen in meinem Herzen, aber ich werde es mir und ihnen nicht noch schwerer machen und stark bleiben.

»Ich komme euch spätestens am Tag der Göttin besuchen!«, rufe ich ihnen zu.

»Pass gut auf dich auf«, höre ich Vaters brüchige Stimme.

»Mache ich. Versprochen.« Bevor ich anfange zu weinen, gebe ich Jarus ein Zeichen und wir brechen auf.

Da ich selbst nicht reiten kann, hält er auch die Zügel für mein Pferd und wir bewegen uns unerträglich langsam. Lieber würde ich mit meinem Bündel laufen. Außerdem starren mich alle Menschen, die uns begegnen, an und ich fühle mich zur Schau gestellt.

Als die Hufe meines Pferds den Boden des inneren Bezirks berühren und ich den Tempel erspähe, atme ich erleichtert auf. Mein neues Zuhause – vorübergehend. Zumindest hoffe ich das um Rinas willen.

Ein Soldat steht vor dem Tempel. Als wir näher kommen, erkenne ich Cristan.

Unsere Pferde halten, doch bevor ich absteigen kann, schüttelt er den Kopf und signalisiert mir zu warten. »Lass uns erst zum Haus meiner Eltern reiten.«

»Aber soll ich mein Bündel nicht erst hier abladen?«

Anstelle einer Antwort blickt er mich gequält an.

»Was ist?«

»Du kannst nicht im Tempel wohnen«, erklärt er schließlich ohne Umschweife. »Honoria hat mein sehr großzügiges Angebot abgewiesen.«

In mir beginnt es zu bröckeln. »Dann …«

»Deine Ausbildung findet wie geplant statt – keine Sorge. Aber Honoria ist der Ansicht, nur Novizinnen dürfen im Tempel leben.«

Beruhigt atme ich aus. »Es ist kein Problem für mich, jeden Tag hierherzulaufen.«

»Davon gehe ich aus. Schließlich ist es von mir aus nur ein Flohsprung.«

Gerade will ich ihm zustimmen, als mir klar wird, was er eigentlich gesagt hat. »Von dir aus?«

»Aber bevor du gleich in Verzückung gerätst: Ich habe dir ein Zimmer im Trakt unserer Bediensteten herrichten lassen.«

Das glaubt er doch nicht ernsthaft. »Im Tempel zu leben, hätte mich verzückt.«

»Ich vergesse immer, dass du eigentlich Besseres gewohnt bist.«

Autsch! »Bekomme ich dann mein Zimmer zu sehen oder redest du nur darüber?«

»So groß ist das Zimmer nicht, als das wir lange darüber reden könnten.« Cristan grinst breit und entblößt dabei seine Zähne. »Brechen wir auf.«

Anders als bei meiner Einladung zum Tee betrete ich das Haus von Cristans Familie dieses Mal nicht durch den Vordereingang. Stattdessen führt mich Cristan um das Gebäude herum und trägt dabei das Bündel mit meinen Sachen auf seinen Schultern. Die Rückseite ist weniger schmuckvoll und weist keine Reliefs auf. Doch die Mauer besteht trotzdem aus Steinen, sauber geschlagen und hoch aufgetürmt.

»Ja, hier waren Priesterinnen am Werk«, bestätigt Cristan meinen Verdacht, bevor ich ihn ausspreche.

Reflexartig strecke ich meine Finger aus und fahre über das Gestein. Der Gedanke, dass meine Segnung lediglich für den Kampf bestimmt sein soll, gefällt mir zwar immer noch nicht, doch die Tatsache, in einem durch sie errichteten Gebäude zu wohnen, hingegen sehr. Gemeinsam betreten wir das Haus und erreichen einen Gang mit zahlreichen Türen. Wir lassen einige von ihnen hinter uns, bis Cristan schließlich vor einem der Eingänge stehen bleibt. »Hier ist dein Zimmer.«

Hinter ihm betrete ich den Raum. Er ist nicht sonderlich groß, doch eine Schlafstätte, ein Waschbecken und eine große Holztruhe sind vorhanden.

»Ein Badehaus für das Personal liegt am anderen Ende des Gangs, ebenso wie die Küche, in der es immer etwas zu essen gibt. Alle wissen, dass du keine Dienerin bist, und niemand wird dir zu nah kommen. Aber das Haupthaus ist für dich tabu, solange du in der Ausbildung bist.«

Vermutlich sollte es mich treffen, bei der Dienerschaft versteckt zu werden. So wie er mich ansieht, wartet er förmlich darauf. Doch ich bin viel zu beschäftigt damit, zu realisieren, dass ich hier ein eigenes Zimmer habe. Ein Raum allein für mich! Für ihn mag all das beleidigend sein, für mich ist es Luxus. »Keine Sorge«, antworte ich besonnen. »Ich werde mich auf meine Ausbildung konzentrieren und dich nicht mit meiner Anwesenheit behelligen.«

»Aber ich dich mit meiner. Schließlich will ich mich regelmäßig von deinen Fortschritten überzeugen.«

»Natürlich.« Ich lasse mich auf die Schlafstätte nieder und betaste sie mit meinen Händen. Unter dem Stoff befindet sich nicht nur Stroh, sondern eine weiche Federschicht.

Die Frage ist töricht, doch sie brennt mir auf den Lippen. »Haben all eure Diener so weiche Schlafstätten?«

»Nicht alle«, antwortet Cristan und weicht meinem Blick aus. Er legt mein Bündel auf der Truhe ab und wendet sich mir dann wieder zu. »Wenn du hier fertig bist, kannst du dich zum Tempel begeben. Man erwartet dich dort für deinen ersten Unterricht.«

Schweigend beobachte ich, wie er mein Zimmer verlässt. Und sosehr ich meine Unterkunft jetzt schon genieße, es zieht mich zum Tempel. Ich hebe das Bündel hoch, öffne die Truhe und lege es hinein. Meinen spärlichen Besitz werde ich heute Abend auspacken.

Beim Gedanken an all das, was ich heute lernen werde, tanzt mein Herz. Selbst mein knurrender Magen kann mich nicht davon abhalten, sofort zum Tempel zu gehen.

11

Ich wische meine feuchten Hände am rauen Stoff meines Kleids trocken und erklimme die Stufen zum Tempel. Die vor dem Eingang postierten Wachen sehen mich fragend an.

»Mein Name ist Livia. Man erwartet mich bereits. Ich beginne heute meine Ausbildung hier.«

Ich will gerade durch das Tor gehen, als einer der beiden Männer mich am Unterarm packt. »Nicht so schnell.« Er nickt seinem Gefährten zu und der verschwindet im Inneren.

»Lass mich los«, wehre ich mich gegen diese Behandlung. Drohungen sind vermutlich nicht angebracht, aber verkneifen kann ich sie mir trotzdem nicht. »Cristan wird außer sich sein, wenn ich ihm das erzähle.«

Er zuckt kurz zusammen und gibt mich dann frei. »Ich folge nur meinen Anweisungen.«

Die andere Wache kehrt mit Femi zurück. Erleichtert atme ich auf – sie wird alles richtigstellen und morgen wird mir das nicht mehr passieren.

»Danke«, wendet sie sich an die beiden Wachen und lobt damit indirekt das Verhalten der Männer.

»Femi«, begrüße ich sie freundlich und schiebe die bitteren Gefühle beiseite.

»Livia«, erwidert sie und wirkt fast überrascht, mich hier zu sehen. »Lass uns gehen.«

Doch Femi betritt nicht den Tempel, sondern läuft die Stufen hinab. Ich verstehe nicht, was das soll, folge ihr aber. »Wo gehen wir hin?«

»In den Palastpark.«

Unter anderen Umständen würde mich ein Ausflug dorthin freuen, aber irgendwie hinterlässt dieses Vorgehen bei mir einen fahlen Beigeschmack. Denn es wirkt, als wollte mich Femi nicht im Tempel haben. Doch ich lasse mir meine Enttäuschung nicht anmerken, gehe hinter ihr und beobachte sie genau. Ihren aufrechten Gang, die lange Locke, die aus ihren hochgesteckten zimtfarbenen Haaren über ihren Rücken gleitet und mit jedem Schritt auf und ab hüpft, ihr makellos weißes Kleid … Wenn ich sie wäre, würde ich mich vermutlich auch verachten.

Neben dem Palast erhebt sich eine Reihe von Steinsäulen. Im Gegensatz zu denen vor dem Gebäude erzählen diese jedoch keine Geschichten, sondern sind mit Reliefs der Pflanzen Palentes verziert. Zudem markieren sie den Teil des Parks, der dem Herrscher vorbehalten ist. Das Grün der Bäume und Bunt der Blumen fließt zwischen den Pfeilern hindurch und lässt erahnen, wie prachtvoll es dahinter aussehen muss.

Die letzte Säule grenzt an einen üppig grünen Park, der mit Bäumen eingefasst und allen zugänglich ist. Wir sind nur noch wenige Schritte vom Rasen entfernt, als mir auffällt, wie ungleichmäßig der Übergang zwischen der Wiese und dem staubigen Weg außerhalb ist. Fast, als hätte es eine Flutwelle gegeben, die das Grün hier ausgespuckt hat.

Meine Füße berühren das kühle Gras und ich genieße das angenehme Kitzeln. Auch Femi zieht ihre feinen Sandalen aus und läuft barfuß weiter. An einem großen Baum macht sie halt und setzt sich mit überkreuzten Beinen in seinen Schatten. Gegenüber von ihr lasse ich mich ebenfalls zu Boden sinken.

»Ist das hier nicht viel einladender als im Tempel?«, fragt Femi, während ihr Blick abschätzig über mein Kleid streift.

In Palente gibt es nur wenige Gärten und es ist wirklich schön hier. Allerdings könnte ich auch allein herkommen – in den Tempel jedoch nur während meiner Ausbildung … »Ja, ganz wundervoll«, stimme ich ihr trotzdem zu. Sie ist meine Lehrerin, und ich werde sicher nichts tun, um sie irgendwie gegen mich aufzubringen.

Aus einem Lederbündel holt die junge Priesterin einen kleinen weißen Stein und eine graue Feder hervor. Beides platziert sie zwischen uns auf dem Rasen. »Wir beginnen mit dem ersten Schwebklang. Dazu werde ich gleich einen Ton anstimmen, und ich möchte, dass du mit genau diesem Ton immer abwechselnd die Feder und den Stein zum Schweben bringst.«

Es klingt so einfach und trotzdem habe ich Angst zu scheitern. »Ich kann meine Segnung noch nicht gezielt einsetzen.«

»Ich weiß«, erwidert sie ruhig. »Deshalb werde ich die Welle deines Klangs auch für dich auf das jeweilige Objekt lenken. Heute geht es nur darum, ein Gefühl für die Intensität des Tons zu entwickeln.«

Erleichtert nicke ich ihr zu. »Gut.«

Femi stimmt einen mittelhohen Ton an und untermalt ihn mit wellenförmigen Bewegungen ihrer Hände und befördert so zuerst die Feder und danach den Stein in die Luft.

Ich singe ihr nach, doch es klingt falsch. Anstatt mich zu korrigieren, hält die Priesterin den Ton für mich als Vorgabe. Ich staune, wie lange sie das kann, und taste mich an den Klang heran, bis ich ihn schließlich treffe. Femi verstummt und nun bin ich am Werk. Sofort schießt die Feder auf Augenhöhe in die Luft. Dann kommt der Stein, der nur ein paar Daumenbreit über dem Boden schwebt. Mit zarten Bewegungen steuert Femi meine Segnung und ich versuche, die Höhe über die Lautstärke zu variieren.

»Hör nicht auf«, fordert die Priesterin und steht auf. Ihre

Hände bewegen sich weiter, während sie umherläuft und nach irgendetwas sucht. Einen Moment später kommt sie mit einem Stock zurück. Kraftvoll rammt sie ihn vor mir in den Boden und setzt sich wieder. »Versuche jetzt, beide Gegenstände abwechselnd auf genau diese Höhe zu bringen.«

Ich scheitere schon daran, auf Anhieb den richtigen Ton zu finden, aber gemeinsam mit Femi treffe ich ihn. Es ist die wohl leichteste Übung, die es gibt, doch die Töne zu dosieren, braucht Zeit. Zeit, die Rina nicht hat …

Als ich den Stein und die Feder das erste Mal fehlerfrei auf die Höhe des Asts bringe, ist meine Kehle bereits völlig rau.

Mit einer Hand umfasse ich meinen Hals. »Ich brauche etwas Wasser. Ist hier nicht ein Brunnen?«

»Ja, etwas weiter hinten.« Femi stopft den Stein und die Feder zurück in ihren Lederbeutel und wir stehen gemeinsam auf.

»Wann hast du mit deiner Ausbildung begonnen?«, frage ich sie, während wir zwischen den Bäumen und Sträuchern hindurchschlendern.

»Natürlich als festgestellt wurde, dass ich die Segnung besitze.«

»Natürlich«, wiederhole ich und presse meine Lippen fest aufeinander.

Wir erreichen den Brunnen und Femi lehnt sich gegen die gebogene Mauer. Ich lasse den Eimer hinab und ziehe ihn prall gefüllt an dem rauen Seil nach oben.

»Bitte«, wende ich mich an die Priesterin und lasse ihr den Vortritt.

Ohne sich zu bedanken, formt sie mit ihren Händen eine Schale und schöpft so etwas Wasser, das sie gemächlich trinkt. Ich folge ihrem Beispiel, schlucke jedoch viel hastiger. Überhaupt scheint das Wetter Femi nichts anzuhaben. Während mir bereits Schweißperlen von der Stirn laufen, wirkt sie von der Hitze völlig unberührt. Ich benetze meinen Nacken mit dem kühlen Nass und fühle mich wieder bereit. »Sollen wir gleich hier weitermachen?«

»Warum nicht«, entgegnet sie schulterzuckend und befördert die Objekte erneut aus ihrem Beutel. »Diesmal bis auf Höhe des Brunnens. Erst die Feder, dann den Stein, dann beide gleichzeitig.«

Entschlossen übe ich weiter, lasse die Gegenstände in der von Femi genannten Reihenfolge in der Luft schweben. Die Aufgabe ist monoton und doch fordert sie meine ständige Konzentration. Denn wenn ich nicht voll und ganz bei der Sache bin, hängt die Feder über meinem Kopf und der Stein bleibt am Boden.

Mittlerweile steht die Sonne bereits hoch am Himmel und der Park gehört uns nicht mehr allein. Viele verbringen die Mittagsruhe im Schatten der Bäume statt zu Hause. Ihrer bunten Kleidung nach zu urteilen, gehören sie zur Oberschicht. Da sie jedoch keinen eigenen Garten besitzen, eher zur unteren.

Femi holt aus ihrem Lederbeutel einen kleinen Laib Brot und beißt davon ab. »Hast du dir nichts zu essen mitgenommen?«

Törichterweise bin ich davon ausgegangen, im Tempel würde man sich auch um mein leibliches Wohl kümmern. »Nein, ich habe üppig bei Cristan gefrühstückt. Ich bekomme heute vermutlich gar nichts mehr runter.«

Obwohl mein Magen verräterisch knurrt, kommentiert Femi das nicht weiter und vertilgt ungerührt ihr Brot, um das ich sie heimlich beneide.

Während sich sonst mein Körper von der Arbeit schwer anfühlt, ist es nun mein Kopf. Ich sehne mich ebenfalls danach, unter einem der großen Bäume etwas zu schlafen.

Femi wirkt hingegen so frisch und munter, wie ein Mensch nur aussehen kann, und hat offensichtlich andere Pläne. »Machen wir weiter.«

Erwartungsvoll sehe ich zu ihr und hoffe, nun endlich etwas Neues zu lernen.

»Auf was wartest du?«, fragt sie und deutet auf den Stein und die Feder.

»Ich dachte, wir machen jetzt vielleicht etwas anderes«, gebe ich kleinlaut zu.

»Wir machen etwas anderes, sobald du diese Übung so gut beherrschst, dass du nebenbei ein Pergament lesen kannst.«

Davon bin ich weit entfernt, doch ich habe bereits jetzt das Gefühl, mein Körper platzt, wenn ich noch einmal diesen Ton anschlagen und die beiden Sachen schweben lassen muss.

12

Durch den Eingang der Dienstboten betrete ich das Haus von Cristans Familie. Femi hat mich den ersten Schwebklang weitersingen lassen, bis die Sonne tief genug stand, um das Ende des Arbeitstags zu verkünden. Zielstrebig suche ich nach der Küche. Meine Hände sind bereits zittrig und mein Hals sehnt sich nach einer heißen Tasse Minztee.

Der schiere Lärm verrät mir schnell, in welchem Raum ich fündig werde. Leise trete ich ein. An der langen Wand neben der Tür befindet sich ein großer Ofen und daneben ein schmaler Tisch, auf dem zahllose Tongefäße aufgereiht sind. Fast sofort entdecke ich auch eine gut genährte Dienerin, die mich von ihrem Platz hinter dem Ofen neugierig beäugt. Ihre Haare sind unter einem weißen Tuch verborgen und es fällt mir schwer, ihr Alter zu schätzen. Sonst ist niemand hier.

»Ich bin Livia«, stelle ich mich vor. »Ich …«

»Habe schon von dir gehört«, beendet die Frau meinen Satz. »Ich bin Silia, die Köchin. Du bist früh dran und hast Glück, dass du mich hier antriffst. Gewöhnlich arbeite ich im Haupthaus.«

»Und heute kochst du für die Dienerschaft?«

Silia lacht laut auf. »Uns geht es in diesem Haus zwar sehr gut, aber so gut nun auch wieder nicht. Für gewöhnlich wechseln wir uns mit dem Kochen ab.«

»Ich kann Brot backen. Gekocht habe ich noch nie«, gebe ich zu.

»So, wie ich den General verstanden habe, gehört das nicht zu deinen Aufgaben hier.«

Obwohl sie aufrichtig und freundlich klingt, habe ich das Gefühl, es sollte zu meinen Aufgaben zählen. »Ich helfe gern mit. Wirklich.«

»Tu das nicht.«

»Was?«

»Etwas versprechen, das du auf Dauer nicht einhalten wirst.«

Diese Frau kennt mich überhaupt nicht. »Wie kommst du darauf?«

»Weil du für Besseres bestimmt bist.«

»Aber …«, will ich ihr widersprechen, doch ich werde erneut von ihr unterbrochen.

»Setz dich und lass dir von mir etwas zubereiten.«

Ich beschließe, mich nicht weiter dagegen zu sträuben, und nehme an der langen leeren Tafel im hinteren Teil des Raums Platz. »Gern. Ich habe den ganzen Tag noch nichts gegessen und könnte ein ganzes Schaf vertilgen.«

»Mit einem ganzen Schaf kann ich leider nicht dienen. Dafür mit Brot, gebratenem Fisch und Bier.«

»Das klingt wundervoll. Kann ich vielleicht auch einen Tee haben? Ich mache ihn gern selbst. Zeig mir einfach, wo alles ist.«

Silia schenkt mir ein mütterliches Kopfschütteln. »Wenn ich sage, ich bediene dich, dann bediene ich dich. Also bleib gefälligst auf deinem Platz.«

Ich muss grinsen und hebe entschuldigend meine Hände in die Luft. »Wird nicht mehr vorkommen.«

»So zahm kenne ich dich ja gar nicht«, unterbricht uns Cristan, der die Küche betritt.

»Muss wohl am Gegenüber liegen«, erwidere ich prompt, und die Köchin muss sich ein Lachen verkneifen.

»Ich weiß, Silias Charme kann ich mich auch nicht entziehen«, scherzt Cristan und legt ihr eine Hand auf die Schulter.

Selbstbewusst entfernt die Köchin sie. »Ich weiß Eure Schmeicheleien sehr zu schätzen. Aber Ihr haltet mich von der Arbeit ab. Ich muss der Dame ein Essen zubereiten.«

»Ich wusste ja gar nicht, dass Livia eine Dame ist.«

Ich verschränke meine Arme vor der Brust und schenke ihm einen bösen Blick.

»Eine junge Dame«, sagt er schließlich versöhnlich und nimmt neben mir Platz. »Wie war dein erster Tag im Tempel?«

Seufzend fahre ich mir über das Gesicht. »Ich war gar nicht *im* Tempel. Und es war langweilig.«

»Langweilig?« Cristan mustert mich neugierig und beugt sich etwas zu mir. »Wenn du so schnell lernst, rede ich mit Honoria. Es gibt schließlich keinen Grund, deine Zeit und mein Geld zu verschwenden.«

»So habe ich das nicht gemeint. Ich lerne nicht so schnell. Aber Femi hat nur eine leichte Übung mit mir absolviert. Den ganzen Tag.« Ich erkläre ihm die Aufgabe und hoffe auf etwas Mitleid.

»Klingt für mich nach einer guten Lehrerin.«

Womöglich ist sie das. Trotzdem stört mich, wie Cristan gleich Partei für sie ergreift, obwohl er nicht dabei war. »Woher willst du das wissen?«

»Wenn ich neue Soldaten ausbilde, wollen sie auch immer sofort an die Waffen. Aber ich halte sie zurück und lasse sie zuerst ihre Kraft und Beweglichkeit trainieren. Denn durch die Grundlagen wird ein Schwert zu einer Waffe.«

Silia reicht mir eine Tasse mit Minztee und dankbar nehme ich einen Schluck. Die Wärme tut meinem geschundenen Hals gut. »Vermutlich hast du recht. Es war nur trotzdem frustrierend.«

»Hab Geduld«, sagt er und fährt mit einer Hand sanft über meinen Oberarm. »Jeder Anfang ist zäh. Aber eine fundierte Basis unterscheidet einen guten von einem sehr guten Soldaten.«

Ich bin keine Soldatin, will ich erwidern, als mir einfällt, das stimmt so nicht ganz. »Keine Sorge. Ich bin geduldig und gebe alles.«

»Genau das wollte ich hören.« Cristan wirft Silia einen Handkuss zu und verschwindet aus der Küche.

Genüsslich verspeise ich den Fisch, den die Köchin mir serviert, und verlasse satt und glücklich die Küche.

Zurück in meinem Zimmer hole ich mein Bündel aus der Truhe. Ich öffne die Kordel, verstaue meine Ersatzkleider und nehme das kleine, blau bemalte Holzkästchen in die Hand.

Es ist nur eine halbe Elle breit, doch alles darin hat für mich einen unschätzbaren Wert. Mutters Medaillon, das mir Vater vermacht hat. Ich fahre die eingravierten Wellen darauf nach und lege es wieder zurück. Gern würde ich es mir umlegen, aber fühle mich ihres Erbes noch nicht würdig. Mein Blick gleitet über die bemalten Steine, die Mutter jeden Abend für mich hat tanzen lassen, und eine Locke von ihr, Rina und mir. Sie sehen fast gleich aus, nur hat Mamas Locke eine blaue Schleife, Rinas eine rote und meine eine weiße.

Die Haarsträhnen fest umklammert, lasse ich mich auf meine Schlafstätte sinken. So luxuriös ein Zimmer für mich allein heute Morgen noch auf mich gewirkt hat, nun fühle ich mich einsam. Ich weiß nicht, ob Mutter wirklich stolz auf mich wäre, aber ich möchte ihren Namen nicht beschmutzen, sondern ihm alle Ehre machen. Ich möchte kämpfen. Für Rina und für sie.

Mit den drei Locken in der Hand wache ich auf. Eigentlich wollte ich gestern noch ins Badehaus gehen, doch die Müdigkeit hat mich übermannt. Ich stehe auf und packe meine kostbaren Erinnerungsstücke zurück in das Holzkästchen, das ich in die Truhe räume.

An dem kleinen Becken in meinem Zimmer wasche ich mich kurz und gehe anschließend in die Küche. Heute werde ich nicht den Fehler machen und ohne Essen zum Unterricht aufbrechen.

In der Küche herrscht rege Betriebsamkeit. Dienerinnen, Stallburschen und Wachen gehen ein und aus. Während einige sich lediglich ein Brot vom Tisch schnappen und dann verschwinden, bleiben andere im Raum, essen und reden lautstark miteinander. Zumindest bis sie meine Ankunft bemerken und alle Gespräche plötzlich verstummen.

»Guten Morgen«, sage ich und schnappe mir ebenfalls ein Brot. »Lasst euch nicht von mir stören.«

Ich weiß nicht, was Cristan ihnen erzählt hat, denn meine Worte finden kein Gehör. Bis auf eine Frau verlassen alle die Küche. Wie die meisten Dienerinnen trägt auch sie ihre Haare unter einem Tuch verborgen, doch es ist nicht weiß, sondern grün und ein paar störrische dunkle Strähnen hängen lose heraus.

»Braucht Ihr noch etwas? Kann ich Euch noch etwas bringen?«, fragt sie mich.

»Nein, danke. Es ist alles da, was ich brauche.«

»Wollt Ihr hier essen oder soll ich Euch ein Bündel packen?«

»Ein Bündel bitte.« Es ist mir unangenehm, diese Küche so für mich in Beschlag zu nehmen. Ich werde also sicher nicht hier in Ruhe mein Frühstück einnehmen.

Die Frau nimmt mir das Brot ab und packt es zusammen

mit getrockneten Feigen und Nüssen ein. »Hier, bitte. Ich bin übrigens Neda.«

Ich habe das Gefühl, diesen Namen schon einmal gehört zu haben …

»Wenn alles gut geht, dann werde ich Eure persönliche Dienerin sein«, fügt sie hinzu und tiefe Lachfalten an ihren Augenrändern werden sichtbar.

Nun fällt mir wieder ein, dass Cristan sie bei seiner Einladung zum Tee erwähnt hat, aber ich weiß nicht recht, was ich darauf erwidern soll. Eine persönliche Dienerin … Mir ist rätselhaft, warum man zusätzlich zu den Köchinnen, Waschfrauen, Stallburschen – und wer weiß, was sonst noch alles – eine persönliche Dienerin braucht. Aber ich will sie nicht beleidigen. »Diese ehrenvolle Anrede ist nicht nötig, und bis es so weit ist, kann ich mir mein Frühstück selbst einpacken.«

»Nicht wenn ich das verhindern kann«, erwidert sie lächelnd und übergibt mir das Bündel.

Sogar der Stoff, in dem das Essen hier verpackt wird, ist schöner als der meines Kleids. »Danke.«

Sie winkt ab und ignoriert meinen Wunsch nach einer gewöhnlichen Anrede. »Wenn ich etwas für Euch tun kann, gebt mir einfach Bescheid. Mein Zimmer ist direkt neben Eurem und im Haus habe ich nur zu tun, wenn Gäste da sind.«

»Ich muss jetzt zum Tempel. Aber ich werde es mir merken.«

Ich erwarte, dass Femi wieder mit mir in den Park zum Üben geht, doch zu meiner Überraschung begrüßt mich die junge Priesterin, die Cristan bei meiner Prüfung zum Waschhaus begleitet hat.

»Ich bin Pea«, stellt sie sich vor, als wir gemeinsam den Innenhof betreten. Während ihre Haare – wie die der meisten Palenter – braun sind, stechen ihre Augen schon von Weitem hervor. Diese Farbe … Ich weiß gar nicht, wie ich sie beschreiben soll. Sie erinnert an einen bewölkten Himmel. »Femi ist heute verhindert und ich werde den Unterricht übernehmen.«

Ich kann nicht behaupten, traurig darüber zu sein. »Ich muss mich gestern schrecklich ungeschickt angestellt haben.«

Erstaunt wendet sich Pea zu mir um. »Wie kommst du darauf?«

»Femi will mich schon nach einem Tag nicht mehr unterrichten. Das spricht doch für sich …«

»Das hat überhaupt nichts mit dir zu tun. Femi arbeitet heute auf einer Baustelle.« Die Priesterin zwinkert mir zu und schreitet über die großen Steine des Innenhofs.

Hinter ihr betrete ich das Waschhaus der Frauen, entkleide mich und gleite ins Wasser. Vom Beckenrand aus reicht mir Pea einen Schwamm, über den sie etwas Öl geträufelt hat. Ich schließe meine Lider und lasse den Rosenduft meine Sinne fluten.

Als ich meine Augen wieder öffne, spüre ich den Blick der Priesterin auf mir ruhen. Doch zu meiner Überraschung sehe ich weder Skepsis noch Unmut darin.

Um auch die letzten Staub- und Schmutzpartikel von meinem Körper zu waschen, tauche ich komplett unter. Es ist beängstigend, nicht atmen zu können, und trotzdem liebe ich diesen Moment beim Baden am meisten. Es ist, als würde die Welt stillstehen und erst wieder zum Leben erwachen, wenn mein Kopf durch die Wasseroberfläche bricht. Heute empfängt mich dabei Peas warmes Lächeln, und sie erinnert mich ein wenig an Rina, obwohl sie sogar noch jünger aussieht als meine Schwester.

Am anderen Ende des Beckens steige ich aus dem Wasser und trockne meinen Körper. Auf der *reinen* Bank liegt schon ein weißes Kleid für mich bereit. Sehnsüchtig greife ich danach und streife es mir über. Wie eine zweite Haut schmiegt es sich an meinen Körper und es ist, als hätte ich nicht nur den Staub im Wasser zurückgelassen, sondern auch das Mädchen aus der Unterschicht.

Ich fahre mir durch die nassen Haare und folge dann Pea, die mich in einen kleinen schmucklosen Raum führt. Die Wände sind weiß und bis auf eine kniehohe Holztruhe ist das Zimmer leer.

»Das Heiligtum ist nur besonderen Anlässen vorbehalten«, erklärt die Priesterin fast entschuldigend.

»Für mich ist jeder Raum des Tempels etwas Besonderes.« Und das entspricht ganz und gar der Wahrheit, denn ich verspüre eine tiefe Dankbarkeit, hier zu sein, den Spuren meiner Mutter folgend.

»Für mich auch.« Pea öffnet die Truhe und holt einen dick gewebten Stoff daraus hervor. Sie schüttelt ihn und breitet ihn über dem Steinboden aus. »Der Boden ist kalt und ich werde schnell krank.«

Mit Bedacht verteilt Pea Gegenstände auf der Decke. Ein Kamutkorn, eine Rosenblüte, ein kleines Stück Brot und einen Stein. Alles Objekte, zu denen ich eine gewisse Verbindung habe. Vielleicht ist es Zufall, aber ich freue mich über die Auswahl.

»Setz dich«, sagt sie, während sie selbst Platz nimmt.

Gegenüber von ihr sinke ich zu Boden und ziehe meine Beine an.

»Wir machen heute weiter mit dem ersten Schwebklang. Ich werde deinen Klang lenken, und du lässt einen Gegenstand nach dem anderen auf Augenhöhe schweben.«

Unwillkürlich seufze ich, was Pea nicht entgeht.

»Ich weiß, die Übung ist nicht spektakulär. Aber sie ist notwendig. Und ich hoffe, du machst solche Geräusche nicht, während du mit Femi oder Honoria trainierst.«

»Ich …«, will ich mich verteidigen, halte dann jedoch inne. Was soll ich sagen? Pea hat recht. Mein Anspruch wird meiner Leistung nicht gerecht. »Es tut mir leid.«

Mit einer wegwischenden Handbewegung stimmt sie den mittleren Ton an und ich singe ihr nach. Ich treffe ihn nicht auf Anhieb, brauche aber schon weniger Versuche als gestern. Gekonnt steuert Pea die Welle meines Klangs zu dem Kamutkorn. Ein Objekt, das mir vertrauter ist als kaum ein anderes. Größe, Beschaffenheit, Gewicht – die richtige Höhe zu treffen, sollte für mich so leicht sein wie der Flügelschlag eines Schmetterlings. Doch das Korn fliegt weit über meinen Kopf hinaus, und es bedarf der Segnung der Priesterin, es zurück in seine ursprüngliche Position zu befördern. Seufzend schlage ich mir die Hände vors Gesicht.

»Ich weiß genau, wie du dich jetzt fühlst.« Tröstend legt mir Pea eine Hand auf die Schulter. »Mir ging es zu Beginn nicht anders. Aber jedes einzelne Scheitern ist nötig und bringt dich deinem Ziel näher.«

»Du musst mich nicht aufmuntern«, erwidere ich und lasse meine Hände sinken. Schließlich ist Aufgeben ohnehin keine Option für mich.

»Ich sage das nicht, um dich aufzumuntern, sondern weil es die Wahrheit ist. Auch wenn du noch nicht bereit bist, sie zu sehen.«

Ich schweige, weil ich Pea nicht beleidigen will.

»Jetzt weißt du, für das Kamutkorn war das zu stark, und beim nächsten Versuch wird dein Ton bereits viel besser dosiert sein.«

»Du hast recht, es ist nur …« Rina rennt die Zeit davon. »Ich hatte es mir nur einfacher vorgestellt.«

Pea lacht leise. »Wenn man es kann, ist es einfach.«

Diese einfachen Sätze, in denen so viel Weisheit steckt … Mutter hatte auch stets einen auf der Zunge, der meine Tränen schneller trocknete als ein Stück Stoff.

Ich probiere es erneut, und tatsächlich fliegt das Kamutkorn zwar immer noch zu hoch, aber bleibt in Sichtweite. Unermüdlich lasse ich die vier Objekte schweben und bemühe mich, mit jeder Wiederholung besser zu werden. Beim Stein bin ich sogar ein paarmal auf Anhieb erfolgreich.

»Das sieht doch schon viel besser aus«, sagt Pea und klatscht in die Hände. »Lass uns eine Pause machen und etwas essen gehen.«

»Mein Bündel liegt im Waschhaus«, antworte ich und ernte dafür ein Stirnrunzeln.

»Du kannst dir dein Mahl natürlich holen. Aber wir haben hier im Tempel auch genug für unsere Schülerinnen.«

Das sieht Femi wohl anders … »Wenn das so ist, dann koste ich heute gern euer Essen.«

Ich folge Femi in einen Raum, in dessen Mitte ein großer Tisch steht. Eine etwas ältere Priesterin und einige Schülerinnen haben sich bereits um ihn versammelt und bedienen sich an den üppigen Platten darauf. Das Essen ist so … *bunt.* Und damit unterscheidet es sich nicht nur von den eintönigen Mahlzeiten, die ich von zu Hause kenne, es steht auch im Kontrast zu den weißen Kleidern und Räumen hier im Tempel.

»Nachdem wir mit unserer Segnung die Felder pflügen und bewässern, erhalten wir zusammen mit dem Herrscher immer die prächtigsten Teile der Ernte«, antwortet Pea auf meine ungestellte Frage.

Mit etwas Abstand zu den anderen nehmen wir Platz, und ich lade mir großzügig gekochten Kamut auf meinen Teller und platziere vorsichtig etwas von dem bunten Gemüse darüber. Schließlich weiß ich weder, wie die Sorten heißen, noch, wie sie schmecken.

Gegenüber von mir verlässt eine leise Abfolge von Tönen Peas Mund. »Wir danken dir, Göttin, für Speis und Trank.«

Als mir klar wird, dass dies ein Gebet für die Göttin ist, blicke ich demütig auf meinen Teller. »Danke.«

Meine Lehrerin nimmt einen ersten winzigen Happen zu sich, und auch ich beginne zu essen. Ich koste eine rote Frucht und bin erstaunt. Sie schmeckt süßlich und würzig zugleich und anders als alles, was ich je probiert habe.

»Schmeckt es dir?«

»Sehr.« Ich wage mich auch an das grüne Gemüse. Herbe Aromen breiten sich in meinem Mund aus. Zunächst bin ich nicht sehr angetan, doch zusammen mit dem Rest nimmt der Geschmack Form an, und ich esse meinen Teller mit Heißhunger in Windeseile leer.

Beschämt blicke ich zu Pea hinüber, die noch nicht mal bei der Hälfte angelangt ist und jeden Bissen langsam, fast bedächtig kaut.

»Wie ist das mit euren Aufträgen? Sucht ihr euch selbst aus, was ihr macht und was nicht?«, frage ich mehr aus Verlegenheit denn aus Interesse.

»Die Anfragen gehen immer an den Tempel und werden dann uns angeboten. Natürlich dürfen die älteren Priesterinnen zuerst wählen.«

»Ich vermute mal, mich zu unterrichten, gehört nicht zu den begehrtesten Aufgaben.«

»So war das nicht gemeint«, verteidigt sich Pea sofort.

»Doch, war es. Und du musst dich nicht dafür entschuldigen.« Merkwürdigerweise verspüre ich keinerlei Bitterkeit. Wäre ich Priesterin, würde ich vermutlich auch lieber dabei helfen, monumentale Bauwerke zu errichten oder das Land zu ernähren, als mich zu unterrichten. »Wirklich.«

»Es liegt nicht an dir, deinem Alter oder der Bezahlung. Es ist …«

»Für was ich meine Segnung später einsetzen soll.«

Pea nickt mitfühlend.

Das Kamutkorn, die Rosenblüte, das Brotstück und der Stein liegen immer noch aufgereiht auf dem Boden des Raums, als wir vom Essen zurückkommen. Pea öffnet einen Beutel und zieht einen weiß schimmernden Stein daraus hervor und drückt ihn mir in die Hand.

»Was ist das?«, will ich wissen.

»Das ist das Gestein der Göttin. Es lenkt deine Segnung auf sich.«

Neugierig betrachte ich ihn näher. Abgesehen von seiner Farbe kann ich nichts Besonderes an ihm entdecken. Versuchsweise stimme ich den ersten Schwebklang an, den wir schon den ganzen Morgen geübt haben, und tatsächlich – der Stein schwebt, ganz ohne Peas Hilfe, über meiner Handfläche.

Pea nickt zufrieden. »Ich werde jetzt meine Mittagsruhe einlegen. Du bist herzlich eingeladen, es dir hier auch gemütlich zu machen. Aber falls du weiter üben möchtest …« Sie zwinkert mir zu und deutet auf den Stein. »Kannst du das natürlich gern tun.«

Der Gedanke, nun allein trainieren zu können, hellt meine Stimmung augenblicklich auf. »Danke. Für alles.«

»Ist doch selbstverständlich.«

In ihrer Welt vielleicht. »Für mich nicht.«

Ich setze mich auf die Decke am Boden und sehe Pea nach,

die gerade das Zimmer verlassen will. Sie ist so nett zu mir und ich will sie wirklich mögen. Etwas hält mich jedoch zurück. Und ich weiß, was es ist.

»Pea!«, rufe ich sie zurück.

Sie wendet sich um und blickt mich fragend an.

»Das ist jetzt vermutlich eine sehr merkwürdige Frage, aber … Wenn du einen Mann ins Waschhaus begleitest.« Ich beiße mir auf die Unterlippe und atme tief durch. »Bist du dann auch anwesend, während er sich wäscht?«

Die Wangen der Priesterin werden so rot wie das fremde Gemüse am Mittagstisch. »Wir sind anwesend, aber warten hinter einer Wand.«

Es sollte mir egal sein, ob sie Cristan nackt gesehen hat oder nicht. Trotzdem flutet mich eine Welle der Erleichterung und die letzten Reste der zarten Mauer zwischen mir und Pea lösen sich in Luft auf. »Das ist bestimmt angenehmer so.«

»Sehr viel angenehmer«, versichert mir Pea, und ich merke ihr an, sie hat mich und meine Motive durchschaut. »Insbesondere weil wir der Göttin unser Leben geweiht haben und enthaltsam leben.«

Warum auch immer meine Gedanken manchmal um Cristan kreisen. Ein Leben, das sich keinem Mann, sondern nur der Göttin unterordnet – genau darum beneide ich Pea, mehr als ich in Worte fassen kann.

13

Gleich nachdem Pea unseren Unterricht für heute beendet hat, haste ich ins Freie. Ich renne über den immer noch glühend heißen Platz zwischen Palast und Tempel und erreiche schließlich die Säulen des Marktes. Viele der Kaufleute dort sind schon am Abbauen und ich hoffe, ich bin nicht zu spät.

Die vorderen Reihen sind wohlhabenderen Händlern vorbehalten. Hier findet man hauptsächlich Gewürze, Stoffe und Schmuck. Ich lasse sie hinter mir, ebenso wie die Schmiede und Holzhandwerker. Endlich erreiche ich die Lebensmittelstände, wo auch wir unser Brot verkaufen. Dahinter werden nur die Lederwaren der Gerber und widerlich riechende Tränke angeboten, die angeblich den bösen Blick vertreiben oder gebrochene Herzen heilen sollen.

Als ich sehe, dass Rina noch da ist, wird mir warm ums Herz. Ich eile zu ihr und schließe sie in die Arme.

»Livi!«, ruft sie und zieht mich näher an sich. »Was tust du hier? Solltest du nicht im Tempel sein?«

»War ich bis eben. Aber ich musste dich einfach sehen.«

»Ist es so schlimm?«

Ich löse mich von ihr und schaue sie fragend an. »Was?«

»Das Leben im Tempel. Ich dachte immer, es wäre dein größter Traum. Aber da du mich schon am zweiten Tag so vermisst …«

»Ich lebe gar nicht im Tempel, sondern bei Cristan.«

Natürlich wirft mir Rina sofort einen anzüglichen Blick zu.

»Nicht *so* bei ihm. Ich habe ein kleines Zimmer bei den Dienerinnen.«

»Ich warte auf den Teil, der so schrecklich ist.«

»Den gibt es nicht.« Außer natürlich, dass ich mich nicht halb so geschickt im Unterricht anstelle wie erhofft. »Ich wollte dich einfach nur sehen.«

Meine Schwester lächelt wissend. »Du wolltest nicht mich sehen, sondern nach mir sehen. Streite es bloß nicht ab.«

»Du hast recht, ich mache mir Sorgen. Lässt dich Turia auch nicht zu viel arbeiten, jetzt wo ich nicht mehr da bin?«

»Tut sie nicht.«

Ich höre ihre Worte, doch hege ich meine Zweifel. Der getrocknete Schweiß glitzert auf Rinas Haut und ihr schönes Gesicht ist blasser als sonst. »Sicher?«

»Ja, sicher. Genau genommen habe ich viel weniger zu tun. Da wir den Kamut nun einfach so geliefert bekommen, müssen wir viel weniger produzieren und verkaufen.«

»Gut«, antworte ich und helfe meiner Schwester, die übrigen Brote einzupacken. »Aber lass dich bloß nicht zum Mahlen einspannen.«

»Würde ich nie freiwillig.«

»Ich weiß«, antworte ich und wir müssen beide lachen.

»Und wie geht deine Ausbildung voran?«

Ich will Rina nicht belügen oder verängstigen und beschließe deshalb, vage zu bleiben. »Es gibt viel zu lernen, aber ich mache Fortschritte.«

»Da bin ich mir sicher. Ich kenne niemanden, der so gewissenhaft und pflichtbewusst ist wie du.«

Wenn das nur reichen würde …

Schließlich ist alles fein säuberlich verpackt und der Schubwagen beladen. »Soll ich dir noch beim Transport helfen?«

»Jetzt mach dich nicht lächerlich. Ich schiebe diesen Wagen

schon seit sehr vielen Sommern allein.« Rina macht mit ihren Händen eine wegscheuchende Bewegung. »Geh du lieber weiter üben.«

»Einverstanden.« Ich umfasse ihre Hände, drücke sie kurz, lasse sie dann gehen und mache mich ebenfalls auf den Weg zurück in mein neues Zuhause.

Dort wartet niemand auf mich. Natürlich nicht. Schließlich hat Cristan Besseres zu tun und ich auch. Ich hole den Stein der Göttin aus meiner Tasche und lege ihn auf meine Handfläche. Er ist nicht ideal zum Üben, weil er immer dasselbe Gewicht hat. Aber es ist besser als nichts. Der erste Schwebklang verlässt meinen Mund und der Stein erhebt sich in die Luft. Knapp unter meiner Nasenspitze kommt er zum Stehen und ist damit auf Anhieb auf der richtigen Höhe. Stolz blicke ich auf den glänzenden Gegenstand. Obwohl ich bis auf ein paar kurze Pausen den ganzen Tag nichts anderes gemacht habe als diese Übung, höre ich nicht auf. Ich fahre fort, bis meine Stimme nur noch ein leises Krächzen ist.

Auch am nächsten Tag variiert mein Unterricht nur wenig. Ich lasse mich nicht davon entmutigen und übe gemeinsam mit Pea weiter den ersten Schwebklang. Dabei vergessen wir sogar die Zeit, und der Markt ist bereits völlig verwaist, als ich den Tempel verlasse. Auf dem Weg zu Cristans Haus stimme ich mich auf einen weiteren einsamen Abend in meinem Zimmer ein. Doch während ich um das Gebäude herum zum Hintereingang schlendere, legt sich von hinten eine Hand auf meine Schulter und ich zucke zusammen.

»Seit wann bist du denn so schreckhaft?«, fragt Cristan amüsiert, während ich mich zu ihm umdrehe.

»Bin ich gar nicht. Ich war nur überrascht.«

»Wie geht es voran?«

Was soll ich darauf bloß wieder antworten? »Es wird täglich besser.«

»Sehr gut. Aber das Leben besteht nicht nur aus Arbeit.« Mit einer Hand zieht er kleine Kreise und reicht sie mir schließlich. Wie eine Aufforderung zum Tanz. »Ein Freund von mir veranstaltet heute Abend ein Fest. Ich wollte fragen, ob du Lust hast, mich zu begleiten.«

»Ich soll dich begleiten? Zu einem Fest?«

Er kommt etwas näher und haucht dann an mein Ohr gepresst ein »Ja«.

Mein Herz pocht rasend schnell und ich weiß nicht, ob es Angst oder Freude ist. Ich habe keine Ahnung, warum er mich fragt und nicht irgendeine Frau aus der Oberschicht. Bei Cristans Aussehen und Reichtum müssen sie ihn umschwärmen wie die Bienen.

Der Gedanke, an seiner Seite ein gesellschaftliches Ereignis wahrzunehmen, ist einfach berauschend. Doch die Bilder, die sich in meinem Kopf formen, verlieren schnell an Glanz. Mit meinem schäbigen Wickelkleid werde ich mich dort zum Gespött der Leute machen. Vielleicht lädt er mich auch nur deshalb ein. So oder so – das steht für mich nicht zur Debatte.

»Klingt verlockend, aber nein«, entgegne ich knapp und gehe weiter.

»Wieso?«

»Weil ich keine Feste mag.«

»Ich eigentlich auch nicht.« Schnell schließt er zu mir auf, tritt vor mich und zwingt mich so, stehen zu bleiben. »Aber vielleicht liegt das auch an den Festen, die du bisher besucht hast. Ich kann dir versprechen, dieses wird anders. Mein Freund Rezar ist der unterhaltsamste Gastgeber in ganz Kalasin.«

Seine funkelnden Augen ziehen mich einmal mehr in seinen Bann. Trotzdem werde ich mich nicht umstimmen lassen. »Ich bleibe bei meinem Nein.«

»Wie du möchtest.«

Ich nicke und gehe hocherhobenen Hauptes an ihm vorbei in mein Zimmer. Auf meinem Bett wartet jedoch eine Überraschung auf mich. Ein Kleid aus einem Stoff so weiß wie das der Priesterinnen. Doch damit nicht genug – es ist von oben bis unten mit zarten blauen Stickereien versehen. Blau! Und um die Taille ist ein ebenfalls blauer Gürtel geschlungen. Selbst wenn ich mir ein Kleid erträumen dürfte, wäre es nicht so schön. Ungläubig hebe ich es hoch. Meine Handflächen gleiten über den weichen Stoff und mit den Fingern fahre ich einige der kunstvollen Stickereien nach.

»Gefällt es dir?«, fragt Cristan, der mir offensichtlich gefolgt ist.

Sehr. »Was hat es hier in meinem Zimmer verloren?«

»Ich dachte, es wäre angemessener für das Fest als dein Kleid. Aber da du ja nicht mitgehen möchtest …«

Was wäre schlimmer? Cristan beichten, dass mein Kleid der einzige Grund war, warum ich nicht hinwollte, oder auf dieses Schmuckstück und womöglich sogar Spaß verzichten? Obwohl ich mir nie viel aus Mode gemacht habe, zieht mein Stolz bei dieser Entscheidung den Kürzeren. »Und wenn ich es mir anders überlegt habe?«

»Nehme ich das erfreut zur Kenntnis.«

Ich bin erstaunt, dass er überhaupt nicht darauf herumreitet. »Wann geht es los?«

»Sobald du umgezogen bist.«

14

Ich binde den blauen Gürtel zu und sehe an mir herab. Wären es nicht meine Füße, die unter dem Kleid zum Vorschein kommen, würde ich glauben, es gehört zu einer Frau aus der Herrscherfamilie. Es ist unbeschreiblich schön. Ich wünschte, ich könnte mich darin sehen. Oder besser noch: Ich wünschte, Mutter könnte mich darin sehen.

»Bist du fertig?«, tönt es ungeduldig vor meiner Tür. Für Cristan sind Feste, edle Stoffe und die Farbe Blau schließlich nichts Besonderes.

»Ja!« Ich zupfe die Schleife des Gürtels zurecht, atme tief durch und trete dann hinaus auf den Flur.

Cristan lehnt lässig gegen eine Wand und mustert mich von oben bis unten. Auch er hat sich umgezogen. Der Stoff seiner blauen Tunika ist mit goldenen Rändern verziert und an der herzseitigen Schulter wird sie von einer ebenfalls goldenen, saphirbesetzten Brosche zusammengehalten. »Verehrte Dame«, sagt er und neigt seinen Oberkörper etwas. »Ich warte auf eine gewisse Livia. Ist sie noch dadrinnen? Habt Ihr sie gesehen?«

Obwohl ich mich geschmeichelt fühle, boxe ich ihm leicht in den Oberarm. »Wie komisch.«

»Ja, oder?« Für einen viel zu kurzen Augenblick zeichnet sich der Ansatz eines Lächelns auf seinem Gesicht ab. »Aber so kannst du nicht gehen.«

Womöglich hat er es sich anders überlegt. Bei dem Gedanken zieht sich mein Magen schmerzhaft zusammen. »Warum?«

»Warum?«, wiederholt er und deutet zu Boden. »Du trägst keine Schuhe.«

Natürlich trage ich keine Schuhe! Niemand in der Unterschicht kann sich so etwas Unnötiges leisten.

Cristan schnippt mit seinen Fingern und eine Dienerin huscht um die Ecke. Es ist Neda.

»Hier«, sagt sie und überreicht mir ein paar Sandalen.

Ungläubig bestaune ich sie. Helle Lederriemen schlängeln sich von der dünnen Sohle empor und verbinden sich kunstvoll miteinander.

»Willst du sie nur anstarren oder auch anziehen?«, fragt Cristan.

Seufzend lege ich sie zu Boden und schlüpfe hinein. Neda bückt sich und hilft mir beim Zuschnüren. »Danke!«, rufe ich ihr hinterher, als sie fast schon wieder verschwunden ist.

Schuhe! Ich. Trage. Schuhe. Vorsichtig sehe ich zu Cristan auf. Ich sollte etwas sagen, mich bedanken. Aber was? Und wie? »Ich …«

Bevor ich weitersprechen kann, legt er mir seinen Zeigefinger auf die Lippen und schüttelt sanft den Kopf.

»Und? Kann ich so gehen?«, frage ich, nachdem er meinen Mund freigegeben hat.

Schweigend mustert er mich. Fast so, als müsste er erst überlegen. »Du …« setzt er an, lehnt sich zu mir und streicht mir eine Haarsträhne hinters Ohr. »… wirst so nicht negativ auffallen.«

Am liebsten würde ich mir das Kleid vom Körper reißen und ihm an den Kopf schleudern. Zusammen mit diesen sinnlosen Schuhen. Stattdessen beschließe ich, mir von ihm nicht meine

Laune verderben zu lassen. Ob ich ihm gefalle oder nicht, ist zweitrangig. Alles, was zählt, ist, dass er meine Ausbildung und Rinas Mitgift bezahlt. Das heutige Fest ist für mich ein Vorgeschmack auf das Leben, das mich an seiner Seite erwartet. Und wenn Kommentare dieser Art dazugehören, kann ich damit leben. »Beruhigend.«

Vor einem weißen Steinhaus bringt Cristan Zafira zum Stehen. Der Weg war so kurz, wir hätten problemlos laufen können. Aber vermutlich ist das in der Oberschicht verpönt. Ich behalte den Gedanken für mich und lasse mir von Cristan, der gerade vom Pferd gesprungen ist, beim Absteigen helfen. Das Haus des Gastgebers ist kleiner als das von Cristans Eltern, aber trotzdem so groß wie ein Dutzend in meinem Viertel.

Mein Begleiter übergibt sein Pferd einem der Diener, und noch bevor wir über die Schwelle des Hauses treten, strömt der Geruch von Gebratenem in meine Nase. Drinnen sucht mein Blick nach der Quelle und wird schnell fündig. Auf einem langen Tisch stehen Platten mit gebratenem Fleisch. Helles, dunkles, große Stücke, kleine Stücke. Mir läuft das Wasser im Mund zusammen.

Ich reiße mich vom Anblick der Köstlichkeiten los und nehme den Rest des riesigen Raums in Augenschein. Der Boden besteht aus hellem Granit und an den Wänden hängen bunt gewebte Teppiche. Sie zeigen kreisförmige Muster, die ich in dieser Form noch nie gesehen habe. Außer der Tafel mit den Speisen und ein paar Stühlen befinden sich keine Möbel im Raum. Vermutlich um möglichst viel Platz für die Gäste zu schaffen.

»Du kannst ruhig zugreifen«, sagt Cristan neben mir. »Bestimmt bist du die Einzige, die das überhaupt zu würdigen weiß. Das Essen ist bei diesen Festen eher Nebensache.«

Wie traurig. Blind für diesen Reichtum zu sein kommt mir nicht vor wie ein Segen.

»Dort drüben ist Rezar«, flüstert mir Cristan ins Ohr. »Ich muss kurz zu ihm.«

Noch während er spricht, greift er nach meiner Hand und zieht mich durch die Menge. Die Männer tragen bunte, weich fließende Tuniken, die wie Cristans mit goldenen Broschen geschmückt sind, und die Frauen zweifarbig bestickte Kleider. Vielleicht sind sie kunstvoller und teurer, doch für mich ist meines das schönste im Raum und ich trage es mit Stolz.

»Rezar, mein Freund«, begrüßt Cristan den Gastgeber. »Was für ein Fest!«

»Ich bin froh, dass du hier bist. Und wie ich sehe, bist du nicht allein.«

»Ja, das ist Livia. Sie ist …«

Neugierig versuche ich, seinen Blick zu deuten, und bin gespannt, als was er mich vorstellt. Schließlich wird er kaum jemanden die Wahrheit über unseren kleinen Handel erzählen. Oder?

»Meine Begleitung«, fährt er fort.

Seine Begleitung also … Er hätte Schlimmeres sagen können. Ich ringe mir ein Lächeln ab und strecke Rezar meine Hand entgegen. Seine dunklen Locken reichen ihm bis auf die Schultern, wo eine riesige Brosche auf seiner purpurfarbenen Tunika prangt. Sie ist so groß, es ist ein Wunder, dass er überhaupt gerade stehen kann.

Anstatt meine Hand zu schütteln, küsst er sie. Am liebsten würde ich sie schreiend wegziehen, doch ich will nicht auf dem ersten Fest, auf das mich Cristan mitnimmt, unangenehm auffallen.

»Livia«, säuselt Rezar. »Auch wenn die Damenwelt enttäuscht sein wird, ihren begehrten General heute in Begleitung zu sehen – es ist mir eine Ehre, dich kennenzulernen.«

»Die Ehre ist ganz meinerseits, Rezar«, erwidere ich schnell und entziehe ihm so höflich wie möglich meine Hand.

Der *Damenwelt* ist offensichtlich egal, dass Cristan mit mir an seiner Seite erschienen ist. Denn ein Schwarm von Frauen winkt ihn zu sich.

»Entschuldige mich kurz«, flüstert er mir ins Ohr und lässt mich stehen.

Während er sich in Bewegung setzt und auf die Frauen zugeht, fangen sie an zu tuscheln und übertrieben laut zu lachen. Und als er bei ihnen ankommt, nehmen sie Cristan sofort in Beschlag, umringen ihn förmlich. Sie lachen noch mehr und sehen dabei so unfassbar schön aus. Schmerzende Gedanken bahnen sich ihren Weg an die Oberfläche.

Ich gehöre nicht hierher.

Ich bin keine von ihnen.

Anderen Menschen zu widersprechen, fällt mir leicht. Schon seit ich ein kleines Mädchen war, hatte ich schließlich zu so ziemlich allem eine andere Meinung als mein Vater. Doch gerade sind es meine eigenen Worte, die mir das Herz schwer machen. Nie hätte ich gedacht, dass ich mir selbst so zusetzen kann.

Rezar winkt einem Paar zu, das soeben den Raum betritt. »Greif zu und amüsiere dich, Livia. Ich muss noch ein paar Gäste begrüßen.«

»Danke«, erwidere ich leise, während er sich bereits in Bewegung setzt.

Mit gestrafften Schultern gehe ich zurück zu dem Tisch mit den Speisen. Ich gehöre hierher und ich werde es mir beweisen. Angefangen damit, dass ich die Tatsache, dass Cristan mich hier stehen lässt und sich mit anderen Frauen amüsiert, völlig ignoriere. Besser noch: Ich werde es nicht nur ignorieren, ich werde selbst so viel Spaß haben, er wird sich wünschen, er wäre bei mir geblieben.

Aus einem der tönernen Krüge schenke ich mir einen Becher mit Bier ein. Es ist wesentlich dunkler als das bei uns in der Schänke. Ich bringe den Becher an meine Lippen, nehme einen kleinen Schluck und stelle fest, es schmeckt und riecht auch völlig anders. So würzig wie es ist, schreit es schon fast danach, mit etwas Fleisch zusammengebracht zu werden.

Gierig strecke ich meine Finger nach einem besonders kross gebratenen Stück Taubenbraten aus und stecke es mir mit einem Satz in den Mund. Und dort verbindet es sich mit Gewürzen, die mir noch nie untergekommen sind. Am liebsten würde ich davon die ganze Platte verspeisen. Einzig die Angst, mein Kleid zu bekleckern, zügelt mich und meinen Appetit. Mit einem großen Schluck Bier spüle ich meinen Mund und will mir gerade ein weiteres Stück Taube angeln, als ein junger Mann mich anlächelt und auf mich zukommt.

Für solche Situationen habe ich üblicherweise nicht viel übrig und einige Sätze parat, die mir ungebetene Gesellschaft vom Hals halten. Hier werde ich es aber wohl über mich ergehen lassen und mich höflich aus der Situation stehlen.

»Du bist mit Cristan hier?«, fragt er erstaunt, während er vor mir stehen bleibt. Seine Haare sind ungewöhnlich hell, fast honigfarben.

»Ja, etwas dagegen?«, erwidere ich viel schroffer als geplant.

»Überhaupt nicht. Es ist nur ungewöhnlich.« Der Mann zieht seine Brauen hoch und mustert mich. »Mein Name ist Korus. Cristan ist einer meiner engsten Freunde. Wir sind gemeinsam unterrichtet worden und fast wie Brüder.«

Tatsächlich unterscheidet sich auch seine Kleidung nur

wenig von Cristans. Blau, verzierte Ränder, edel, aber nicht protzig.

»Ich bin Livia.« Und ich kann mir nur schwer vorstellen, dass Cristan seinem *Bruder* nicht von mir und unserem Handel erzählt.

»Du bist Livia!«

Offensichtlich hat er doch von mir gehört. »Ja.«

»Freut mich, dich endlich kennenzulernen.« Korus hebt seinen Krug und ich tue es ihm gleich.

Ein Teil von mir möchte Cristan nicht näher kennenlernen, so viel Distanz wie möglich zu ihm wahren. Der andere hingegen möchte Korus mit Fragen über ihn löchern. Ich nehme einen großen Schluck von dem Bier und taste mich langsam vor. »Was hat dir Cristan denn über mich erzählt?«

»Um ehrlich zu sein – nicht viel. Nur, dass er ein Mädchen gefunden hat, das die Segnung besitzt, und er für ihre Ausbildung aufkommt, wenn sie dafür im Gegenzug an seiner Seite kämpft.«

Ein Mädchen … Schon wieder dieses Wort, das mich so klein und machtlos erscheinen lässt. Ich tröste mich mit einem weiteren Schluck Bier. Und außerdem … »Und nun bist du erstaunt, dass ich eine Frau und kein Mädchen bin?«

Ertappt lächelt mir Korus zu. »Ein wenig, ja.«

»Und ich bin erstaunt, dass Cristan überhaupt Freunde hat.«

»Nicht viele, aber einige treue, die ihn zu nehmen wissen.«

»Weihst du mich in das Geheimnis ein?«, frage ich ihn, nachdem ich ein weiteres Mal den Krug angesetzt habe.

»Eigentlich ist es ganz einfach. Du musst die Welt nur kurz durch seine Augen sehen. Schon macht all sein Verhalten Sinn. Und dann … dann ist er der tollste Wegbegleiter, den man sich vorstellen kann.«

»Warum?«

»Weil er treu ist. Seinen Zielen, seiner Familie und seinen Freunden gegenüber. Ich würde meine Hand für ihn ins Feuer legen und er für mich.«

Es gibt durchaus schlechtere Dinge, die man über einen Menschen sagen kann. »Und was sehe ich durch seine Augen?«

»Das solltest du ihn vielleicht besser selbst fragen«, erwidert er nach einer langen Pause. »Er ist mein Freund, und ich möchte nicht hinter seinem Rücken über ihn reden. Das würde er selbst auch nie tun.«

»Als ob er mir etwas Persönliches erzählen würde.« Korus' erstaunter Blick verrät mir, ich habe das wohl lauter gesagt als geplant.

»Wer weiß ... Immerhin hat er dich mit hierher genommen. Und Cristan kommt sonst nie in weiblicher Begleitung.«

Ich versuche, diese Nachricht völlig gelassen aufzunehmen, doch ich spüre förmlich, wie Hitze in mir aufsteigt und meine Wangen erröten. Das liegt wohl an diesem Bier ... es ist so viel stärker als das bei uns ... »Wirklich?«

»Wirklich.«

Als wäre mein Glühen nicht schon peinlich genug, breitet sich ein breites Grinsen auf meinem Gesicht aus. »Verstehe ich nicht. Die Frauen stehen Schlange bei ihm.«

»Ja«, bestätigt Korus, und wir beide blicken kurz zu dem umzingelten Cristan. »Deshalb gingen auch schon die seltsamsten Gerüchte um.«

Mir gefällt, wie egal ihm das Gerede der Leute offensichtlich ist. »Was für Gerüchte?«

»Ach«, setzt er mit einer wegwischenden Geste an. »Egal. Es ist nur Geschwätz und nichts davon ist wahr.« Korus muss lachen und flüstert mir schließlich ins Ohr: »Glaub mir, er ist körperlich absolut bestens ausgestattet und dem weiblichen Geschlecht durchaus zugetan.«

Ich grinse breit, und während sich Korus von meinem Ohr löst, steht Cristan plötzlich vor mir. Sein Blick streift meine Wangen, die gefärbt vom Bier vermutlich die Farbe von Granatapfelkernen haben.

»Wie ich sehe, hast du Livia bereits kennengelernt«, sagt er an seinen Freund gerichtet. »Und sie amüsiert sich prächtig.«

Ist er etwa eifersüchtig?

»Ja«, bestätigt Korus. »Sie hat mich sehr überrascht. Nach deinen Erzählungen habe ich sie mir völlig anders vorgestellt.«

Wie gern ich wüsste, wie Cristan über mich redet …

»Ich habe es nicht so mit Worten …«, wiegelt Cristan ab.

»Stimmt, du bist ja ein Mann des Schwertes«, kommen mir seine eigenen Worte wieder in den Sinn.

Korus lacht laut auf, und ich kann nicht anders und stimme mit ein.

Cristan richtet sich auf und zupft seine Tunika zurecht. »Korrekt und nicht lustig. Es sei denn, ihr hattet schon etwas zu viel Bier.«

»Wozu sonst geht man auf Feste?«, verteidigt Korus meine Angetrunkenheit.

Schweigend nehme ich noch einen Schluck.

»Wohl wahr.« Schulterzuckend wendet sich Cristan um und winkt eine Dienerin zu sich, die prompt auf ihn zukommt. Er nimmt sich einen Krug Bier von ihrem Tablett und prostet uns zu.

Währenddessen steigt Rezar auf den Tisch und der Raum verstummt. »Wie mir meine fleißigen Dienerinnen berichtet haben, sind bereits zwei Fässer Bier getrunken worden. Wisst ihr, was das heißt?«

»Bitte nicht«, murmelt Cristan.

Ich habe keine Ahnung, was das bedeutet, aber bis auf Cristan sind offensichtlich alle erfreut.

»Kupfertanz«, höre ich eine weibliche Stimme.

»Kupfertanz«, stimmt beinahe der gesamte Raum mit ein.

»Was ist der Kupfertanz?«, will ich wissen.

Cristan rollt mit den Augen. »Ein absolut kindisches Spiel, das immer auf Rezars Festen gespielt wird, sobald die Gäste angetrunken sind.«

»Dafür, dass du so genervt tust, beherrschst du ihn aber sehr gut«, zieht sein Freund ihn auf.

»Trotzdem ist der Tanz kindisch«, beharrt Cristan auf seiner Aussage.

Meine Neugierde ist geweckt.

»Ein Paar muss einen Kupferling zuerst mit den Händen, dann mit den Ellen, dann mit der Brust festhalten und sich tanzend durch den Raum bewegen«, erklärt Cristan. »Ziel ist es, den Kupferling nicht fallen zu lassen.«

»Dabei entsteht reichlich Körperkontakt«, ergänzt Korus. »Was bei diesen Festen durchaus erwünscht ist.«

Hände, Ellen, Brust. Ich habe keine Ahnung, wie dieser Tanz aussieht, und doch frage ich mich, was die einzelnen Berührungen für mich bedeuten würden. Nicht, dass Cristan und ich mitspielen werden – er findet den Tanz kindisch, und ich wünsche keinen »Körperkontakt«. Aber falls … Seine Hände berühren ist nicht verwerflich, ich habe es schon oft getan. Ellen … sind schon etwas mehr Hautkontakt. Aber die Brust … das ist schon ungehörig viel Nähe. Kein Wunder, dass es der Kupfertanz nicht in unser Viertel geschafft hat. Eskapaden sind von jeher der Oberschicht vorbehalten.

Um mich herum formieren sich Pärchen, bereit, diesem völlig indiskutablen Spiel zu frönen. Ich stelle fest, ich finde nicht alles erstrebenswert, was das Leben in der Oberschicht mit sich bringt. »So viele Menschen machen da freiwillig mit?«

»Kindisch«, wiederholt Cristan.

Das Gegenteil ist der Fall. »Ich würde eher sagen, frivol.«

Korus schmunzelt, als Cristan ernst verkündet: »Und Frivolität ist in meinen Augen kindisch. Erwachsene sollten kontrolliert sein und sich nicht von ihren Emotionen davontragen lassen.«

»Du kannst den Krieger in dir auch nie zu Hause lassen, oder?« Spielerisch rammt Korus einen Ellbogen in Cristans Seite.

Anstatt einer Antwort schüttelt der nur langsam den Kopf. Als wäre er es leid, sich wieder und wieder erklären zu müssen. Es ist ein Gefühl, das mir so vertraut ist wie der Geruch von frisch gebackenem Brot. Diesem Umstand ist es wohl auch geschuldet, dass ich meine Hand nach Cristan ausstrecke und seinen Oberarm umfasse. »Ich bewundere deine Haltung.«

»Danke«, antwortet er mit einer Sanftheit, die ich gar nicht an ihm kenne.

Korus schüttelt den Kopf und sieht von mir zu Cristan. »Entschuldigt mich. Ich werde mir eine Tanzpartnerin suchen. Im Gegensatz zu euch bin ich nämlich ein großer Freund von kindischen und frivolen Spielen.«

Während Korus eine Frau in einem bodenlangen purpurfarbenen Seidenkleid anspricht, kommt Rezar auf uns zu. »Wie ich sehe, hast du dich noch gar nicht zum Tanz formiert«, sagt er an mich gerichtet.

»Ich mache auch nicht mit.«

Theatralisch bringt er seine Hand an sein Herz. »Das kann ich unmöglich zulassen. Du kannst doch das Fest nicht verlassen, ohne den Kupfertanz getanzt zu haben. Ich habe schließlich einen Ruf zu verlieren.«

Für mich hört sich dieses Spiel eher an, als würde man seinen Ruf beim Tanz verlieren … »Ich weiß gar nicht, wie das geht, und Cristan möchte auch nicht. Ich sehe lieber zu. Beim nächsten Mal.«

Galant streckt mir der Gastgeber seine Hand entgegen. »Ich persönlich liebe dieses Spiel sehr und bin ein unglaublich guter Lehrer.«

Sprachlos starre ich Rezar an, der erwartungsfroh seine Brauen hochzieht. Wie ziehe ich mich aus der Affäre, ohne den Gastgeber zu beleidigen? »Das ist wirklich ein sehr verlockendes Angebot, aber …«

»Livia tanzt mit mir«, kommt mir Cristan zu Hilfe. »Ich habe nur Spaß gemacht. Natürlich habe ich Lust.«

»Wenn das so ist.« Rezar hebt entschuldigend seine Hände und deutet dann zum Tanzboden.

Ich forme ein stummes »Danke« mit meinen Lippen.

Lächelnd winkt Cristan ab. »Einen Tanz mit Rezar kann ich dir nicht antun. Du würdest mich ewig dafür hassen, dich hierhergebracht zu haben.«

Wie selbstverständlich legt Cristan seine Hand um meine Hüfte und zieht mich zu den anderen Paaren. Aus dem Bündel, das an seinem Gürtel hängt, zieht er einen Kupferling. Er hält ihn nachdenklich zwischen seinen Fingern und hebt ihn auf Augenhöhe, sodass ich ihn gut sehen kann. »Eines solltest du wissen, bevor es losgeht. Ich hasse es zu verlieren, und ich verliere auch bei diesem Spiel nicht. Dazu muss ich dir sehr, sehr nah kommen. Falls dir das unangenehm ist, tut es mir leid. Aber alles, was ich tue, tue ich, um zu gewinnen.«

»Keine Sorge, ich werde dich nicht den Sieg kosten.«

»Das will ich hoffen.«

»In Position!«, ruft Rezar, der mittlerweile ebenfalls eine Tanzpartnerin gefunden hat.

Konzentriert legt Cristan den Kupferling in seine Handfläche. Ich lege meine Hand flach auf seine, presse sie so fest wie möglich gegen die Münze. Aufmunternd nickt Cristan mir zu und gemeinsam richten wir die Hand auf, heben sie mit angewinkelten Ellbogen auf Augenhöhe.

Bitte fall nicht!

»Musik!«, ruft Rezar und ein Flötenspieler stimmt eine langsame Melodie an.

»Folge meinem Körper und Rhythmus«, haucht mir Cristan zu, legt seine freie Hand auf meinen Rücken und zieht mich näher an sich.

Fast wäre ich zurückgewichen und hätte den Kupferling fallen lassen. Doch ich fasse mich und versuche, mich auf Cristan und seine Bewegungen zu konzentrieren. Langsam geht er einen Schritt nach vorn, einen zur Seite und einen nach hinten. Ihm zu folgen ist leichter als gedacht. Seine starke Hand in meinem Rücken führt mich souverän und wortlos tanze ich seine Schritte nach. Schnell verinnerliche ich die Abfolge und plötzlich werden mir seine Berührungen bewusst. Seine Hand an meinem Rücken, die mich gegen seinen kräftigen Körper drückt, und unsere Handflächen, zwischen die kein Samenkorn mehr passt. Meine Finger beginnen zu kribbeln. Ich presse meine Lippen aufeinander, versuche, meine Aufmerksamkeit wieder zurück zu meinen Füßen und dem Tanz zu lenken.

»Und das ist wirklich dein erster Kupfertanz?«, fragt Cristan.

»Wo sollte ich das denn schon einmal gemacht haben?«

Sanft schüttelt er den Kopf. »Das war ein Kompliment und keine Frage, auf die ich eine Antwort erwarte.«

Oh … »Dann solltest du es vielleicht nicht als Frage formulieren.«

»Du tanzt nicht schlecht«, erwidert er lächelnd. »Für das erste Mal.«

»Man kann wirklich nur hoffen, dass du mit dem Schwert besser bist als mit Worten.«

Um uns herum fallen bereits die ersten Kupferlinge zu Boden, während unsere Hände fest aufeinanderliegen und unsere Bewegungen fließend sind.

Cristan zieht mich ein Stück weiter an sich. Wir sind uns so nah, wir könnten mit den Hüften die Münze halten. Kurz bleibt mir die Luft weg, doch ich beruhige mich augenblicklich wieder. Schließlich geht es hier nur um den Sieg.

»Mit meinem Schwert bin ich unschlagbar gut«, flüstert er mir ins Ohr.

Wäre er ein Mann aus meiner Siedlung, würde ich den Verdacht hegen, dass er mit Schwert nicht wirklich ein Schwert meint … Aber Cristan ist Cristan und ich hoffe sehr, er meint, was er sagt. »Gut zu wissen.«

Die Melodie ändert sich und klingt, als würden die Töne eine Schleife bilden.

»Folge meiner Hand«, raunt mir Cristan mit dem ersten Takt dieser Klangfigur zu. Er zieht seinen Unterarm zu sich und legt ihn schief. Meine Hand ruht weiterhin fest auf seiner, bis er mit seiner freien dazwischengreift und den Kupferling auf seine Elle legt. »Lege deine Elle auf meine«, fordert er mich auf.

Stumm gehorche ich ihm, und als die gesamte Länge meines Unterarms seinen berührt, läuft mir ein Schauer über den Rücken.

»Fester«, sagt er bestimmt.

Ich erhöhe den Druck und ignoriere mein inneres Zittern. Zärtlich verschränkt Cristan unsere Finger ineinander und wir richten langsam unsere Arme auf.

»Jetzt kommt zu der vorherigen Abfolge eine Drehung hinzu. Du darfst währenddessen auf keinen Fall locker lassen.«

Mir scheint es unmöglich, so auch nur einen Schritt zu tun, aber ich lasse mir meine Zweifel nicht anmerken. »Natürlich nicht.«

Die Melodie setzt wieder ein, schneller als zuvor. Ich hole einmal tief Luft und lasse mich weiter von Cristan führen. Vor der Drehung habe ich große Angst, doch er zieht mich so nah an sich, dass ich gar nicht anders kann, als seiner Bewegung zu folgen. Während zahlreiche Kupferlinge geräuschvoll zu Boden fallen, bleibt unserer fest an Ort und Stelle. Kindisch oder nicht, ich sehe Respekt in Cristans Augen aufblitzen und fühle mich dadurch beflügelt. Und obwohl sich alles in mir dagegen sträuben sollte, ich genieße es, mich von ihm über den Tanzboden wirbeln zu lassen. Mir gefällt, wie harmonisch sich unsere Körper bewegen, und noch mehr gefällt mir, wie viele Paare schon vor uns ausgeschieden sind.

»Wie oft hast du das Spiel schon gewonnen?«, frage ich ihn, obwohl ich mich etwas vor der Antwort fürchte.

»Immer, wenn ich eine gute Partnerin hatte.«

Enttäuscht blicke ich zu Boden. Ich schüttele die Bilder von schönen Oberschichtfrauen, die sich dicht an Cristans Körper drängen, ab. Wichtig ist jetzt einzig und allein, den Kupferling nicht zu verlieren. Nicht für mich, für ihn. Denn wenn er nicht nur an meiner Segnung interessiert ist, sondern auch an mir, dann … Dann besteht er vielleicht nicht mehr darauf, auf den Abschluss meiner Ausbildung zu warten, und gibt mir gleich die Mitgift für Rina. Um nichts anderes geht es mir.

»Gleich müssen wir die Arme wechseln. Genau genommen einen Arm«, kündigt Cristan den nächsten Übergang der Melodie an.

Die Riemen meiner Sandalen schneiden mir ins Fleisch und am liebsten würde ich sie ausziehen. Doch ich beiße meine Zähne zusammen, verdränge den Gedanken an meine schmerzenden Füße. Etwa die Hälfte der anderen Paare haben ihren Kupferling schon verloren und sind ausgeschieden. Auch wenn wir bis zum Sieg noch einige Hürden überwinden müssen – ich bin froh, es bis hier geschafft zu haben.

»Hebe den Arm«, fordert mich mein Tanzpartner auf, nachdem er seinen Unterarm erneut schief gelegt hat, und deutet auf meine darauf liegende Elle. Vorsichtig folge ich seiner Anweisung und löse mich von seiner Haut und dem Kupferling. »Und nun leg die entgegengesetzte Elle darauf und presse sie fest gegen meine.«

Ich kann mir beim besten Willen nicht vorstellen, wie wir in dieser Position tanzen sollen, aber ich bin trotzdem merkwürdig zuversichtlich. Mich den Befehlen eines Mannes unterzuordnen gehört sonst nicht zu meinen Stärken, doch Cristan führt so gut, ich verspüre gar nicht das Bedürfnis, mich ihm zu widersetzen.

»So?«, vergewissere ich mich und sehe kurz auf unsere Arme hinab.

Wie von selbst verschränken sich unsere Finger und geben uns so den nötigen Halt. Bevor Cristan seinen Unterarm wieder aufrichtet, schenkt er mir ein Lächeln. »Genau so. Und nun gehen wir beide einen kleinen Schritt nach außen, ohne den Druck von der Münze zu nehmen.«

Unsicher entferne ich mich ein Stück von ihm. Dabei sieht er mich über seine Schulter hinweg an und ich ihn über meine. Und wieder einmal versinke ich in seinen Augen. Obwohl nun mehr Raum zwischen uns ist, fühle ich mich ihm näher.

Gerade als wir zur Drehung ansetzen, dringen Gesprächsfetzen an mein Ohr. »Ich kann nicht glauben, dass Cristan dieses Unterschichtmädchen mit hierhernimmt.«

»Du sagst es. Was soll das? Will er uns damit beleidigen? Wer ist sie überhaupt?«, vernehme ich eine zweite weibliche Stimme.

Ich wende meinen Kopf und suche nach der Quelle und werde fündig. Es sind die Frauen, mit denen Cristan vorhin gesprochen hat. Sie stehen am Rand des Tanzbodens und bemühen sich ganz offensichtlich nicht einmal darum, diskret zu sein.

»Vielleicht eine Prostituierte«, vermutet eine andere von ihnen.

Wenn sie so von mir denken, dann wollen sie vermutlich sogar, dass ich sie höre. Ich sollte es abschütteln. Wie Mehl, das nach dem Mahlen auf meinem Kleid festsitzt. Ich bin abwertende und gemeine Kommentare schließlich gewohnt. Doch hier und heute treffen sie mich unvorbereitet. Irgendwie dachte ich wohl, es genügt, mir ein schönes Kleid und Sandalen anzuziehen, und ich gehöre dazu. Wie falsch ich lag.

Cristan entgeht weder das Geschwätz der Frauen noch meine Reaktion. »Wir müssen den Tanz nicht beenden. Lass uns gehen.«

»Und das Spiel verlieren?« Obwohl ich nichts lieber als das täte, die Tatsache, dass er meinetwegen das Fest verlassen würde, lässt mich über den Schmerz hinwegsehen. »Niemals!«

»Das ist mein Mädchen«, erwidert er anerkennend.

Zum ersten Mal fühle ich mich von dem Wort »Mädchen« nicht herabgesetzt. Ich recke mein Kinn und schenke den immer noch laut spottenden Frauen mein schönstes Lächeln.

»Falls es dich tröstet«, flüstert Cristan mir ins Ohr, »sie finden bei jedem Fest mindestens eine Person, die ihre Missgunst zu spüren bekommt. Dabei gäbe es über jede von ihnen so viel zu erzählen.«

»Zum Beispiel?«

»Dirana dort in der Mitte hatte allein in diesem Mond bereits vier Dienerinnen.« Cristan spricht so laut, die Betroffene muss es einfach hören. »Trotz großzügiger Bezahlung hält es einfach keine lang bei ihr aus. Kein Wunder also, dass sich auch die Männer an ihrer Seite nie lange halten.«

Ich lache laut auf und kann nur mit äußerster Mühe den Kupferling zwischen unseren Ellen halten. Dabei ist das, was er sagt, nur halb so lustig wie der Gesichtsausdruck der Frau. »Das ist ja unerhört.«

»Wenn du das bereits unerhört findest, dann wird dir die folgende Geschichte besonders gefallen.« Beinahe gleichzeitig beißen Cristan und ich uns grinsend auf die Unterlippe. »Karmina dort im blau-rotem Kleid –«

»Wir gehen!«, ruft besagte Karmina schrill durch den Raum. »Das Niveau des heutigen Fests lässt doch sehr zu wünschen übrig.«

Wäre die Situation nicht so komisch und hätte ich nicht Cristan, der mir den Rücken stärkt – ich wäre gekränkt.

Mit erhobenen Häuptern gehen die drei Damen Richtung Ausgang. Bevor sie das Fest endgültig verlassen, dreht sich Dirana noch einmal um. »Insbesondere die Gästeliste ist eine Beleidigung für unsereins.«

Für einen Moment hadere ich mit dem Wort »unsereins«, bis Rezar den Dreien hinterherruft: »Kein Problem. Ich streiche euch gern für zukünftige Ereignisse.«

Die bisherige Tanzabfolge wiederholen wir nun auf der anderen Seite und ich brauche mindestens genauso lange, bis ich aufhören kann zu lachen.

Cristan sieht mir tief in die Augen und räuspert sich. »Gleich kommt der Teil mit der Brust.«

»Dann ist der kindische Teil wohl vorbei und der frivole beginnt«, scherze ich, um von meiner Aufregung abzulenken.

»So kann man es auch ausdrücken.«

Ich nicke knapp und zähle die noch übrigen Paare. Neben uns sind es vier.

Wir lösen unsere Arme und Cristan nimmt den Kupferling zwischen seine Finger. Mit einer schnellen Bewegung legt er den nun freien Arm um meinen unteren Rücken. »Beug deinen Oberkörper nach hinten.«

Ich lasse mich fallen und beuge mich zurück. Mit seinen Fingerkuppen fährt Cristan über mein Dekolleté. Da er gesagt hat, jeder Körperkontakt diene nur dem Sieg, nehme ich an, er sucht nur nach der besten Stelle, um die Münze zu platzieren. Schließlich legt er sie knapp unter meinem Schlüsselbein auf meine Haut. Das ansonsten so kalte Metall ist bereits warm von unseren Berührungen und ich fürchte, dieser Teil des Spiels wird den Kupferling zum Glühen bringen. Rein für den Sieg, versteht sich.

Mit einem Satz beugt sich Cristan über mich. Und schließt mit seiner nackten Haut die Münze zwischen uns ein. Er ist mir so nah, ich kann seinen Atem auf meinem Hals spüren. Gemeinsam richten wir uns auf und neben uns fällt ein Kupferling klirrend zu Boden. Und damit sind es nur noch drei Paare, die wir schlagen müssen.

Mein Herz pocht schneller. Und nicht nur meines … Doch ich muss mich konzentrieren. *Zurück, vor, zur Seite, drehen. Zurück, vor, zur Seite, drehen.* Mir die Abfolge vorzusagen lenkt mich ab, und ich bemerke, wie ich wieder zur Ruhe komme. Allerdings nur kurz. Das Lied wird schneller und schneller und die Schritte auch.

Die nächste Verschärfung bringt zwei weitere Paare ins Straucheln. Wir haben es fast geschafft. Ich sehe schon vor mir, wie wir gewinnen. Wie der Saal uns zujubelt und ich mich fühle, als gehörte ich wirklich hierher.

Doch ganz plötzlich, ohne Vorankündigung, ohne ersichtlichen Grund, platzt dieser Traum. Cristan löst sich von mir und unser Kupferling fällt zu Boden. Würde ich meine Segnung beherrschen, würde ich ihn mit meinen Klängen zurück an meine Brust befehlen. Das Klirren des Aufpralls macht diese Hoffnung zunichte.

»Wir sollten gehen.« Cristans Stimme klingt ungewöhnlich schroff.

»Was …«

»Dieses Spiel ist kindisch und ich muss morgen früh aufstehen. Und du auch.« Mit diesen Worten lässt er mich auf dem Tanzboden stehen und verlässt den Saal.

Mit gesenktem Kopf gehe ich ihm hinterher. Nicht, weil ich ihm gehorchen will, sondern weil ich hier allein nichts verloren habe.

»Was sollte das?«, frage ich, als ich ihn endlich vor dem Eingang eingeholt habe.

»Habe ich das nicht bereits gesagt?«

»Wir hätten doch wenigstens das Spiel fertig spielen können. Wir hätten bestimmt gewonnen.«

»Und?«

»Ich dachte … ich dachte, das wolltest du.«

»Das stimmt. Aber es gibt Dinge, die will ich noch mehr.«

»Offensichtlich.«

Innerlich tobend trotte ich ihm hinterher. Ich verstehe ihn einfach nicht. Wir hatten so viel Spaß, wir waren so nah dran … Was sollte das? Ich bin so wütend. Und auch – es fällt schwer, mir das einzugestehen – enttäuscht. Für ihn mag dieses Fest, dieses Spiel und dieser Sieg etwas Alltägliches gewesen sein. Für mich war es ein Vorgeschmack auf meine Träume. Nun ist es nicht mehr als eine weitere bittere Erinnerung, die ich zu schlucken habe.

Der Stallbursche übergibt Cristan sein Pferd. Mit einer geschmeidigen Bewegung steigt er auf und reicht mir helfend die Hand.

Kennt er mich so schlecht? »Nein, danke! Ich laufe lieber.«

»Wie du meinst.«

Ich bin erstaunt, dass er so schnell aufgibt, aber zutiefst dankbar dafür. Ihm jetzt gerade so nah zu sein würde ich nicht ertragen. Ich bücke mich und löse die Sandalen von meinen geschundenen Füßen. Am liebsten würde ich sie gegen Cristan schleudern, doch ich hebe sie lediglich auf und gehe weiter.

Leider tut mir Cristan nicht den Gefallen, einfach davonzugaloppieren. Gemächlich reitet er genau neben mir her. Obwohl sein Blick nicht auf mir ruht, fühle ich mich beobachtet. Einfach unerträglich. »Was soll das?«

»Ich respektiere deinen Wunsch, nicht mit mir zu reiten, aber stelle trotzdem sicher, dass du wohlbehalten zu Hause ankommst.«

»Das schaffe ich schon allein.«

»Sei nicht kindisch«, erwidert er und sieht flüchtig zu mir.

Seine Worte machen mich wütend. Ich balle meine Hände zu Fäusten, versuche, mich zu beruhigen, schaffe es jedoch nicht. »Wer ist denn hier kindisch?«

»Im Moment – du.«

»Und wenn du mich fragst – zu Recht. Also lass mich bitte in Ruhe.«

»Das würde ich gern«, sagt er, und tatsächlich höre ich so etwas wie Reue in seiner Stimme. »Aber das kann ich nicht. Ich kann nicht zulassen, dass dir etwas passiert. Du bist zu kostbar für mich.«

Obwohl lediglich meine Segnung kostbar für ihn ist, besänftigt mich das. Ich bin immer noch wütend und verletzt, aber ein kleines Stück weniger.

Der kurze Weg zieht sich. Schweigend trotte ich neben Cristan her. Als wir endlich das Haus erreichen, beschleunige ich meine Schritte und gehe nach hinten zum Eingang der Bediensteten.

»Gute Nacht!«, ruft Cristan mir hinterher.

Ich drehe mich nicht um, sondern laufe weiter, bis ich mein

Zimmer erreiche. Nachdem ich die Tür hinter mir zugezogen habe, lasse ich die Sandalen in meiner Hand zu Boden fallen und heiße Tränen fließen meine Wangen hinab. Sofort wische ich sie mit meinem Handrücken weg. Ich hasse es zu weinen. Es gibt Gründe, die Tränen rechtfertigen. Der Tod eines Familienmitglieds, eine drohende Hungersnot, starke Schmerzen – Cristan nicht.

15

Es ist der Tag der Göttin und ich bin froh, heute keinen Unterricht zu haben. Die Wut und der Schmerz über Cristans demütigendes Verhalten auf dem Fest haben mich die ganze Nacht wach gehalten. Selbst wenn ich wollte, könnte ich mich heute nicht konzentrieren. Mein Blick gleitet zur Truhe und dem schönen Kleid, das dort liegt. Sorgfältig verstaue ich es und mit ihm hoffentlich all die Gefühle, die an ihm und dem gestrigen Abend hängen.

Müde verlasse ich mein Zimmer und folge den lauten Geräuschen, die mich in die Küche führen. Ein Großteil der Dienerschaft ist dort versammelt und es herrscht geschäftiges Treiben.

»Guten Morgen«, begrüße ich alle gemeinsam, woraufhin die meisten hektisch aufspringen und wieder den Raum verlassen wollen. »Es gibt keinen Grund, die Küche zu verlassen. Bitte bleibt einfach. Wirklich!«

»Guten Morgen«, echot es mir entgegen und langsam kehren die Bediensteten zurück an ihre Plätze.

Ich gehe zu Silia, der Köchin, die am Herd steht und in einem Topf rührt. »Was ist denn heute hier los?«

»Am Tag der Göttin haben wir zwar nicht frei, aber wir bekommen sehr feines Essen und feiern den Tag damit zwischendurch etwas«, erklärt sie und ihre Wangen glühen von der Hitze am Herd. »Hast du Hunger?«

»Ja, aber ich werde ihn mir aufheben und meine Familie besuchen.«

Verstohlen blickt sie zu mir. »Dann nimm dir etwas mit. Gleich etwas mehr.«

Zögerlich sehe ich zu den Platten mit Früchten und Fleisch, die sich dort stapeln. Ich habe mir gestern schon auf dem Fest den Magen damit vollgeschlagen, aber Rina, Toman und Turia würden sich sicher freuen.

»Na los«, fordert mich Silia auf. »Keine falsche Scheu. Es ist genug von allem da.«

»Danke!« Ich gehe hinüber zum Tisch und stelle mir eine Auswahl zusammen, die ich schließlich in einem Bündel zusammenpacke. Damit mache ich mich dann auf den Weg.

Zum ersten Mal fühlt es sich gut an, die schönen Steinhäuser des inneren Bezirks hinter mir zu lassen. Als ich unsere Siedlung erreiche, breitet sich ein warmes Gefühl in meinem Magen aus. Es ist nicht das Leben hier, das ich vermisse. Es ist meine Familie und die Vorhersehbarkeit ihres Handelns. Obwohl mein Vater mich ständig enttäuscht und verletzt hat – es kam nie überraschend. Im Gegensatz zu gestern …

Mit meinem Bündel, das ich den ganzen Weg über vorsichtig gehalten habe, betrete ich unser Haus. »Ich hoffe, ihr habt Hunger«, sage ich anstelle einer Begrüßung und deute mit dem Kinn auf die noch verschnürten Köstlichkeiten in meiner Hand.

»Livi!«, ruft meine Schwester und kommt mir entgegengerannt. Sie umarmt mich, als hätten wir uns mehrere Sommer nicht gesehen. Tatsächlich fühlt es sich auch so an.

Sogar mein Vater ist da. Obwohl Tag der Göttin ist, hätte ich nicht damit gerechnet, ihn heute hier anzutreffen. Gerade weil dieser Tag für die meisten Bürger arbeitsfrei ist, sind die Dienste der Entbürgerten eigentlich sehr gefragt. »Wie hast du es denn geschafft, dass du heute hier bist?«

Er zuckt mit den Schultern. »Ich habe die Göttin darum gebeten. Hätte nicht gedacht, dass es funktioniert.«

»Du betest?«

»In der Not …«

Ich ziehe ihn in meine Arme und seltsamerweise fühlt es sich ganz natürlich an.

Nachdem ich mich von ihm gelöst habe, mustere ich meinen Bruder. Obwohl ich erst ein paar Tage weg bin, wirkt Toman größer und erwachsener. »Junger Mann, haben Sie meinen Bruder gesehen?«

Er knufft mir in die Seite und lässt sich ebenfalls von mir drücken. Zuletzt begrüße ich Turia.

»Ich war mir nicht sicher, ob du heute kommst«, sagt sie.

»Wieso nicht?«

»Ich dachte, du wärst froh, uns hinter dir gelassen zu haben.«

Da sie die wahren Gründe nicht kennt, kann ich ihr das nicht verübeln. »Dieses Leben, nicht euch.«

Erleichtert schließt sie mich ebenfalls in die Arme. Als sie mich wieder freigibt, hat der Rest der Familie bereits Platz genommen. Wir setzen uns zu ihnen und ich stelle mein Bündel auf dem Teppich ab. Schon beim Aufschnüren schwängern die Brataromen den Raum.

»Fleisch!«, ruft Toman begeistert und alle stimmen mit ein.

»Es ist auch für mich nichts Gewöhnliches«, versuche ich zu beschwichtigen. »Nur am Tag der Göttin.«

Alle starren wie gebannt auf die Speisen, die ich mitgebracht habe, aber keiner traut sich, etwas zu nehmen.

»Jetzt greift schon zu«, fordere ich sie auf. »Wenn ich nur einen Krümel mit zurücknehmen muss, werde ich böse.«

Toman und Rina folgen als Erste meiner Aufforderung und stöhnen beim Essen laut auf. Vater und Turia halten sich zurück, lassen den Kindern den Vortritt, und ich tue es ihnen gleich, nehme mir erst einmal nur ein Brot. Ich breche ein Stück ab und stecke es in den Mund. »Schmeckt das besser als sonst, oder bin ich so gutes Brot einfach nicht mehr gewohnt?«

»Es ist gewürzt«, verkündet Rina stolz. »Mit Zimt und Honig. Nur ein wenig, weil beides teuer ist.«

»Das war wirklich eine richtig gute Idee von dir«, lobe ich meine Schwester.

»Du solltest erst einmal die Brote kosten, die wir auf dem Markt verkaufen. Da tun wir viel mehr Zimt rein.« Tomans Augen leuchten. »Und auch noch viel mehr Honig.«

Rina streicht ihr gelbes Wickelkleid glatt. »Sie sind immer als Erstes ausverkauft. Die Leute lieben sie.«

Ich umschließe ihre Hand mit meiner und drücke sie sanft.

Mein kleiner Bruder entblößt seine Oberarme und spannt seine Muskeln an. »Ich mahle jetzt übrigens den Kamut und bin schon richtig stark geworden.«

Obwohl Toman alt genug zum Arbeiten ist, hatte ich etwas Bedenken. Aber die Verantwortung, die er nun trägt, lässt ihn aufblühen.

»Für mich hat sich nicht viel geändert.« Turia zuckt mit den Schultern. »Ich backe immer noch.«

»Ich bin froh, dass ihr so gut zurechtkommt.« Rina hat es mir zwar auf dem Markt gesagt, aber es mit eigenen Augen zu sehen ist einfach etwas anderes. Mein Blick wandert zu Vater. Für ihn hat sich alles geändert – nicht zum Besseren. Er wirkt müde und hat an Gewicht verloren. »Und wie geht es dir?«

»Es ist nicht das Leben, das ich mir gewünscht habe«, antwortet er und lacht traurig. »Aber ich komme zurecht. Vor allem, weil ich weiß, meine Familie findet ohne meine Hilfe ihr Auskommen.«

Vaters Jammern gehört zu meinen frühsten Kindheitserinnerungen. Selbst als Mama noch gelebt hat und es nur wenig

Grund dafür gab, war es immer präsent. Nun hätte er wirklich allen Grund zu klagen, aber tut es nicht. Ich bin mir nicht sicher, ob ich ihm das hoch anrechnen oder mir Sorgen machen soll. Vermutlich Letzteres. Doch ich fühle mich ihm näher als je zuvor. Wir sind Familie. Früher wusste ich das, heute spüre ich es.

Gemeinsam essen und trinken wir. Ich erzähle etwas von meiner Unterbringung und meiner Ausbildung und bekomme im Gegenzug die neuesten Gerüchte aus der Siedlung zu hören.

»Dann bin ich jetzt wieder bestens informiert.« Zufrieden wische ich mir ein paar Brösel vom Mund.

»Es gibt auch noch ein paar Gerüchte darüber, warum du jetzt nicht mehr hier wohnst und wie du dir deine Ausbildung finanzierst«, sagt Rina augenrollend.

»Erzähl schon«, fordere ich sie auf.

Turias Blick wird streng. »Alle ziemlich unschmeichelhaft, völlig an den Haaren herbeigezogen und nicht für den Tag der Göttin bestimmt.«

»Du hast recht«, stimme ich ihr zu. »Wir sollten uns diesen schönen Tag nicht davon kaputtmachen lassen.«

Tatsächlich kann ich mich nicht daran erinnern, wann es in meiner Familie das letzte Mal so harmonisch zuging.

Am nächsten Tag betrete ich den Tempel mit schlechter Laune. Das plötzliche Ende des Kupfertanzes spukt mir immer noch im Kopf herum, und die Tatsache, dass ich vergeblich auf eine Entschuldigung von Cristan warte, macht es nicht besser.

Pea hält das jedoch nicht vom Strahlen ab. »Femi ist heute wieder auf einer Baustelle und ich werde dich unterrichten. Ich hoffe, du hast fleißig mit dem Gestein der Göttin geübt. Für heute habe ich nämlich mehr Gegenstände für dich aufgebaut.«

»Habe ich.« So richtig verbergen kann ich meine Enttäuschung nicht. Ich weiß, wie wichtig die Grundlagen sind, aber so langsam regt mich diese sich immer wiederholende Übung auf.

»Was ist los?«

»Was los ist?«, echoe ich. »Ich möchte endlich mal etwas Neues lernen. Und nichts gegen dich, aber hält Honoria es nicht für nötig, mich auch einmal selbst zu unterrichten? Ich bin mir nämlich sicher, Cristan zahlt ungeheuer viel für meine Ausbildung. Und was bekomme ich dafür …«

Pea sieht mich mit großen Augen an.

Mein Ärger trifft die falsche Person. »Es tut mir leid, ich wollte nicht …«

»Was wolltest du nicht?«, ertönt eine Stimme hinter mir und erschüttert jeden Knochen in meinem Körper. Langsam drehe ich mich um, blicke in Honorias anmutiges Gesicht. Ich verneige mich, suche nach Worten, die mein Verhalten entschuldigen.

»Ich höre.«

»Ich weiß nicht, was in mich gefahren ist. Es tut mir leid.«

Honoria zieht kaum merklich die Brauen nach oben. Trotz ihrer Beherrschung ist ihr Unmut für mich deutlich sichtbar. »Du willst, dass ich dich unterrichte? Hervorragend. Dann werde ich dir heute eine Lektion erteilen.«

Ich fürchte, es handelt sich eher um eine Strafe. Aber die habe ich wohl verdient.

»Folge mir.«

Zu meinem Erstaunen geht Honoria jedoch nicht weiter ins Innere des Tempels, sondern zum Ausgang. Hinter ihr bewege ich mich an den Wachen vorbei, die Stufen hinab. Sie steuert Richtung Osten und bleibt schließlich vor einem Gebäude stehen, das ich sehr gut kenne, mit dem ich viele schöne Erinnerungen verbinde. Die Bibliothek.

Die Hohepriesterin sieht mich durchdringend an. »Deine Lektion wird hier stattfinden. Du kannst lesen?«

»Ja«, bestätige ich und folge ihr ins Innere. Der Anblick und Duft der Pergamente beruhigen mich sofort. Bis zur Decke stapeln sich die Rollen auf mehreren Regalböden. Um die Texte vor dem Ausbleichen zu schützen, sind die Fensterschlitze ungewöhnlich schmal, und ich habe jedes Mal das Gefühl, eine andere Welt zu betreten. Und der Herrscher dieser Welt ist Segur, der Bibliothekar.

Er kommt uns entgegen und verneigt sich vor Honoria. »Verehrte Hohepriesterin, wie kann ich Euch dienen?«

»Sie können mich und meine Schülerin zu den unzugänglichen Pergamenten führen.«

»Sehr gern.« Segur nickt mir zu und deutet so eine Begrüßung an. Er durchquert den mit Schriftrollen und Pergamenten gefüllten Raum und öffnet die Tür zu einem Zimmer. Mit einer Geste fordert er uns auf, einzutreten. »Bleibt, solange es Euch beliebt.«

Hier ist es noch dunkler und im Gegensetz zum Rest der Bibliothek etwas stickig. Die Hohepriesterin geht zielstrebig auf ein Regal zu, auf dem mehrere flache Holzkästchen aufgereiht sind. Honoria öffnet eins von ihnen und holt eine Schriftrolle heraus, legt sie sorgsam auf den einzigen Tisch im Zimmer und nimmt auf einem der Stühle Platz. Jeder einzelne Gegenstand hier wirkt alt, und vor lauter Ehrfurcht scheue ich instinktiv davor zurück, etwas zu berühren.

»Was ist das für ein Raum und was ist das für eine Schriftrolle?«, frage ich und setze mich ebenfalls.

»Hier werden die sehr alten und kostbaren Schriften verwahrt. Nur wenige haben Zutritt.« Vorsichtig wickelt sie die

Rolle auf. »Und dies ist die erste niedergeschriebene Geschichte über die Göttin, die Rettung Palentes und die Entstehung der Segnung.«

Ich habe diese Geschichte schon oft gelesen. So oft, dass ich sie, ohne lange darüber nachzudenken, frei erzählen kann. Doch noch während ich auf das Pergament hinabsehe, spüre ich, diese hier ist anders. Meine Finger wandern in Richtung des Textes, als würden sie von einer fremden Macht gelenkt. Bevor ich ihn berühre, halte ich inne und blicke zur Hohepriesterin, die mir mit einem Nicken die Erlaubnis erteilt. Vorsichtig fahre ich über die unbeschriebenen Ränder und betrachte es näher. Nicht nur das Pergament wirkt, als hätte es schon etliche Sommer hinter sich, sondern auch die Schrift. Denn es handelt sich im wahrsten Sinne des Wortes um die Alte Schrift. Sie weicht zwar nicht stark von unserer jetzigen ab, aber ein paar Zeichen sind mir fremd. »Sieht wirklich sehr alt aus.«

»Der Text ist von Gliana selbst verfasst.«

»Gliana?«, wiederhole ich erstaunt.

Honoria nickt und ihr Blick ist ehrfürchtig und liebevoll zugleich. Verständlich. Schließlich war Gliana die erste Gesegnete, und alle, die die Segnung in sich tragen, stammen von ihr ab. Also auch die Hohepriesterin und ich.

»Lies«, fordert sie mich auf.

Dazu muss sie mich nicht zweimal auffordern. Schon in der ersten Zeile gerate ich jedoch ins Stocken und bitte Honoria, mir bei einigen der Zeichen zu helfen. Schnell habe ich die Unterschiede zu unserer Schrift verstanden und lese gebannt, ohne Unterbrechung.

Der Krieg wütete nun schon viele Tage und Tritevo näherte sich unaufhaltsam unserer Hauptstadt. Jeden Abend verbrannten wir unsere

Verstorbenen und es wurden täglich mehr. Die meisten dachten, das viele Blut zu sehen wäre das Schlimmste für eine Heilerin. Aber das stimmte nicht. Es war der Schmerz in den Augen der Verletzten und ihr Ausdruck in dem Moment, wenn sie den Kampf gegen ihn aufgaben. Und als man mir meinen Geliebten Pyran ins Zelt brachte, verließ mich nicht nur der Glaube an unseren Gott, eine unbändige Wut auf ihn breitete sich in mir aus. Ich hielt sie zurück und machte mich verzweifelt daran, Pyrans Blutungen zu stoppen. Der Kampf um sein Leben war bereits verloren, doch alles in mir sträubte sich dagegen, ihn aufzugeben und dem Tod zu überlassen. Unser Gott ließ uns im Stich und stand nun auf der Seite des Feindes. Und weil er mir gerade das Kostbarste in meinem Leben nehmen wollte, tat ich, was eigentlich verboten war. Ich betete nicht zu ihm, sondern zu seiner Tochter, der Göttin. Mit lauter Stimme flehte ich sie an, das Leben von Pyran zu retten und uns im Kampf gegen Tritevo beizustehen. Über das immer schwächer schlagende Herz meines Geliebten gebeugt, bat ich sie, mich zu erhören. Im Tausch bot ich ihr alles, was ich besaß, mich selbst eingeschlossen.

Das Wunder geschah. In goldenes Licht gehüllt, erschien die Göttin in meinem Zelt. Sie strahlte so hell, dass ich es zunächst nicht schaffte, sie anzusehen. Mit der schönsten Stimme, die ich je gehört hatte, fragte sie mich, ob ich bereit wäre, ihr mein Leben zu weihen. Ohne zu zögern, stimmte ich zu. Die Göttin legte ihre Hand auf

Pyrans Körper und ich konnte sehen, wie der Tod Stück für Stück von ihm abließ und seine Wunden sich schlossen.

Ich konnte dieses Wunder nicht fassen und wollte ihn in meine Arme schließen, doch plötzlich stand ich neben der Göttin auf dem Schlachtfeld. Ihr heller Glanz verdunkelte sich und legte sich wie ein Nebel über die Kämpfenden. Als er sich verzog, lagen die Soldaten des Feindes leblos auf dem Boden.

Die Göttin hatte uns gerettet! Ich wollte zurück zu Pyran und mit ihm gemeinsam meine Freude darüber feiern, aber die Göttin erinnerte mich daran, dass ich ihr mein Leben versprochen hatte. Immerhin gestand sie mir einen kurzen Kuss des Abschieds zu. Ich war tränenüberströmt, als sie mich von ihm wegtrug.

Wie durch einen Schleier nahm ich meine neue Umgebung wahr. Wir waren in einer Höhle und ich bereit, dem Tod entgegenzublicken. Doch stattdessen ließ die Göttin einen goldenen Regen auf mich herab und erklärte mir, es handle sich um ihre Segnung, ein Funke ihrer Macht, den sie in mich und viele weitere Frauen Palentes gepflanzt hätte. Und dann begann sie, mich zu unterrichten. Sie brachte mir Klänge bei, mit denen ich mir ihre Macht zunutze machen konnte. Es waren einundzwanzig. Sieben, um zu bewegen, sieben, um zu teilen, zu formen und zu töten und sieben heilige, um stets mit ihr zu reden. Aus ihrem Mund wirkten sie so einfach, aber sie selbst zu meistern war eine Aufgabe, die mich all meine

Kraft kostete. Am Ende waren es hundert Tage und Nächte, die ich mit der Göttin in der Höhle verbrachte, und fast jeden einzelnen Moment dieser Zeit lehrte sie mich ihre Klänge. Mit einem Auftrag schickte sie mich zurück in die Hauptstadt. Ich sollte ihr einen Tempel bauen, ihr darin dienen, solange ich lebe, und weitere Frauen und Mädchen, die ihren Funken in sich tragen, in der Segnung ausbilden. Und ich folgte ihrem Willen.

Unzählige Male habe ich die Geschichte schon gehört. Sie in Glianas Worten zu lesen, ist eine Ehre. Trotzdem verstehe ich nicht, warum Honoria einen Ausflug in die Bibliothek mit mir macht, anstatt mir etwas Neues beizubringen. Denn auch wenn es die älteste Version ist, unterscheidet sie sich nicht grundsätzlich von den späteren Texten. An manchen Stellen war sie detaillierter – gerade der Teil, nachdem die Göttin die Segnung in sie gepflanzt hat. Aber ich weiß nicht, wie mir das weiterhelfen soll.

Ich sehe vom Pergament zur Hohepriesterin auf. »Ich bin fertig.«

»Gut«, antwortet sie und richtet sich auf. »Warum, glaubst du, hat die Göttin nur Frauen die Segnung vermacht?«

Tatsächlich muss ich nicht lange darüber nachdenken. Seit dem Tod meiner Mutter bin ich mir sicher, dafür gibt es nur einen Grund. »Als Ausgleich dafür, dass Frauen ständig von Männern bevormundet werden.«

Erstaunt, aber leider nicht zufrieden mustert Honoria mich. »Interessante Interpretation.«

Ich denke zurück an den Beginn der Geschichte, das Schlachtfeld, die Soldaten … Unweigerlich lande ich bei Cristan. So falsch kann meine Antwort also gar nicht sein. »Vermutlich ist die Göttin selbst lange vom vergessenen Gott bevormundet worden und wollte gerade deshalb ein Zeichen damit setzen.«

»Nachdem sich außerhalb der Tempelmauern nicht viel für Frauen geändert hat, bin ich mir nicht sicher, ob das wirklich der Plan der Göttin war. Falls doch, hat wohl niemand ihr Zeichen verstanden.«

»Leider.« Vielleicht wäre sonst alles anders gekommen, Vater hätte unermüdlich gearbeitet, um meine Ausbildung im Tempel zu finanzieren, Rina wäre nicht schwanger geworden und ich bräuchte Cristan nicht für ihre Mitgift.

»Und warum, glaubst du, hat sie komplizierte Klänge für die Segnung gewählt?«

»Ich weiß es nicht.« Keine gute Antwort. Aber immer noch besser als »um mich zu quälen«.

»Du kannst nach Hause gehen, dein Unterricht ist für heute beendet«, erklärt sie mit ausdrucksloser Miene. Niedergeschlagen will ich das Pergament zusammenrollen, doch noch ehe ich Hand anlege, schüttelt Honoria den Kopf. »Lass mich das lieber machen.«

Unsicher erhebe ich mich. Soll ich mich für meine Antworten entschuldigen? Mich für die Lektion bedanken? Ich habe wirklich keine Ahnung.

Die Hohepriesterin wendet sich um und seufzt. »Warum bist du immer noch hier und starrst mich so an?«

»Danke, dass Ihr mich Glianas Geschichte habt lesen lassen«, sage ich, höre aber selbst, wie unaufrichtig das klingt. Ohne Honorias Reaktion abzuwarten, verlasse ich den geschützten Raum und die Bibliothek.

Mich zieht es weder zu Cristan noch in mein Zimmer. Doch ich weiß schon genau, wohin ich will.

16

Steine gegen einen verfallenen Tempel zu schleudern ist keine sehr erwachsene Art, seine Gefühle zu verarbeiten, aber es ist die einzige, die zuverlässig bei mir wirkt. Obwohl ich noch etwas zu weit entfernt bin, bücke ich mich nach dem ersten größeren Stein, den ich am Boden sehe, und schmeiße ihn. Ein paar Schritte vor der Mauer fällt er zu Boden. Aber es geht hier nicht um exakte Treffer, sondern nur darum, meinem Ärger Luft zu machen. Vorangehend werfe ich weiter. Der nächste Stein fliegt immerhin bis zum Fuß der Anlage, der nächste trifft schließlich die Mauer.

Endlich erreiche ich den Tempel des alten Gottes. Ich hebe ein paar kleinere Geschosse vom Boden auf und schmettere sie gemeinsam gegen den kläglichen Rest der Wand. Sie teilen sich in alle Richtungen auf und nur einer von ihnen trifft tatsächlich sein Ziel.

Die Welle der Erleichterung währt nur kurz. Ich bin immer noch wütend auf mich und mein Verhalten im Tempel. Was habe ich mir dabei gedacht, Honoria so lautstark zu hinterfragen? Und in der Bibliothek – auch wenn sie nichts gesagt hat, meine Antworten haben sie enttäuscht. All das nur, weil ich mich nicht im Griff hatte. Weil ich zugelassen habe, dass meine Enttäuschung über Cristans Verhalten beim Fest meine Stimmung beeinflusst. Ich halte Ausschau nach einem möglichst großen Stein und schmettere ihn gegen die Ruine. Ich verstehe immer noch nicht, was in ihn gefahren ist. Warum hat er den Tanz so einfach abgebrochen? Vaters Worte und Verbote haben mich so oft verletzt, doch im Gegensatz zu Cristans Verhalten habe ich wenigstens verstanden, warum er so gehandelt hat. Das hat es einfacher gemacht.

Seit dem Fest drehen sich meine Gedanken nur noch im Kreis. Ich würde diesen Abend so gern ruhen lassen, ihn irgendwo vergraben, aber ich schaffe es nicht, ihn loszulassen. Denn die vielen unbeantworteten Fragen halten die Erinnerung am Leben. Ich werfe einen Stein nach dem anderen gegen den verfallenen Tempel, bis mir die Arme schmerzen. Und obwohl die Steine mir Antworten schuldig bleiben, fühle ich mich besser. Mit dem Rücken lasse ich mich gegen ein Mauerstück sinken. Die Oberfläche ist rau und uneben. Nicht nur durch meine Treffer, sondern weil diese Steine von Menschenhand gehauen und geschliffen wurden und nicht mithilfe der Segnung.

»Dich haben sie auch verlassen«, murmele ich vor mich hin und meine den alten Gott. »Aber du bist selbst schuld. Du hättest wie die Göttin eingreifen und den Menschen helfen können. Ich hingegen …« Lasse mich von Cristan ablenken. Von einem Mann! Mag sein, dass sein Verhalten demütigend war. Doch es darf für mich keine Rolle spielen. Ich muss mich trotzdem auf meine Ausbildung konzentrieren, so schnell und so gut wie möglich lernen. Rina zuliebe muss ich meine gekränkten Gefühle beiseiteschieben. Das kann und das werde ich! Nicht nur mein Atem wird wieder regelmäßiger, auch in meinem Kopf kehrt Ruhe ein.

Langsam mache ich mich zurück auf den Weg in die Stadt. Mein Ausflug hat die heilende Wirkung gehabt, die ich erhofft habe, und ich bin nun endlich bereit, zurück zum Haus von Cristans Eltern zu gehen. Vielleicht wäre es an der Zeit, es mein

Zuhause zu nennen, auch wenn es sich noch nicht danach anfühlt.

Besuch erhalte ich an diesem Abend nicht. Obwohl ich insgeheim darauf gewartet habe, treibt es mich nicht um. Schließlich weiß ich nun, all das ist nichts als eine große Ablenkung von meinem eigentlichen Ziel. Und deshalb fällt es mir erstaunlich leicht, in den Schlaf zu finden. Ich träume intensiv. Von der Göttin, Gliana und Soldaten. Als ich am nächsten Morgen aufwache, bin ich mir sicher, endlich Honorias Fragen verstanden zu haben. Und ich brenne darauf, ihr die Antworten darauf mitzuteilen.

Aufgeregter als an meinem ersten Tag betrete ich den Tempel. Routiniert durchlaufe ich das Waschhaus und werde von Femi in Empfang genommen.

»Du bist zurück von deiner Baustelle?«, frage ich anstelle einer Begrüßung.

»Offensichtlich.« Ihrem Gesichtsausdruck nach zu urteilen, ist sie darüber nicht sehr glücklich.

Aber ich habe andere Sorgen. »Ich muss dringend zu Honoria.«

Irritiert sieht sie mich an. »Die Hohepriesterin ist sehr beschäftigt.«

»Ich weiß. Aber es ist wichtig. Ich kenne jetzt die Antwort auf ihre Fragen.«

»Welche Fragen?«

Ich erzähle Femi von dem Ausflug in die Bibliothek. »Bringst du mich nun zu ihr?«

Nachdem sie mich eine Weile nachdenklich gemustert hat, fordert sie mich auf, ihr zu folgen. Gemeinsam überqueren wir den großen Innenhof und betreten einen Teil des Tempels, der mir völlig fremd ist. Hier gibt es mehr, dafür aber kleinere Räume. Vor einem bleiben wir stehen.

»Warte kurz.« Femi verschwindet hinter der Tür.

Nervös zupfe ich mir mein Kleid zurecht. Dann geht die Tür wieder auf und Femi winkt mich herein, während sie selbst den Raum verlässt.

Wie in allen Zimmern des Tempels sucht man hier Farbe vergebens. Dafür ist der Boden mit einem weichen Teppich ausgelegt und erinnert mich an zu Hause. Auch wenn dieser natürlich gewebt und nicht bloß gefilzt ist. Ich blicke auf zu Honoria, die hinter einem Tisch voller Schriftrollen sitzt.

»Femi sagt, du hast nun Antworten für mich.«

»Ja«, antworte ich und trete näher. »Danke, dass Ihr mich empfangt.«

»Ich höre.«

»Ich glaube, die Göttin hat den Frauen die Segnung gegeben, damit sie sie für das Richtige einsetzen.«

Das Gesicht der Hohepriesterin gibt mir wieder einmal keinerlei Hinweis darauf, ob das stimmt oder nicht. Immerhin sieht sie nicht verärgert aus. »Und was ist das ›Richtige‹?«

»Dinge erbauen, wachsen lassen«, erkläre ich überzeugt und schiebe dann unsicher hinterher: »Und die, die man liebt, verteidigen.«

»Gibt es demnach auch falsche Dinge?«

Ich nicke und wage es kaum, ihr dabei in die Augen zu sehen. »Krieg.«

»Setz dich, Livia«, fordert sie mich auf und ich lasse mich nicht zweimal bitten. »Das hast du gut erkannt. Vielleicht verstehst du jetzt, warum es für mich und manch andere Priesterin nicht so einfach ist, deine Ausbildung zu akzeptieren.«

Mein Herz versteht es, aber mein Kopf noch nicht ganz.

»Aber warum hat die Göttin selbst dann in eine Schlacht eingegriffen?«

»Weil es ein ungleicher Kampf gewesen ist. Tritevo war uns überlegen. Sie hatten mehr Männer und viel bessere Waffen als wir. Sie konnte nicht tatenlos zusehen.« Honoria hebt einen Finger. »Aber du darfst die Dinge nicht verwechseln. Sie hat uns verteidigt, auf unserem Land. Sie hat keinen Krieg auf fremdem Boden begonnen. Verstehst du den Unterschied?«

»Ja.« Mein Körper fühlt sich plötzlich sehr schwer an und ich bin froh zu sitzen. Denn ich bin mir nicht sicher, ob sich Cristan um die Gründe der Göttin schert. Er ist Soldat, General – für ihn ist richtig, was für mich falsch ist. »Warum bildet Ihr mich dann trotzdem aus?«

»Das ist eine gute Frage«, beginnt sie zögerlich. »Ich selbst habe sie mir schon unzählige Male gestellt.« Sie pausiert, legt die Schriftrolle vor ihr beiseite und beugt sich etwas zu mir. »Wir Priesterinnen haben uns der Aufgabe der Verteidigung des Landes schon lange entzogen. Der Tempel untersteht nicht dem Herrscher und der Herrscher nicht dem Tempel. Das war allerdings nicht immer so. Zunächst unterstanden wir ihm, dann er uns, dann wir wieder ihm. Eine Seite hat dabei stets verloren, was sicher nicht im Sinne der Göttin war. Vor über hundert Sommern haben die damalige Hohepriesterin und der Herrscher deshalb einen Pakt geschlossen. Der Tempel ist unabhängig, bildet aber für den Herrscher Mädchen aus.« Ein lauter Seufzer entfährt ihr. »Ich habe nicht vor, an diesem Pakt zu rütteln, und ich versuche, meinen Frieden damit zu machen. Denn zumindest die Verteidigung Palentes ist im Sinne der Göttin.«

Plötzlich fügt sich in meinem Kopf etwas zusammen. »Habt Ihr euch deshalb mit meiner Mutter zerstritten? Weil sie die ›falschen‹ Dinge getan hat?«

Traurig sieht sie mich an und antwortet dann knapp: »Ja.«

Mutter … ich kann und will mir das gar nicht ausmalen.

»Verstehe mich nicht falsch, Livia«, unterbricht Honoria meine Gedanken. »Deine Mutter war kein schlechter Mensch. Wir hatten zu manchen Themen nur einfach unterschiedliche Ansichten. Und wir waren beide jung und fest davon überzeugt, dass sich die andere irrt. Würde Amara noch leben, wären wir heute vermutlich wieder befreundet.«

»Danke.« Die Worte spenden mir Trost. Was auch immer Mutter getan hat, was auch immer ich einmal tun werde – nicht der gesamte Tempel wird mich dafür verachten.

»Hast du auch eine Antwort auf meine zweite Frage? Warum ausgerechnet Klänge?«

»Ich bin mir nicht ganz sicher, aber Gliana schreibt in ihrer Geschichte sehr detailliert über die hundert Tage und Nächte, in denen die Göttin sie ausgebildet hat. Das habe ich vorher noch nie so gelesen. Ich dachte immer, die Göttin hat sie einfach berührt und sie hätte dann die Segnung gehabt. Aber Gliana hat hart dafür arbeiten müssen und an sich gezweifelt. Das war mir neu.«

»Und weiter?«

»Ich denke, darin liegt auch die Antwort. Die Göttin hat sich für die Klänge entschieden, weil sie will, dass die Segnung nur beherrscht, wer hart dafür arbeitet, Geduld hat und sich so als würdig erweist.«

Ein Lächeln umspielt das Gesicht der Hohepriesterin. Ein seltener Anblick. »Das hätte ich selbst nicht besser ausdrücken können.«

Verlegen senke ich den Kopf und betrachte meine Hände, die gefaltet in meinem Schoß liegen.

»Ich hoffe, du denkst daran, wenn dich das nächste Mal die Ungeduld überkommt. Und auch danach, wenn du an General Cristans Seite kämpfen sollst.«

Ich wollte nie eine Waffe werden und ich hoffe immer noch, es geschieht ein Wunder und ich kann es abwenden. Aber falls nicht, muss ich an Rina denken und meine Bedenken über Bord werfen. Zögerlich sehe ich wieder auf. »Ich werde es versuchen.«

Kaum merklich nickt mir Honoria zu und deutet dann auf die Tür. »Danke, dass Ihr mich empfangen habt«, sage ich, während ich aufstehe, und verlasse den Raum.

Die immer gleiche Übungsabfolge mit Femi absolviere ich ohne eine einzige Beschwerde. Ganz im Gegenteil, ich gebe mir bei jeder Wiederholung Mühe, versuche, der Göttin zu zeigen, wie ernst ich meine Ausbildung nehme. Obwohl sie in meinem bisherigen Leben eine erstaunlich geringe Rolle gespielt hat, ist mir das nun wichtig. Ob das an der Geschichte liegt oder einfach nur an meiner Ausbildung hier, weiß ich nicht. Femi scheint das jedoch nicht aufzufallen oder zu interessieren. Auch wenn sie es nicht ausspricht, ich spüre ihre Abneigung gegen mich oder zumindest meine Ausbildung hier.

Trotzdem hätte ich lieber weiter mit ihr geübt, als nach Hause zu gehen. Denn seit dem Gespräch mit Honoria heute Morgen lastet etwas auf mir. Und der Gedanke daran, Cristan heute über den Weg zu laufen … Immerhin ist die Kränkung wegen des abgebrochenen Kupfertanzes verblasst. Oder besser gesagt, sie hat sich hinter einer größeren und viel erschreckenderen Frage versteckt: *War es ein Fehler, Cristans Angebot anzunehmen?*

Das Schicksal meint es nicht gut mit mir. Gerade als ich das Haus erreiche und mich auf dem Weg zum Hintereingang mache, tritt Cristan aus dem Stall. Am liebsten würde ich einfach weitergehen, aber das wäre kindisch. Ich hebe eine Hand zum Gruß und bleibe stehen.

»Livia!«, ruft er mir zu und kommt mir entgegen.

Ich setze ein gezwungenes Lächeln auf. »Cristan.«

Er grinst breit, was mich irgendwie wütend macht und ihm leider nicht entgeht. »Was ist los?«

Du bist los! Wie gern würde ich ihm das ins Gesicht schreien. Aber dann würde er nach dem Warum fragen, und hier stehen und mit ihm reden ist das Letzte, wonach mir gerade ist. »Könnte ich dich auch fragen. Schließlich bist du mir die letzten Tage aus dem Weg gegangen.«

»Ich bin dir nicht aus dem Weg gegangen. Ich hatte einen Auftrag außerhalb der Stadt zu erledigen.« Seine Züge verhärten sich. »Aber so, wie du mich gerade ansiehst, war das wohl auch besser so. Dabei hatte ich mich eigentlich gefreut, dich zu sehen …«

Ich habe jedes Recht, auf ihn sauer zu sein. Und doch schmerzt sein Blick. Ohne ein weiteres Wort zu verlieren, geht er an mir vorbei ins Haus und ich zum Hintereingang.

In meinem Zimmer lege ich mich auf mein Bett. Kaum einen Atemzug lang schaffe ich es, ruhig liegen zu bleiben, stehe wieder auf und gehe planlos auf und ab. Obwohl ein eigenes Zimmer für mich immer noch Luxus ist, an Tagen wie diesen engt es mich trotzdem ein. Ich fühle mich gefangen, in diesen Wänden und in meinem Körper.

Als ich den Handel mit Cristan schloss, dachte ich, die Ausbildung würde der schwere Teil werden. Nicht, dass sie leicht wäre – aber alles andere bringt mich um den Verstand. Mein schwierig gewordenes Verhältnis zu Cristan und die Angst vor dem, was kommen wird. Vor Ersterem kann ich mich schützen, aber vor Letzterem … Da bin ich ihm ausgeliefert. Denn er hat mir gegenüber sehr deutlich gemacht, was passieren wird, wenn ich meinen Teil der Vereinbarung nicht einhalte. Und so, wie ich ihn einschätze, sind das keine leeren Drohungen.

Dies ist wieder einer dieser Momente, in denen ich wünschte, dass Mutter noch hier wäre. Es muss möglich sein, Frieden mit meiner Situation zu schließen, im Rahmen meiner Möglichkeiten trotzdem das Richtige zu tun. So muss sie es gemacht haben. Etwas anderes kann ich mir nicht vorstellen. Ich sehe die Frau vor mir, die Rina und mich in den Schlaf gesungen hat, uns getröstet und geliebt hat. Sie war eine starke Frau, aber ihr Wesen war sanft wie das meiner Schwester.

Und nicht nur mit Mama, auch mit Cristan würde ich gern reden, ihm erklären, was in mir vorgeht. Aber ich habe Angst. Angst, ihm falsche Signale zu senden, und Angst vor Antworten, die ich nicht hören möchte. Also bleibe ich hier in meinem kleinen Reich und starre die schmucklosen Wände an.

Als sich plötzlich die Tür zu meinem Zimmer ein Stück öffnet, zucke ich vor Schreck zusammen. In dem Spalt erkenne ich Cristans Gesicht, das mich fragend ansieht.

»Komm rein«, bitte ich ihn.

Er nickt und betritt das Zimmer. Die Tür steht immer noch offen und gewährt jedem, der vorbeiläuft, Einblick. Tut er das etwa, damit niemand denkt, ich wäre ehrlos? Unwillkürlich muss ich lachen. Als ob man sich bei mir darum sorgen müsste.

»Was ist denn so komisch?«, fragt er, einen Schritt von mir entfernt.

»Gar nichts«, lüge ich.

Cristan seufzt und greift plötzlich nach meiner Hand. »Ich war vorhin schroff zu dir. Aber du warst so … kalt. Ich war nicht darauf vorbereitet und habe überreagiert.«

Hat er sich gerade bei mir entschuldigt? Verlegen sehe ich zu ihm auf. »Ich …«

»Ist es immer noch wegen Rezars Fest? Ich kann dir das erklären.«

Es liegt nicht an dem Fest und dem blöden Kupfertanz. *Nicht nur.* Neugierig bin ich trotzdem. »Ich bin gespannt.«

Unsicher blickt Cristan von der einen Seite des Zimmers zur anderen, als müsste er abwägen, ob die Wände mithören dürfen. »Lass uns dabei etwas spazieren gehen.«

»Ist dir die Umgebung hier nicht ansprechend genug?«

»Das auch«, erwidert er lächelnd. »Aber ich führe schwierige Gespräche lieber, wenn ich dabei in Bewegung bin.«

»Ich bin generell lieber in Bewegung.«

»Warum stehen wir dann hier noch herum?«

»Sicher nicht meinetwegen.«

Gemeinsam verlassen wir das Haus und gehen entlang der schönen Steinhaussiedlung in Richtung des inneren Bezirks. Cristan, der ja eigentlich mit mir sprechen wollte, schweigt. »Ich dachte, du wolltest mit mir reden. Da, wo ich herkomme, bewegt man dazu den Mund.«

»Da, wo ich herkomme, auch«, sagt er und lächelt mich dabei schief an. »Aber ich warte, bis wir den Platz zwischen Palast und Tempel erreichen.«

Ich habe keine Ahnung, wozu das gut sein soll. »Wo genau warst du eigentlich?«

»Ich bin mit einem Spähtrupp unterwegs gewesen. Mehr darf ich dazu leider nicht sagen.«

Wir nähern uns unserem Ziel. Palast und Tempel stehen sich in Eintracht gegenüber, getrennt durch diesen Platz. Verbunden durch eine Vereinbarung, deren Teil ich bin. In diesem Moment wird mir klar, dass ich, wie diese Steine, mein Leben lang zwischen Tempel und Palast stehen werde. Obwohl mein Herz dem Tempel gehört, werde ich nie eine Priesterin sein. Denn mein Körper und meine Segnung gehören dem Palast.

Genau genommen Cristan, aber im Ergebnis macht das keinen Unterschied.

»Nach diesem Gespräch wirst du mich hassen und ich kann es dir nicht verübeln«, setzt Cristan plötzlich neben mir an.

Die Höflichkeit würde jetzt gebieten, ihm zu vergewissern, dass dies nicht der Fall sein wird. Aber er sollte mich mittlerweile gut genug kennen. »Mehr als ohnehin schon?«

Abrupt stoppt er, legt seinen Kopf schief und auch ich bleibe stehen. »Nicht mehr, sondern wirklich.«

Er hat recht, ich hasse ihn nicht. Es ist viel komplizierter.

»Ich brauche dich, Livia. Ich will nicht ewig General bleiben, und der Oberste Befehlshaber ist fest in seinem Posten verankert. Um ihn einmal abzulösen, brauche ich Erfolge, die ich mit meinen Männern allein nie liefern kann. Aber mit dir …«

»Und was hat das mit dem Kupfertanz zu tun?«, unterbreche ich ihn.

»Sehr viel und deshalb möchte ich, dass du das verstehst.«

»In Ordnung.«

»Gut.« Gequält schweift sein Blick einen Atemzug lang in die Ferne. »Weißt du, was passiert, wenn man den Kupfertanz gewinnt?«

Woher sollte ich? »Etwas Schlimmes, vor dem du mich bewahren wolltest?«

»Du denkst zu gut von mir«, antwortet er und lacht bitter. »Das Paar, das den Kupfertanz gewinnt, erhält von allen ausgeschiedenen Paaren einen Goldling.«

Ich höre seine Worte, aber brauche einige Augenblicke, bis mir klar wird, was er da eigentlich sagt. *Ein Goldling von jedem Paar!* Damit hätte ich … Ich schlage ihm mit der flachen Hand ins Gesicht und habe das Gefühl, es trifft mich unvorbereiteter als ihn.

»Das habe ich wohl verdient.«

»Ich kann es nicht glauben!«, schreie ich ihn an. »Wieso hast du das gemacht?«

»Du weißt, warum.« Seine Stimme ist ruhig und zeigt keine Spur von Reue.

»Rinas Mitgift, ich hätte sie bereits.« Mit geballten Fäusten stehe ich vor ihm. Ich bin so wütend. Ablehnung kann ich ertragen, aber das … Das war so niederträchtig. Ich hole noch einmal aus und schlage ihn auf die andere Wange. Dann drehe ich mich um und laufe los.

»Warte, Livia!«, ruft er mir hinterher.

Ich höre und spüre, dass er mir folgt, doch ich bleibe nicht stehen und drehe mich nicht um. Ihm gegenüberstehen, ihm in die Augen sehen – ich ertrage es gerade nicht.

Schon von Weitem erkenne ich, dass der Marktplatz bereits verwaist ist und die Händler ihre Stände abgebaut haben.

Cristan holt mich ein, umfasst meinen Unterarm und zwingt mich so zum Stehen. »Bitte, lauf nicht weg. Ich verstehe deine Wut, aber lass es mich erklären.«

»Was gibt es denn da noch zu erklären?«, fahre ich ihn an und reiße mich los. Das Beste, was mir in diesem Moment einfällt, ist die Schänke am Osteingang des Markts. Cristan wird mir vielleicht dorthin folgen, aber an einer Szene in der Öffentlichkeit ist ihm sicher nicht gelegen. Während ich mich mit großen Schritten auf das Gebäude zubewege, folgt er mir zwar, hält mich aber tatsächlich nicht erneut zurück. Erleichtert stoße ich die Tür auf und trete ein. Ich erwarte, vom Geruch nach Bier und Schweiß empfangen zu werden, aber hier riecht es nur nach Bier.

Ich bin noch nie hier gewesen, und obwohl alle Schichten Zutritt haben, verstehe ich auch, warum. Mit meinem einfachen Wickelkleid werde ich mit Blicken versehen, die mir eindeutig sagen, hier gehöre ich nicht her. Ich gehöre nicht in Schänken –

da haben sie recht. Aber hier, in diesen Bezirk, gehöre ich sehr wohl. Ohne mich von den anderen Gästen beirren zu lassen, durchquere ich den Raum und nehme ganz vorn am Tresen Platz.

Der Wirt tut, als wäre ich gar nicht da, und poliert ein paar Krüge. Vermutlich ist das Bier hier teuer und ich sollte tatsächlich gehen. Aber mein Stolz und der Widerwille, mich Cristan zu stellen, sind größer.

»Einen Krug!«, rufe ich dem Wirt entgegen, der augenrollend einen vollgießt und vor mir abstellt.

»Für mich auch«, höre ich Cristan hinter mir. »Und etwas mehr Respekt für diese Dame.«

»Selbstverständlich, Herr General.« Der Wirt schenkt mir ein gequältes Lächeln. »Entschuldigt mein rüdes Benehmen, verehrte Dame.«

Schweigend lässt sich Cristan neben mir nieder. Sein Hintern hat noch nicht einmal den Stuhl berührt, da steht sein Bier schon vor ihm. Genervt nehme ich einen Schluck. Aber zu meinem Erstaunen redet mein Sitznachbar weder, noch zwingt er mich, ihn anzusehen. Trotzdem verspüre ich das starke Bedürfnis, ihm den Inhalt meines Krugs ins Gesicht zu kippen. Wären wir in meiner Siedlung – ich würde es ohne eine Spur von Reue tun. Aber hier …

»Du hasst mich nun«, sagt er nach einer Weile mit ruhiger Stimme. »Aber verstehst du denn nicht, warum ich es getan habe?«

Ich stoße einen verächtlichen Pfiff aus und wende mich zu ihm. »Ich verstehe das sogar sehr gut. Glaubst du, das macht es besser? Du willst, dass ich für dich kämpfe. Ich wollte das nie. Genauso wenig, wie ich jemals heiraten wollte. Aber Hauptsache, du hast das, was du willst.«

»Und du denkst, das ist die Wahrheit?«

»Natürlich ist sie das.«

Ein ungläubiges Lachen dringt aus seiner Kehle. »Ja, das ist, was ich will. Aber tu nicht so, als wäre es nicht das, was du auch willst.«

»Was?« Ich setze meinen Krug so schwungvoll ab, dass etwas Bier seitlich herausschwappt.

»Du wolltest immer in deiner Segnung ausgebildet werden. Das Einzige, was dich zurückgehalten hat, war deine Familie. Durch unseren Handel ist nun für sie gesorgt. Ich würde also behaupten, du hast ebenfalls bekommen, was du wolltest.«

»Ich bin unseren Handel nicht eingegangen, damit du meine Ausbildung finanzierst, sondern um die Mitgift für Rina zu verdienen.«

Provozierend zieht er eine Braue nach oben. »Ist das so? Wirklich?«

»Natürlich ist das so.« Glaubt er denn wirklich, ich hätte mich sonst darauf eingelassen?

Kopfschüttelnd nimmt er einen großen Schluck. »Ich habe dich für vieles gehalten. Aber nicht für eine Lügnerin.«

Lügnerin? Jetzt reicht es wirklich! Ich hebe meinen Krug, hole aus und schütte ihm den Rest meines Biers ins Gesicht. Der Wirt und alle Gäste verstummen, und ich weiß augenblicklich, ich bin zu weit gegangen. Niemand aus der Unterschicht geht so mit einem Oberschichtler um und kommt ungeschoren davon. Ich könnte vor ihm auf die Knie fallen, mich entschuldigen, behaupten, es wäre ein Missgeschick gewesen. Aber das wäre erbärmlich und verlogen. Und auch wenn Cristan das Gegenteil von mir behauptet – eine Lügnerin bin ich nicht.

Ungerührt streicht er sich eine nasse Strähne hinters Ohr und ruft dann dem Wirt zu: »Noch ein Bier für die Dame!«

Mit einem ratlosen Blick befolgt der Wirt den Befehl und stellt einen frischen Krug vor mir ab.

»Danke«, murmele ich verlegen.

»Geht es dir jetzt besser?«, fragt Cristan.

»Ein wenig«, gebe ich zu. »Aber verziehen habe ich dir deshalb trotzdem nicht.«

»Ich habe dich nie um Verzeihung gebeten, sondern nur um Verständnis.«

»Glaubst du nicht, selbst das ist etwas viel verlangt?«

Plötzlich wirft Cristan sein Bündel auf den Tresen. So dumpf, wie der Aufprall klingt, müssen darin mehr als Kupferlinge enthalten sein. »Angenommen, ich würde dir das Geld, das wir beim Kupfertanz gewonnen hätten, jetzt geben. Was dann?«

»Hätte ich zwar das Geld für die Mitgift meiner Schwester, aber du würdest mich trotzdem nicht aus unserer Vereinbarung entlassen.«

»Was, wenn ich es würde?«

Argwöhnisch mustere ich Cristan. Er ist immer noch nass, doch er schenkt dem keine Beachtung.

»Würdest du dann wirklich zurück zu deiner Familie wollen? Weiterhin tagein, tagaus Kamut mahlen?«

Ich habe dieses Leben gehasst. Aber in den Krieg ziehen und heiraten müssen, hasse ich ebenso.

»Du willst mehr vom Leben als das. Ich konnte es vom ersten Augenblick an in deinen Augen sehen. Und ich täusche mich selten in Menschen.«

Alles in mir sträubt sich dagegen, ihm recht zu geben. Aber ganz abstreiten kann ich es auch nicht. »Aber ich wollte es nie um jeden Preis.«

»Würdest du wirklich zurück in dein altes Leben wollen, wenn ich dir einfach so das Geld für die Mitgift gäbe?«

Wie gern würde ich aus vollem Herzen Ja sagen. Aber ich kann es nicht. »Nein, würde ich nicht.«

»Siehst du, ich kenne dich besser, als du denkst.« Cristan lächelt breit und nimmt noch einen Schluck Bier.

»Das heißt trotzdem nicht, dass ich alles gut finden muss. Wozu du mich ausbilden willst, ist nicht im Sinne der Göttin.«

»Woher willst du das wissen? Ist die Göttin dir erschienen und hat dir das gesagt?«

Wer nicht an die Göttin glauben will, soll es nicht tun. Wer an ihr zweifeln will, bitte schön. Aber sie verspotten … »Sprich nicht so über sie.«

Cristan hebt entschuldigend seine Hände und ich erzähle ihm von dem Besuch in der Bibliothek, Glianas Geschichte und meinem Gespräch mit Honoria.

»Und nun denkst du, es war ein Fehler, mein Angebot anzunehmen.«

Mit gesenktem Kopf nicke ich.

»Ich bin ein Krieger«, sagt Cristan so leise, dass nur ich es hören kann, und lehnt sich etwas zu mir. »Und ich habe zu viel gesehen, als dass ich noch glauben könnte. Aber ich kenne die Geschichte der Göttin. Und was ich über sie weiß, ist: Zum ersten Mal ist sie uns auf dem Schlachtfeld erschienen.«

»Um uns zu verteidigen«, setze ich ihm entgegen und blicke wieder auf.

»Und denkst du, dabei sind keine Menschen gestorben?«

Obwohl der Wirt und die Gäste uns längst keine Beachtung mehr schenken, fühle ich mich beobachtet und belauscht. Die Göttin hat mittlerweile tief in mir einen Platz gefunden – laut über sie reden, fühlt sich jedoch immer noch fremd an. »Aber die Menschen, die dabei gestorben sind, wollten uns töten, auf unserem Land.«

»Angriff, Verteidigung. Auf eigenem oder fremdem Boden. Für mich macht das keinen Unterschied«, sagt er, doch die Kälte seiner Worte erreicht seine Augen nicht.

»Ich kann nicht glauben, dass du das wirklich so siehst.«

»Das solltest du aber.« Sanft legt er seine Hand auf meine. »Nicht für mich, aber für dich.«

Mit offenem Mund starre ich ihn an. Irgendwie hatte ich gehofft, er würde mich beschwichtigen, mir sagen, ich muss mir keine Sorgen machen. Doch er schmettert mir eine Wahrheit entgegen, für die ich mich nicht bereit fühle. »Ich weiß nicht, ob ich das kann.«

»Ich fürchte, du hast keine Wahl.« Er zieht seine Hand weg und seufzt. »Und du hast gewusst, worauf du dich einlässt.«

»Ja«, gebe ich zu. »Es fühlt sich nur einfach falsch an.«

»Eines solltest du nicht vergessen.« Cristan öffnet sein Bündel und legt dem Wirt ein paar Kupferlinge hin. »Egal, wo und gegen wen du für mich kämpfen musst. Es ist im Sinne Palentes. Ich ziehe nicht aus Spaß am Töten in den Krieg, sondern um meinem Land zu dienen. Selbst wenn es auf den ersten Blick vielleicht nicht immer so aussieht. Falls deine Göttin die Göttin unseres Landes ist, sollte das auch in ihrem Sinne sein.«

»Meine Göttin?«, wiederhole ich, dabei beschäftigt mich das von allem Gesagtem am wenigsten.

»Ja, deine. Aber wenn die Zeit reif ist, lasse ich mich gern von dir vom Gegenteil überzeugen.« Cristan beugt sich zu mir, streicht mir eine Strähne hinters Ohr und verlässt dann die Schänke.

Etwas ratlos bleibe ich mit meinem Krug zurück. Ich hasse jetzt schon, was ich irgendwann für ihn tun muss. Aber ihn … Ihn hasse ich nicht. Obwohl ich es gern würde, meine Wut auf ihn ist verflogen.

17

Nach zwei weiteren Tagen Unterricht mit Femi bin ich froh, dass mich heute endlich wieder Pea unter ihre Fittiche nimmt. Cristan habe ich seit unserem Gespräch in der Schänke nicht mehr gesehen. So gut ich konnte, bin ich ihm aus dem Weg gegangen. Er hat eine Wahrheit aus mir herausgekitzelt, an der ich immer noch knabbere: Ich muss nicht an seiner Seite kämpfen, ich will es. Zumindest lieber, als in mein altes Leben zurückzukehren …

»Heute machen wir etwas Neues«, kündigt Pea freudestrahlend an, nachdem ich das Waschhaus an ihrer Seite verlassen habe. Obwohl ich Femis Abneigung gegen mich mittlerweile verstehe und weiß, sie richtet sich vermutlich nicht gegen mich persönlich – lieber sind mir die Tage mit Pea allemal.

»Wirklich?« Ich kann es nicht fassen. Nach endlosen Wiederholungen des gleichen Tons bin ich mehr als bereit dafür. »Was denn?«

»Wir beginnen heute mit den Richtungstönen. Damit kannst du Gegenstände seitlich bewegen.« Vor Freude klatscht sie in die Hände.

Wir haben noch nicht einmal begonnen und meine Aufregung hält sich bereits in Grenzen. Ich verhalte mich ruhig, will nicht undankbar wirken, aber viel spannender als die bisherige Übung hört sich das auch nicht an. »Ah, die Richtungstöne.«

In dem kleinen Raum, in dem mein Unterricht meistens

stattfindet, ist bereits alles aufgebaut. Die Decke liegt ausgebreitet auf dem Boden und auf ihr ein Kamutkorn, ein Stein und eine Rosenblüte. Lächelnd setze ich mich vor die Gegenstände.

Pea stimmt einen Ton an, der sich etwas tiefer, aber viel unsauberer anhört als der erste Schwebklang. Im selben Moment bewegen sich Korn, Stein und Blüte wie angekündigt zur Seite. »Das ist der Westklang. Wie der Name schon sagt, lässt er Gegenstände – von dir aus betrachtet – westwärts schweben. Sing ihn nach.«

Für mich hört sich dieser Ton schon schief an, wenn Pea ihn singt. Das genauso nachzuahmen, ist gar nicht so einfach. Ich brauche sieben Anläufe, bis ich ihn endlich treffe. Pea lenkt meine Segnung auf das Kamutkorn, das sich ein Stück oberhalb des Bodens nach Westen bewegt und schließlich sanft zurück auf die Decke gleitet. Bis zum Mittag wiederholen wir diesen Ablauf mit allen Objekten, mal abwechselnd, mal zeitgleich und auf verschiedene Entfernungen. Wenn ich zurück an die Übungen mit dem ersten Schwebklang denke, bin ich zufrieden mit mir.

Im Speisesaal sitzen wir – wie immer – etwas abseits von den restlichen Priesterinnen und Novizinnen. Voller Vorfreude sehe ich auf meinen Teller mit den bunten Gemüsesorten hinab.

»Wir danken dir, Göttin, für Speis und Trank«, beten wir gemeinsam, bevor wir mit dem Essen beginnen.

»Pea«, beginne ich vorsichtig zwischen zwei Bissen. »Der Westklang ist beeindruckend, aber kannst du mir heute auch noch etwas anderes beibringen?«

»Natürlich, das hatte ich sowieso vor. Den Ostklang.«

Ich lasse meine Hände in den Schoß gleiten, versuche, mir meine Enttäuschung nicht anmerken zu lassen, doch Pea durchschaut mich.

»Du meinst etwas ganz anderes«, stellt sie fest.

Verlegen nicke ich. »Versteh mich nicht falsch. Ich weiß, wie wichtig es ist, die Grundlagen genau zu beherrschen, aber langsam …«

»Wirst du ungeduldig.« Wissend lächelt sie. »Ich würde dir ja gern mehr zeigen, aber du bist noch nicht so weit.«

»Wann werde ich denn so weit sein? Mir läuft die Zeit davon.« Lauter als beabsichtigt schlage ich meine Hand auf den Tisch und Pea zuckt zusammen. »Es tut mir leid. Du kannst nichts dafür. Ich wollte dir keinen Vorwurf machen. Es ist nur …«

»Bist du fertig mit dem Essen?«, fragt sie schroff.

»Ja, danke.«

»Dann komm.«

Wir gehen zurück in den kleinen Raum und Pea stellt sich unmittelbar vor mich. Bevor sie etwas sagen kann, tue ich es. »Es tut mir leid«, setze ich an und erzähle ihr schließlich von Rinas Lage, meiner Vereinbarung mit Cristan und meiner stillen Hoffnung, doch früher an die Mitgift zu kommen.

Verständnisvoll sieht Pea mich an. »Wenn du niemandem davon erzählst, dann zeige ich dir heute noch etwas anderes.«

»Wirklich?«

»Aber kein Wort zu Femi oder Honoria. Versprich es mir, bei der Göttin.«

»Bei der Göttin, ich verspreche es dir.« Ich falle meiner jungen Lehrerin um den Hals und ziehe sie an mich. »Was zeigst du mir denn?«

»Ich weiß noch nicht«, antwortet sie und löst sich langsam aus meinen Armen.

»Bitte etwas, das Cristan glauben lässt, dass ich echte Fortschritte mache.«

Pea beißt sich auf die Unterlippe. »Auch wenn ich der Meinung bin, dass du schon ›echte‹ Fortschritte machst … Ich habe da eine Idee.«

Neugierig blicke ich zu ihr, doch sie schüttelt den Kopf. »Nicht hier. Lass uns hinausgehen.«

In meinem Magen kribbelt es, während wir den Tempel verlassen und den Weg Richtung Palast einschlagen.

»Wo gehen wir hin?«

»Ich weiß noch nicht. Wir brauchen einen ungestörten Ort, Gras und vielleicht ein paar kleine Steine.«

»Der Tempel des vergessenen Gottes«, schlage ich vor.

Erschrocken sieht sie mich an. »Das meinst du hoffentlich nicht ernst.«

Natürlich tue ich das. Es ist der perfekte Ort dafür. »Wieso nicht?«

»Das ist außerhalb der Stadtmauern.« Sie räuspert sich. »Und abgesehen davon suche ich diesen Ort nicht auf.«

Die Einwohner von Kalasin tun immer so, als würde man in Flammen aufgehen, wenn man die Stadt verlässt. Ich kann aus Erfahrung bestätigen, dass dem nicht so ist. Aber ich weiß, wie sinnlos es ist, dagegen anzureden. »Hast du eine bessere Idee?«

»Etwas nördlich von hier gibt es einen Bachlauf. Das Wasser ist schlammig und es sind nur selten Menschen dort.«

»Perfekt.«

Die Häuser um uns herum werden zuerst kleiner und schließlich wechseln die Mauern von Stein zu Lehm. Neugierig frage ich Pea nach ihrer Meinung über meine Ausbildung und den Krieg.

»Ich glaube nicht, dass es im Sinne der Göttin ist, andere anzugreifen. Aber ich weiß, ich hätte trotzdem genauso entschieden wie du. Meine Eltern waren zwar nicht arm, aber eben auch nicht reich. Meine Ausbildung erschien ihnen unerschwinglich, und sie überlegten ebenfalls, meine Segnung in den Dienst des Herrschers zu stellen.«

»Was ist dann passiert?«

»Etwas Seltsames. Aber vermutlich ist jeder Handel zur Segnung seltsam«, setzt sie an. »Ein hochrangiger Beamter hat ihnen das Geld für meine Ausbildung gegeben, mit der Bedingung, dass ich es ihm nach meiner Ausbildung doppelt zurückzahle.«

»Was?« Ich weiß nicht, was ich verrückter finde. Dass jemand so viel Geld hergibt. Oder dass man als Priesterin so viel Geld verdient, dass man seine Ausbildung doppelt zurückzahlt.

»Ja, tatsächlich gibt es viele Beamte, die mit ärmeren Familien, deren Töchter die Segnung besitzen, eine solche Vereinbarung schließen.«

Diese Erkenntnis versetzt mir einen Stich. Warum hat Vater nie nach einer solchen Lösung für mich gesucht? Schließlich wollte er mich doch nur vor einem Leben im Dienst des Herrschers bewahren. Zu gern würde ich ihn damit konfrontieren, doch ich weiß, er hat gerade andere Sorgen und Probleme. Trotzdem fühle ich mich einer Zukunft beraubt, die nie meine war.

»Man bekommt ein solches Angebot nur, wenn die Hohepriesterin eine Empfehlung abgibt, und dazu muss man das Talent für alle Klänge besitzen«, erklärt Pea, die offensichtlich meinen niedergeschlagenen Gesichtsausdruck bemerkt hat.

»Verstehe.« Offensichtlich weiß sie also, dass ich während meiner Prüfung bei den hohen Tönen versagt habe. »Wie lange hast du gebraucht, um das zurückzuzahlen?«

Pea sieht mich an, als hätte sie etwas falsch gemacht. »Ungefähr zwei Sommer. Aber ich hatte Glück und viele Aufträge, bei denen ich mit reichlich Goldlingen belohnt wurde.«

Ich gönne Pea das Glück, würde mir aber auch etwas mehr für mich wünschen.

Die Priesterin bleibt stehen und legt mir die Hände auf meine Schultern. »Egal, was du nach deiner Ausbildung in der Armee tun musst – ich verurteile dich nicht dafür.«

»Danke.« Es tut gut, wenigstens eine Person im Tempel zu wissen, die mich versteht.

»Dort vorn ist übrigens der Bach.« Sie löst sich von mir und deutet mit dem Zeigefinger auf eine Ebene, die mit verdorrtem Gras bewachsen ist.

Tatsächlich entdecke ich so gut wie niemanden draußen. »Es wirkt so verlassen hier.«

»Nur tagsüber. Hier leben hauptsächlich Entbürgerte.« Sie kann mir kaum in die Augen sehen, während sie das Wort ausspricht.

Bei näherer Betrachtung fällt mir auf, die Häuser hier sehen tatsächlich noch schäbiger aus als die in unserer Siedlung. Dabei dachte ich immer, sehr viel schlimmer geht es nicht.

Am Ufer des Baches angekommen, suchen wir uns einen Platz und setzen uns auf das vertrocknete Gras. Das Wasser vor uns ist dunkel, und ich würde lieber verdursten, als auch nur einen Schluck daraus zu trinken. Dass hier nur die Entbürgerten leben, wundert mich nicht. Was mich allerdings wundert, ist, woher Pea diese Siedlung kennt.

»Ich war noch nie in dieser Gegend«, bemerke ich knapp. Pea wendet den Blick ab und ich habe eine dunkle Vorahnung. »Kennst du etwa einen Entbürgerten?«

»Meinen Bruder«, erwidert sie leise. »Aber ich möchte nicht darüber reden.«

Ich respektiere ihren Wunsch. »Was bringst du mir bei?«

Als sie mich wieder ansieht, ist die Dunkelheit aus ihrem Gesicht verschwunden. »Gegenstände halbieren.«

Erstaunt schlage ich mir die Hände vor den Mund. Das klingt beeindruckend. »Wirklich?«

»Wir können natürlich auch den Westklang noch etwas vertiefen und mit dem Ostklang beginnen, wenn dir das lieber ist.«

»Bitte nicht.« Pea hat vorhin etwas von Steinen gesagt. Ich erhebe mich, suche den Boden danach ab und finde ein paar kleine, die ich auflese.

»Lass uns erst mal am Ton arbeiten und mit etwas Einfacherem als einem Stein beginnen.«

»Natürlich.« Ich lasse die Steine fallen und reiße einen langen, gelben Grashalm aus.

»Die sind für den Start perfekt.« Pea berührt ihren Bauch, etwa eine Handbreit über dem Bauchnabel. »Der Teilklang ist sehr tief und kommt etwa aus diesem Bereich deines Körpers.« Mithilfe ihrer Segnung lässt sie einen der Steine, die ich gesammelt habe, auf ihre Handfläche fliegen und stimmt den Ton an. Er ist so kraftvoll, ich spüre die Vibration, die von ihm ausgeht, sogar in meinem Körper. Vor meinen Augen bricht der Stein entzwei. Ich setze mich wieder gegenüber von Pea auf den Boden und nehme die beiden Hälften in meine Hand.

»Unglaublich.« Der Bruch ist so exakt – kein Werkzeug wäre dazu in der Lage.

»Versuche es.«

Ich will zum Klang ansetzen, halte dann jedoch inne. »Kannst du auch diesen Ton umleiten? Nur falls ich nicht den Grashalm treffe, sondern mich oder dich.«

Pea lacht laut auf. »Natürlich kann ich das. Aber dass du jemanden mit diesem Klang verletzen kannst … Ich will dich nicht beleidigen, aber so kraftvoll ist deine Segnung noch nicht.«

»Wie beruhigend.«

»Leg deine Hand auf deinen Bauch. Es ist einfacher, wenn du den Ton spürst.«

Ich suche die Stelle, und Pea korrigiert die Position meiner Hand, bis sie zufrieden ist. Dann setze ich zu einem tiefen Ton an. Die Klänge, die ich bisher gelernt habe, sitzen alle im Brustraum. Eine Quelle darunter fühlt sich merkwürdig an. Als würde ich versuchen, Tiergeräusche zu machen. Ich brumme lange vor mich hin, bis ich tatsächlich spüre, dass der Klang direkt unter meinen Fingern vibriert und die Segnung in mir weckt. Im selben Moment blicke ich auf den Grashalm, der nun zerteilt in meiner Hand liegt.

»Ich habe es geschafft!« Ruckartig lehne ich mich vor und ziehe Pea vor Freude in meine Arme. »Ich habe es tatsächlich geschafft.«

»Die tiefen Töne liegen dir. Ich war mir ziemlich sicher, dass du das schnell lernst«, erwidert sie.

Ich löse mich von ihr. Reiße noch einen Grashalm aus dem Boden und bemühe mich, den Klang erneut zu erzeugen. Ohne die Hand auf der Stelle ist es ein sinnloses Unterfangen. Aber mit ihr spüre ich schnell, was ich ändern muss, um ihn hervorzubringen. Der Teilklang verlässt meinen Mund und schneidet den Grashalm entzwei. »Meinst du, ich kann es schon mit etwas Größerem, Schwererem probieren?«

Pea wiegt ihren Kopf hin und her. »Vielleicht mit einem kleinen Stück Holz. Aber mit dem Stein warten wir besser noch.«

Ich erhebe mich und laufe das Bachufer suchend ab. Doch hier wachsen keine Bäume und ich finde nicht ein Stück Holz.

»Ich habe ein paar Kamutkörner eingesteckt«, sagt Pea und zieht eine Handvoll aus ihrem Bündel. »Du kannst es ja mal mit denen versuchen.«

Während ich auf die Knie sinke, lege ich mir eines auf die Handfläche und konzentriere mich, den Klang zu erzeugen. Langsam entwickele ich ein Gespür für ihn. Ich bin mir sicher, ich treffe ihn gerade, und doch ist das Kamutkorn in meiner Hand noch heil. Fragend blicke ich zu Pea.

»Der Klang stimmt, aber er ist nicht stark genug. Ich könnte ihn natürlich verstärken, aber das ist nicht Sinn und Zweck dieser Übung.«

Ich habe nicht das Gefühl, dass ich noch kraftvoller singen kann. »Was soll ich tun?«

»Es ist schwer zu erklären, aber versuche, ihn tiefer aus dir hervorzuholen.«

Mit meinen Gedanken tauche ich in meinen Körper ein, führe mir vor Augen, an welcher Stelle der Ton gerade entsteht. Ich gehe tiefer, eine kleine Schicht, und versuche, ihn von hier heraus zu erzeugen. »Ist er stärker geworden?«

»Ein wenig. Aber bei Weitem nicht genug.«

Mit aller Kraft dringe ich ein Stück tiefer, doch für das Kamutkorn reicht es weiterhin nicht. »Vielleicht sollte ich mit den Grashalmen weitermachen.«

»Du bist auf einem guten Weg«, tröstet mich Pea. »Deine Segnung auf diesem Ton ist stark, ich kann es spüren. Du musst nur lernen, sie wirklich zu entfesseln.«

Ich bücke mich nach einem Grashalm und lege ihn neben das Korn auf meine Hand. Auch wenn sich Frust in mir aufbaut, ich lasse mich nicht von ihm übermannen und gebe alles. Der Teilklang verlässt meinen Mund, und als ich auf meine Handfläche blicke, sehe ich einen völlig heilen Grashalm und ein geteiltes Kamutkorn. »Bei der Göttin!«

Verlegen senkt Pea ihren Kopf und mir wird klar, dass ich das nicht allein war.

»Pea!«

»Ich habe den Ton nur einen Hauch verstärkt. Du hast so niedergeschlagen gewirkt. Und das solltest du nicht. Wenn du wüsstest, wie wenig nur noch fehlt …«

»Wirklich?«

»Wirklich.« Sie reicht mir ein weiteres Korn und nickt mir aufmunternd zu. »Versuch es noch einmal.«

Ich schließe meine Augen, stimme den Ton an. Meine Hand auf meinem Bauch vibriert, und ich stelle mir vor, wie der Klang noch ein Stück tiefer aus mir kommt. Noch ein Stück. Ein weiteres kleines Stückchen. Und noch eines.

»Gleich hast du es«, feuert mich Pea an.

Doch ich habe das Gefühl, ich bin bereits am Boden angelangt und mehr ist nicht mehr möglich. Mein Kopf kommt nicht mehr weiter. Aber vielleicht mein Körper … Anstatt mit meinem Geist einzudringen, schiebe ich meinen Körper meiner Segnung entgegen. Bis in meine Fingerspitzen spüre ich, dass der Klang kräftiger geworden ist. Entweder war das genau die Lösung oder ich fantasiere.

»Sieh nur!«, ruft Pea. »Sieh auf das Korn! Das warst du. Du allein.«

Auf meiner Handfläche liegt ein präzise geteiltes Kamutkorn. Meine Augen füllen sich mit Tränen. Solche, wie ich sie als Kind oft geweint habe. Tränen, die mir fremd geworden sind. Freudentränen. »Ich kann es nicht glauben. War das wirklich ich?«

»Bei der Göttin, ja.«

Plötzlich beschleicht mich die Angst, dass es nur Zufall war. »Gleich noch mal.«

Ich lege mir ein neues Korn auf die Hand. So tief, wie ich kann, hole ich den Ton aus mir heraus und als ich das Gefühl habe, ich stoße an eine Grenze, schiebe ich mich der Segnung entgegen. Es fühlt sich mächtig an, richtig. Trotzdem wage ich kaum, auf meine Hand zu blicken.

»Ich war mir sicher, du würdest diesen Klang schnell lernen«, lobt mich Pea. »Aber so schnell …«

Das bedeutet wohl, es hat funktioniert. Ich schiele hinab und werde mit dem Anblick der zwei Kamuthälften belohnt.

Wie berauscht übe ich weiter, zerteile alle Körner, die Pea mitgebracht hat.

Ich will mich gerade an einen kleinen Stein wagen, als meine Lehrerin sagt: »Ich denke, das genügt für heute.«

Obwohl ich noch lange nicht genug habe, widerspreche ich ihr nicht. Dazu bin ich ihr zu dankbar für die heutige Lektion. »Natürlich.«

Wir verlassen die Siedlung der Entbürgerten und nähern uns dem inneren Bezirk. Etwas arbeitet in mir. Ein Gedanke, den ich eigentlich von mir schieben will, aber er kommt immer wieder. »Ich würde das Cristan gern zeigen.«

Pea sieht mich an, als hätte ich die Göttin beleidigt. »Warum?«

»Weil ich immer noch hoffe, er gibt mir das Geld für die Mitgift, bevor ich mit der Ausbildung fertig bin.«

Verständnisvoll nickt sie. »Solange es im Tempel niemand erfährt – zeige es ihm ruhig.«

»Aber … so ganz ohne deine Hilfe … Ich habe Angst, etwas zu zerteilen, das ich gar nicht zerteilen möchte.«

»Halte den Gegenstand, den der Klang treffen soll, einfach direkt vor deinen Mund. Das sollte dann genügen.«

»Ich weiß gar nicht, wie ich dir danken soll.«

Pea schenkt mir ein breites Lächeln. »Das hast du doch schon.«

18

Wieder in mein altes Wickelkleid gehüllt, verlasse ich den Tempel und renne zu meinem neuen Zuhause. Ich will Cristan unbedingt den neuen Klang zeigen und hoffe, die Demonstration führt bei ihm zu einem Umdenken.

Über den Hintereingang stürme ich ins Haus. Ich laufe in den Gängen auf und ab, versuche, Cristan zu finden, doch ich habe kein Glück. Ich weiß, dass ich das Haupthaus nicht betreten darf – er war in dieser Hinsicht sehr deutlich. Aber ich kann einfach nicht darauf warten, dass er mich wieder einmal besucht. Was ich heute gelernt habe … Er muss es einfach sehen. Wenn ich ihn nicht suche und es ihm zeige, wird er vermutlich sogar böse sein, dass ich ihm diese Neuigkeit vorenthalten habe.

Ohne weiter darüber nachzudenken, laufe ich über den Innenhof ins Haus. An der großen Tafel im Inneren des Hauses treffe ich jedoch nicht auf Cristan, sondern einen Mann, eine Frau und ein Mädchen. Vermutlich seine Familie.

»Wache!«, ruft die Frau.

Bevor ich mich erklären kann, steht ein Mann in Uniform neben mir und packt mich grob am Arm. »Wer bist du und was tust du hier?«

»Mein Name ist Livia und ich wohne hier.«

Cristans Mutter mustert mich, als wäre ich von Sinnen. Ihre schwarzen Haare reichen ihr bis zum Gesäß und in ihren Augen schimmern – genau wie in Cristans – die Farben des Waldes. Ihr langes, fließendes saphirblaues Kleid ist einer Herrscherin würdig, aber ich bin mir sicher, sie würde selbst in einem Kamutsack anmutig wirken. Das Mädchen, das neben ihr sitzt, muss ihre Tochter und damit Cristans Schwester sein. Ihre Haare reichen ihr zwar nur bis über die Schulter, doch ansonsten ist sie ihr wie aus dem Gesicht geschnitten.

»Nicht hier«, verdeutliche ich und lasse meine freie Hand durch den Raum gleiten. »Hinten bei den Dienern.«

»Ich habe dich noch nie hier gesehen«, erwidert die Frau kalt.

»Ich bin …« Wissen sie etwa nicht Bescheid? »Cristan hat …« Wie sage ich das bloß?

»Cristan!«, ruft der Vater. Seine Haare sind bereits leicht ergraut und er trägt eine gewöhnliche helle Tunika. Aufgrund seiner Haltung und dem klugen, durchdringenden Blick würde ihn allerdings niemand für gewöhnlich halten.

Ich weiß nicht, wie lange es dauert, bis Cristan kommt. Aber jeder Atemzug ist eine Qual für mich. Ich fühle mich, als hätte ich etwas Falsches getan. Genau genommen habe ich das natürlich auch. Aber *so* falsch? Ich wollte schließlich nichts stehlen.

Endlich erscheint Cristan im Raum. Er trägt noch seine Rüstung und darunter die blaue Tunika. »Vater«, begrüßt er das Oberhaupt der Familie und verneigt sich knapp.

»Kennst du dieses Mädchen?«

»Ja. Sie lebt hinten, bei den Dienerinnen«, antwortet er beiläufig und wendet sich dann zu mir. »Und eigentlich weiß sie, dass sie hier nichts zu suchen hat.«

»Ist *sie* das?« Es ist nicht zu überhören, wie sehr der Vater das Wort *sie* betont.

Cristan nickt, und die Mutter sieht irritiert zwischen mir und den beiden hin und her. »Wenn dir das Spaß macht«, sagt sie schließlich gelangweilt.

Es war ein Fehler hierherzukommen. Aber jetzt lässt sich das leider nicht mehr ändern. »Verzeiht mir, dass ich hier so hereingeplatzt bin. Ich wollte mit Euch reden.«

»Warte in deinem Zimmer. Ich komme dann zu dir.« Cristan setzt den gleichen gelangweilten Ton auf wie seine Mutter. Doch jetzt ist nicht der Moment, um gekränkt zu sein.

»Selbstverständlich.« Die Wache gibt meinen Arm frei und ich drehe mich um, verlasse den Raum.

»Hoffentlich ist sie nicht schwanger«, höre ich die Mutter sagen.

Wäre der Gedanke nicht so lächerlich, wäre ich beleidigt. Glaubt diese Frau ernsthaft, ich wäre hier, weil ich Cristans Geliebte bin? Er selbst hält sich zwar für unwiderstehlich, aber mein Interesse gilt allein meiner Familie und Ausbildung.

Mitten auf dem Innenhof höre ich schwere Schritte hinter mir und drehe mich um. Mit funkelnden Augen baut sich Cristan vor mir auf. »Was ist denn in dich gefahren?«

»Nichts«, sage ich und beschließe, ihm den Teilklang ein anderes Mal zu zeigen. Nach meinem Auftritt eben ist er mir gerade viel zu schlecht gelaunt.

Seufzend schlägt er sich eine Hand vors Gesicht. »Warum müsst ihr Frauen immer so sein?«

»Warum weiß ich nicht, dass du eine Schwester hast?«

»Du hast mich nicht gefragt.«

»Und warum werde ich von deinen Eltern wie eine Verbrecherin behandelt? Ich weiß, du hast mir gesagt, ich soll das Haus nicht betreten, aber wir haben eine Vereinbarung. Wenn ich meine Ausbildung abschließe, soll ich deine Frau werden. Aber dadrinnen …« Ich zeige zum Eingang. »Deine Eltern haben keine Ahnung, wer ich bin.«

»Meine Mutter«, sagt er leise. »Warum sollte ich sie denn jetzt schon damit konfrontieren? Am Ende schaffst du die Ausbildung gar nicht, und ich habe ihr völlig umsonst ihre Hochzeitspläne für mich zunichtegemacht.«

»Sie hat Hochzeitspläne für dich?« Obwohl die Hochzeit der Teil der Vereinbarung ist, auf den ich gut verzichten könnte – es missfällt mir, als zweite Wahl betrachtet zu werden.

»Natürlich hat sie die. Vermutlich schon seit meiner Geburt. So ist das eben in meinen Kreisen.«

»Und dein Vater?«

Lässig verschränkt er seine Arme vor der Brust. »Auch, aber er versteht, dass deine Segnung für mich wertvoller ist als manch andere hochrangige Verbindung.«

»Soll mich das jetzt beruhigen? Du redest über mich, als wäre ich ein Sack Kamut.«

Cristan geht einen Schritt auf mich zu und fährt mir sanft übers Haar. »Du trägst vielleicht einen am Leib, aber für mich bist du alles andere als das.«

»Stimmt, ich bin die Waffe, die jede Schlacht für dich gewinnen soll.«

»Ja, das bist du. Und abgesehen davon bist du …«

»Was bin ich?«

»Nicht so langweilig wie die Frauen, die Mutter für mich aussucht.« Er beugt sich zu mir und bringt seinen Mund an mein Ohr. »Ich hoffe, du bist erfolgreich mit deiner Ausbildung. Und zwar schon bald.«

Immerhin darin sind wir uns einig. Ich lege meine Hände auf Cristans Brust und schiebe ihn ein Stück von mir. »Ich bin auf einem guten Weg. Eigentlich bin ich deshalb auch ins Haus gekommen. Ich habe nämlich etwas Neues gelernt, das ich dir unbedingt zeigen wollte.«

In seinen Augen kann ich sehen, wie es ihn förmlich vor Neugierde zerreißt.

»Aber wenn es dich gerade nicht interessiert …«

»Was redest du denn da!« Er deutet an sich herab. »Gib mir einen Augenblick, um diese Rüstung loszuwerden. Wir treffen uns dann am Stall.«

»Bis gleich.« Ich lasse den Innenhof hinter mir und verlasse das Haus über den Hintereingang. Vor dem Stall gehe ich nervös auf und ab, warte, dass er endlich kommt.

Fast hätte ich ihn nicht erkannt. Denn er trägt – wie sein Vater – lediglich eine ungefärbte Tunika. Augenzwinkernd bleibt er neben mir stehen und wir warten darauf, dass der Stallbursche sein Pferd bringt.

»Wo reiten wir hin?«

»Ich weiß noch nicht. Hängt davon ab, was du mir zeigen möchtest.« Sein Tonfall lässt vermuten, dass er auf etwas anderes als meine Segnung anspielt, doch ich weiß, das ist nur Getue.

»Das wirst du dann schon sehen. Aber irgendwohin, wo es Holz gibt, wäre toll.« Sofern ich mich nicht total blamiere und mein Teilklang auch schon mit Holz funktioniert.

Der Stallbursche übergibt Cristan die Zügel und er steigt auf. Ich greife die Hand, die er mir reicht, und lasse mich von ihm aufs Pferd ziehen. Als ich meine Arme um seinen Körper schließe, um mich festzuhalten, höre ich es in meinen Ohren rauschen. Ich weiß nicht, wann ich zuletzt so aufgeregt war.

Cristan reitet los. So schnell, dass ich mich noch enger an ihn drücke. Wir reiten in Richtung Norden, wo sich auch die Übungsplätze der Armee befinden. Doch er bringt mich nicht dorthin, sondern verlässt die Stadt durch das Nordtor.

»Endlich einmal jemand, der keine Angst hat, die Stadtmauer zu verlassen«, murmele ich vor mich hin.

Cristan blickt kurz über die Schulter, sagt aber nichts. Er reitet weiter durch eine karge Landschaft. Westlich von unserer Route gewinnt sie plötzlich an Kontur und Farbe. »Ist das etwa ein Wald?«

»Ja, einer meiner liebsten in der Nähe.«

»Ich war seit … Es ist lange her, dass ich zuletzt in einem war.«

»Wenn das, was du mir zeigen willst, so beeindruckend ist, wie du tust, hast du dir auch einen kleinen Ausflug verdient.« Er hält inne und wendet sich um. »Ist es das?«

»Ich werde dich nicht enttäuschen.« *Göttin, stehe mir bei!*

Cristan galoppiert auf den Wald zu und wir tauchen ins saftige Grün der Bäume und Büsche ein, das gelegentlich von ein paar rosaroten Blüten durchbrochen wird.

»Da sind wir.« Am Rande einer kleinen Lichtung springt er elegant vom Pferd, reicht mir die Hand und zieht mich zu sich. Es duftet nach Blättern und Erde und die Sternblumen, die sich an den Stämmen der Bäume hochranken, verleihen dem Ort etwas Märchenhaftes.

»Ich brenne«, sagt er und zieht eine Augenbraue nach oben. »Vor Neugier.«

Weil ich mich nicht beim ersten Versuch blamieren will, pflücke ich ein Blatt von einem Baum. Ich trete einen Schritt beiseite, halte mir mit einer Hand das Blatt vor den Mund, mit der anderen meinen Bauch und stimme den Teilklang an. Ich spüre ihn in mir und wie er mich verlässt. Vor meinen Augen segelt die obere Hälfte des Blattes langsam zu Boden, die untere klemmt fest zwischen meinem Daumen und Zeigefinger. Triumphierend schwenke ich das Blatt vor Cristans Gesicht. »Ich habe heute gelernt, Gegenstände zu entzweien.«

Ungläubig betrachtet er mich. »Erfolgreich, wie man sieht.«

Ich fahre die glatte Kante des Schnitts entlang und genieße diesen Moment.

»Mit was kannst du das noch?«

»Ich habe es heute nur mit Gras und Kamutkörnern geübt.

Für Stein ist meine Intensität vermutlich zu gering, aber ich würde es gern mit Holz versuchen.«

Prompt dreht sich Cristan um und bricht einen Zweig von einem Baum. Er reicht ihn mir. »Bitte.«

Ich nehme ihn an mich und atme tief durch. Kamutkörner sind ebenfalls hart. Vielleicht ist es gar nicht so schwer, ihn zu teilen. Ich halte den Zweig vor mich, tauche tief in mich ein, hole den Klang hervor und lehne mich meiner Segnung entgegen, so wie ich es heute mit Pea gemacht habe. Sie wird stärker und das Holz bricht in der Mitte.

Cristans Augen leuchten. Auch wenn ich nicht wissen möchte, was er sich für mich alles zum Teilen ausmalt, ich genieße seine Anerkennung. »Probiere es mit einem dickeren Ast.«

Offensichtlich ist der Moment schon vorbei und der meines Scheiterns naht.

Cristan geht ein paar Schritte und bückt sich nach einem daumendicken Stück Holz. Ich schlucke, als ich es umfasse, aber ich werde nicht aufgeben, bevor ich es nicht wenigstens versucht habe. Mit geschlossenen Augen wiederhole ich den Ablauf, aber natürlich reicht das nicht aus. Ich konzentriere mich auf die Segnung und wie sie durch meinen Körper fließt, tauche tiefer in sie ein, strecke mich ihr noch mehr entgegen … Aber ich kann spüren, dass mein Bemühen nicht von Erfolg gekrönt ist. Als ich meine Augen wieder öffne, wird meine Vermutung bestätigt.

»Ich glaube, dafür brauche ich ein paar Anläufe mehr.« Mit dem Kinn deute ich auf eine mit Moos bedeckte Stelle. »Mach es dir also ruhig bequem.«

»Vielleicht kann ich dir helfen?«

»Ich wüsste nicht, wie.«

Cristan tritt vor mich, hebt mein Kinn und zwingt mich so,

ihn anzusehen. »Ich bin ein Soldat, keine Priesterin. Aber auch der Schwertkampf ist eine Kunst, mit der man nicht geboren wird, sondern die man sich über viele Sommer antrainiert. Für mich ist die Segnung nichts anderes.«

Ganz überzeugt bin ich nicht, doch ich erkläre ihm, was ich tue, um den Teilklang zu erzeugen und ihn zu verstärken.

»Wenn ich kämpfe, ist es für mich ganz ähnlich. Das Schwert ist zwar nicht Teil meines Körpers, aber ich habe gelernt, es zu spüren, als würde es zu meinem Arm gehören. Als könnte ich ihn mit meinen Gedanken bis hin zur Spitze meines Schwertes verlängern. Und manchmal noch weit darüber hinaus …«

»Und wie soll mir das helfen?«

»Du suchst deine Segnung nur innerhalb deines Körpers. Aber vielleicht ist dein Körper zu schmal für die Tiefe, die nötig ist, um diesen Ast zu teilen.«

»Und?«

»Du musst den Körper erweitern, der dir zur Verfügung steht.«

Das hört sich nach dem Verrücktesten an, das ich je gehört habe. Aber ich will die Idee nicht verwerfen, bevor ich es nicht mindestens probiert habe.

»Sieh mich nicht so an«, schmunzelt Cristan und geht um mich herum. »Leg deine Hand auf deinen Bauch, spüre die Segnung in dir. Und nun gehe noch weiter. Aus deinem Körper heraus. Lass sie mich streifen.« Seine Hand gleitet über meinen Rücken. »Ist das die Stelle?«

»Ja.« Ich weiß, er will mir nur helfen, aber seine Nähe … Es fällt mir schwer, mich zu konzentrieren, wenn ich den Druck seiner Hand spüre. Einer Hand, die dort nicht hingehört und sich dennoch so gut anfühlt.

»Spürst du, wie deine Kraft mich berührt?«

»Ich spüre nur deine Hand«, erwidere ich schroff.

»Konzentriere dich!«

Es ist nur eine Hand. Er will mir nur helfen. Ich schließe meine Augen und gehe in mich, so tief ich kann. Spüre, wie meine Segnung sich ausweitet. Ich dehne sie, bis sie an meinem Rückgrat anstößt. Hier endet mein Körper und beginnt Cristans Hand. Ich kann sie spüren. »Ich bin bei deiner Hand angelangt.«

»Gut.« Er entfernt sie, der Druck verschwindet und lediglich die Erinnerung an sie bleibt. »Folge ihr.«

Ich werfe meine Hände in die Luft und drehe mich um. »Wie soll ich ihr denn folgen, wenn ich sie nicht einmal sehe?«

»Mit deinen Gedanken. Es ist egal, wo sie wirklich ist. Solange du dich und deine Segnung über deine Grenzen hinweg ausdehnst.«

Schweigend drehe ich mich wieder um und beginne von vorn. An den Grenzen meines Körpers pralle ich ab. Ich versuche, Cristans Hand zu folgen – wohin auch immer. Aber ich schaffe es einfach nicht. Ich strenge mich an – wirklich. Aber die Wand lässt sich nicht durchdringen.

Obwohl ich es nicht bewerkstellige, Cristans Anweisungen zu befolgen, ich bin meinen Grenzen näher als je zuvor. Es schadet nicht zu testen, ob das bereits ausreicht, um diesen Ast zu teilen. Ich lehne mich in meine Segnung und zucke zusammen, als der Ton meinen Mund verlässt. Er war kraftvoller, als ich es erwartet habe. Der Ast ist gebrochen und aus meiner Hand tropft Blut.

»Ich habe zwar meinen Körper nicht verlassen«, sage ich, während ich mich zu Cristan wende. »Aber den Ast habe ich besiegt.«

»Deine Hand offensichtlich auch.« Cristan greift nach ihr und zieht sie zu sich.

»Das ist gar nichts.«

»Du hast recht, ich habe schon Schlimmeres gesehen. Trotzdem kann sich das hässlich entzünden, wenn wir die Wunde jetzt nicht säubern und verbinden. Warte hier.«

Da ich ohnehin nicht vorhatte wegzulaufen, gehorche ich seinem Befehl. Cristan geht zu seinem Pferd und zieht einen ledernen Trinkbeutel aus einer Tasche. Dann kommt er auf mich zu, hebt meine Hand und öffnet sie. Vorsichtig gießt er etwas Wasser darüber, das sich augenblicklich rot färbt. Als das Wasser verblasst, sieht man den Schnitt genauer. Er ist nicht tief, aber zieht sich fast über die gesamte Handfläche. »Wolltest du etwa auch deine Hand zerteilen?«

»Natürlich«, erwidere ich augenrollend. »Genau das war mein Plan.«

Cristan zieht ein Messer aus seinem Gürtel und schneidet auf Brusthöhe in seine Tunika.

»Was tust du denn da?«

»Etwas Stoff für einen Verband abschneiden.«

Mit den Händen reißt er am Stoff und steckt das Messer zurück. Sanft wickelt er das Stück ein paarmal um die Wunde und verknotet es. »Besser als nichts. Ich sage Neda zu Hause, dass sie dir etwas Salbe dafür geben soll.«

»Es ist doch nur ein Kratzer.« Ich starre auf seine fast entblößte Brust. »Du musst das alles nicht tun.«

Seine Hand streift meine Wange und er beginnt zu lächeln. »Ich gebe eben acht auf meine Waffen.«

Ich balle meine Hände zu Fäusten und boxe ihm leicht in den Bauch. In meiner verletzten Hand zieht es augenblicklich und mir tut das Ganze vermutlich wesentlich mehr weh als ihm. »Deine Waffe kann selbst auf sich aufpassen.«

»Noch nicht«, erwidert er und steigt auf sein Pferd. »Aber bald.«

»Willst du jetzt etwa schon zurückreiten?«

»Von Wollen kann keine Rede sein, aber ich habe gesehen, was du mir zeigen wolltest. Und bevor einer von uns Körperteile verliert, lassen wir das lieber für heute.«

Obwohl ich nicht versagt habe, fühle ich mich niedergeschmettert. In meiner Vorstellung war dieser Ausflug vermutlich viel spektakulärer. Aber ich weiß nicht, was ich erwartet habe. Dass ich Felsen zertrümmere und Cristan vor mir niederkniet und mich mit den Goldlingen für Rinas Mitgift bewirft? Es ist lächerlich, aber so ähnlich … »Ich will noch nicht gehen.«

»Warum nicht?«

Soll ich mir die Blöße geben und ihm die Wahrheit sagen? Ich beiße mir auf die Unterlippe, atme tief durch und entscheide mich schließlich dagegen. Eine Antwort bleibe ich ihm jedoch schuldig.

Kopfschüttelnd reicht er mir seine Hand. »Lass uns gehen. Für heute …«

19

In den nächsten Unterrichtseinheiten lerne mithilfe von Pea und Femi den Ost-, Nord- und Südklang. Den Tag der Göttin verbringe ich wie immer bei meiner Familie und an den Abenden sieht Cristan meist nach mir. Seine Besuche sind kurz, und ich habe das Gefühl, er unternimmt sie hauptsächlich, um sich davon zu überzeugen, dass ich mich nicht selbst mit meiner Segnung verstümmele. Tue ich nicht – schließlich hat mir auch Pea ausdrücklich verboten, weiter den Teilklang zu üben, solange ich meine Welle nicht steuern kann. Genau daran scheitere ich jedoch. Ich treffe die Töne mittlerweile zielsicher, doch weder sehe noch spüre ich meine Segnung, sobald sie meinen Körper verlässt. Deshalb fasse ich heute auf dem Weg in den Tempel einen Entschluss. Normaler Unterricht mit Femi und Pea – so gut sie es meinen und können – wird mich nicht schnell genug an mein Ziel bringen.

Zügiger als sonst bringe ich das Waschhaus hinter mich. Im Innenhof sehe ich keine meine Lehrerinnen und mache mich deshalb auf den Weg zu dem kleinen Raum, in dem wir meistens üben. Femi ist bereits dort und breitet gerade die Decke auf dem Boden aus. »Ich muss zu Honoria, dringend.«

Unbeeindruckt hebt sie eine Braue und mustert mich. »Wieso? Bist du über Nacht zu gut geworden, um mit mir zu üben?«

»Natürlich nicht. Aber ich brauche dringend ihre Hilfe.«

»Ich kann dich nicht einfach zu ihr lassen. Sie wird nicht gern gestört.« Femi sagt es nicht, aber in ihren Augen lese ich: *Und schon gar nicht von dir.*

»Das weiß ich. Aber ich …« Da meiner Lehrerin kein Grund gut genug sein wird, beschließe ich, es mit Demut zu versuchen. »Femi, ich flehe dich an. Bitte bringe mich zu ihr. Es ist wirklich äußerst dringend.«

»Ich weiß nicht.«

»Sieh es einmal so. Je schneller mir geholfen wird, desto eher bist du mich los.«

Beeindruckt nickt sie mir zu. »Immerhin verstehst du, woran mir gelegen ist.«

Das tue ich. Obwohl ich mich frage, wen sie verbal herumschubsen wird, sobald ich nicht mehr da bin. Denn ich werde das Gefühl nicht los, dass ihr das durchaus Freude bereitet. »Dann machst du es?«

»Versprich mir, dass du dich angemessen verhältst.«

Ich bin mir sicher, unsere Vorstellung von dem, was »angemessen« ist, unterscheidet sich grundlegend. Aber ich sage zu allem Ja, solange sie mir meinen Wunsch erfüllt. »Natürlich.«

»Gut.«

Schweigend folge ich Femi durch die hellen Gänge des Tempels. Wenn mich nicht alles täuscht, bleibt sie vor demselben Zimmer stehen, zu dem mich Pea nach meinem Ausflug in die Bibliothek geführt hat.

Femi klopft. »Warte hier.«

Ich sehe ihr nach, während sie im Raum verschwindet. Stimmen ertönen aus dem Inneren, doch sie sind zu leise, um etwas zu verstehen.

Ein paar Augenblicke später verlässt meine Lehrerin den Raum und deutet auf die offene Tür. »Bitte.«

Ich atme einmal tief durch und trete dann ein. »Hohepriesterin«, begrüße ich sie und verneige mich. »Danke, dass Ihr mich empfangt.«

»Was kann ich für dich tun?«

Unsicher verlagere ich mein Gewicht von einem Bein auf das andere, weiß nicht genau, wie ich anfangen soll.

Honoria deutet auf eine freie Ecke des mit Teppich bedeckten Raums. »Nehmen wir doch Platz.«

Dankbar nickend durchquere ich das Zimmer und setze mich.

»Was liegt dir auf dem Herzen?«, fragt Honoria, die sich gegenüber von mir niederlässt.

»Wisst Ihr, warum ich Cristans Angebot angenommen habe?«

»Ich vermute, weil er dir mehr geboten hat als der Herrscher.«

Ich schüttele den Kopf. »Wegen meiner Schwester.«

»Wegen deiner Schwester?«, wiederholt sie ungläubig.

Seufzend berichte ich Honoria von Rinas Geheimnis und meinem verzweifelten Versuch, so schnell wie möglich die Mitgift von Cristan zu bekommen.

»Ihr Bauch wächst stetig und lange wird sie ihre Schwangerschaft nicht mehr geheim halten können.« Ich reibe meine feuchten Hände an dem weichen Stoff meines weißen Tempelkleids trocken. »Ich weiß, die Göttin fordert Geduld von ihren Schülerinnen. Zu Recht. Aber ich habe nicht mehr viel Zeit. Könnt Ihr mir helfen?«

Erstaunt wirkt sie nicht. »Wie soll ich das tun?«

»Ich kann die Welle meiner Klänge immer noch nicht sehen. Ein bisschen spüren.« *Manchmal.* »Aber ich komme so nicht weiter. Nicht schnell genug. Gibt es nicht irgendetwas, das ich tun kann, um Fortschritte zu machen?«

»Es gibt immer etwas, das man tun kann. Aber das heißt nicht, dass ich es empfehlen würde.«

»Ich würde alles tun. Wirklich alles.«

»Genau das ist es, was mir manchmal Sorgen bei dir bereitet. Denn Hartnäckigkeit hat zwei Seiten. Die eine bringt Großartiges hervor, die andere zerstört es.«

Ich soll zerstören? Alles in mir sträubt sich gegen diese Behauptung. »Ich kann Eure Vorbehalte verstehen. Aber ich tue all das ja nicht einmal für mich, sondern für meine Schwester. Zeigt das denn nicht, dass ich ein guter Mensch bin?«

Honoria lacht bitter. »Für mich gibt es keine guten und schlechten Menschen. Es ist egal, wie jemand tief in seinem Inneren ist oder glaubt zu sein. Für mich zählen die Taten. Sie entscheiden, auf welcher Seite ein Mensch steht. Und dein Blatt ist unbeschrieben.«

»Aber ist das nicht eigentlich eine gute Nachricht? Das heißt, ich kann mich immer noch auf die gute Seite stellen.«

»Ich bin mir sicher, du möchtest das. Aber in der Armee wirst du gar keine andere Möglichkeit haben, als diesem Vorsatz untreu zu werden.«

Ich darf nicht aufgeben. »Oder ich werde es nicht, weil ich für immer in Eurer Schuld stehe. Bitte helft mir. Ich werde Euch nicht enttäuschen.«

»Versprich nichts, was du nicht halten kannst«, erwidert sie, und zum ersten Mal fallen mir die tiefen Falten auf, die sich über ihr Gesicht ziehen. »Versprich mir einfach, dass du nicht blind Befehle befolgst. Dass du immer versuchst, die Entscheidung zu treffen, die der Göttin am ehesten gerecht wird.«

»Ich verspreche es Euch. Von ganzem Herzen. Bei meiner geliebten Schwester.«

Seufzend erhebt sich Honoria. »Es gibt da etwas, das wir probieren könnten. Aber es ist nicht ganz ungefährlich.«

»Mir ist alles recht, was mich schneller ans Ziel bringt.«

Honoria führt mich ins Heiligtum, in dem bereits meine Prüfung stattgefunden hat. Von dem Anblick des Raums bin ich genauso beeindruckt wie beim letzten Mal. Licht scheint auf die Kreise und Linien in den weißen Wänden. Es sieht so unwirklich aus. Als wäre dieser Ort nur ein Traum.

Hinter einem ellenhohen Tisch kniet Honoria nieder. Aus einer Lade darunter holt sie ein Bündel und einen Mörser hervor. »Das hier ist die Rugawurzel«, erklärt sie und zieht etwas, das wie ein vertrockneter Ast aussieht, aus dem Bündel. »Man kann sie zerkleinern und Tee aus ihr zubereiten. Manche finden bei ihrem Genuss eine enge Verbindung zur Segnung, andere verlieren den Verstand.«

»Verlieren den Verstand«, wiederhole ich. »Wie meint Ihr das?«

»Die meisten haben danach das Gefühl, von etwas verfolgt zu werden, und leben in ständiger Angst davor.« Sie dreht die Wurzel zwischen ihren Fingern. »So wärst du deiner Schwester mit Sicherheit keine Hilfe mehr. Wenn du wartest und weiter übst, dauert es vielleicht länger, ist aber sicherer.«

»Sicherheit muss man sich leisten können. Ich kann es gerade nicht …«

Honoria nickt traurig, aber verständnisvoll. »Ich mörsere das hier klein. Holst du in der Zeit einen Becher Wasser?«

»Danke, ich beeile mich.« Mit schnellen Schritten verlasse ich das Heiligtum und steuere den Speisesaal an. Dort stehen immer ein Krug mit Wasser und Becher auf dem Tisch. Ich schenke einen voll und eile zurück zur Hohepriesterin. Sie nimmt mir den Becher aus der Hand, stellt ihn auf den Tisch und leert die gemahlene Wurzel hinein. »Hier! Rühre noch einmal mit deinen Fingern um und trinke es am besten in einem Zug.«

Ich nehme den Becher wieder entgegen und folge ihren Anweisungen. Der Tee sieht aus wie Schlammwasser und riecht, als wäre darin eine Ratte verwest. *Für Rina.* Ich setze den Trank an meine Lippen und bereits nach den ersten kleinen Tropfen macht sich ein widerlicher Geschmack in meinem Mund breit. Es schmeckt nach Galle. Nach scharfer Galle. Ich schüttele mich kurz und trinke dann den gesamten Inhalt, ohne abzusetzen. Alles in mir zieht sich zusammen. Am liebsten würde ich mich übergeben, und es kostet mich Überwindung, es nicht zu tun.

»Ich hoffe, es wirkt so stark, wie es schmeckt«, sage ich und stelle den leeren Becher neben dem Mörser ab.

»In die ein oder andere Richtung …«

»Habt Ihr es schon einmal genommen?«

Honoria lächelt milde. »Ständig, um Kontakt mit der Göttin aufzunehmen. Allerdings benötige ich wesentlich kleinere Mengen dafür.«

Plötzlich habe ich das Gefühl, der Boden unter meinen Füßen gibt nach. Oder sind es meine Beine? Ich falle auf die Knie und stütze mich mit meinen Händen am Boden ab.

»Leg dich hin, bis der Schwindel nachlässt.«

Ich folge Honorias Anweisung. Der polierte Stein drückt sich kalt und fest in meinen Rücken. Doch die Wände … Sie scheinen auf mich zuzukommen. Die Muster lösen sich von den Wänden, schweben zu mir und wollen nach mir greifen. Ich springe auf, hüpfe zur Seite und versuche, ihnen zu entfliehen. Aber sie sind überall …

»Die Wände!«, rufe ich und halte mir die Hände vors Gesicht. Als würden die dürren Arme, die nach mir gieren, sich so in Luft auflösen.

»Bleib ruhig«, fordert die Hohepriesterin mich auf.

Gemessen an dem, was hier gerade vor sich geht, bin ich ruhig. Langsam lasse ich meine Hände sinken. »Was geschieht mit mir?«

»Die Rugawurzel entfaltet ihre Wirkung, verbindet sich mit dem Samen, den die Göttin tief in dir gepflanzt hat. Kämpfe nicht dagegen an, lasse es zu.«

Ich will weglaufen, aber ich kann nicht. Die Äste, die sich aus den Wänden gelöst haben, schlängeln sich um meine Hände und lassen mich nicht fliehen. Damit geben sie sich jedoch nicht zufrieden und wandern weiter zu meinen Armen. *Kämpfe nicht dagegen an, lasse es zu.* Ich kann das. Es muss möglich sein. Andere vor mir haben es auch geschafft. Die Arme arbeiten sich weiter nach oben und legen sich um meinen Hals. Ich will schreien, doch bevor ich den Mund öffnen kann, verschließen sie ihn. Der Griff um meinen Hals wird fester und ich habe das Gefühl zu ersticken. Ein schrecklicher Gedanke kommt mir. Das könnte eine List sein, um mich loszuwerden. Was, wenn Honoria mir nicht helfen, sondern mich loswerden will? Ich versuche, mich loszureißen, die Schlangen abzuschütteln.

»Livia«, ertönt die Stimme der Hohepriesterin sanft wie sonst nie an meinem Ohr. »Hab Vertrauen. In die Göttin, in mich und vor allem in dich. Kämpfe nicht dagegen an, gib dich deinen Ängsten hin.«

Das ist völliger Irrsinn. Es sind nicht meine Ängste, gegen die ich hier kämpfe, es ist ein dunkler Zauber. Untätigkeit wird mich nicht retten, nur in den sicheren Tod führen. Ich wünschte, ich könnte irgendwas erwidern, doch meine Lippen sind versiegelt. Flehend blicke ich zu Honoria. Obwohl sie mich hasst und mich aus dem Weg schaffen will – vielleicht hat sie Erbarmen mit mir.

»Höre nicht auf die Stimmen in deinem Kopf, die dich davon abhalten wollen, die Verbindung herzustellen!«

Unwillkürlich zucke ich zusammen. Woher weiß sie, was in meinem Kopf vor sich geht? Natürlich, weil sie hinter all dem steckt.

»Wie kannst du nur!«, schreie ich ihr entgegen, doch jeder Laut wird erstickt und kein Wort ist klar zu verstehen.

»Du bist stark, Livia. Du kannst das aushalten.«

Die Äste haben ihr Ziel offensichtlich noch nicht erreicht. Gewaltsam schieben sie sich in meinen Mund. Wenn ich bisher gedacht habe, ich kann schwer atmen, wird mir nun klar, was es wirklich bedeutet zu ersticken. Ich keuche und ringe nach Luft. Die Klauen beeindruckt das wenig. Sie kriechen in meinen Hals und schieben sich unerbittlich weiter durch meinen Körper. Was für eine grauenvolle Art zu sterben. Dürfte ich mir etwas wünschen, dann wäre es, dass die Hohepriesterin einen Dolch holt und mir einfach die Kehle aufschneidet.

»Je mehr du dich dagegenstemmst, desto schlimmer wird es.«

Ich habe gar nicht die Kraft, mich auch nur ein Stück weit gegen diese Macht zu stemmen. Sie ist übermächtig. Die Äste reißen meinen Körper von innen gewaltsam auf, hinterlassen einen Schnitt nach dem anderen. Alles brennt, sticht und zieht. Warum lässt die Göttin das nur zu?

»Tu es für deine Schwester.«

Rina … Ich will sie nicht im Stich lassen. Aber wie soll ich das hier zulassen?

»Zeig der Göttin, dass du ihr vertraust. Dass du furchtlos annimmst, was sie dir zu geben hat. Dass du würdig bist. Lass es zu, Livia.«

So kurz vor meinem Ende ist es vermutlich egal, ob ich Honoria traue oder nicht. Überleben werde ich das hier ohnehin nicht. Wäre es also nicht einen Versuch wert? Für Rina?

Ich bemühe mich. Doch der Schmerz, der durch meinen gesamten Körper fließt, macht es mir unmöglich, mich zu entspannen. Vielleicht fange ich klein an, dort, wo das Leid am schlimmsten ist – in meiner Brust. *Äste, macht ruhig weiter. Was auch immer ihr tut. Ihr seid herzlich eingeladen.* Es ist totaler Unsinn und ändert nichts an dem Stechen, das mich um den Verstand bringt.

Ein Hauch Luft dringt in meinen Mund. Einen winzig kleinen Schlitz haben die Arme freigegeben. Ich kann mir nicht vorstellen, dass es mit meiner lächerlichen Einladung zusammenhängt. Aber es schadet vermutlich auch nicht, dem weiter nachzugehen. Ich zucke nicht mehr vor Schmerz zusammen, sondern lasse ihn über mich ergehen. Versteife mich nicht, sondern bleibe locker. Es gelingt mir zwar nicht in meinem gesamten Körper, aber in Teilen. Und dort … Das Leid verschwindet nicht, aber es schrumpft. Nicht viel, aber ein wenig. Hat Honoria am Ende recht und ich verschlimmere es, indem ich dagegen ankämpfe?

Ruhig atme ich durch, und tatsächlich weicht der Ast noch ein Stück zur Seite und hilft mir so. *Danke!*

Die Luft lindert zwar nicht alles, aber sie gibt mir die Kraft, mich weiter darauf einzulassen. Ich stelle mir vor, die Zweige in mir wären nicht so rau und messerscharf, wie sie sich zuvor angefühlt haben, sondern weich. Es hält die Arme nicht davon ab, tiefer in mein Innerstes vorzudringen. Sie sind fremd, gehören dort nicht hin, aber ihr Eroberungsmarsch tut etwas weniger weh. Zuversicht durchflutet mich. Ich entspanne ein Körperteil nach dem anderen. Obwohl die fremde Macht in mir nun sogar bereits von innen gegen meine Zehen stößt, lasse ich sie gewähren. Nun hat sie mich vollständig erfüllt und ich frage mich, wie es weitergeht. Wird sie sich geschlagen geben und von mir lassen oder bleibt sie in mir, bis ich sie als Teil von mir akzeptiere?

Gerade als ich denke, dieses Ding in mir ist schon überall und kann sich gar nicht mehr weiter ausbreiten, kriecht es in meinen Kopf. Darauf war ich nicht gefasst. Meine aufgebauten Bemühungen, alle Empfindungen anzunehmen, fallen in sich zusammen. Als die Äste hinter meine Augäpfel drücken, schreie ich laut auf und der erstickte Laut hallt von den Wänden wider. Tränen steigen mir in die Augen. Wenn sich diese bohrenden Finger nur ein Stück weiterschieben, werde ich keine Augen mehr haben. Schwer, das einfach hinzunehmen. Aber ich weiß, ich muss, weil es sonst weit qualvoller wird.

Ich atme tief durch, die erhoffte Erleichterung bleibt aus. Stattdessen wandern die dünnen Zweige weiter und treten aus den Augenhöhlen heraus. Unsanft legen sie sich auf meine Augen und alles um mich herum versinkt in Dunkelheit. Staub in den Augen fühlt sich dagegen an wie eine Wohltat. Warme Hände umfassen meine. Wie ich sie durch das Dickicht, das meine Haut bedeckt, spüren kann, weiß ich nicht, doch es ist so. »Lass es geschehen. Hab Vertrauen.«

Alles ist gut. Wer braucht schon Augen … Obwohl ich mich wirklich bemühe, den Schmerz anzunehmen, bin ich zu sehr von ihm überwältigt, als dass es mir völlig gelingt. Während ich noch mit meinen Augen kämpfe, wandert die Macht schon weiter und rammt einen spitzen Finger in meine Ohren. Es fühlt sich an, als würden sie platzen. Ich warte darauf, dass heißes Blut aus ihnen herabtropft. Doch nichts dergleichen geschieht. Es gibt kaum mehr unberührte Stellen in und an meinem Körper. Die Hoffnung auf ein baldiges Ende verleiht mir den Mut, mich noch einmal fallen zu lassen, die Qualen einfach hinzunehmen. Ich atme ruhig und lasse meinen Körper locker. Kurz zucke ich zusammen, als sich ein spitzer Ast kraftvoll in mein Hirn bohrt. Am liebsten würde ich die Hohepriesterin anflehen, dem ein Ende zu setzen. Mir jetzt ein Ende zu setzen. Aber ich entspanne mich, halte durch – für meine Schwester.

Bin ich schon das Ding in mir? Denn ich bin nicht mehr ich, sondern nur noch ein einziger dumpfer Schmerz, durchbrochen von gelegentlichem Stechen. Was danach von mir übrig sein wird – ich fürchte, nicht viel. Aber das ist falsch. Ich muss vertrauen. Der Göttin, Honoria und mir. Ich bin nicht gut im Vertrauen. In der Unterschicht überlebt nur, wer eine ordentliche Portion Misstrauen an den Tag legt. Hier und jetzt muss ich das ablegen. Alles ist, wie es sein soll. Die Göttin hat mir dieses – was auch immer – geschickt. Es soll mich mit meiner Segnung vereinen. Sie ist ein Teil von mir und damit der Göttin.

Ich höre Stimmen um mich herum, deren Sinn ich nicht erfassen kann.

Hitze durchströmt mich. Rotes Licht dringt durch einen Spalt an meine Augen. Blut oder Feuer? So wie ich mich fühle, womöglich beides. Ich werde verzehrt, bei lebendigem Leib, doch ich unterdrücke den Impuls, mich zu winden.

Ich werde eins mit der Hitze, eins mit dem Schmerz. Und plötzlich bin ich frei. Die Arme lösen ihren Griff, ziehen sich zurück und zerbersten. Vorsichtig schlage ich meine Augen auf. Sie sind weg, zurück an die Wand geklettert. »Es ist vorbei«, verkünde ich freudestrahlend.

»Der erste Teil«, korrigiert mich Honoria. »Aber das war der schwerste und gefährlichste.« Sie umfasst meine Armgelenke und zieht mich an den Rand des Heiligtums. »Folge meiner Bewegung.«

Anmutig dreht sich die Hohepriesterin an der Wand entlang

durch den Raum. Selbst als mir schon schwindelig ist, hört sie nicht auf. Ich verliere das Gleichgewicht und stürze.

»Steh auf«, fordert Honoria über mir. »Und nun drehen wir uns weiter, aber vollführen dabei Klänge. Folge auch hier meinem Beispiel.«

Wieder dreht sie sich weiter und stimmt den Westklang an, nach ein paar Drehungen den Nord-, den Ost- und den Südklang. Manchmal habe ich das Gefühl, dass ich die Welle, die von den Wänden zurückgeworfen wird, auf meiner Haut spüre. Mehr passiert nicht.

Ich weiß nicht, wie lange wir uns bereits drehen, und während Honoria jede einzelne Bewegung immer noch präzise ausführt, gerate ich ständig ins Wanken. Eine Verschnaufpause bringt mir das nicht. Ganz im Gegenteil. Jedes Mal, wenn ich zurück auf die Beine komme, treibt mich die Hohepriesterin an, mich schneller zu drehen.

Punkte nehme ich schon seit unserer ersten Runde in der Luft wahr. Doch nun haben sich vereinzelte Streifen zu ihnen gesellt. Ich wage kaum, es auszusprechen, aber … »Ich glaube, ich kann sie sehen – meine Segnung.«

»Wie sieht sie aus?«

»Wie ein gelber Faden.« Wir wechseln vom Ost- in den Südklang. »Nein, ein roter.« In den Westklang. »Ein grüner.« Und schließlich in den Nordklang. »Ein blauer.«

Sehnsüchtig warte ich darauf, dass Honoria ihr Schweigen bricht und mir sagt, ob das wirklich meine Segnung oder einfach der Schwindel ist.

Die Hohepriesterin stoppt und ich stoße mit ihr zusammen. »Das war der zweite Schritt.«

Ich trete ein Stück zurück und hole tief Luft. »Von wie vielen denn?«

»Das wird sich zeigen.«

Irgendwie hatte ich gehofft, sie antwortet »drei«. Niedergeschlagen bin ich trotzdem nicht, denn immerhin habe ich meine Segnung zum ersten Mal wirklich gesehen.

Honoria entfernt sich von mir und tritt ins Zentrum des Heiligtums. Dort lässt sie sich in einem aufrechten Sitz zu Boden gleiten. Mit ihrer Hand berührt sie den Platz neben sich. Ich folge ihrer stummen Bitte und setze mich mit angezogenen Beinen dorthin. Der Boden ist kühl und fühlt sich nach den körperlichen Anstrengungen herrlich an.

»Stimme nach der Reihe die vier Richtungsklänge an und sag mir, ob du die Wellen weiterhin in denselben Farben siehst.«

Ich nicke knapp und die Töne verlassen meinen Mund. *Gelb, Rot, Grün, Blau.* »Ich sehe sie immer noch. Aber es sind weiterhin nur Streifen und keine richtigen Wellen.«

»Das spielt keine Rolle. Hauptsache, du siehst sie.«

Mein Herz rast vor Aufregung.

»Nun versuche, nach der Welle zur greifen. Wenn dir das gelingt, zieh sie etwas nach oben und nach unten.«

Ich beginne wieder beim Ostklang. Die gelbe Schnur breitet sich vor meinen Augen aus, doch sie ist zu weit entfernt. Ich erhebe mich und laufe langsam auf sie zu. Meine Hand nähert sich und noch ehe ich sie vollständig umfasse, stellen sich die feinen Härchen auf meiner Haut auf. Dann durchzuckt etwas meinen Körper. Kein echter Schmerz, aber es ist kraftvoll und unangenehm. Ich drücke meine Segnung ein Stück nach unten. Fast erwarte ich, dass die Welle durch meine Finger hindurchgleitet und bleibt, wo sie ist. Doch sie gehorcht mir, selbst als ich sie nach oben ziehe. »Habt Ihr das gesehen?«

Stolz, aber auch eine Spur Belustigung zeichnet sich im Gesicht der Hohepriesterin ab. »Das war sehr gut, Livia. Du hast zum ersten Mal deine Welle gelenkt. Allerdings …«, sie räuspert sich, »solltest du beim nächsten Mal nicht wirklich aufstehen und sie umfassen, sondern es allein über deine geistige Verbindung zu ihr tun.«

Ich bin dankbar für die Geduld, die sie mit mir aufbringt. »Ich werde es versuchen.«

»Greife mit deinen Gedanken und steuere mit deiner Hand.«

Nachdem ich sitze, lasse ich erneut den Ostklang ertönen. Ich strecke meine Gedanken nach ihm aus, frage mich, woran ich überhaupt merke, dass ich ihn *habe.* Meine Finger gleiten nach vorn und drücken nach unten. Die Welle bleibt davon unbeeindruckt. Bevor der gelbe Faden verblasst, schicke ich einen Ton hinterher.

»Denke daran«, muntert mich Honoria auf. »Du und deine Segnung, ihr seid eins. Egal, wo sie sich befindet, du kannst nach ihr greifen und über sie befehlen. Du musst nur akzeptieren, dass du mehr als deine körperliche Hülle bist.«

Ihre Worte erinnern mich an das, was Cristan im Wald zu mir gesagt hat. Mit den Augen fixiere ich den Farbstrich und konzentriere mich voll und ganz auf ihn. Das Gefühl, das vorher meine Hand durchzuckt hat, dröhnt nun in meinem Kopf. Unwillkürlich bringe ich meine Hände an meine Schläfen und blicke zu Boden. »Es ist unangenehm.«

»Die Verbindung ist wie ein Muskel, der noch nicht trainiert ist. Mit der Zeit wird es besser.«

In Anbetracht dessen, was ich während des ersten Schritts erlitten habe, ist es lächerlich, mich jetzt so anzustellen. Ich versuche es erneut, unterbreche die Verbindung diesmal nicht, sondern nehme auch dieses Gefühl einfach an. Mit der Bewegung meiner Hand befehlige ich die Welle nach unten und oben. Sie gehorcht und ein breites Grinsen zieht sich über meinen Mund. »Bei der Göttin! Habt Ihr das gesehen?«

»Ja«, antwortet Honoria knapp. »Mach das nun abwechselnd mit allen vier Richtungsklängen.«

Erfolgreich absolviere ich die Übung. Manchmal brauche ich mehrere Anläufe, aber ich versage nie.

»Das einfache Lenken beherrscht du nun. Es wird Zeit für Stufe vier.«

Natürlich weiß ich, dass die Priesterinnen noch wesentlich mehr lenken können. Aber diese Übung als »einfach« abzutun, widerstrebt mir etwas. »Ich bin bereit.«

Die Hohepriesterin mustert mich kritisch, als wäre sie sich da nicht ganz so sicher. »Gut, dann wirst du nun die Intensität der Welle vergrößern und verkleinern.« Mit ihren Händen formt sie eine Kugel und bewegt die Hände auseinander und wieder zusammen. »So.«

Wie oft ich Femi und Pea bei dieser Bewegung schon beobachtet habe ... Mich nun selbst an sie zu wagen, erfüllt mich mit Vorfreude und Angst zugleich.

Diesmal starte ich mit dem ersten Schwebklang, den wir bisher außen vor gelassen haben. Er hat keine Farbe, schimmert aber leicht. Mit meinen Gedanken umfasse ich ihn und meine Hände machen sich daran, ihn zu dehnen. Ich taste mich vor und habe das Gefühl, mein Innerstes schrumpft und wächst gemeinsam mit der Welle. Begeistert wiederhole ich die Übung mit allen vier Richtungsklängen. »Es war viel leichter als gedacht.«

Honoria legt mir eine Hand auf den Unterarm. »Du warst erfolgreich, aber ohne dich entmutigen zu wollen: Die Intensität, mit der du die Welle lenkst, wachsen und schrumpfen lässt, ist minimal. Eine erfahrene Priesterin kann einen kaum sichtbaren Punkt problemlos auf die Größe des Heiligtums anwachsen lassen.«

Nun ist mir mein triumphierendes Gehabe etwas peinlich. »Verzeiht mir. Ich weiß, ich muss noch viel lernen und üben. Aber das, was ich eben vollbracht habe, war heute Morgen für mich völlig unmöglich.«

»Ich weiß«, antwortet sie versöhnlich, entfernt ihre Hand und erhebt sich. »Nun steigern wir uns und arbeiten mit mehreren Tönen gleichzeitig. Ich sage dir zwei Töne an, die du erzeugst, und dann, was du mit ihnen tun sollst.«

Ich atme tief durch und warte auf Honorias Befehl.

Mit zwei Klängen gleichzeitig zu hantieren, fordert mir eine Menge Konzentration ab. Zudem wechseln ihre Anweisungen so schnell, dass jeder Gedanke und jede Bewegung auf den Punkt sitzen muss. Obwohl ich mich dabei kaum von der Stelle bewege, bin ich bereits nach kurzer Zeit völlig außer Atem.

Je länger ich übe, desto mehr nehme ich wahr, dass sich nicht nur die Farben der einzelnen Klänge unterscheiden, sondern auch ihre Beschaffenheit. Während der Südklang sich klumpig anfühlt, sind der West- und Ostklang eher körnig. Der Nord- und der erste Schwebklang hingegen glatt. Außerdem fällt mir jetzt, wo ich die Segnung sehe, auf, wie schwach die Intensität meiner Richtungstöne noch ist. Aber ich werde die kostbare Zeit, die ich hier im Heiligtum mit Honoria habe, nicht dafür vergeuden, daran zu arbeiten.

Ein Ton nach dem anderen verlässt meinen Mund und ich bearbeite sie, als wären sie ein Teig, den ich in die gewünschte Form ziehe. Ich werde immer schneller, schmettere die Töne weiter und ziehe sie auseinander, bis sie mich überragen. Ich spreize meine Hände weit auseinander und …

20

Mein Körper liegt weich gebettet. Zu weich. Ich schlage meine Augen auf und stelle fest, dass ich weder im Tempel noch in meinem Zimmer bin. Ruckartig richte ich mich auf und sehe Cristan, der auf einem gepolsterten Stuhl neben mir sitzt.

»Was ist passiert? Wo bin ich?«, frage ich ihn.

Er steht auf und setzt sich neben mich aufs Bett. »Du bist im Tempel umgekippt und nicht mehr zu dir gekommen.«

Langsam erinnere ich mich …

»Honoria hat nach mir geschickt. Sie meinte, ich müsste mir keine Sorgen machen. Du hättest dich nur überanstrengt und wärst deshalb in einen tiefen Schlaf gefallen.«

»Der Muskel ist nicht trainiert«, murmele ich.

»Was?«

Ich winke ab. »Wo sind wir?«

»In meinem Zimmer«, erklärt Cristan, als wäre das völlig selbstverständlich.

Da er mir sehr deutlich gemacht hat, dass ich im Haupthaus nichts zu suchen habe, ist es für mich alles andere als das. »Warum nicht bei mir?«

»Du verstehst immer noch nicht, wie wertvoll du für mich bist.« Seufzend streicht er mir eine Strähne hinters Ohr. »Ich musste dich unter Beobachtung wissen. Und die wollte ich niemand anderem anvertrauen. Und dein Zimmer ist klein und ungemütlich.«

»Wie lange habe ich geschlafen?«

»Fast zwei Tage.«

»Zwei Tage!«, rufe ich und muss sofort husten.

»Ja, ich habe mir schon Sorgen gemacht und unseren Leibarzt gerufen. Doch der konnte mir auch nicht mehr sagen als Honoria.« Cristan reicht mir einen Becher von einem kleinen Tisch.

Vorsichtig nehme ich ein paar Schlucke, leere ihn hastig und stelle ihn neben dem Bett ab. »Danke.«

»Versprich mir, dass du nicht mehr solche verrückten Sachen machst.« Sanft umfasst und drückt er meine Hände. »Honoria hat mir erzählt, was alles hätte passieren können …«

Ein Teil von mir würde am liebsten Ja sagen, sich zurück auf das weiche Bett legen und sich weiter von ihm umsorgen lassen. Doch der andere … Ich entreiße ihm meine Hände. »Das ist deine Schuld!«

»Ich weiß«, gesteht er leise. »Und es tut mir leid.«

Überrascht blicke ich ihm in die Augen. Hat er das gerade wirklich gesagt oder bin ich noch nicht ganz klar bei Verstand? »Es tut dir leid?«

»Ich hätte dir die Mitgift schon längst geben sollen. Gleich nach Rezars Fest, nachdem mir klar war, du würdest ohnehin nicht gehen.« Nachdenklich sieht er an sich hinab. »Ich weiß auch nicht, warum ich es nicht getan habe. Vielleicht, weil ich dachte, es lässt mich schwach wirken. Aber damit habe ich dich unter Druck gesetzt, und das ist viel schwächer, als seine Meinung zu ändern.«

Nun bin ich es, die meine Hand nach seiner ausstreckt.

Cristan sucht meinen Blick. »Ich werde dir die vier Goldlinge geben – jetzt gleich – unter einer Bedingung.«

»Welche?« Ich würde allem zustimmen.

»Versprich mir, dass du nicht mehr solche verrückten Dinge tust. Versprich mir, dass du auf dich achtgibst.«

»Versprochen.« Tränen steigen mir in die Augen. Ich löse meine Hand, beuge mich vor und falle ihm um den Hals. »Danke. Du wirst es nicht bereuen, ich gebe dir mein Wort.«

Cristan schweigt, doch ich spüre, wie er nickt.

»Hier«, sagt er schließlich und drückt mir ein kleines Lederbündel in die Hand. »Die Mitgift für deine Schwester.«

Er kann sich gar nicht vorstellen, wie viel mir das bedeutet. Abrupt springe ich vom Bett auf. »Ich muss sofort zu ihr.«

Auf meinem Weg zur Tür hält er mich zurück. »Aber nicht jetzt. Es ist bereits spät und mir wäre wohler, wenn du dich heute schonst und ausruhst.«

»In Ordnung«, antworte ich. Es widerstrebt mir zwar, doch nach dem, was er gerade für mich getan hat, ist es das Mindeste, ihm diesen Gefallen zu tun. »Aber ich werde das dann in meinem Zimmer tun.«

»Falls du nichts dagegen hast«, setzt Cristan an und räuspert sich. »Ich habe Neda gebeten, dir ein Zimmer im Haupthaus herzurichten.«

Die Mitgift, das Zimmer … Fast bin ich versucht, ihn zu fragen, ob er sich den Kopf gestoßen hat. »Warum?«

»Damit ich ein Auge auf dich haben kann«, sagt er in seinem gewohnt selbstbewussten Ton. Etwas leiser setzt er hinterher: »Außerdem bist du keine Dienerin. Du gehörst hierher.«

Cristan geht an mir vorbei, und als ich mich Richtung Tür drehe, öffnet er selbige bereits und ruft laut nach Neda. Sie erscheint beinahe augenblicklich und strahlt bis über beide Ohren. »Es ist alles vorbereitet. Folgt mir in Euer neues Zimmer.«

»Gern.« Während Cristan zurückbleibt, verlassen wir den Raum und gehen den Gang weiter zur nächsten Tür. Neda öffnet sie und bedeutet mir mit einer Geste einzutreten.

Ich folge ihrer stummen Bitte und blicke mich staunend um. In dieses Zimmer würde das ganze Haus meiner Familie passen. Und das Bett! Keine Schlafstätte, sondern ein richtiges Bett, doppelt so groß wie mein jetziges, das für meine Verhältnisse bereits sehr luxuriös ist. »Das hier ist nur für mich?«

Neda nickt. »Ja, ich bringe gleich noch Eure Habseligkeiten aus Eurem alten Zimmer. Aber Ihr werdet schon bald so viel neue Kleider und Schmuck haben, dass Ihr das meiste davon vermutlich gar nicht mehr brauchen werdet.«

Obwohl ich an meinen Sachen hänge, lächele ich. Für Neda, die es sich ganz offensichtlich zur Aufgabe gemacht hat, dafür zu sorgen, dass ich mich hier wohlfühle.

»Einige der Truhen habe ich bereits für Euch bestückt.« Sie senkt den Kopf, doch ich sehe, wie ihre Augen strahlen. »Ruht Euch aus und erkundet alles ausgiebig. Und falls Ihr noch etwas benötigt, ruft einfach nach mir.«

Nachdem Neda das Zimmer verlassen hat, sinke ich rücklings aufs Bett. Es ist unglaublich weich. So wie es sonst vermutlich nur Wolken sind. Trotzdem halte ich es nicht lange liegend aus. Müßiggang muss man sich leisten können, und bisher konnte ich das nie. Ich stehe auf und inspiziere die Truhen. Die erste, die ich öffne, ist prall gefüllt mit Kleidern. Stoffe in allen Farben stechen mir ins Auge. Die wahr gewordenen Träume meiner Schwester. Da ich all das unmöglich selbst tragen kann, werde ich ihr mindestens die Hälfte davon schenken. In einem weiteren Schrank finde ich Tiegel mit duftenden Ölen, Bürsten und Haarschmuck. Doch ich lasse alles unbenutzt liegen, denn mir wird schwindelig, und ich lege mich zurück ins Bett.

Am nächsten Morgen weckt mich die Sonne. Meine Füße berühren den Boden des großen, doch kahlen Raums. Der Göttin sei Dank fühle ich mich wieder gut – und selbst wenn nicht, könnte mich nichts davon abhalten, meine Familie zu besuchen und Rina endlich die ersehnte Mitgift zu überreichen.

Ich verlasse mein Zimmer, rufe nach Neda und bitte sie, mir das Waschhaus zu zeigen. Wie sich herausstellt, gibt es für jedes Familienmitglied und für Gäste ein eigenes. Ich benutze Letzteres, nehme mir allerdings keine Zeit, es wirklich auszukosten. Zu sehr drängt es mich zu meiner Schwester. Ihr banges Warten hat nun ein Ende und sie kann den Mann ihrer Träume und Vater ihres Kindes heiraten.

Zurück in meinem Zimmer schnappe ich mir eines der Kleider aus der Truhe und ziehe es über. Es ist ein rotes Tunika-Kleid, das ich mit einem Gürtel etwas in Form bringe. Ich sehe kurz die restlichen Kleider durch und nehme ein weiteres Purpurrotes heraus und wickele das Bündel mit den Goldlingen darin ein.

Kurz bevor ich das Zimmer verlassen will, klopft es an der Tür und Cristan tritt ein.

»Guten Morgen«, begrüßt er mich. »So wie du aussiehst, brichst du gleich zu deiner Schwester auf.«

Lächelnd nicke ich. »Mir geht es wieder gut, keine Sorge.«

»Darf ich dich trotzdem begleiten?«

Ich weiß nicht warum, aber das fühlt sich falsch an. Dieser Moment gehört schließlich mir und Rina und nicht ihm. »Danke, aber ich schaffe das schon allein.«

»Sicher?«

»Ganz sicher.«

Obwohl er nicht begeistert wirkt, geht er wieder und versucht nicht weiter, mich vom Gegenteil zu überzeugen.

Schließlich verlasse ich das Haus und den inneren Bezirk.

Ich habe meine Familie an jedem Tag der Göttin besucht. Doch ich hatte dabei immer mein einfaches Wickelkleid an.

So in Rot gekleidet errege ich wesentlich mehr Aufmerksamkeit.

»Da hat sich wohl wer verlaufen!«, ruft ein bärtiger Mann und kommt auf mich zu. Augenrollend mache ich einen Bogen um ihn. Kaum habe ich ihn passiert, erscheint ein weiterer Mann zwischen zwei der kleinen Lehmhäuser. Er fasst mich grob am Arm und zieht mich in die Gasse. Dabei gleitet mir das Kleid samt dem Bündel zu Boden. Der Bartträger hat zu uns aufgeschlossen und bückt sich nach meinen Sachen. Noch nie habe ich meine Segnung gegen einen Menschen eingesetzt. Doch wenn ich zögere, setze ich Rinas Ehre und Zukunft aufs Spiel.

»Ganz schön schwer, das Bündel.« Zufrieden grinsend wiegt der Mann mit dem Bart es in seiner Hand.

Angst ergreift mich, und sie gilt nicht nur den Männern und den Goldlingen, die sie an sich gerissen haben. Was, wenn ich mich gar nicht wehren kann? Vielleicht war ich nur im Heiligtum und unter dem Einfluss der Rugawurzel dazu fähig, meine Welle zu sehen und zu steuern. Mein Körper versteift sich, aber ich stemme mich gegen meine Furcht. Entschlossen stimme ich den Nordklang an und Erleichterung durchflutet mich, als die Welle blau vor mir erstrahlt. Mit einer etwas unbeholfenen Handbewegung vergrößere ich sie auf die Größe des Mannes und schleudere sie auf ihn. Unsanft wird er gegen die Hauswand hinter ihm gedrückt. »Wenn du nicht möchtest, dass ich dich und deinen Freund plätte oder zweiteile«, drohe ich, »dann gib sofort das Bündel zurück.«

Ganz überzeugt wirkt er noch nicht. Ich muss mir dringend etwas überlegen. Etwas, wofür meine Intensität ausreicht. Mit einem Ruck drehe ich mich zum anderen Mann, lasse ihn mit dem ersten Schwebklang ein Stück in die Höhe fliegen. Ich schicke einen Südklang hinterher, den ich greife und mit so viel

Schwung wie möglich gegen den Bärtigen schmettere. Übereinander stürzen beide zu Boden, bleiben jedoch unverletzt. Trotzdem hoffe ich, dieses Schauspiel genügt, um ihnen Angst einzujagen. Ich bücke mich, nehme erst das Bündel und dann das Kleid für Rina an mich. »Bei der Göttin, wenn ihr wagt, mir zu folgen, mach ich ernst und werde euch mithilfe der Segnung in Stücke reißen.«

Ich zupfe mein Kleid zurecht und lasse die Gasse hinter mir. Mit meiner Segnung zu kämpfen, muss ich offensichtlich noch üben, aber völlig versagt habe ich auch nicht.

Nicht nur der Männer wegen beschleunige ich meine Schritte. Turia ist bestimmt bald mit der ersten Brotmenge fertig und ich will Rina erwischen, bevor sie zum Markt aufbricht.

Der Duft von frisch gebackenem Brot steigt mir in die Nase und weist mir den Weg. Ich komme gerade rechtzeitig, denn meine Schwester ist bereits dabei, ihren Schubwagen zu bestücken.

»Was tust du schon so früh hier?«, begrüßt sie mich freudig.

»Ich habe da etwas, das dir gehört.« Ich falte den Stoff des Kleides auf und gewähre ihr einen Blick auf das Bündel.

Sie schlägt sich die Hände vor den Mund und erstickt somit einen Schrei. »Ich dachte …«

»Ich auch, aber manchmal geschehen doch Wunder.«

Mit gerunzelter Stirn blickt meine Schwester zu mir.

Ich winke ab. »Erzähle ich dir alles gleich. Aber vor dem Markt werden wir einen Umweg machen und Mator und seiner Familie einen Besuch abstatten.« Ich verdecke die Mitgift wieder mit dem Kleid.

»Wir?«

»Glaubst du denn, ich lasse dich dabei allein?«

Rina schließt den Abstand zwischen uns und schlingt ihre Arme um mich. Sie drückt mich so fest an sich, dass ich fast keine Luft mehr bekomme. »Danke! Ich kann es gar nicht glauben.«

Ich klopfe ihr sanft auf den Rücken und löse mich aus ihrem Griff. »Glaub es ruhig.«

Mit ihren Händen reibt sie sich über ihre feuchten Augen, fächert sich dann etwas Luft zu und macht sich wieder an die Arbeit. Ich begrüße kurz Toman, der hinter dem Haus Kamut mahlt, und Turia, die gerade die Teigschalen säubert. Letztere mustert mich skeptisch. »Was tust du heute schon so früh hier?«

»Ich wollte Rina etwas auf dem Markt helfen. Wie in alten Zeiten«, erkläre ich.

»Musst du nicht zum Tempel?«

»Doch, aber erst später.«

Als ich aus dem Haus trete, ist meine Schwester bereit aufzubrechen. Ich übernehme den Wagen für sie und folge ihr über die staubige Gasse. An unserem Waschhaus drücke ich ihr das rote Kleid in die Hand und verstaue das Bündel zwischen dem Brot. »Zieh dir das an.«

Ungläubig entfaltet sie das Kleid und hält es sich vor den Körper. »Sobald wir Mators Eltern verlassen, ziehe ich mich wieder um und du bekommst es zurück.«

»Behalte es. Ich habe eine ganze Truhe davon in meinem neuen Zimmer.«

»Neuen Zimmer?«, fragt Rina neugierig.

Ich erzähle ihr von meinem Zusammenbruch im Tempel und von Cristans Sinneswandel.

»Dann muss ich dich wohl mal besuchen kommen.«

Und die Bekanntschaft von Cristans reizenden Eltern machen … »Das solltest du unbedingt einmal.«

Rina verschwindet ins Waschhaus und kommt wenige Augenblicke später in ihr neues Kleid gehüllt zurück. »Wie sehe ich aus?«

»Wunderschön.« Aber das ist sie immer.

Wir setzen uns wieder in Bewegung und Rina führt mich an den Rand unseres Bezirks. Als die kleinen Steinhäuser beginnen, zeigt sie auf eine Gasse. »Dort wohnt Mator.«

Wir folgen dem Weg und so langsam verstehe ich, woher die hohe Mitgiftforderung stammt.

»Hier ist es«, verkündet Rina aufgeregt.

Ich stelle den Wagen ab, nehme das Bündel und wende mich an meine Schwester. »Keine Sorge. Alles wird gut.«

Rina legt sich ihre Hand auf den Bauch und atmet geräuschvoll aus, während ich an der Tür klopfe.

Eine Frau öffnet mir und ihr freundliches Lächeln erstirbt, als sie meine Schwester erblickt. »Verehrte Dame, ich bin Livia, die Gesegnete und Schwester von Rina. Bitte lasst uns eintreten.«

Natürlich steht mir der Titel »Gesegnete« noch nicht zu, aber das muss die Familie ja nicht sofort wissen …

»Seid willkommen.« Sie führt uns in den Empfangsbereich des Hauses. In der Mitte steht eine ungedeckte Tafel, die Wände sind ungeschmückt. Ein junger Mann kommt gerade aus einer angrenzenden Tür, vermutlich Mator. Er wirkt so völlig anders als Cristan. Seine dunklen Haare sind ungewöhnlich kurz geschnitten, sein Gesicht wirkt etwas rundlich und unter seiner weißen Tunika wölbt sich ein Bäuchlein, das Rinas in nichts nachsteht. Doch als er meine Schwester sieht, formen sich seine Lippen zu einem Lächeln, und es ist das einnehmendste, das ich je gesehen habe.

»Ich hole meinen Mann«, verkündet Mators Mutter.

Nach einer Weile betritt schließlich das Oberhaupt der Familie das Zimmer. Ihm ist der Wohlstand körperlich ebenso anzusehen wie seinem Sohn. »Seid gegrüßt.«

Obwohl ich wohl nie Wert darauf legen werde, möchte ich

bei diesem Mann nicht auf Respektsbekundungen verzichten. Auch wenn sie mir offiziell noch nicht zustehen. »Ich bin Livia, die Gesegnete.«

Ich sehe, wie er mit sich ringt, doch ich halte seinem Blick eisig stand, bis er sich schließlich verneigt. Zufrieden nicke ich. »Wie ist dein Name?«

»Loran. Meine Familie handelt seit Generationen mit erlesenen Gewürzen.«

»Meine Mutter Amara war ebenfalls eine Gesegnete und kämpfte in Cyrs Armee für Palente«, verkünde ich stolz. »Der Rest meiner Familie betreibt eine Bäckerei.«

Auch dafür muss ich mich nicht schämen.

»Meine geliebte Schwester Rina möchte deinen geschätzten Sohn Mator ehelichen.« *Und wie wir alle wissen, drängt die Zeit bereits.*

Der Vater betrachtet mich erstaunt, als hätte er gerade zum ersten Mal davon gehört. »Wie erfreulich!«

»Ich nehme an, diese Mitgift ist angemessen.« Ich überreiche ihm das Bündel.

Ohne zu zögern, öffnet er es und zählt die Goldlinge. »Vier Stück.« Er sieht zu seiner Frau, die zustimmend nickt. »Das ist angemessen und einer Verbindung der zwei steht nichts im Weg.«

»Ich möchte, dass die Hochzeit am nächsten Tag der Göttin abgehalten wird.«

Statt Zustimmung ernte ich Kopfschütteln. »Es wird kaum möglich sein, so schnell eine Priesterin zu verpflichten.«

»Darum kümmere ich mich«, entgegne ich selbstsicher.

»Hervorragend.« Zufrieden lächelnd verschließt er das Bündel. »Dann sehen wir uns am Tag der Göttin alle wieder hier.«

Beharrlich bleibe ich stehen, bis mich Loran und seine Frau

mit einer Verbeugung verabschieden. Natürlich auch Mator, obwohl ich es von ihm nie verlangen würde.

Zusammen mit Rina verlasse ich das Haus. Geräuschvoll atmet sie aus und die Anspannung verlässt ihren Körper. Überschwänglich drückt sie mich an sich. »Livi, du kannst dir gar nicht vorstellen, was das für mich bedeutet. Ich werde dir das nie vergessen.«

»Und ich auch nicht«, sagt Mator, der plötzlich hinter uns auftaucht.

Rina löst sich von mir und ihr Geliebter schließt sie in die Arme. »Ich liebe dich.«

»Und ich dich.«

Wie glücklich sie wirken. Wie leicht ihnen diese Worte über die Lippen kommen ... Ich freue mich für die beiden, muss jedoch meinen Blick abwenden. Die zwei umschlingen einander und ich will ihnen diesen Moment nicht nehmen. Ich hebe den Schubwagen wieder an und räuspere mich. »Ich bringe das hier schon mal zum Markt. Bis später.«

Verschämt dreht sich meine Schwester zu mir. Ihre und Mators Augen glänzen und zum ersten Mal verstehe ich den Ausdruck »liebestrunken«. »Ich danke dir.«

Bevor ich etwas erwidern kann, kommt Mator auf mich zu und schließt mich in seine Arme. Er drückt mich so fest, dass ich fast keine Luft mehr bekomme. »Ich liebe deine Schwester und werde ewig in deiner Schuld stehen.«

»Sieh sie dir an«, sage ich und Mator löst sich von mir. »Du hast deine Schuld bereits beglichen.«

Mit der Ladung Brot im Gepäck verlasse ich die Gasse und mache mich auf dem Weg zum Markt. Die Stände sind schon bestückt und ich muss mich mit dem Aufbau beeilen. Auf unserem für den Verkauf vorgesehenen Steintisch breite ich ein Tuch aus und schichte die Brote übereinander. Unweit von mir steht ein Mann mit einem Armstumpf. Aus Angst, es könnte ein Dieb sein, behalte ich unsere Waren genau im Blick. Um mich herum herrscht bereits buntes Treiben und mein Standnachbar preist lautstark seine Waren an: »Das beste Pökelfleisch von Kalasin. Kommt alle und kostet.«

Tatsächlich hat er damit Erfolg, und viele lassen sich zu einer dünn geschnittenen Kostprobe hinreißen und kaufen anschließend. Auch Rina spricht die Menschen immer gezielt an und lockt sie an den Stand. Mir selbst ist das zuwider. Trotzdem wird mir nichts anderes übrig bleiben, wenn meine Schwester nicht bald kommt.

Neben die gewöhnlichen Brote lege ich die *besonderen* Brote. Eine Reihe gesüßte mit Zimt und Honig und eine Reihe herzhafte mit Kräutern. Alles ist bereit, nur Rina ist nicht in Sicht.

Die Menschen schlendern durch die Gassen des Markts, werfen einen flüchtigen Blick auf meine Ware, gehen jedoch weiter. Die Leute sehen doch, was ich anzubieten habe. Warum muss man das denn immer noch extra laut herausschreien?

»Haben Sie Hunger? Kaufen Sie Brote!«, rufe ich in meiner Verzweiflung.

Mein Nachbar mit dem Pökelfleisch lacht laut auf, als er das hört. »Wer Hunger hat, kauft sich ein paar Kamutkörner und backt sich selbst ein Brot«, zischt er. »Du musst es den Leuten schmackhaft machen.«

»Frisch gebackenes Brot. Das köstlichste in ganz Kalasin«, stehle ich ihm seinen einfallslosen Spruch.

»Schon viel besser«, lobt er und verteilt weiter eifrig Kostproben.

»Erlesene Gewürzbrote! Süß oder herzhaft, was auch immer der Gaumen begehrt. Köstliche Gewürzbrote!« Ich springe über meinen Schatten und werde prompt belohnt.

Eine Frau bleibt an unserem Stand stehen und betrachtet

neugierig die Auswahl. »Kann ich eines dieser Gewürzbrote kosten?«

Es widerstrebt mir, unsere wertvolle Ware einfach so herzuschenken.

»Sehr gern«, ertönt eine liebliche Stimme hinter der Frau. *Rina!* Ich bin so froh, dass sie endlich da ist. Der Markt und Menschen umgarnen sind einfach nicht meine Welt.

Wie selbstverständlich reißt sie ein Stück von dem Brot ab und reicht es der Frau. Während diese kaut, steckt sie sich selbst auch ein Stück in den Mund und stöhnt genüsslich. »Haben Sie schon einmal so ein gutes Brot gegessen?«

»Nein, noch nie«, stimmt ihr die Kundin zu. »Wie viel kostet eines?«

»Fünf Kupferlinge.« Rina verkündet den Preis, ohne mit der Wimper zu zucken.

»Ich nehme vier.«

Vier! Ich hätte nicht gedacht, dass sie dafür auch nur eines verkaufen kann. Aber Rina schätzt Menschen, obwohl sie jünger ist als ich, einfach viel besser ein.

Nicht weit von uns entfernt sehe ich erneut jemanden mit einem Armstumpf. Dieses Mal ein Mädchen, kaum älter als Toman. *Täusche ich mich oder sind es mehr geworden?*

»Sehr gern.« Rina stapelt die Brote aufeinander, übergibt sie der Frau und erhält dafür das Geld.

»Fünf Kupferlinge«, flüstere ich ihr ungläubig ins Ohr, sobald die Frau außer Hörweite ist.

»Tatsächlich überlege ich sogar, sie noch teurer zu machen. Die Menschen aus der Unterschicht kaufen ohnehin nur das normale Brot, und den Kunden aus der Oberschicht ist es egal, ob ein Stück einen oder fünf Kupferlinge kostet. Manchmal habe ich sogar das Gefühl, je mehr ich dafür verlange, desto besser schmeckt es ihnen und desto mehr kaufen sie.«

»Das ist verrückt.«

»Nein, das ist die Oberschicht.«

Ob ich auch einmal so werde? Ich kann es mir nur schwer vorstellen. »Ich gehe wohl besser und überlasse dir das hier. Nicht, dass ich mit meinen skeptischen Blicken noch die Kunden verscheuche.«

Mir ist bewusst, sie will mir widersprechen. Aber sie weiß, ich habe recht. Sie senkt kurz den Kopf und beißt sich auf die Unterlippe. »Dann sehen wir uns spätestens am Tag der Göttin.« Freudig klatscht sie in die Hände. »Zu meiner Hochzeit.«

»Ich werde ganz früh kommen und dir ein Kleid mitbringen.«

»Ich habe doch schon eines.«

»Ein noch schöneres.« Das von Rezars Fest.

»Du bist die beste Schwester, die man sich wünschen kann.« Rina umfasst meine Hände. »Würdest du mich auch an Mator übergeben?«

»Es wäre mir eine Ehre.«

21

Vom Markt gehe ich direkt in den Tempel. Eine junge Novizin holt Pea für mich, die mich sofort in die Arme schließt.

»Geht es dir wieder gut?«, fragt sie und mustert mich streng, während sie sich von mir löst. »Du hast uns hier einen ganz schönen Schrecken eingejagt.«

»Aber es hat sich gelohnt.«

»Weißt du, was alles hätte passieren können?«

Schuldbewusst nicke ich. »Ist es aber nicht. Und ich kann meine Segnung jetzt nicht nur sehen und lenken, Cristan hat mir sogar schon die Mitgift für meine Schwester gegeben.«

»Wirklich?«

Ich hoffe, ich habe Mators Eltern nicht zu viel versprochen. »Ja, und sie wird schon am nächsten Tag der Göttin heiraten.«

»Das ist ja wundervoll.«

»Es gibt da nur ein Problem.«

Pea umfasst meinen Unterarm und deutet auf eine der Steinbänke. »Setzen wir uns und reden.«

Ich nehme Platz, und vor meinen Augen verwandelt sich der Innenhof wieder in den zauberhaften Ort, den ich in meiner Kindheit so oft mit meiner Mutter besucht habe. »Wir haben noch keine Priesterin. Und ich wollte fragen … Wie viel verlangt denn eine Priesterin für gewöhnlich?«

»Wir verlangen nicht, wir erhalten. Und zwar nur das, was die Leute sich auch leisten können.«

»Ich wollte dich nicht beleidigen«, antworte ich prompt. »Ich habe nur versprochen, mich darum zu kümmern. Und wie du weißt, kann meine Schwester sich gar nichts leisten.«

Bedächtig nickt sie. »Das stimmt. Aber du und die Familie ihres Mannes, ihr könnt euch etwas leisten.«

Ich bin entsetzt. Natürlich habe ich nicht erwartet, dass sie vor Freude aufspringt und mir die Zeremonie schenkt. Na gut. Ein wenig vermutlich schon. »Ich besitze noch kein eigenes Geld. Nach meiner Ausbildung werde ich bestimmt welches haben. Aber jetzt …«

»Frag Cristan. Er hilft dir bestimmt aus.«

Unwillkürlich schüttele ich meinen Kopf. Ich kann und will nicht glauben, dass ausgerechnet Pea so ist. »Du weißt, dass ich das nicht möchte.«

»Ehrst du die Göttin, Livia?«

Was ist das denn für eine Frage? »Natürlich tue ich das.«

»Dann sollten dir die heiligen Handlungen einer Priesterin auch etwas wert sein.« Ihre Stimme klingt schneidend und ihre sonst so weichen Züge wirken verhärtet.

»Ich kann nicht glauben, dass du mir das antust. Nie hätte ich gedacht, dass sich bei dir alles nur um Goldlinge dreht. Ich dachte immer, du wärst anders.«

»Und ich dachte, du bist bereit, für die Göttin Opfer zu bringen.« Herablassend sieht sie mich an. »Du magst mich zwar in Gold bezahlen, doch der wahre Preis ist dein Stolz, den du nicht bereit bist zu zahlen.«

»Wie viel willst du?«, speie ich ihr entgegen.

»Weil ich dich gernhabe und für mich die Geste zählt, bin ich mit drei Goldlingen zufrieden.«

Cristan hat mir früher als vereinbart die Mitgift gegeben. Ich kann ihn unmöglich gleich um mehr bitten. »Ich habe einen Vorschlag. Ich gebe dir bis zum nächsten Sommer fünf Goldlinge.«

Peas Ausbildung im Tempel wurde mit einem ähnlichen Geschäft bezahlt. Ich bin mir sicher, sie wird sich darauf einlassen.

»Nein.«

»Nein?«, wiederhole ich und fühle mich von diesem Wort wie erschlagen. »Aber warum? Du weißt doch, dass du mir vertrauen kannst, oder?«

»Selbst wenn ich das weiß. Bis zum nächsten Sommer könntest du bereits tot sein.« Sie seufzt laut. »Und außerdem geht es gar nicht darum.«

»Warum bist du so?«

»Das könnte ich dich auch fragen.«

Worauf will sie hinaus? Soll ich mich schlecht fühlen, weil ich sie um einen Gefallen gebeten habe? Und? Ich dachte, sie wäre mehr als eine Lehrerin. Eine Freundin. Offensichtlich habe ich mich getäuscht. Am liebsten würde ich sie wüst beschimpfen und stattdessen Femi fragen. Aber wenn Pea schon so viel von mir möchte, will ich erst gar nicht wissen, was Femis Preis ist. »Schön. Ich frage Cristan.«

»Soll ich dann Femi holen für deinen Unterricht? Oder möchtest du erst morgen weitermachen?«

»Ja, bitte. Ich gehe dann schon einmal in den Raum.« Zum ersten Mal seit Beginn meiner Ausbildung bin ich froh, heute nicht von Pea unterrichtet zu werden. Ihre Reaktion muss ich erst noch verdauen. Doch einen weiteren Tag verlieren und zurück nach Hause gehen kommt für mich nicht infrage. Zwar drängt die Zeit für mich nun nicht mehr. Aber ich möchte Cristan beweisen, dass er die richtige Entscheidung getroffen hat, und weiterhin mein Bestes geben.

Nach Beendigung meines Unterrichts habe ich mich in mein neues Zimmer zurückgezogen. Ich liege auf meinem Bett und lasse die bemalten Steine meiner Mutter über meinem Kopf kreisen, als ich Cristan im Gang mit Jarus reden höre. Sofort verliere ich meine Konzentration und die Steine fallen herunter. Ich schaffe es nicht rechtzeitig, einen neuen Klang anzustimmen oder die Welle über mir umzulenken, und einer prallt mir auf die Stirn. »Au!«, schreie ich auf.

Einen Augenblick später öffnet sich meine Tür und Cristan stürmt herein. »Was ist passiert?«

Beschämt blicke ich zu den Steinen um mich herum. »Nichts.«

»Du hast geschrien.«

»Mir ist nur ein Stein auf den Kopf gefallen«, gebe ich zu.

Cristan hebt eine dieser heimtückischen Waffen auf und wirkt belustigt. »Bereiten dir solche *schweren* Gegenstände noch Probleme?«

»Ich war abgelenkt.«

Ich erzeuge den ersten Schwebklang und lenke einen der Steine direkt auf Cristans Stirn zu. Schneller als der Wind weicht er mit einer halben Drehung zur Seite aus. »Wie du siehst, ist ein wahrer Krieger immer wachsam. Und du …«

»Rina wird am Tag der Göttin heiraten«, wechsele ich schnell das Thema. »Und sie braucht eine Priesterin.«

»Und?«, fragt Cristan, nachdem ich nicht weiterspreche.

»Ich dachte eigentlich, dass Pea die Zeremonie einfach so durchführt. Aber …«

»Wie viel Goldlinge hat sie verlangt?«

»Drei.«

Cristan macht eine wegwerfende Handbewegung.

Für ihn mag das wenig sein, für mich nicht. Und er weiß das genau. »Ich habe keine drei Goldlinge.«

»Nicht?«

Ich blicke von meinen Steinen zu Cristan und bin sehr versucht, seine Reflexe abermals zu testen.

»Warum fragst du mich nicht danach?«

»Weil …« Es gibt mindestens ein Dutzend gute Gründe, warum das keine gute Idee ist. »Weil ich dir nichts schuldig sein möchte.«

»Du schuldest mir bereits dein Leben.«

»Wirst du mir das Gold geben?«

Cristan setzt sich auf die Bettkante zu mir. »Das hängt davon ab.«

»Wovon?«

»Ich reise bald mit einem Spähtrupp nach Norden.«

»Während du weg bist, werde ich natürlich fleißig weiter im Tempel üben.«

»Daran habe ich keine Zweifel.« Er streicht sich mit den Fingern die Haare aus dem Gesicht und sieht mich an. »Aber ich habe mich gefragt, ob ich dich nicht mitnehmen sollte.«

»Rinas Hochzeit«, setze ich an, doch Cristan unterbricht mich.

»Natürlich erst nach ihrer Hochzeit.«

»Wenn du mich brauchst, gern.« Ich versuche, mir meine Aufregung nicht anmerken zu lassen.

Cristan hebt eine Braue. »Ohne dich sind wir verloren.«

Ich boxe ihm in die Seite. »Vielleicht seid ihr das und du weißt es nur noch nicht.«

»Vielleicht will ich dir auch nur den Norden zeigen«, sagt er schulterzuckend. »Es ist eine völlig ungefährliche Mission.«

»Und das Gold für Pea?«

»Lasse ich gleich zum Tempel bringen.«

Ich grinse breit.

»Ich lasse Neda für dich mit packen.« Zufrieden erhebt sich Cristan und verlässt mein Zimmer.

Ich werde verreisen! Endlich einmal raus aus Kalasin! Vielleicht sind es ja doch nicht nur Rinas Träume, die gerade wahr werden.

22

Endlich ist Rinas großer Tag gekommen und ich bin so nervös, als wäre es meiner. Bereits im Morgengrauen suche ich in der Truhe in meinem Zimmer nach dem weißen Kleid mit den blauen Stickereien, das ich auf Rezars Fest getragen habe. Zufrieden breite ich es auf meinem Bett aus und schließe die Truhe wieder.

In den letzten Tagen hat mich ausschließlich Femi unterrichtet und mir beigebracht, wie ich meine Segnung zielsicher steuern, wachsen und schrumpfen lassen kann. Gestern hat sie mir dafür sogar die Augen verbunden, damit ich mich nicht allein auf den sichtbaren Teil der Welle verlasse, sondern auch die Verbindung mit ihr vertiefe. Vermutlich habe ich mich dabei nicht so gut angestellt, wie ich es eigentlich könnte. Die anstehende Reise mit Cristan schwebt mir ständig im Kopf herum und ich bin aufgeregter, als mir guttut.

Aber heute spielt das alles keine Rolle, nur Rina zählt.

Ich schleiche mich aus dem Haus und gehe durch die stillen Straßen und Gassen bis zu unserer Siedlung.

»Ich bin hier, um die Braut abzuholen«, sage ich anstelle einer Begrüßung, als ich ins Haus meiner Familie trete.

Während Toman und Vater noch auf ihren Schlafstätten liegen, ist Turia bereits wach und begrüßt mich.

»Wo ist Rina?«, frage ich, nachdem ich sie nirgends erspähe.

»Beim Waschhaus«, erwidert Turia knapp.

»Wieso das denn? Ich habe ihr doch gesagt, sie soll auf mich warten.«

Sie schüttelt den Kopf. »Sie macht sich noch nicht zurecht, sie … Die Aufregung ist ihr wohl auf den Magen geschlagen.«

»Verstehe.« Ich versuche, mir nichts anmerken zu lassen. »Ich nehme Rina dann mit zu mir und bringe sie als schönste Braut, die Kalasin je gesehen hat, wieder zurück.«

»Das ist sehr großzügig von dir.«

Turia ist vermutlich der Meinung, ich sollte mehr für meine Familie tun. Aber heute ist nicht der Tag, um darüber zu diskutieren. »Bis später.«

Gerade als ich zurück auf die Gasse trete und losgehe, sehe ich Rinas Umrisse. Ich laufe ihr entgegen. »Da bist du ja! Wie fühlst du dich?«

»Schon besser. Nur das Übliche …« Verstohlen blickt sie zu ihrem Bauch hinab. »Und nun zeig mir sofort das Kleid. Ich bin schon so gespannt.«

»Da wirst du dich noch ein bisschen länger gedulden müssen. Ich habe nämlich eine Überraschung für dich.«

Mit gerunzelter Stirn sieht sie mich an und wir gehen zurück zum Haus.

»Ich nehme dich mit zu mir. Dort warten bereits eine eigene Wanne und kostbare Duftöle auf dich. Und natürlich meine zukünftige Dienerin, die dich frisieren und verschönern kann.« Mit jedem meiner Worte werden die warmen Augen meiner Schwester größer. »Es sei denn, du möchtest das nicht. Dann hole ich das Kleid schnell.«

»Bist du von Sinnen? Natürlich will ich das!«

Am Haus wartet Neda bereits auf uns. Mit offenem Mund sieht sich Rina um. Für mich ist die Größe und prunkvolle Einrichtung schon fast normal geworden, doch es liegt mir nicht, damit zu prahlen. Schweigend führe ich meine Schwester aus dem großen Empfangsraum in den Gang, der zu meinem Zimmer und unserem ersten Ziel, dem Bad, führt.

Meine Dienerin öffnet die Tür für uns. Dampf steigt aus dem mit Wasser gefüllten Bottich auf und lockt so ins Innere.

»Das ist nur für mich?«, entfährt es Rina.

»Ja, ist es.« Ich umfasse ihre Hand und führe sie hinter den Paravent, damit sie sich entkleiden kann.

Wenig später huscht sie nackt und auf Zehenspitzen durch den Raum und ich helfe ihr, in das hohe Becken zu steigen. Rina seufzt wohlig, als ihr Körper vom warmen Wasser umspült wird.

Währenddessen tritt Neda mit den Duftölen an den Bottich. »Welches Öl bevorzugt Ihr? Rose oder Sandelholz?«

»Sandelholz«, antwortet Rina, ohne zu zögern, und meine Dienerin träufelt etwas von der golden glänzenden Flüssigkeit ins Wasser. »Ich fühle mich wie eine Herrscherin.«

»Du wirst sie überstrahlen, wenn du deinem Mator gegenübertrittst.« Ich drücke ihre nasse Hand. Wärme breitet sich in meiner Brust aus. Meiner Schwester diesen besonderen Tag so unvergesslich wie möglich zu gestalten ist für mich keine Verpflichtung. Es ist mir eine Ehre und Freude. Kein Reichtum der Welt ist für mich so wertvoll wie ihr Lächeln.

Nach dem Bad kleiden wir Rina in das bestickte Kleid und Neda verschönert sie nach der neuesten Mode. Ihre Lippen leuchten in Purpurrot, und ihre mit goldenen Haarnadeln zurückgesteckten Strähnen geben den Blick auf ihr liebliches Gesicht frei. Meine Schwester ist immer hübsch. Egal, ob sie gerade aufsteht oder Neda Hand an sie legt. Doch die dunkel bemalten Augen verleihen ihr eine erhabene und geheimnisvolle Ausstrahlung, wie man sie sonst nur von der Herrscherfamilie kennt. Ich muss fast weinen, weil sie so vollkommen aussieht.

Rina dreht sich für mich einmal im Kreis und ich betrachte sie stolz. »Mator kann sich glücklich schätzen, dich ab heute seine Frau nennen zu dürfen.«

Sie wischt meine Bemerkung mit einer Handbewegung fort, während sich ihre Wangen rot färben. »Ich wette, Cristan fiebert dem Tag, an dem es bei euch so weit ist, auch schon entgegen.«

Ja, nur aus völlig anderen Gründen. Darüber reden will ich nicht. Nicht an Rinas großem Tag. »Kann sein. Aber heute ist dein Tag.«

Ich strecke meiner Schwester meinen Ellbogen entgegen und sie hakt sich bei mir unter. Wir durchqueren den Gang und treffen im großen Empfangsraum auf Cristan, der dort in seiner schönsten Paradeuniform steht, als würde er auf uns warten. Schnell stelle ich die beiden einander vor und er zeigt sich von seiner galanten Seite. »Es freut mich sehr, dich endlich kennenzulernen. Du siehst atemberaubend aus. Ich frage mich, ob ich mich nicht für die falsche Schwester entschieden habe.«

Ganz ohne Berührungsängste klopft Rina ihm in die Seite. »Du hast dich aber auch ganz schön für meine Hochzeit herausgeputzt.«

Ich habe Cristan nie zur Feier eingeladen oder ihn gefragt, ob er mich begleitet. Teilweise, um mich vor der Enttäuschung eines Neins zu schützen. Hauptsächlich aber, weil ich glaube, er hat Besseres zu tun und nur wenig Interesse daran, meine Familie kennenzulernen. Ich beiße mir auf die Unterlippe, überlege mir, wie ich ihr am besten erklären soll, dass sie sich täuscht und er mich nicht begleiten wird.

»Ach, das«, erwidert Cristan und zeigt an sich hinab. Ich bin erleichtert, dass er ihr den Irrtum erklärt. »Wenn du das unangemessen findest, tausche ich die Uniform gern gegen eine Tunika ein.«

Habe ich da richtig gehört?

»Bitte nicht«, antwortet sie und wendet sich dann an mich. »Los, Livi, stell dich zu ihm. Ihr seht bestimmt wundervoll zusammen aus.«

Peinlich berührt erfülle ich ihr den Wunsch und prompt schlingt Cristan einen Arm um mich. Meinen bösen Blick ignoriert er gekonnt. »Ich weiß nicht, warum, aber Zornesfalten stehen dir gut.«

Rina zuliebe schlucke ich hinunter, was mir auf der Zunge liegt. »Lasst uns aufbrechen.«

Meine Schwester nickt. »Es gibt da nur ein Problem. Unsere Familie weiß nicht, wo Mator lebt.«

»Ich habe da eine Idee.« Mit einem zuckersüßen Lächeln wende ich mich an Cristan. »Du reitest mit Rina zu Mators Haus und ich gehe zu meiner Familie und bringe sie zur Feier.«

Er hebt eine Braue und nickt. »Dann sehen wir uns bei der Zeremonie.«

»Bis dann!«

Gemeinsam mit Vater, Toman und Turia erreiche ich das Haus von Mators Familie. Während der Rest der Familie Rina draußen bestaunt, trete ich durch die Tür und suche Loran und seine Frau, die gerade aufgeregt gestikulierend mit einem Paar, das ich nicht kenne, in ein Gespräch verwickelt sind. Die Gäste tragen einfache, aber farbige Tuniken und sind vermutlich auch Händler.

»Livia«, grüßt Loran, verneigt sich knapp und seine Frau tut es ihm gleich.

»Loran«, erwidere ich und blicke durch den Raum, der mit Blumengebinden geschmückt ist. »Es wird eine schöne Feier werden.«

Mator tippt mir von hinten auf die Schulter und schließt mich in seine Arme, als ich mich umdrehe. »Ich war heute Morgen noch beim Markt, um Drillingsblumen zu kaufen. Es sind Rinas Lieblingsblumen.«

»Das warst du?« Ich kann verstehen, dass sich meine Schwester in ihn verliebt hat.

»Ich möchte nur das Beste für sie.«

»Du bist das Beste für sie.«

Im Augenwinkel erkenne ich ein weißes Kleid vor der Tür. Ich wende mich um und entdecke Pea. Obwohl Cristan mir das Gold für die Zeremonie bereitwillig gegeben hat – meine Enttäuschung über sie ist geblieben. Ich trete zu ihr ins Freie und begrüße sie förmlich. »Pea.«

»Livia«, erwidert sie wieder warm und weich, als wäre sie ganz die *Alte*.

»Wie ich sehe, hast du hergefunden.«

»Ohne Probleme.« Sie nickt zufrieden. »Ich nehme an, Mator wird von seiner Mutter übergeben. Willst du deine Schwester anstelle deines Vaters übergeben?«

»Ja, das würde ich gern.«

»Wird ein tatsächlicher oder ein symbolischer Austausch der Mitgift stattfinden?«

Sosehr es mir widerstrebt: »Ein tatsächlicher.«

»Gut«, antwortet sie, und ich will mich von ihr abwenden und nach Rina sehen. Sanft hält Pea mich am Oberarm zurück. »Sei nicht böse auf mich. Es war nichts Persönliches.«

Ich habe die zierliche Priesterin immer gemocht und will

es auch jetzt noch tun. Doch da es mich persönlich betrifft, ist es nun einmal persönlich. »Von dir habe ich das einfach nicht erwartet. Du weißt selbst, wie es ist, sich etwas nicht leisten zu können, auf die Hilfe anderer angewiesen zu sein.«

»Ja, das weiß ich«, erwidert sie ruhig. »Aber den Menschen wäre es am liebsten, wenn wir Priesterinnen ihnen dienen. Ohne Bezahlung, ohne Dank. Das ist nicht im Sinn der Göttin. Sie hat Palente aus der Knechtschaft Tritevos befreit. Und damit hat sie gleichzeitig uns Gesegnete befreit. Wir dienen einzig und allein ihr. Alle anderen müssen sich unseren Dienst erkaufen. Jeder so, wie er kann. Es geht nicht um die Anzahl der Gold- oder Kupferlinge, es geht um den Respekt unserer Leistung gegenüber.«

Ich frage mich, ob ich das wie sie sehen würde, wenn ich Priesterin wäre. Obwohl sich alles in mir sträubt, ihre Erklärung anzunehmen – gäbe es diese Barriere nicht, hätte die Oberschicht den Tempel bereits für sich vereinnahmt. »Begründe es, wie du willst. Ich bin trotzdem enttäuscht.«

Mit diesen Worten wende ich mich ab und suche nach Mator, werde jedoch schnell fündig. Umringt von anderen jungen Männern steht er im Haus und tupft sich gerade seine glänzende Stirn mit einem Tuch ab. Cristan entdecke ich in der Menge nicht. Vermutlich hat er es sich anders überlegt und ist wieder nach Hause gegangen. Ich winke Mator zu mir. »Wo ist denn Rina?«

»Sie ist gerade mit meiner Mutter hinters Haus gegangen und wartet dort.« Er wischt sich einmal über den Hals und zieht sich seine Tunika zurecht. »Kann es losgehen?«

»Ich wüsste keinen Grund, der dagegenspräche.« Ich lasse den nervösen Mator zurück und suche noch einmal Loran auf. »Wir sind so weit.«

Er löst eine Kordel von seinem Gürtel und überreicht mir

das Bündel, in dem die Mitgift steckt. Während er seine Stimme erhebt und die Gäste auffordert, ihre Plätze einzunehmen, gehe ich hinter das Haus zu meiner Schwester und Mators Mutter.

Voller Freude sehe ich, dass sich die beiden unterhalten. Ich weiß nicht, ob Rina selbst es geschafft hat, die Vorbehalte, die die Familie ihr gegenüber hatte, zu zerstreuen, oder ob es das Gold war. Meine Hoffnung ruht auf Ersterem.

»Ist die Priesterin da? Ist alles bereit?«, fragt Mators Mutter. Ihre aufgeregte Stimme wärmt mein Herz.

»Ja, alles ist so weit.«

Die Mutter drückt Rina einen Kuss auf die Stirn und huscht an mir vorbei, in Richtung ihres Sohnes, mit dem sie gleich gemeinsam die Zeremonie eröffnen wird.

»Bist du aufgeregt?«, frage ich Rina.

»Ich habe das Gefühl, in meinem Magen tobt ein Wirbelsturm.« Sie legt ihre Hand auf den Bauch und atmet geräuschvoll aus.

Tatsächlich spüre auch ich diesen Sturm.

Pea tänzelt in ihrem weißen Kleid um die Ecke. »Ihr könnt kommen. Mator ist bereits im Haus.«

Erneut biete ich Rina meinen Ellbogen an und sie hakt sich freudig unter. »Danke. Für alles.«

Vor uns betritt Pea das Haus. Die Reihenfolge symbolisiert die Trennung der beiden, bis die Priesterin im Namen der Göttin die Verbindung segnet.

Dann ist es so weit und ich führe meine Schwester. Nicht nur ins Haus, sondern der Liebe ihres Lebens, dem Leben ihrer Träume entgegen. Die Gaben werden getauscht und Pea spricht einen Hochzeitssegen, der mich zu Tränen rührt.

Schwärmerisch betrachtet Mator seine Frau. Während sie sein Gesicht umfasst, drückt er sie fest an sich und beide verschmelzen in einem leidenschaftlichen Kuss. Mators und Rinas

Glück erhellt den Raum und wärmt mein Herz. Ich trete einen Schritt zurück, will den Liebenden diesen wohlverdienten Moment lassen. Plötzlich umfasst jemand von hinten meine Hand. Ein kurzer Blick über die Schulter verrät mir, es ist Cristan, der unbemerkt an mich herangetreten ist. Er ist also doch nicht gegangen. Vermutlich ist es dem rührenden Anblick von Rina und Mator geschuldet, dass mein Herz einen kleinen Hüpfer macht. Denn ich weiß, wir werden nach unserer Hochzeit nie das haben, was die beiden haben. Aber vielleicht gibt es etwas dazwischen. Etwas, das mein Herz nicht kalt und bitter werden lässt und mich trotzdem nicht zerreißt.

Die Gäste jubeln den frisch Vermählten zu, die es nicht schaffen, sich voneinander zu lösen.

»Sie sehen so glücklich aus«, flüstere ich Cristan zu.

Er lehnt sich zu mir und bringt seine warmen Lippen an mein Ohr. »Glück hat viele Gesichter.«

»Vielleicht.«

Nach der Zeremonie wird reichlich Bier getrunken. Auf dem einzigen Tisch im Raum sind außerdem einige Dutzend unserer Gewürzbrote aufgetürmt. Natürlich sollen sie von den Gästen verspeist werden, dabei sind sie mehr als Nahrung. Sie symbolisieren die Vereinigung der beiden Familien. Gewürze und Brot. Wer Rina und Mator beobachtet, weiß jedoch auch ohne dieses Zeichen, dass sie zusammengehören. Wie sie sich ansehen, sich berühren, in der Gegenwart des anderen strahlen – all das sagt mehr, als ein Symbol es je könnte.

Die Stimmung der Feier ist gelöst, was nicht nur am Bier liegt. Es ist die Liebe, die durch den Raum schwebt. Und auch ich verspüre ein leichtes Kribbeln in meinem Magen, als ich das fröhliche Trällern einer Flöte vernehme. Obwohl das vermutlich keine gute Idee ist, ich sehne mich nach einem Tanz mit Cristan. Denn wenn er mich zur Musik in seinen starken Armen hält und führt, fühlt es sich an, als wären wir mehr als nur eine Vereinbarung.

Mit einem Krug in der Hand durchquert Loran den Raum und kommt auf mich zu. »Ich dachte, Ihr kümmert Euch nur um die Priesterin.«

Ich habe keine Ahnung, wovon er redet.

»Die Musik ist mein Hochzeitsgeschenk an das Brautpaar«, ergreift Cristan das Wort.

Loran senkt beschämt den Kopf und verneigt sich. »Ich danke Euch, Herr General. Es wäre nicht nötig gewesen. Aber ich danke Euch.«

»Es ist mir eine Ehre.« Cristan wendet mir seinen Blick zu und signalisiert damit, dass das Gespräch beendet ist.

Nachdem sich Loran zurückgezogen hat, beobachten wir gemeinsam, wie die frisch Vermählten über den Tanzboden wirbeln. Immer wieder halten sie an, weil sie drohen zu stolpern, und Rinas ansteckendes Lachen schallt durch den Raum. Die letzten Töne des Lieds verklingen, und unter Jubel verneigen sich die beiden vor ihren Gästen. Obwohl ich ein paar Schritte von den beiden entfernt stehe, kann ich sehen, wie die Wangen meiner Schwester die Farben ihrer Lippen annehmen. Hand in Hand verschwindet das Ehepaar in das angrenzende Zimmer. Ob Rinas Bäuchlein den Gästen verborgen geblieben ist und sie davon ausgehen, dass sie nun tatsächlich zum ersten Mal das Bett teilen, weiß ich nicht. Aber es gibt keinen Zweifel daran, dass sie das gleich tun werden. Nun müssen sie ihre Liebe nicht mehr verstecken, und ich freue mich mehr für sie, als ich jemals in Worte fassen könnte. Ihr Glück ist mein Glück. Vielleicht ist das eines der Gesichter, von denen Cristan vorhin gesprochen hat.

»Bevor wir gehen«, sagt er und streckt mir seine Hand entgegen. »Schenkst du mir noch einen Tanz?«

»Ich hatte gehofft, dass du das fragst.«

Galant führt er mich zum Tanzboden. Keiner der Gäste hier hat das Tanzen je gelernt und kein Paar bewegt sich wie das andere. Und sie alle finden ganz offensichtlich Gefallen daran. Mit einem Ruck zieht Cristan mich nah an sich. Ich kämpfe nicht dagegen an, genieße einfach seine Nähe.

Das Lied der Flöte wird begleitet von lautem Lachen. Die Menschen tanzen, trinken und haben Spaß und Cristan und ich mit ihnen. Ich weiß, wie flüchtig dieser Moment ist, dass er vorbei ist, sobald wir aus dieser Tür treten. Doch ich hadere nicht damit, sondern koste ihn einfach aus.

»Bist du schon müde?«, fragt mich Cristan, als das Lied verklingt.

Ich bin hellwach und werde es vermutlich die ganze Nacht sein. Denn sosehr ich diesen Abend genieße, was wir nach außen verkörpern, ist nicht echt. »Ein wenig. Lass uns gehen.«

Mein Blick gleitet durch den Raum und sucht nach meiner Familie. Schnell entdecke ich sie am Tisch mit den Speisen und Getränken. Ich lasse Cristan kurz stehen und gehe hinüber zu ihnen, um mich zu verabschieden. Toman und Turia drücken mich gemeinsam und lassen nur widerwillig von mir ab.

Vaters Augen glänzen und er presst mich ebenfalls an sich. »Ich war lange nicht mehr so glücklich wie heute. Deine Schwester und dich so zu sehen … Ich bin so dankbar, dass ihr beide die Liebe gefunden habt.«

Ich will ihm widersprechen, ihm sagen, dass nur Rina ihre große Liebe gefunden hat. Doch warum sollte ich ihn damit unglücklich machen? »Ich auch«, antworte ich, löse mich von ihm und verlasse mit Cristan das Fest.

Die Musik in unserem Rücken wird langsam von Zafiras

Hufgetrappel abgelöst, das auf dem harten Steinboden des Innenbezirks die Nacht durchschneidet.

Als wir ankommen, ist keiner der Burschen mehr im Stall und wir bringen Zafira selbst unter, und ich helfe Cristan, sie zu versorgen. Als er mir eine Hand auf den Rücken legt, zucke ich zusammen. Sein Atem kitzelt auf meinem Hals und ich wünsche mir Dinge von ihm, die ich nicht wage auszusprechen. Doch er löst sich von mir und will nach draußen treten. Ich halte ihn am Arm zurück. »Der Abend war schön. Ich bin froh, dass du mich begleitet hast.«

»Das fand ich auch.« Er beugt sich zu mir und ich bete zur Göttin, dass er mich küsst. Nur dieses einzige Mal. Meine Lippen zittern und ich warte sehnsüchtig auf seine Berührung. Und sie kommt. Allerdings in Form einer Hand auf meiner Schulter. »Ich bin froh, dass du jetzt im Haupthaus lebst und wir freundschaftlich miteinander umgehen können.«

Meine Miene droht mir zu entgleiten und es erfordert große Anstrengungen, einfach nur zu nicken. »Ja.«

Seine Finger zucken auf meiner Schulter. Vielleicht wollen auch sie mehr …

»Wir sollten ins Haus«, sage ich und bemühe mich um eine feste Stimme.

»Du hast recht.«

Leider.

23

Kalasin verlassen und den Norden Palentes erkunden ist für mich ein Privileg. Niemand reist ohne triftigen Grund und deshalb bleibt es nur einer Minderheit vorbehalten. Und jetzt, da Rina glücklich verheiratet ist, kann ich diese Auszeit völlig sorgenlos genießen.

Und trotzdem habe ich letzte Nacht kaum ein Auge zugemacht. Ich könnte es auf die Vorfreude schieben, doch das wäre nur die halbe Wahrheit. Es ist der Gedanke, gemeinsam mit Cristan zu verreisen, so viel Zeit mit ihm zu verbringen. Alles, was mich von ihm ferngehalten und gegen ihn aufgebracht hat, ist verflogen. Er hat mir Rinas Mitgift gegeben, obwohl meine Ausbildung noch nicht abgeschlossen ist. Er lässt mich im Haupthaus leben, behandelt mich, als wäre ich ihm ebenbürtig. Er hat mich sogar auf Rinas Hochzeit begleitet. Etwas zwischen uns hat sich verändert, leider auch meine Gefühle für ihn.

»Guten Morgen«, begrüßt mich Neda, die gerade mein Zimmer betritt und die Vorhänge öffnet.

»Guten Morgen«, antworte ich verschlafen und erhebe mich aus dem Bett.

Sie legt mir eine einfache Tunika heraus und ich sehe fragend zu ihr. »Der General hat es mir so aufgetragen.«

Der Stoff ist wesentlich dicker gewebt als der Rest meiner neuen Kleider. Ich schlüpfe hastig hinein und mache mich dann auf den Weg zum großen Empfangssaal, wo Cristan bereits auf mich wartet. Er trägt eine Tunika aus einem ähnlichen Stoff. »Bist du bereit?«, fragt er und kommt auf mich zu.

»Ja, bin ich.«

»Dann lass uns aufbrechen. Dein Gepäck ist bereits verstaut.«

Wir verlassen das Haus und gehen zum Stall.

»Wo treffen wir deine Männer?«

»Gar nicht.«

Abrupt bleibe ich stehen. »Wie meinst du das?«

Cristan stoppt ebenfalls und dreht sich zu mir. »Wir werden allein aufbrechen. Wenn du so willst, bist du also ›meine Männer‹.«

»Was?«

»Es ist unauffälliger so.« Cristan betritt den Stall und ich folge ihm. »Hast du ein Problem damit?«

Problem ist das falsche Wort. »Nein, ich habe nur nicht damit gerechnet.«

Schmunzelnd öffnet er einen Verschlag und führt ein weißes Pferd heraus.

»Was ist mit Zafira?« Ich habe noch nie erlebt, dass er ein anderes Pferd reitet.

»Auf der werde ich gleich reiten. Dieses Schätzchen hier heißt Warda. Manche behaupten, sie wäre unzähmbar, aber ich hatte nie Probleme mit ihr.« Erwartungsfroh drückt er mir die Zügel in die Hand und mir wird klar, was er da eigentlich sagt.

Ein schrilles Lachen verlässt meinen Mund. »Ich kann doch überhaupt nicht reiten.«

»Das werden wir gleich sehen.«

»Bist du völlig von Sinnen? Was, wenn sie mich abwirft?«

»Dann helfe ich dir wieder hinauf.« Aufmunternd zwinkert er mir zu. »Aber vermutlich wird das gar nicht nötig sein.«

Warda ist ein schönes Pferd. Sie wirkt stolz und anmutig, und natürlich kann ich lange Strecken nicht zusammen mit

Cristan reiten. Ich lege meine Hand auf ihren Hals und spüre ihren kräftigen Puls unter meinen Fingern. »Ich habe noch nie ein Pferd geritten, Warda. Aber ich werde nett zu dir sein. Sei bitte auch nett zu mir.«

»Das hilft bestimmt«, scherzt Cristan neben mir. »Pferde sind dafür bekannt, dass man vernünftig mit ihnen reden kann.«

Beirren lasse ich mich von ihm nicht. »Hör nicht auf ihn. Er meint das nicht persönlich.«

»Das stimmt. Ich habe mich nämlich über Livia lustig gemacht und nicht über dich, Warda.« Er deutet auf den Steigbügel.

Seinem stummen Befehl folgend, stelle ich meinen Fuß in die Aussparung, hole Schwung und steige auf. Dabei kann ich spüren, wie meine Tunika etwas nach oben rutscht. So gut es eben auf dem Rücken eines Pferdes geht, zupfe ich sie wieder nach unten und blicke Hilfe suchend zu Cristan. Der holt Zafira aus ihrem Verschlag und spannt ein Seil zwischen den beiden Pferden. »Damit wird sich Warda an Zafira orientieren, und du kannst dich in Ruhe mit ihr und dem Reiten vertraut machen.«

Beruhigt atme ich aus und nicke Cristan zu. »Worauf warten wir dann noch?«

Augenrollend schwingt auch er sich aufs Pferd und wir verlassen das Grundstück. Gemächlich reiten wir bis an die Stadtgrenze und verlassen Kalasin durch das Nordtor.

»Du sitzt so steif wie ein Granitblock.« Über die Schulter blickt Cristan zu mir und lacht. »Lass dich nicht bloß von Warda tragen. Spüre ihre Bewegungen, gehe mit ihr mit und unterstütze sie.«

»Macht dir das Spaß?«

»Was?«

»Dich über mich lustig zu machen.«

»Manchmal«, gibt er schulterzuckend zu. »Aber deshalb sage

ich das nicht. Mir geht es dabei mehr um Warda, der du das Reiten sonst ziemlich schwer machst.«

Es ist mir etwas peinlich, dass ich nicht selbst daran gedacht habe. Ich beobachte Zafira und ihre Bewegungen und wie Cristan ihnen aus der Hüfte heraus folgt. So gut ich kann, versuche ich, ihn nachzuahmen.

»Ist das besser so?«, frage ich.

Cristan blickt wieder zu mir. »Als hättest du nie etwas anderes gemacht.«

Ich halte das für maßlos übertrieben, aber wenn er schon einmal etwas Nettes über die Lippen bringt, werde ich ihm nicht widersprechen.

»Sag mir Bescheid, sobald du bereit bist, eine Gangart zuzulegen.«

»Mache ich.« Mit einer wegscheuchenden Handbewegung fordere ich ihn auf, mich in Ruhe zu lassen, und er wendet prompt seinen Kopf zurück nach vorn.

Nach einer Weile fühle ich mich sicher auf Wardas Rücken. Und weil wir sonst vermutlich nie unser Ziel erreichen werden, beschließe ich, es ist Zeit, in den Trab zu wechseln. Cristan zeigt mir, was zu tun ist und wie ich mich aus dem Sattel heben muss, um meinem Pferd dabei nicht zu schaden. Da er nichts an meiner Ausführung bemängelt, schlage ich mich dabei offensichtlich ganz gut. Im Trab zu reiten ist anstrengender, als es aussieht, doch ich mag diesen Moment, wenn Wardas Beine vom Boden abheben und wir in der Luft sind.

»Wir kommen gleich an einen Bach«, beendet Cristan die schon länger anhaltende Stille zwischen uns. »Dort werden wir eine Pause machen und die Pferde tränken.«

Die Sonne steht in ihrem Zenit, doch alles, was ich bisher gesehen habe, ist Steppe. Ein Bach wäre immerhin eine Abwechslung für mein Auge. Außerdem tut mir langsam mein Hintern weh. »Gut.«

»Du bist so ruhig.«

»Ich bin ein wenig enttäuscht. Es sieht hier alles so gleich aus. Ich dachte immer, der Norden wäre anders.«

»Das ist er auch. Aber das hier ist noch nicht der Norden. Ich zeige es dir später auf der Karte.«

Am Horizont erkenne ich einen langen Riss im Boden. Es sieht aus, als wäre dort die Erde aufgerissen. Als wir näher kommen, erkenne ich, dass es sich nicht um einen Riss handelt, sondern um den Fluss.

Wir steigen von den Pferden, lösen die Verbindungsleine zwischen ihnen und führen sie ans Ufer. Das Flussbett ist knietief, während das Wasser nicht höher als eine Handbreit reicht.

Zafira und Warda trinken gierig und ich bin mir nicht sicher, ob noch Wasser übrig sein wird, wenn sie fertig sind.

»War der Bach schon immer so seicht?«, frage ich Cristan.

»Nein, erst seit letztem Sommer. Und das Wasser wird ständig knapper.«

Am Rande des Ufers lassen wir die Pferde schließlich grasen, und Cristan packt einen Trinkbeutel und zwei Brote aus. Ich nehme einen großen Schluck und breche mir ein Stück Brot ab. Wir setzen uns ans Wasser und Cristan rollt eine Karte Palentes vor mir aus.

»Hier im Süden ist Kalasin.« Er tippt mit seinem Zeigefinger auf den Startpunkt unserer Reise. »Wir sind jetzt ungefähr hier«, fährt er mit dem Finger weiter nach Norden durch die öde Landschaft, die wir hinter uns gelassen haben. Während sich sowohl östlich als auch westlich von uns zumindest kleinere Städte befinden, ist auf diesem Streifen Land einfach nichts. »Heute werden wir noch bis an den Fuß der Salzwüste reiten.«

Konzentriert blicke ich auf die große Fläche, die auf der Karte mit vielen kleinen Punkten gefüllt ist. »Die Salzwüste«, wiederhole ich, und meine Brust zieht sich zusammen. Man erzählt sich von ganzen Karawanen, die vom Salz verschluckt worden sein sollen.

»Ja, wir werden dort unser Lager aufschlagen und sie morgen durchqueren.«

»Durchqueren?« Ist er völlig von Sinnen?

»Können wir denn nicht außen herum?«

»Dann würden wir einen Tag verlieren.«

»Das ist besser, als für immer im Salz gefangen zu sein.«

Cristan umfasst mein Kinn und zwingt mich, ihn anzusehen. »Livia, hab keine Angst. Ich habe diesen Ort schon mehr als einmal durchquert. Es ist die schnellste Route und solange kein Sturm weht, auch völlig sicher. Dir wird nichts passieren. Die Geschichten, die du gehört hast, sind nichts weiter als Geschichten. Vermutlich erfunden von den Tritevern, um uns fernzuhalten.«

In seinen Augen suche ich nach Anzeichen von Angst, finde jedoch keine. »Versprichst du es mir?«

»Mit meinem Leben.«

Cristan löst seine Hand und ich trinke einen großen Schluck. Wir füllen unsere Beutel noch einmal am Fluss auf und reiten weiter. Je tiefer wir dabei nach Norden vordringen, desto karger wird die Landschaft. Irgendwann verschwinden jegliche Braun- und Grüntöne vor uns. »Ist das etwa schon die Salzwüste?«

»Ja«, antwortet Cristan und hält abrupt an.

Ich komme ebenfalls zum Stehen und lasse meinen Blick über die Ebene vor uns schweifen. Der Boden ist fast weiß und immer wieder von aufgehäuften Salzlinien durchzogen. Sie sehen aus wie die Waben, von denen am Markt der Honig abgekratzt wird. Obwohl ich die Geschichten, die ich über diese Wüste gehört habe, nicht ganz vergessen kann, dieser Ort hat etwas Magisches.

Neben mir ist Cristan mittlerweile vom Pferd gestiegen. »Sie ist atemberaubend, oder?«

»Das ist sie. Schwer zu glauben, dass dies ein gefährlicher Ort ist …«

»Zu unterschätzen ist er nicht. Es ist zwar noch niemand darin verschüttet worden, aber verdurstet, weil er die Orientierung verloren hat und zu wenig Wasser dabeihatte, schon.«

Panisch greife ich hinter mich und will unsere Wasservorräte prüfen. »Mach dir keine Sorgen. Wir haben genug dabei. Und außerdem verlaufe ich mich nicht. Nie.«

»Das hoffe ich für dich.«

Kopfschüttelnd löst er eine Kordel und nimmt ein dickes Bündel vom Zafiras Rücken. »Wir sollten unser Zelt aufstellen, solange es hell ist.«

»Brauchst du Hilfe dabei?«, frage ich und steige ebenfalls vom Pferd.

»Von dir?« Die Frage scheint ihn außergewöhnlich zu belustigen.

»Gut, dann versorge ich eben die Pferde.«

»Du kannst ihnen einen Wasserschlauch geben. Den Rest brauchen wir für uns und morgen.«

Ich entferne das Gepäck und die dicken Decken vom Rücken der Pferde. Sie haben heute hart gearbeitet, und eigentlich würde ich mich gern bei ihnen dafür bedanken. Doch hier ist weit und breit kein Heu, mit dem ich sie trocken reiben kann. Aus einem der geschnürten Stoffbündel ziehe ich eines der Kleider, die Neda für mich gepackt hat, und fahre damit kreisend über Wardas Fell.

»Was tust du da?«, fragt Cristan.

»Mein Pferd trocken reiben.« Nach was sieht es denn sonst aus?

»Aber doch nicht mit deinem Kleid, oder willst du etwa riechen wie ein Pferd?«

»Ich will einfach nur, dass es den beiden gut geht.«

»Sie halten das einen Tag so aus. Morgen Abend kommen wir in ein Dorf und werden uns um sie kümmern.«

»Tut mir leid«, flüstere ich Warda ins Ohr. »Aber du hast gehört, was der böse Mann gesagt hat.«

Cristan verdreht die Augen und macht sich weiter am Zelt zu schaffen, während ich das gesamte Gepäck sorgsam auf einem Stapel ablege. Dann bilde ich mit meiner Hand eine Schale und fülle sie mit Wasser aus dem Schlauch. Ganz vorsichtig, um keinen Tropfen zu verschütten, presse ich meine Finger zusammen und versorge zuerst Warda. Ihre Zunge kitzelt auf meiner Hand und ich muss lachen. Ich lasse beide Tiere im Wechsel trinken, bis der Schlauch leer ist. Dabei stelle ich fest, dass Cristan mich beobachtet, anstatt unser Zelt weiter aufzubauen.

»Was ist los?«, frage ich ihn.

»Nichts.« Er weicht meinem Blick aus und widmet sich wieder dem Stoff und Stäben in seiner Hand.

»Wenn ich sage ›nichts‹, lässt du mich für gewöhnlich nicht damit davonkommen.«

Er seufzt, und alles, was er bisher aufgebaut hat, fällt in sich zusammen. »Als ich eben gesehen habe, wie du dich um die Pferde gekümmert hast, ist mir nur ein Gedanke gekommen. Es ist nicht wichtig.«

»Erzählst du es mir trotzdem?«

»Ich glaube, unter anderen Umständen … Du wärst bestimmt eine gute Mutter.«

Es ist merkwürdig. Ich habe mich selbst nie als Mutter gesehen. Vermutlich, weil ich nie heiraten wollte. Und obwohl mir eine Hochzeit mit Cristan nicht mehr wie eine schlimme Strafe erscheint – eine echte Familie werden wir nie sein. »Ich kann mir diese Umstände, ehrlich gesagt, nicht vorstellen.«

»Ich eigentlich auch nicht.« Er hebt entschuldigend seine Hände und glättet den Stoff, der vor ihm am Boden liegt. »Entschuldige. Muss wohl die Hitze sein.«

Die Hitze, von der er spricht, spüre ich nicht, doch ich nicke und versuche, mir nicht anmerken zu lassen, dass mich seine Worte kränken.

Während Cristan unser Lager für die Nacht aufbaut, gehe ich ein paar Schritte und betrete eine der Waben in der Wüste. Mit meinen Händen streiche ich ein wenig Salz zusammen und lasse es mir auf die flache Hand rieseln. Ich führe die Hand zum Mund und rieche daran. Nichts. Dann strecke ich meine Zunge aus und lecke daran. Eindeutig Salz und keine gute Idee. Ich lasse es fallen und tue, als wäre nichts geschehen. Die wärmenden Strahlen der Sonne werden schwächer, doch dafür entfaltet sich vor meinen Augen gerade ein besonderes Farbenspiel. Am Horizont flimmert ein Streifen in allen Farben des Regenbogens. Es ist wie eine unglaublich schöne Welle der Segnung. Vielleicht ein Gruß der Göttin an mich.

Cristan tritt neben mich und legt mir eine Hand auf die Schulter. »Es sieht aus wie Magie. Doch in Wahrheit sind es nur die Salzkörner, die das Licht der Sonne zurückwerfen.«

Also kein Gruß der Göttin. »Egal, was es ist. Es ist wunderschön.«

»Warte erst auf den Sonnenaufgang.«

Ich kann mir nicht vorstellen, dass das Farbenspiel noch prächtiger werden kann, aber ich lasse mich gern vom Gegenteil überzeugen. Über meine Schulter sehe ich kurz zu unserem Lager für die Nacht und stelle fest, dass unser Zelt tatsächlich schon steht. Mit ihm unter diesem Stück Stoff … Obwohl ich weiß, dass er mich nicht berühren wird. Ich bin mir nicht sicher, ob es gut für mich ist, ihm so nah zu sein. Unwillkürlich entferne ich mich einen Schritt von ihm und er nimmt die Hand von meiner Schulter. »Können wir denn nicht einfach im Freien schlafen?«

»Das hier ist eine Wüste«, erwidert er, als wäre das eine Antwort.

»Und?«

»Es wird nachts sehr kalt.«

Ich höre ihn. Aber was er sagt, ergibt für mich keinen Sinn. Es ist völlig warm, wie soll es denn so schnell kalt werden?

»Du glaubst mir nicht, oder?«

Ich schüttele den Kopf. »Ich war noch nie an einem Ort, wo es kalt war.«

»Dann wird heute Nacht dein erstes Mal.« Er räuspert sich. »An einem kalten Ort. Zumindest in der Nacht. Aber weiter nördlich, in den Bergen, ist es auch tagsüber kalt.«

Ein Stück weit genieße ich die Verlegenheit in seiner Stimme. »Ich bin gespannt.«

Ich gehe zum Zelt und schlüpfe hinein. Auf dem Boden liegen dicke Tücher und auf ihnen Wollberge. Ich hebe einen von ihnen auf. Er sieht aus wie ein … Kleid. »Was ist das?«, rufe ich Cristan zu.

»Ein Mantel. Man trägt ihn im Norden, um sich im Winter vor der Kälte zu schützen.«

Fasziniert betrachte ich das Kleidungsstück. Das Ding sieht aus wie ein totes Tier. Der Gedanke, das wie ein Kleid zu tragen, ist absurd. So wie der Gedanke, dass es überhaupt so kalt werden kann, dass man sich davor schützen muss. Wer in Kalasin lebt, sieht die kühle Luft als einen Segen, der sich in der Nacht über die Stadt legt.

Cristan kriecht ebenfalls ins Zelt und ich deute auf den Mantel. »Ist das nicht etwas übertrieben?«

»Du musst ihn ja nicht tragen. Ich werde es tun, aber wenn du ohne auskommst …«

Vermutlich ist das eine andere Art von Kälte. »Was ist mit den Pferden?«

»Mach dir keine Sorgen, die vertragen Kälte besser als Hitze.«

Zurück im Freien verblassen die tanzenden Farben am Horizont langsam. Wir essen ein Brot, etwas Dörrfleisch und teilen uns das Wasser aus einem Trinkschlauch. Als die letzten Sonnenstrahlen von der Dunkelheit verschluckt werden, zieht sich eine Gänsehaut über meine Arme.

»Sollen wir ins Zelt gehen?«

Ich werfe noch einen Blick zu Zafira und Warda. »Hast du keine Angst, dass sie weglaufen?«

Er schüttelt den Kopf. »Dazu müsste sie etwas erschrecken, und hier gibt es weder Menschen noch Tiere.«

Gebückt betreten Cristan und ich das Zelt. Den Mantel lege ich zur Seite und decke mich lediglich mit dem Tuch zu. Es dauert jedoch nicht lange und mein Körper zittert. Meine Zähne stoßen laut aufeinander. Mein Körper gehorcht mir nicht mehr und sehnt sich zurück nach der Sonne, nach Wärme.

Cristan setzt sich neben mir auf und schlägt meine Decke zurück. Bevor ich ihn fragen kann, was in ihn fährt, breitet er den Mantel über meinem Körper aus. Dann deckt er mich zu und bildet über sich auch eine Schicht aus Mantel und dem Tuch. Mein Körper ist immer noch angespannt, doch das Zittern lässt etwas nach. Mit geschlossenen Augen kuschele ich mich in den Mantel und versuche zu schlafen. Ich bleibe wach. Die Kälte breitet sich von meinen Füßen, die unter dem Mantel keinen Platz finden, über den ganzen Körper aus. Ich ziehe meine Beine an und hoffe, mich so besser zu wärmen. Die Erleichterung ist nur von kurzer Dauer. Als meine Zähne erneut klappern, spüre ich, wie Cristan meine Decke anhebt.

»Willst du mich umbringen?«, fahre ich ihn an.

»Nur wärmen«, erklärt er sanft und schmiegt sich an mich. Von hinten bedeckt er mich mit seinem Körper. Und dafür, dass er vermutlich genauso friert wie ich, ist er erstaunlich warm.

Mit seinen Händen reibt er über meine Arme. Die Kälte ist nicht fort, aber sie ist erträglicher geworden. Meine Muskeln entspannen sich langsam und irgendwann schlafe ich in seinen Armen ein.

24

Am nächsten Morgen verlassen wir das Zelt in unsere Mäntel gehüllt. Die ersten Sonnenstrahlen sind noch zu schwach, um zu wärmen, entfalten dafür jedoch ein Farbenspiel über der Salzwüste. Und tatsächlich ist es atemberaubender als der Sonnenuntergang. Ein Nebel aus Gelb, Rot, Grün und Blau zieht von Ost nach West. Ich strecke meine Hand nach ihm aus und gleite durch ihn hindurch. Dem Drang, ihn mit meiner Welle zu vermengen, kann ich nicht widerstehen. Der Nordklang verlässt meinen Mund und ich ziehe ihn in die Breite, lasse sein schimmerndes Blau möglichst weit gestreut durch den Nebel fließen.

»Ich hätte nicht gedacht, dass man diesen Ort noch schöner machen kann«, sagt Cristan neben mir.

Verwundert blicke ich zu ihm. »Aber du kannst meine Welle doch gar nicht sehen.«

Sanft schüttelt er den Kopf.

»Du meinst meinen Gesang?«

»Es ist …«, setzt er an, bricht dann jedoch ab. »Du bist so gelöst, seit der Hochzeit deiner Schwester. Es ist schön, dich so zu sehen.«

Ich räuspere mich und sehe kurz zu Boden. »Und ich hätte nicht gedacht, dass du mich vor der Kälte schützen kannst.«

»Ich habe dir versprochen, ich lasse nicht zu, dass dir etwas passiert.« Gebannt verfolgt er den Tanz der Farben vor uns.

Dann bindet er sich mit einem Lederband die langen Haare zurück und berührt mich an der Schulter. »Genieße den Anblick noch ein wenig. Ich packe unsere Sachen und mache die Pferde reisefertig.«

Nur zu gern folge ich seiner Aufforderung. Ich starre ehrfürchtig auf den Nebel und mische ihn mit den Richtungsklängen, lasse sie einander umkreisen und miteinander verschmelzen.

Ich bin so gefangen von den Farben vor mir, dass ich Cristan gar nicht kommen höre. Er drückt mir Wardas Zügel in die Hand. »Lass uns aufbrechen. Wenn die Sonne zu hoch steht, wird es heiß hier.«

Beim Gedanken daran, wie sehr ich letzte Nacht gezittert habe, scheint es mir lächerlich, sich vor Hitze zu fürchten. Aber ich weiß, dass wir mit unserem Wasser haushalten und nicht nur an uns denken müssen, sondern auch an die Pferde. Ich steige auf und wir durchqueren die Wüste in gemächlichem Schritt. Obwohl ich mich heute schon viel sicherer auf Wardas Rücken fühle, hat Cristan sie zur Sicherheit weiter lose an Zafira gebunden.

Nach einer Weile verschwinden die Farben und am Horizont erhebt sich langsam eine gewaltige Bergkette. Sie ist weit entfernt, doch ihre weißen Gipfel sind bis hier zu sehen. Dahinter muss Kavolep liegen.

»Das Gebirge des Nordens?«, frage ich Cristan.

»Ja, auch wenn nur wir es so nennen.«

»Wie wird es sonst noch genannt?«

»Kavolep ist zu allen Seiten hin von Bergen begrenzt und für die Bewohner liegt es nicht im Norden. Sie nennen es das Warme Gebirge.«

Nie wäre ich darauf gekommen, dass die Dinge außerhalb Palentes andere Namen haben. »Nennt man es in Tritevo ebenfalls anders?«

»Ja, dort heißen sie die Spitzen Palentes.«

Die Sonne hat inzwischen ihren Zenit erreicht und brennt erbarmungslos auf uns herab. Sehr viel schlimmer als während der Mittagsruhe in Kalasin ist es jedoch nicht.

»Im Sommer ist die Wüste bei Tag nicht durchquerbar«, erklärt Cristan. »Doch jetzt ist Herbst und die Sonne mild.«

Zu Hause bemerkt man den Wechsel der Jahreszeiten kaum. Es ist das ganze Jahr über warm.

Wir nähern uns dem Rand der Wüste, und sie schließt an eine weitere Steppenlandschaft an. Diese hier ist nicht groß, bildet nur einen Streifen, breit wie der Übungsplatz der Truppen.

»Westlich von hier liegt der Grenzfluss«, kündigt Cristan an. »Dort können wir unsere Tiere tränken und Wasser auffüllen.«

Obwohl ich das Gefühl habe, dass wir immer Richtung Norden geritten sind, nähern wir uns nicht dem Gebirge, sondern lassen es östlich von uns zurück. Am Fluss machen wir eine kurze Rast und reiten dann weiter nach Alibal. Cristan hat es mir gestern auf der Karte gezeigt. Es ist ein kleines Dorf vor der Grenze, der nördlichste Punkt Palentes.

Der Boden ist grasbedeckt und die Luft fühlt sich an, als würden feine Wassertröpfchen in ihr schweben. Hier herrscht nicht die Kälte, die ich nachts in der Wüste verspürt habe, trotzdem hülle ich mich unter Cristans amüsierten Blicken in den Mantel.

Während wir unsere Pferde über das Gras entlang des Ufers lenken, breitet sich neben uns eine braune Fläche aus.

»Hier wächst im Frühling und Sommer das Getreide für unser Bier«, erklärt Cristan.

»Lasst ihr es über die Salzwüste nach Kalasin bringen?« Es ist ohne jeden Zweifel das beste Bier, das ich je getrunken habe, doch der Aufwand dafür erscheint mir unverhältnismäßig groß.

»Nein, die Handelsroute verläuft östlich. Allerdings ist man auf ihr einen Tag länger unterwegs.«

Die Umrisse von Häusern tauchen zwischen all dem Grün und Braun auf. Als wir näher kommen, stelle ich zu meinem großen Erstaunen fest, dass es sich ausnahmslos um Steinhäuser handelt. Auf eines der größeren halten wir zu und bringen unsere Pferde zum Stehen.

»Ich wusste gar nicht, dass Alibal so reich ist«, sage ich, während ich absteige.

»Ist es nicht. Wie kommst du darauf?«

Ich deute auf die Häuser um uns herum.

»Das hat nichts mit Reichtum zu tun. Im Frühling regnet es viel. Ein Lehmhaus würde bis zum Sommer nicht überdauern.« Seufzend blickt er zum Himmel. »Zumindest in normalen Jahren.«

Wir binden unsere Pferde fest und betreten das Haus, das sich als Schänke entpuppt.

»Herr General«, begrüßt der Wirt Cristan. »Wartet, ich mache Euch gleich meinen besten Tisch frei.« Er geht auf den einzig gerade gezimmerten Tisch im Raum zu. »Steh gefälligst auf, wir haben hohen Besuch.«

Der andere Gast erhebt sich und begibt sich in gebückter Haltung zu einem der anderen Tische.

»Setzt Euch, General«, fordert uns der Wirt auf. »Ich bring Euch und …«

»Meiner Verlobten«, erklärt Cristan, während wir Platz nehmen.

»… und Eurer Verlobten ein Bier und ein Essen.«

Er geht hinter seinen Tresen und ich beuge mich zu Cristan hinüber. »Verlobte?«

»Du wirst es sein, sobald du deine Ausbildung abgeschlossen hast. Und niemand muss wissen, warum du mich wirklich begleitest.«

Ich nicke und richte mich auf. »Wie es aussieht, kennt man dich in ganz Palente.«

Geräuschvoll stellt der Wirt zwei prall gefüllte Krüge mit Bier vor uns ab. »Wohl bekomm's, Herr General!«

Cristan nimmt genüsslich einen großen Schluck und beugt sich dann ebenfalls zu mir. »Noch nicht.«

Ich antworte mit einem Augenrollen.

»Man kennt mich hier, weil meiner Familie die Ländereien und das Bier, das hier gebraut wird, gehören. Ich war schon als Kind oft mit meinem Vater hier, um nach dem Rechten zu sehen. Und heute halte ich immer in Alibal, wenn ich nach Tritevo reise. Ich müsste zwar schon längst nicht mehr selbst auf Erkundungsmissionen, aber das lasse ich mir nicht nehmen.«

»Warum?«

»Wer sich nur in der Oberschicht Kalasins herumtreibt, ist blind für die kommenden Konflikte und ihre Wurzeln«, erklärt er und entfernt sich wieder etwas von mir.

Die Antwort passt zu Cristan und doch überrascht sie mich. »Ich bin erstaunt, dass du mich mitnimmst. Schließlich verzögert diese Reise meine Ausbildung.«

»Für mich ist sie Teil deiner Ausbildung«, entgegnet er selbstsicher.

Langsam dämmert mir, was er damit meint. »Ich soll unterwegs das Kämpfen üben?«

»Das und reiten. Spricht etwas dagegen?«

Merkwürdigerweise regt sich kein Widerstand in mir. »Nein.«

Unser Bier leert sich schnell, der Wirt schenkt uns nach und bringt außerdem einen Braten. Es ist die größte Taube, die ich je gesehen habe. Mit den Fingern reiße ich mir ein Stück ab und betrachte es skeptisch.

»Das ist Hühnchen. Es ist das einzige Fleisch, das die Menschen hier haben. Beleidige den Wirt nicht und iss.«

Zögerlich beiße ich ab. Es schmeckt sehr mild, aber gut. »Köstlich!«, rufe ich dem Wirt zu.

Cristan schüttelt lachend den Kopf.

Wir beenden unser Mahl und Cristan gibt dem Wirt einen Goldling. »Ich danke dir für deine Gastfreundschaft. Wir müssen eines unserer Pferde hierlassen. Kümmere dich gut um das Tier, bis wir wieder hier sind.«

Fragend sehe ich zu Cristan. »Ein Pferd ist unauffälliger als zwei.«

Ausnahmsweise kann ich dem nicht widersprechen.

Wir brechen auf und reiten auf Zafiras Rücken in Richtung Grenzfluss.

Felsbrocken, die mir bis zur Hüfte reichen, reihen sich in einer geschlängelten Linie vor mir auf. Sie sehen aus, als wären die Gipfel eines Gebirges abgeschlagen und vom Wind hierhergetragen worden.

»Was ist das?«, flüstere ich Cristan ins Ohr.

»Offiziell ist es das kleine Gebirge, doch in Tritevo nennen sie es die Tränen der Göttin.«

Die Form erinnert tatsächlich vage an Tropfen. »Das klingt schön und traurig zugleich.«

»Sie sehen perfekt zum Üben aus«, sagt Cristan, bringt Zafira zum Stehen und blickt über die Schulter zu mir.

»Was soll ich denn mit ihnen üben?«

»Sie umwerfen, zerteilen – was auch immer deine Segnung zulässt.«

Ist das sein Ernst? »Abgesehen davon, dass ich vermutlich

nichts davon schaffen werde – das kann ich doch nicht tun. Es sind die Tränen der Göttin!«

»Wo fange ich an?« Seufzend springt er vom Pferd. »Erstens weißt du nicht, ob du es schaffst oder nicht, wenn du es erst gar nicht versuchst. Zweitens wusstest du bis eben gar nichts von den Tränen der Göttin. Drittens ist das nur eine Geschichte, und sollte sie tatsächlich wahr sein – wer möchte schon seine Tränen ewig behalten. Tu deiner Göttin einen Gefallen und wische sie weg.«

Ich verschränke meine Arme vor der Brust. »Ist dir gar nichts heilig?«

»Doch.«

»Natürlich, wie konnte ich das vergessen, der Krieg.«

»Der Krieg ist manchmal eine Notwendigkeit, aber er ist mir nicht heilig. Versprechen hingegen schon.« Er reicht mir eine Hand und sieht mich flehend an. »Es sind nur Steine. Dir wird nichts geschehen.«

Ich weiß, er hat recht. Schließlich habe ich oft genug Steine gegen den Tempel des alten Gottes geschleudert, ohne dass dabei je etwas passiert ist. Seufzend lege ich meine Hand in seine und lasse mir von ihm vom Pferd helfen. Eine Handbreit vor ihm komme ich zum Stehen. »Nur damit das klar ist, ich werde sie nicht zerteilen.« Vermutlich könnte ich das gar nicht. »Aber ich versuche, sie zu bewegen.«

»Was immer du möchtest«, sagt er und lässt mich los. »Ich bin nur hier, um dich dabei zu bestaunen.«

Kopfschüttelnd trete ich einen Schritt zur Seite und lege meine Hand auf die Spitze des vor mir stehenden Felsbrockens. Ich habe keine Ahnung, wie Honoria Kontakt zur Göttin aufnimmt, aber ich hoffe, sie gibt mir ein Zeichen, wenn ich lieber die Finger von ihren *Tränen* lassen soll. Mit geschlossenen Augen warte ich auf eine Botschaft, die nicht kommt. Schließlich nehme ich meine Hand vom Stein, schüttele sie kurz und sammele mich. Noch nie habe ich meine Segnung bei einem so großen Gegenstand eingesetzt.

»Hab keine Angst«, höre ich Cristan hinter mir. »Das Schlimmste, was passieren kann, ist, dass nichts passiert.«

Unwillkürlich muss ich lachen und meine Anspannung verfliegt. »Dann mach dich bereit für nichts!«, rufe ich ihm über die Schulter zu und wende mich wieder zum Felsen.

Ich erzeuge den ersten Schwebklang, dehne ihn mit den Händen, bis er auf die Größe des Gesteins angewachsen ist und schiebe ihn schließlich gegen ihn. Nichts passiert. Der Fels rührt sich kein Stück. Ich bin nicht überrascht, wir reden hier schließlich von einem Gegenstand, den ich selbst nie mit der Kraft meines Körpers heben könnte. Unbeirrt stimme ich erneut den Schwebklang an. Doch dieses Mal lasse ich ihn auf die doppelte Größe des Brockens anwachsen, bevor ich ihn kräftig gegen ihn schleudere. Die Welle so stark zu dehnen, ist weniger schwer als gedacht. Es kostet nur Zeit, die ich in einem echten Gefecht vermutlich nicht haben werde.

Gebannt starre ich auf den Felsen. Zwar bleibt er am Boden, aber … »Er hat gewackelt! Hast du das gesehen?« Begeistert drehe ich mich zu Cristan um.

»Hat er das?«, fragt er und macht mir damit meinen Erfolg zunichte.

Wütend verlässt ein Nordklang meinen Mund, und ich lenke ihn direkt auf Cristan zu, den es augenblicklich umwirft. Voller Schadenfreude baue ich mich über ihm auf. »Habe ich mir das hier auch nur eingebildet oder bist du wirklich umgefallen?«

»Das war ein guter Anfang.« Genüsslich verschränkt er die Arme hinter dem Kopf. »Ich mache es mir hier gemütlich, bis du Fortschritte mit dem Felsen machst.«

Würde er nicht schon am Boden liegen, würde ich ihn jetzt genau dorthin befördern. »Keine klugen Ratschläge heute?«

»Im Moment nicht.«

Augenrollend wende ich mich wieder dem Brocken zu. Zur Abwechslung beschließe ich, es auch hier mit einem Richtungs- statt mit einem Schwebklang zu versuchen. Ich will ihn weiter vergrößern, stelle jedoch fest, ich stoße dabei schnell an meine Grenzen. Die Welle wird instabil, hält sich nicht lange genug in der Luft und fällt in sich zusammen.

Die Sonne ist bereits ein beträchtliches Stück gewandert, und ich habe den Felsen weder zum Schweben noch zum Umfallen gebracht. Aber zum Zittern. Mittlerweile sogar durch Cristan bestätigt. »Selbst wenn wir hier übernachten, ich fürchte, mehr schaffe ich einfach nicht.«

»Natürlich nicht.« Cristan klopft sich den Staub von der Tunika, während er sich aufrichtet. »Aber man muss sich unmöglichen Hindernissen stellen, um die möglichen dann mit Leichtigkeit zu überwinden.«

»Mittlerweile weißt du ja, dass du für mich ein mögliches Hindernis geworden bist«, sage ich triumphierend und gehe an ihm vorbei auf Zafira zu.

Mit langsamen Schritten kommt er mir nach und flüstert mir ins Ohr: »Ich weiß, und es gefällt mir, mehr als du dir vorstellen kannst.«

Meint er damit nur meine Segnung? Natürlich tut er das, und ich muss endlich aufhören, mehr aus seinen Worten herauszulesen.

Cristan sitzt bereits auf Zafiras Rücken und ich lasse mir von ihm hinaufhelfen, ohne mir etwas anmerken zu lassen.

Wir überqueren den Grenzfluss durch eine Furt und zum ersten Mal in meinem Leben verlasse ich Palente. Wohl ist mir nicht zumute. Meiner Mutter wurde von Tritevern die Kehle durchgeschnitten und jeder weiß, dass diese Menschen Bestien sind. Ich schüttele den Gedanken ab und wir folgen dem Fluss weiter in Richtung Norden. Hier grenzt Tritevo nicht an Palente, sondern an Kavolep, das sich hinter einer weiteren Hügellandschaft auf der anderen Seite des Flusses erstreckt.

Cristan deutet erst auf ein Dorf, das sich am Horizont abzeichnet, und dann auf einige Mauern in Ufernähe. »Das dort hinten ist Driga. Doch die Schmieden liegen hier am Fluss außerhalb des Dorfs.«

Ohne Vorwarnung springt Cristan vom Pferd. Er öffnet eines der Stoffbündel, zerrt ein paar Kleider daraus hervor und wirft sie mir zu. »Stopf dir das unters Kleid, damit du aussiehst, als wärst du schwanger.«

Ich bedeute Cristan mit einem Wink, sich umzudrehen, hebe mein Kleid und stecke die weichen Tuchstücke darunter. »So?«, frage ich, nachdem ich alles zurechtgezupft habe.

»Das sollte genügen«, urteilt er und steigt zurück aufs Pferd.

Wir setzen uns in Bewegung, vergrößern jedoch den Abstand zum Fluss. Neben uns erscheint die erste Schmiede, und erst jetzt erkenne ich, wie unglaublich viele es sind.

»Was auch immer passiert, bleib auf dem Pferd«, sagt Cristan und steigt erneut ab.

Während ich wie geheißen auf Zafiras Rücken verharre, bewegt er sich auf die schief stehenden Schmieden zu. Sein Gang ist gebeugt, wie der eines gewöhnlichen Mannes und nicht eines stolzen Generals. Er erreicht das Haus und spricht einen der Männer an. Unwillkürlich halte ich die Luft an und mir ist, als würde sich eine unsichtbare kalte Hand um meinen Hals legen. Ich muss mich ermahnen, sitzen zu bleiben und ihn machen zu lassen. Er war schon auf vielen Missionen und weiß, was er tut. Und wenn nicht, kann er sich wehren. Er ist der Krieger, nicht ich.

Wieder und wieder sage ich mir diese Worte, doch beruhigen können sie mich nicht. Es sind die wohl längsten Augenblicke meines Lebens. Erst als Cristan auf halbem Weg bei mir ist und keiner der Schmiede ihm folgt, entspanne ich mich langsam.

»Über was hast du mit ihnen geredet?«, will ich wissen, als er mich erreicht hat.

»Ich habe nur gefragt, ob es hier im Ort eine Hebamme gibt, und ihnen gesagt, dass wir eigentlich nur auf der Durchreise sind, du aber Schmerzen hast.« Die Zügel fest umklammert, steigt er erneut auf.

Er ist nicht nur stark, sondern auch klug. »Und hast du gesehen, was du sehen wolltest?«

»Leider mehr, als ich wollte. Als ich zuletzt hier war, haben nur halb so viel Schmiede gearbeitet. Sie stellen Schwerter, Speer- und Pfeilspitzen her. Es müssen Unmengen sein. Sehr viel mehr, als Soldaten eigentlich haben und brauchen.« Ich kann sein Gesicht nicht sehen, doch ich höre die Sorge in seiner Stimme.

»Vielleicht wollen sie mit den Waffen handeln.«

»Möglich. Die Frage ist nur, mit wem?« Wir entfernen uns weiter von den Schmieden. Cristan wechselt in einen leichten Trab und blickt über seine Schulter. »Halte deinen *Bauch* gut fest. Wir werden uns noch etwas in Driga umsehen. Vielleicht gibt uns das etwas mehr Aufschluss.«

Ungehindert passieren wir den Eingang zum Dorf über eine kleine Gasse. Auch hier bestehen die Häuser aus Stein und nicht aus Lehm. Doch mit denen des inneren Bezirks von Kalasin sind sie nicht vergleichbar. Sie sind winzig und in den meisten Wänden klaffen mehrere Löcher. Die Menschen sehen nicht besser aus. Schmutzige Kinder laufen durch die Straßen, die Kleider zerrissen und viel zu kurz.

Um möglichst viel von dem Geschehen in der Stadt wahrzunehmen, reiten wir langsam. Ein kleines Mädchen kommt auf uns zu. Sie streckt mir ihren dünnen Arm entgegen, und ich kann nicht nur ihre Knochen sehen, sondern auch mehrere blaue, gelbe und braune Flecken, die sich über ihn ziehen. »Brot«, fleht sie mit zittriger Stimme.

Ich greife hinter mich, will unser Vorratsbündel aufschnüren, doch Cristan hält mich zurück. »Gib ihr nichts. Sonst steht hier gleich ganz Driga.«

Das Mädchen folgt uns, und ihre gequälten Augen jagen mir einen Schauer über den Rücken. Sie sind so hell wie die von Pea, doch sie glänzen nicht, sondern wirken matt. »Lass mich ihr etwas geben.«

Cristan antwortet nicht und reitet weiter. Kaum ist das Mädchen hinter uns verschwunden, kommen weitere Kinder aus den Gassen. Auch sie sehen erbärmlich aus, und ich will am liebsten meinen Blick abwenden.

Im Inneren der Stadt finden wir einen Markt. Mit dem in Kalasin ist er nicht zu vergleichen. Nur zwei Stände sind aufgebaut. Einer mit getrocknetem Fisch und einer mit merkwürdig dunklem Brot. Mehr gibt es nicht.

Während Cristan vom Pferd steigt und zu einem der Stände geht, kommt ein Kind auf ihn zu. Mit einem Satz springt der Fischverkäufer hinter seinem Stand hervor und schlägt dem Kind mitten ins Gesicht. »Verschwinde! Du verscheuchst mir die Kunden!«

Ich halte mir die Hände vor den Mund, um nicht zu schreien. Cristan wirkt völlig ungerührt. Er kauft einen getrockneten Fisch, wechselt ein paar Worte mit dem Mann und deutet auf mich. Auch mit dem Bäcker redet er und erwirbt eines der dunklen Brote.

Mit besorgter Miene kommt er zurück, reicht mir die Vorräte und ich verstaue sie.

»Lass uns von hier verschwinden«, murmelt er und wir reiten davon. Diesmal nicht in einem sanften Schritt, sondern im Trab. Im Galopp legen wir den Weg bis zur Furt zurück und Erleichterung durchflutet mich, als wir wieder den Boden Palentes erreichen.

25

Als wir vor der Schänke vom Pferd steigen, erinnert äußerlich nur noch mein ausgestopfter Bauch an unseren Ausflug ins Nachbarland. Während ich an meinem Kleid ziehe und die Stoffe zu Boden fallen lasse, wünschte ich, die Bilder in meinem Kopf ließen sich ebenso leicht entfernen.

»Wo ist Warda?«, frage ich, denn sie steht nicht mehr vor der Schänke, wo wir sie zurückgelassen haben.

»Sie ist sicher im Stall und wird dort gut versorgt.« Cristan bückt sich, hebt die Kleider vor meinen Füßen auf und verstaut sie in dem Bündel auf Zafiras Rücken.

Ich nicke knapp und wir betreten die Schänke. Der Wirt begrüßt uns freundlich. Diesmal muss er niemanden vom Platz scheuchen, denn sein bester Tisch ist frei. Ohne dass wir eine Bestellung aufgeben, bringt er uns zwei Bier. Ich trinke hastig und leere dabei den halben Krug.

»Ich habe keinen Hunger«, sage ich, bevor ich ihn damit beleidige, sein gutes Essen zu verschmähen. Doch beim Gedanken an die armen Kinder heute bekomme ich keinen Bissen runter.

»Für mich auch nichts«, fügt Cristan hinzu. »Aber wenn du ein Zimmer für uns herrichten könntest, wäre ich dir sehr verbunden.«

»Selbstverständlich, Herr General«, erwidert der Wirt. »Soll ich Euer Pferd ebenfalls versorgen lassen und mich um Euer Gepäck kümmern?«

Cristan nickt und wir trinken schweigend unser Bier. Mir liegt so viel auf der Zunge, aber ich warte, bis wir allein sind.

Im hinteren Teil des Hauses führt uns der Wirt zu einem kleinen Zimmer. Es hat nur ein Bett.

»Ich schlafe auf dem Boden«, bietet Cristan an.

Ich könnte einfach zustimmen, aber heute habe ich nicht mehr die Kraft, Dinge einfach hinzunehmen, denen ich nicht zustimmen möchte. »Wozu? Im Zelt hast du auch neben mir geschlafen.«

»Du hast recht, das Bett ist groß genug für uns beide. Ich wollte nur nicht …«

»Ob du es glaubst oder nicht, aber meine Gedanken drehen sich gerade nicht um dich«, antworte ich viel schroffer als geplant.

Cristan setzt sich aufs Bett, stützt die Hände auf seinen Beinen auf und sieht mich entschuldigend an. »Ich hätte dich auf das, was dich dort erwartet, vorbereiten sollen. Es tut mir leid.«

»Das Mädchen«, sage ich mit erstickter Stimme. »Warum durfte ich ihr nichts geben?«

»Weil wir damit weitere Kinder angelockt hätten und das hätte Aufmerksamkeit erregt. Und das ist das Letzte, was wir auf dieser Mission tun sollten.«

»Ich kann ihren Blick einfach nicht vergessen … Und hast du ihre Arme gesehen?«

Er erhebt sich und geht auf mich zu. »Livia, ich weiß, du würdest gern helfen. Aber dazu sind es zu viele, die hier so leben …«

Mit offenen Armen schließt er die Lücke zwischen uns. Ich will mich nicht von ihm trösten lassen, doch schaffe es nicht, mich zu wehren. Meine Arme hängen schlaff an meinem Körper, während Cristan mich an sich zieht und mir sanft über den

Rücken streicht. Tränen schießen mir in die Augen, aber ich halte sie zurück. Nicht, weil ich mich schäme, vor Cristan zu weinen, sondern weil ich nicht das Gefühl habe, sie stünden mir zu. Sie gehören dem kleinen Mädchen, nicht mir. Ich dachte immer, die Menschen in der Unterschicht haben es schwer. Doch verglichen mit den Zuständen in Tritevo leben wir dort im Wohlstand.

Mein Atem beruhigt sich und Cristan löst sich von mir. In meinem Kopf arbeitet es trotzdem weiter. »Sollte Palente diesen Menschen nicht helfen, statt sie zu bekriegen?«

Ein lauter Seufzer entfährt ihm. »Niemand hat vor, einen Krieg mit ihnen anzufangen, aber sollten sie es tun, werden wir uns verteidigen. Du hast gesehen, wie viele Schmieden sie dort haben. Ich weiß nicht, ob du dir die Menge an Waffen ausmalen kannst, die dort täglich erzeugt wird. Aber niemand, der keinen Krieg plant, unternimmt solche Anstrengungen.«

»Aber diese Menschen hungern! Wenn wir ihnen Nahrung schicken, dann wollen sie vielleicht gar nicht mehr angreifen.«

»Glaubst du, ich weiß das nicht? Glaubst du, der Herrscher weiß das nicht?«

»Vielleicht interessiert es euch ja einfach nicht. Euch fehlt es ja schließlich an nichts.«

Cristan legt seine Hände auf meine Schultern und zwingt mich, ihn anzusehen. »Du weißt nicht, wovon du redest. Das Gegenteil ist der Fall. Cyr will keinen Krieg. Um den Frieden zu wahren, hat er Tritevo viele Sommer lang mit Lebensmitteln beliefert. Doch aufgrund der Dürre ist das nicht mehr möglich. Unsere Vorräte reichen für uns, für Palente, aber unmöglich für zwei Länder. Wenn wir unsere Vorräte nicht verteidigen, dann wird es uns bald selbst wie ihnen gehen.«

»Das wusste ich nicht.«

»Fast niemand weiß das.«

Obwohl ich Cyr und auch mögliche Einsätze, die wir auf seinen Befehl hin ausführen sollen, nun in einem anderen Licht sehe; beim Gedanken daran, womöglich gegen diese hungernden Menschen zu kämpfen, dreht sich mir der Magen um.

Am Morgen brechen wir zurück nach Kalasin auf. Einmal zerteile ich unterwegs lustlos einen Baum und wende dabei das erste Mal seit meinem Ausflug mit Cristan in den Wald meinen Teilklang wieder an. Doch anscheinend bemerkt Cristan, dass ich nicht wirklich bei der Sache bin, und es bleibt bei dieser einen Übung.

Wir übernachten im Zelt mitten in der Steppe und erreichen am nächsten Tag die Hauptstadt. Es ist kurz nach der Mittagsrast und ich bin froh, zurück zu sein. Meine Sicht auf unser Land, die Stadt und mein Leben hat sich geändert. Plötzlich sehe ich die Dinge, die da sind, und nicht nur die, die fehlen.

Trotz des Überflusses in Cristans Haus habe ich oft mit mir gehadert, mich fehl am Platz gefühlt. Während ich mit Cristans Familie an der großen Tafel sitze, auf der sich die Köstlichkeiten türmen, wird mir klar, wie gut es mir eigentlich geht. Wie immer greife ich zuerst zum Brot und verspeise es lächelnd. Selbst die Blicke der Mutter ignoriere ich heute spielend.

»Ich muss in den Palast«, sagt Cristan nach dem Essen zu mir. »Cyr von unserer Mission berichten. Ich möchte, dass du mitkommst.«

Obwohl mir beim Gedanken an Krieg mit Tritevo immer noch übel wird, ich werde vor meiner Verantwortung nicht davonlaufen. Nicht vor Cristan, nicht vor Palente. »Sehr gern.«

Wir lassen die Pferde im Stall und legen den kurzen Weg

zum Palast zu Fuß zurück. Cristan nickt den Wachen zu, die zwischen den Säulen am Eingang stehen, und wir durchqueren das große Tor. Anders als beim letzten Mal, als ich dem Herrscher gegenübergetreten bin, führt uns unser Weg nicht in den Audienzsaal, sondern in einen etwas abgelegeneren Teil des Palasts.

Wir betreten ein Zimmer, in dem Cyr bereits mit einem anderen Mann an einem großen Tisch auf uns wartet. Ich kenne ihn, auch wenn ich noch nie ein Wort mit ihm gewechselt habe. Es ist Barul, der Oberste Befehlshaber, Cristans Rivale.

Sofort verneige ich mich. »Verehrter Herrscher, Cyr.« Barul begrüße ich ebenfalls respektvoll.

Der Herrscher mustert und erkennt mich offensichtlich. »Du bist das Mädchen mit der Segnung. Amaras Tochter.«

»Ja, die bin ich.«

»Was tut sie hier?«, fragt er an Cristan gewandt.

»Wisst Ihr es denn nicht?«, fragt der Oberste Befehlshaber und schnalzt verächtlich mit der Zunge. »Er lässt sie im Tempel ausbilden.«

»Und deine Ausbildung war erfolgreich?«, fragt mich Cyr.

»Ich habe sie noch nicht abgeschlossen.«

»Vielleicht habe ich mich in dir getäuscht. Aber gut für den General, falls du erfolgreich sein solltest.«

»Trotzdem«, reißt Barul das Wort wieder an sich. »Was tut sie hier?«

Cristan geht auf seinen Rivalen zu. »Sie war gemeinsam mit mir in Tritevo. In Anbetracht der sich zuspitzenden Lage hielt ich es für unauffälliger, als Paar unterwegs zu sein.«

»Sehr klug«, lobt der Herrscher. »Berichte.«

Detailliert schildert Cristan unsere Beobachtungen.

»Was glaubt Ihr, was Tritevo mit all den Waffen vorhat?«, fragt Cyr.

Cristan lehnt sich über den Tisch und studiert die Karte von Palente und unseren Nachbarländern, die auf diesem ausgebreitet ist, als stünde darauf die Antwort. »Vielleicht haben sie Söldner, die sie beim Kampf gegen uns unterstützen und im Gegenzug die Beute mit ihnen teilen.«

»Nicht auszuschließen.« Die Miene des Herrschers ist betrübt. »Aber gibt es denn konkrete Hinweise darauf, dass sie wirklich uns angreifen und nicht Kavolep oder Morwila?«

»Leider nicht.« Mit seinen Fingern fährt Cristan die Grenze Palentes nach. »Aber in Kavolep ist auch nicht viel zu holen. Und Morwila? Ich weiß nicht, warum sollten sie ihre Waffen dann an unserem Grenzfluss schmieden und nicht weiter oben im Norden? Das ergibt für mich keinen Sinn.«

»Vielleicht wollen sie mit ihnen handeln«, werfe ich ein. »Waffen gegen Brot.«

Der Oberste Heerführer bricht in schallendes Gelächter aus. »Du kennst dieses Volk nicht. So vorausschauend agieren sie nicht. Und deshalb glaube ich auch nicht, dass der General mit seiner Vermutung richtigliegt. Tritevo hat in seiner gesamten Geschichte nicht eine einzige Allianz geschmiedet.«

»Aber was tun sie dann mit so vielen Waffen?«, fragt Cristan.

»Woher wollt Ihr wissen, wie viele es wirklich sind? Habt Ihr ein Waffenlager gesehen?«

»Nein, aber die Schmieden. Es ist ein Leichtes, sich auszurechnen, welche Stückzahlen sie mit diesen fertigen können.«

Cyr hebt eine der gelben Holzfiguren auf, die mit diversen anderen auf der Karte verteilt sind, und dreht sie zwischen seinen Fingern. »General, ich traue Eurer Einschätzung und Eurem Gefühl immer. Doch ich muss Barul recht geben. Ein solches Handeln passt nicht zu Tritevo.«

»Was schlagt Ihr vor?«, fragt Cristan den Herrscher.

Statt ihm antwortet der Oberste Heerführer: »Einen Präventivschlag, bei dem wir sie entwaffnen.«

Zufrieden nickt der Herrscher und bedeutet ihm, dass er mehr hören möchte.

Barul platziert eine blaue Holzfigur bei der Furt am Grenzfluss. »Wir werden sie von beiden Seiten angreifen und überraschen. Ziel ist, sie völlig zu entwaffnen. Wenn wir dort fertig sind, ziehen wir weiter in den Norden, nach Trita.«

»Damit erklären wir ihnen den Krieg und brechen den seit Jahren bestehenden Frieden«, entgegnet Cyr. »Wir haben so hart für ihn gearbeitet.«

Cristan nickt zustimmend. »Wir sollten warten, bis wir Beweise für ihren geplanten Angriff gegen uns haben.«

»Wir können nicht hier sitzen und darauf warten, dass sie uns angreifen«, hält Barul dagegen. »Gerade in diesen unsicheren Zeiten sollten wir ein Zeichen der Stärke setzen. Und ein präventiver Entwaffnungsschlag ist genau das.«

»Egal, wie wir es nennen, es bedeutet – wie der Herrscher bereits richtig erkannt hat – Krieg.« Cristan fegt die blaue Figur wieder von der Karte. »Wollt Ihr das?«

Bedächtig blickt Cyr zwischen den beiden Männern hin und her. »Ich will, was das Beste für mein Volk ist. Und darüber möchte ich nun in Ruhe nachdenken.« Er deutet zur Tür, und Barul, Cristan und ich verlassen das Zimmer und den Palast. Noch ist nichts entschieden, und Cyr tut dies offensichtlich auch nicht leichtfertig. Trotzdem habe ich kein gutes Gefühl.

Vor dem Gebäude angelangt, verlagere ich mein Gewicht unsicher von einem Bein aufs andere.

»Ich muss zu meinen Männern«, sagt Cristan und wirkt, als wäre er gedanklich schon dort.

»Und ich muss zum Unterricht«, erwidere ich.

Wir verabschieden uns und ich laufe über den Platz zwischen Palast und Tempel. Schon immer wollte ich meine Segnung beherrschen, und die Sorge um Rina hat mich bisher angetrieben, es so schnell wie möglich zu erlernen. Die Aussicht auf das, was vor mir liegt, sollte mich nun abschrecken. Und obwohl sich der Gedanke an einen möglichen Krieg gegen ein verarmtes, hungerndes Volk völlig falsch für mich anfühlt – ich habe die Schmieden gesehen und kann meinen Blick nicht vor dem Übel, das damit über Palente kommen könnte, verschließen. Was auch immer Cyr beschließt – ich will mich nicht im Tempel davor verstecken, sondern Palente mit meiner Segnung dienen. An Cristans Seite und für die Menschen, die ich liebe und denen ich ein Schicksal wie das der Tritever um jeden Preis ersparen möchte.

Ich erklimme die Treppen und betrete den Innenhof des Tempels. Das Waschhaus spare ich mir heute. Schließlich kann ich das, was ich heute lernen will, nur außerhalb dieser Mauern tun. Femi ist nicht im Tempel, doch Pea ist es. Ungeduldig warte ich, während eine Novizin sie für mich holt.

»Du bist zurück von deinem Ausflug«, stellt sie fest, als sie den Innenhof betritt.

Obwohl ich über ihre Forderung nach den Goldlingen für Rinas Hochzeit immer noch enttäuscht bin, erscheint es mir lächerlich, deshalb weiter einen Groll gegen sie zu hegen. »Ja, und ich bin bereit für meinen Unterricht.«

»Warum gehst du nicht ins Waschhaus und kommst dann in unseren Übungsraum?«

Bestimmt schüttele ich den Kopf. Ich erzähle Pea von meinem Ausflug. Da mich Cristan gebeten hat, Stillschweigen über unsere Mission und das Gespräch mit dem Herrscher zu wahren, spare ich Tritevo, und was ich dort gesehen habe, aus. Doch ich berichte ihr von meinem Versuch, einen Felsen zu bewegen, und erkläre, dass ich gern lernen würde, meine Welle noch weiter als bisher anwachsen zu lassen.

Pea mustert mich eingehend und ihre Augen erinnern mich an das Mädchen aus Driga. Ich blicke kurz zu Boden und verdränge den Gedanken an sie wieder. »Hilfst du mir?«

»Du weißt, wie gern ich dir helfe«, setzt sie an. »Aber dir fehlt nicht mehr viel, um deine Ausbildung abzuschließen. Und die Größe deiner Welle ist völlig ausreichend dafür.«

»Vielleicht muss ich es nicht lernen, aber ich möchte. Und wenn du es mir nicht beibringen willst, dann frage ich eben Femi. Kannst du mir sagen, wo die Baustelle ist, auf der sie heute arbeitet? Dort könnte ich ja dann auch gleich mit ihr üben?« Die Vehemenz, mit der ich das fordere, überrascht mich selbst. Aber sie ist Teil der Frau, die ich werden muss, wenn die Lage bald ernst wird.

»Schon gut«, erwidert Pea schmallippig. »Ich bringe es dir bei.«

»Lass uns zum Tempel des alten Gottes gehen«, schlage ich vor.

»Auf keinen Fall!«

»Vielleicht sollte ich doch besser Femi auf ihrer Baustelle besuchen.«

Genervt verdreht Pea die Augen. »Du hast gewonnen. Aber erzähle niemandem, dass ich dich dorthin begleitet habe.«

Gemeinsam gehen wir den kurzen Weg zu Cristans Haus und ich hole Warda aus dem Stall.

Pea streicht sanft über ihr weißes Fell. »Ich wusste gar nicht, dass du reiten kannst.«

»Cristan hat es mir beigebracht.« Dass ich gestern das erste Mal völlig allein geritten bin, verschweige ich lieber.

Ich steige aufs Pferd, helfe Pea hinauf und wir reiten aus der Stadt zum Tempel des alten Gottes. Dort arbeite ich wie besessen daran, meine Welle wachsen zu lassen. Als die Sonne bereits tief steht, schaffe ich es, sie auf die Höhe einer der Säulen zu dehnen. Mein Klang bringt sie nicht zum Einsturz, doch morgen ist auch noch ein Tag.

26

Beschwingt betrete ich das Haus von Cristans Eltern. In der Empfangshalle herrscht ein reges Treiben, dem ich lieber aus dem Weg gehe. Rasch eile ich in mein Zimmer, werde dort zu meiner Überraschung jedoch von Cristan erwartet, der auf meinem Bett sitzt. »Da bist du ja endlich!«, begrüßt er mich.

»Ich war außerhalb der Stadt mit Pea üben. Mir war nicht bewusst, dass du auf mich wartest.«

»Außerhalb der Stadt?« Fragend sieht er mich an.

»Ich arbeite daran, das Unmögliche möglich zu machen, und wollte nicht die Stadt in Schutt und Asche legen.«

»Die Stadt dankt es dir.« Etwas leiser fügt er hinzu: »Auch wenn ich nicht glaube, dass das wirklich passiert wäre.«

»Warum bist du hier?«

»Brauche ich denn einen Grund?«

Ich hebe die Brauen und stemme meine Hände in die Hüften. »Du kommst nie ohne Grund.«

»Ich wollte dir noch eine Einladung überbringen.«

Obwohl ich keine Ahnung habe, worum es geht, breitet sich ein Kribbeln in meinem Magen aus. Anmerken lasse ich mir davon natürlich nichts.

»Meine Eltern veranstalten ein Fest. Ich habe nur wenig Lust, muss aber teilnehmen.« Lässig zuckt er mit den Schultern, als wäre damit bereits alles gesagt.

»Wenn du willst, dass ich dich begleite, frage mich.«

»Wieso, hast du etwa etwas Besseres vor?«

Wann, außer am Tag der Göttin, habe ich schon jemals etwas vor? »Ich weiß noch nicht. Vielleicht gehe ich in die Schänke, meine neu gewonnenen Fähigkeiten feiern.«

Cristan hebt eine Braue und ich kann es ihm nicht verdenken. Ich glaube mir ja selbst kein Wort.

»Hast du Lust, mich zu begleiten?«

»Was ist mit deinen Eltern?«

»Was soll mit ihnen sein?«

Ist er wirklich so blind? »Ich glaube nicht, dass deine Mutter begeistert sein wird, mich an deiner Seite zu sehen.«

»Noch nicht«, erwidert er. »Aber schon sehr bald.«

Seufzend setze ich mich aufs Bett. Ich weiß nicht, ob es klug ist, sie zu provozieren. Aktuell ignoriert sie mich nur, doch sie könnte mir mein Leben hier auch zur Hölle machen.

»Grübel nicht so viel über meine Mutter nach. Sie wird dich schon nicht fressen. Vermutlich wird sie ohnehin so beschäftigt sein, dass sie dich gar nicht bemerkt.«

»Wenn das so ist, komme ich gern.«

»Genau das wollte ich hören«, sagt Cristan und schenkt mir ein breites Grinsen. »Ich lasse dir später ein Kleid bringen und hole dich dann ab.«

»Aber ich habe doch schon so viele Kleider.«

»Du musst wirklich noch viel lernen«, erwidert er süffisant und verlässt mein Zimmer.

Wenig später besucht mich Neda. Über ihrem Arm trägt sie das angekündigte Kleid. Sie tritt näher, legt es flach über mein Bett und mir stockt der Atem. Es ist das kräftigste Purpurrot, das ich je gesehen habe. Ich strecke meine Hand danach aus und fahre über den Stoff. Er ist eben und kühl wie der glatt polierte Boden des Heiligtums.

Erwartungsvoll blickt Neda mich an. »Gefällt es dir?«

»Ist das wirklich für mich?« Ich kann nicht glauben, dass ich es später tragen soll.

»Cristan hat es selbst für Euch ausgesucht.«

»Es ist traumhaft.«

Zufrieden lächelnd zeigt sie zum Ausgang. »Wenn Ihr erlaubt, helfe ich Euch noch mit dem Rest. Der General wird seine Augen nicht von Euch lassen können.«

»Wenn das so ist …« Dass sich Neda täuscht, behalte ich lieber für mich.

In meinem Waschzimmer dampft das Wasser bereits im Holzbottich. Mir erscheint ein Bad für mich allein immer noch sehr verschwenderisch, aber wenn es schon einmal da ist …

Ich schäle mich aus meinem Wickelkleid und steige in das angenehm warme Becken. Kaum ist mein Körper vollständig mit Wasser bedeckt, steht Neda mit einem kleinen Krug über mir und schüttet golden glänzendes Öl über mich. Ich erwarte einen schweren Duft, weil wohlhabende Oberschichtler meist so riechen, doch zu meinem Erstaunen nehme ich etwas anderes wahr. »Rosenduft?«

»Ich hoffe, Ihr mögt ihn. Ihr riecht immer schwach danach, wenn Ihr aus dem Tempel kommt.«

»Es ist mein Lieblingsduft.« Und der meiner Mutter.

Ich genieße mein Bad und bleibe im Becken, bis meine Haut runzelig ist wie eine getrocknete Dattel. Schließlich reicht Neda mir ein großes Stofftuch und ich wickele mich darin ein.

Zusammen gehen wir zurück in mein Zimmer und dort beginnt das eigentliche Zurechtmachen. Während ich auf meinem Bett sitze, bemalt Neda meine Augen, Wangen und Lippen und macht sich schließlich an meine Haare. Immer wieder teilt sie Haarsträhnen ab und zieht an ihnen. »Was tust du gerade?«

»Vertraut mir, Ihr werdet wunderschön aussehen.«

»Ich vertraue dir. Ich bin nur neugierig.«

Unbeirrt arbeitet sie weiter. »Ich locke Euer Haar etwas.«

»Das geht?« Ich dachte immer, man wird mit Locken geboren oder eben nicht.

»Mit genug Goldlingen ist so gut wie alles möglich.« Ihre Worte klingen traurig. Verständlicherweise. Vermutlich ist es eine Sache, in einer Unterschichtsiedlung zu leben und nichts zu haben. Aber täglich unerreichbaren Wohlstand vor Augen zu haben ist grausam.

Ich frage mich, wie lange man sich mit Haaren beschäftigen kann. Neda offensichtlich sehr lange. Endlich tritt sie einen Schritt zurück und betrachtet mich zufrieden.

»Fehlt nur noch das Kleid.« Mit kleinen flinken Schritten durchquert sie den Raum und nimmt das Kleid von meinem Bett.

Ich löse das Tuch von meinem Körper und lasse mir von ihr ins Kleid helfen. Anders als die meisten meiner Stücke wird dieses nicht gewickelt. Während Neda den Stoff zurechtzupft, werfe ich einen Blick an mir herab. Erst jetzt fällt mir auf, dass das Purpurrot von glänzenden Fäden durchzogen ist. So etwas habe ich noch nie gesehen. Ich zeige auf eine der Linien und wende meinen Kopf zu Neda. »Ist das etwa Gold?«

»Vergoldete Schnur«, erklärt sie. »Es ist sehr aufwendig, sie zu färben und in die Stoffe einzusticken. Aber bei den Frauen der Oberschicht sind solche Kleider gerade sehr gefragt und man zahlt ein Vermögen dafür.«

Unwillkürlich frage ich mich, wie viel Brot man davon wohl kaufen könnte. Solange noch Getreide in den Speichern ist – vermutlich viel. Aber ich weiß, dass dieser Reichtum das Problem der Dürre und fehlenden Nahrung auch nicht lösen kann.

»Ihr seht einfach wunderschön aus. Cristan wird seine Augen nicht von Euch wenden können.«

Ein kleines Ziehen breitet sich in meinem Bauch aus. Und es ist ein freudiges Ziehen. Was ist nur mit mir geschehen? Es war nie mein Ziel, schön auszusehen, und schon gar nicht für einen Mann. »Meint Ihr?«

»Wenn er das nicht tut, ist er blind.«

Verlegen blicke ich von meinen nackten Füßen zurück zu Neda. »Ich danke dir. Meine Sandalen ziehe ich mir dann selbst an.«

»Nein, bitte nicht. Die passen überhaupt nicht zu diesem Kleid.«

Das klingt so absurd, dass ich lachen muss. »Passende Schuhe zum Kleid …«

»Diese Dinge sind äußerst wichtig. Ein schönes Kleid haben viele, aber es sind die kleinen Details, die Auskunft über den Status geben.«

»Und ich dachte immer, die Frauen hier haben keine Probleme.«

Neda muss lachen, hält sich aber sofort die Hand vor den Mund. »Die Wahl der falschen Schuhe soll angeblich ganze Familien ins Verderben geführt haben.«

Aus der mittelgroßen Truhe zaubert sie ein paar schwarze Sandalen hervor. Neda legt sie vor mich hin und bittet mich hineinzusteigen. Die Riemen sind so zart, dass ich mir nicht vorstellen kann, dass sie wirklich halten. Aber meine Dienerin weiß hoffentlich, was sie tut. Ich schlüpfe hinein und lasse mir von ihr die Sandalen binden.

»Die schneiden ins Fleisch«, stelle ich fest, nachdem sie fertig ist.

»Ich weiß, aber dafür seht Ihr hinreißend aus.«

Den ganzen Tag Kamut mahlen und nicht wissen, ob man am nächsten Tag noch genug zum Essen hat, ist kein schönes Leben. Aber im Vergleich zu unbequemen Sandalen suchen wir uns das wenigstens nicht aus. »Ich weiß wirklich nicht, ob ich es den ganzen Abend darin aushalte.«

»Ihr werdet Euch daran gewöhnen.«

Was sie damit wohl eigentlich sagen will: *Ich werde mich daran gewöhnen müssen.* Ein Leben an Cristans Seite bedeutet offensichtlich, nicht nur Teil der Armee zu sein, sondern auch das. Und es gibt zugegebenermaßen Schlimmeres.

»Wartet hier«, weist die Dienerin mich an und verlässt den Raum. Als die Tür sich wenig später wieder öffnet, ist sie nicht allein.

Mit einem Bündel in der Hand kommt Cristan auf mich zu. Seine Tunika ist aus dem gleichen goldbestickten Stoff gearbeitet wie mein Kleid und wird an der herzseitigen Schulter mit einer saphirbesetzten Brosche gerafft. Ich frage mich, ob diese aufeinander abgestimmte Kleiderwahl auch eines dieser Details ist, von denen Neda gesprochen hat. Noch im selben Moment verbiete ich mir diesen Gedanken.

Ein paar Schritte von mir entfernt bleibt Cristan stehen und betrachtet mich erstaunt. »Gefällt dir das Kleid?«

»Sehr.«

»Gut.«

Gut? Ist das alles?

»Aber so kann ich dich nicht gehen lassen.«

Verzweifelt blicke ich zu Neda. Doch anstatt mir irgendwie zu Hilfe zu kommen, huscht sie aus dem Raum. »Es liegt an den Locken, oder?«

»Wenn du dich sehen könntest, würdest du das nicht denken.« Er lächelt. Und während sein Lächeln sonst meist selbstherrlich ist, habe ich das Gefühl, dass dieses tatsächlich für mich ist.

Ich stürme aus dem Zimmer, eile zurück ins Waschzimmer und trete an den Bottich, versuche, mich im Wasser zu betrachten. Das Bild, das sich mir bietet, ist unscharf. Vielleicht fällt es mir deshalb schwer zu glauben, dass ich diese Frau sein soll.

»Dir fehlt noch Schmuck.« Plötzlich steht Cristan hinter mir, so nah, dass ich seinen Atem an meinem Nacken spüre. Er greift um mich herum und legt mir etwas Kaltes an den Hals.

Ich umfasse die Kette und betrachte sie gleichzeitig im Wasser. Sie ist golden und in der Mitte prangt ein auffällig dunkler Stein.

Hinter mir verschließt Cristan das Schmuckstück. »Das ist ein schwarzer Saphir.«

»Er ist wunderschön.«

»Er hat mich an deine Augen erinnert.«

Ich stocke kurz, dann drehe ich mich zu ihm. »Kann ich so gehen?«

Energisch schüttelt er den Kopf und greift in seinen Beutel. »Wie sieht das denn ohne den passenden Armreif aus?«

Ich strecke ihm meine Hand entgegen, doch anstatt mir den Reif anzulegen, nimmt er sie in seine. »Das Fest findet in unserem Haus statt. Wenn dich heute irgendwer beleidigt, werfe ich ihn persönlich raus.«

»Tu das nicht.«

»Was?«

»Dir einreden, dass du mich beschützen musst. Ich brauche niemanden, der auf mich aufpasst und mich verteidigt.«

Mit einer geschickten Bewegung legt er mir den Reif um das Handgelenk und drückt die Enden aneinander. »Ich weiß, du kannst dir selbst helfen. Aber wer dich beleidigt, beleidigt damit bald schon mich. Und im Gegensatz zu dir kann ich das nicht schulterzuckend hinnehmen.«

»Im Gegensatz zu mir musst du das ja nicht.«

»Und du musst das auch nicht mehr lange.«

Ich hebe meine Hand und betrachte den Armreif genauer.

Obwohl der darin eingelassene Saphir nicht größer als mein Daumennagel ist, werden meine Augen wie magisch von ihm angezogen, und er wirkt viel tiefer, als er eigentlich ist. »Die Sandalen sind völlig unbrauchbar. Aber das Kleid und der Schmuck …« Ich räuspere mich kurz und blicke zurück zu Cristan. »Ich hätte nie gedacht, dass ich so etwas einmal tragen werde.«

»Keine Angst, das wirst du auch nicht täglich. Auf dem Schlachtfeld ist das eher unpraktisch.«

Dieser Mann weiß wirklich, wie man einen schönen Moment zerstört. Geräuschvoll atme ich aus. »Falls nichts mehr in deinem Bündel ist, können wir ja gehen.«

»Das Bündel ist leer.« Achtlos wirft er es zu Boden, hält mir seinen Ellbogen hin und ich hake mich bei ihm unter.

Zusammen schreiten wir in den großen Speisesaal des Hauses. Der Raum ist bereits voller Gäste. Es sind mehrere Dutzend, mehr als bei Rezars Fest. Mein Blick trifft auf ein Meer aus Blau und Purpur. Auffallen werde ich hier nicht mit meinem Kleid. Aber dies sind auch keine Menschen, zwischen denen ich auffallen möchte. Mein Körper verkrampft sich. Trotz des riesigen Hauses und der vielen Diener wird mir jetzt erst wirklich bewusst, wie wohlhabend Cristans Familie sein muss. Ich habe immer mit meinem Leben gehadert, weil ich überzeugt davon war, in die Oberschicht zu gehören. Aber jetzt … »Ich gehöre hier nicht hin.«

Kopfschüttelnd dreht sich Cristan zu mir und hebt mein Kinn mit seiner freien Hand. »Sag das nie wieder. Deine Ausbildung schreitet schneller voran, als ich es je für möglich gehalten hätte. Du trägst die Segnung in dir und du wirst Palente damit dienen. Schon sehr bald. Glaub mir, die Menschen werden deinen Namen kennen.«

»Die Menschen kennen auch den Namen meiner Mutter.«

Ich löse mich aus seinem Griff und presse meine Lippen zusammen. »Aber die meisten erst seit ihrem Tod.«

»Im Krieg gibt es keine Sicherheiten. Aber dass dir so etwas passiert wie ihr, werde ich nicht zulassen.« Mit dem Handrücken fährt er mir über den Arm. »Das ist nicht Rezars Fest. Niemand wird dich hier anstarren. Höchstens, weil du einfach atemberaubend aussiehst.«

Nette, aufmunternde Worte. Doch selbst wenn mich niemand ansieht oder beleidigt, sie werden sich alle denken, dass ich Dreck bin und nicht hierhergehöre. Also eigentlich alles wie immer … Ich nicke Cristan zu und er führt mich weiter in den Raum.

Unauffällig zeigt er mit dem Finger auf verschiedene Personen. »Das ist Wisar. Er ist der Oberaufseher des Kornspeichers.«

Gegenüber von ihm steht Barul. Mit dem Kinn deute ich in seine Richtung. »Den Mann, den du am liebsten tot sehen würdest, habe ich ja bereits kennengelernt«, flüstere ich ihm ins Ohr.

»Ich bin weder an seinem Leben noch an seinem Tod interessiert. Ich will nur seinen Posten.«

»Wie beruhigend.«

Cristan winkt einen Diener heran, der uns prompt mit zwei Krügen bedient. Ich nehme einen Schluck und erkenne den Geschmack sofort. »Das ist das Bier aus Alibal, oder?«

Anerkennend nickt er. »Es ist das beste Bier Palentes. Sogar der Herrscher trinkt es.«

Cristan deutet zu seiner Schwester, die ein üppig verziertes, blaues Kleid trägt. »Meine Mutter veranstaltet dieses Fest, damit die unverheirateten Männer der höheren Gesellschaft Ilaria sehen können. Natürlich haben meine Eltern den idealen Mann für sie schon gefunden. Doch es ist eine Frage des Stolzes, noch weitere Angebote für sie zu erhalten.«

»Und manche wundern sich, dass Frauen davon träumen, im Tempel zu leben …«

»Und manche Männer lieber auf dem Schlachtfeld leben und sterben.«

Er wendet seinen Oberkörper etwas zu mir und sieht mich an. »Wir sind uns viel ähnlicher, als du denkst. Aber falls es dich beruhigt – meine Schwester ist mit der Wahl meiner Eltern sehr einverstanden.«

»Das ist das erste Mal, dass du mir etwas über deine Familie erzählst«, erwidere ich schulterzuckend und hoffe, dass es gleichgültig klingt. In Wahrheit stelle ich wieder einmal fest, wie wenig ich doch über Cristan weiß.

»Ich wusste nicht, dass es dich interessiert.«

»Ich bin mir sicher, dich interessiert meine Familie auch nicht. Trotzdem erzähle ich von ihr.«

Endlose Augenblicke starrt er mich an und sagt dann schließlich: »Wenn du etwas über mich wissen möchtest, frag mich. Ich bin kein Tratschweib, aber ich werde dir immer antworten und dich nie belügen.«

Das lasse ich mir nicht zweimal sagen. »Warum wolltest du, dass ich dich auf das Fest begleite?«

»Was ist denn das für eine merkwürdige Frage?«

»Eine ernst gemeinte.«

Mit seiner Hand zeigt er einmal quer durch den Raum und nickt, als wäre das schon Erklärung genug.

»Du hast mir gerade versprochen, dass du mir auf alles antwortest und mich nicht belügst.«

Seine Gesichtszüge verhärten sich. »Ich könnte mit fast jeder dieser Frauen hier sein. Meine Eltern sind äußerst wohlhabend und ich selbst General. Und im Gegensatz zu dir würde jede Begleitung den ganzen Abend alles tun, um mir zu gefallen. Du bist anders.«

»Offensichtlich«, antworte ich und freue mich im Stillen. »Jetzt verstehe ich auch, warum du sonst immer allein zu Feiern gehst.«

»Dafür gibt es mehrere Gründe. Aber ich glaube, das reicht für heute an Fragen.« Sein Tonfall lässt hier keine Zweifel.

Cristans Eltern betreten den Raum und werden begeistert empfangen. Seine Mutter ist mit so viel Gold geschmückt, ich bin erstaunt, dass sie überhaupt noch aufrecht gehen kann. Aber bestimmt ist das nötig, um jedem hier zu zeigen, dass sie die reichste Frau im Raum ist.

Ilaria tritt neben ihre Mutter. Sie ist wie eine Frau gekleidet, doch hat das Gesicht eines Kindes. Eines sehr hübschen Kindes … »Wie alt ist sie eigentlich?«

»Dreizehn Sommer. Sie wird auch noch nicht jetzt heiraten. Aber das Werben beginnt für gewöhnlich in diesem Alter.« Die Mutter blickt vorwurfsvoll zu uns. »Warte kurz hier. Ich muss nur kurz meinen Verpflichtungen nachgehen.«

Ich nippe an meinem Bier und sehe ihm nach. Neben seiner Schwester reiht er sich ein. Sein Vater hebt einen Krug. »Verehrte Gäste. Wir freuen uns, dass so viele unserer Einladung gefolgt sind.«

Dann ergreift die Mutter das Wort. »Für alle, die uns länger nicht mehr gesehen haben: Dies ist meine wunderschöne Tochter Ilaria, die schon bald vierzehn Sommer zählt. Sie wird uns später mit ihrem lieblichen Spiel auf der Harfe unterhalten.« Sie wartet die anerkennenden Blicke ab und fährt fort. »Und dies ist mein tapferer Sohn Cristan, der jüngste General, den Palente jemals hatte.«

Diese Frau hört sich an wie eine Marktschreierin, die verderbliche Ware anpreist. Aber außer mir finden das offensichtlich alle normal.

Cristan stiehlt sich zu mir zurück und ich schaffe es nicht, einen Kommentar zu unterdrücken. »Gibt es eine Dreingabe, wenn man dich und Ilaria ersteht?«

»Das solltest du Mutter vorschlagen. Ich glaube, es würde ihr gefallen.«

Ich entdecke ein bekanntes Gesicht. Es ist Korus, Cristans bester Freund, den ich bereits auf Rezars Fest kennengelernt habe.

»Livia«, begrüßt er mich und deutet eine Verbeugung an. »Du siehst wunderschön aus. Wenn ich es nicht besser wüsste, würde ich glauben, du bist eine Schwester von Cristan und Teil dieses Heiratsmarkts.«

»Heiratsmarkt«, wiederhole ich angewidert.

»Ja, so nennen Korus und ich diese Feste immer«, erklärt Cristan und lächelt schief.

»Ich habe viele Sommer lang darauf gewartet, dass Cristan ebenfalls das Harfespielen lernt und uns mit einem Stück erfreut«, spottet Korus.

»Ich erinnere mich gut an die Feiern in deinem Haus«, setzt Cristan an und wird prompt von seinem Freund in die Seite geboxt.

»Bitte nicht, ich versuche immer noch, das zu vergessen.«

Ich werde neugierig. »Was ist passiert?«

Seufzend gibt Korus sich geschlagen und beginnt zu erzählen: »Meine Eltern wollten zeigen, was für ein starker Junge ich bin, und Cristan und ich sollten mit Holzschwertern kämpfen. Ich habe verloren. Meine kleine Schwester hat daraufhin Cristan herausgefordert, um die Ehre meiner Familie zu verteidigen.«

Cristan bedeckt sein Gesicht mit seinen Händen. »Jetzt wird es auch für mich peinlich.«

»Sie hat ihn tatsächlich geschlagen.« Korus lacht laut auf. »Unseren starken und tapferen General.«

»Hat sie«, erwidert er und lässt seine Hände sinken. »Aber nur, weil sie gegen die Regeln verstoßen hat.«

Stirnrunzelnd sehe ich ihn an.

»Es gibt Körperteile, die spart man beim Kampf aus.« Sein Blick gleitet abwärts und ich verstehe.

»Ich kenne deine Schwester zwar nicht, aber ich mag sie.«

Cristan verschränkt seine Arme vor der Brust. »Warum wundert mich das nicht.«

»Ich muss dich leider enttäuschen«, wehrt Korus ab. »Heute ist sie weit weniger wild.«

Seufzend deutet Cristan zu seinem Vater, der mit einigen wohlgenährten Männern zusammensteht. »Entschuldigt mich. Vater möchte mich vermutlich einigen der Gäste vorstellen.«

Kopfschüttelnd wende ich mich an Korus. »Und ich dachte immer, Feste sind dazu da, sich zu amüsieren.« Ich führe den Krug an meinen Mund und beobachte Cristan, der gerade dabei ist, in ein Gespräch verwickelt zu werden. Dann wende ich mich wieder Korus zu.

»Es gibt solche und solche Feste.« Korus macht eine kreisende Bewegung mit seiner Hand. »Leider mehr solche. Aber auch hier wird später noch getanzt. Nicht so wie bei Rezar, aber man kann sich durchaus vergnügen. Wo wir gerade beim Thema sind: Alle haben sich gewundert, dass ihr den Kupfertanz so kurz vor dem Sieg abgebrochen habt.«

»Cristan …«, setze ich an, doch Korus unterbricht mich.

»Ich weiß, warum er es getan hat. Und ich bin froh, dass du es ihm nicht nachträgst.«

»Ich habe Cristan übrigens gefragt, warum er sonst immer allein auf Feste geht«, sage ich schnell, um das Thema zu wechseln. »Er mag es nicht, dass ihm die Frauen seines Standes wegen so gefällig sind.«

»Das stimmt, ist aber nicht der einzige Grund.«

»Sondern?«

Unsicher schüttelt Korus den Kopf. »Du solltest dieses Gespräch mit Cristan und nicht mit mir führen.«

»Der ist aber gerade nicht da, du schon.«

»Gut, ist ohnehin kein großes Geheimnis«, antwortet er seufzend. »Für Cristan bedeutet Liebe Schwäche. Bei seinen Soldaten hat er immer wieder beobachtet, wie Männer, die eine Familie oder Geliebte zu Hause haben, sich verändern. Wie ihre übertriebene Vorsicht zu Fahrlässigkeit führt. Deshalb hat er der Liebe abgeschworen.«

Kann man der Liebe einfach abschwören? »Das hört sich schrecklich an. Verständlich, aber schrecklich. Findest du nicht?«

»Doch, aber ich dachte, du bist selbst so?« Korus sieht prüfend zu mir. »Zumindest hat mir Cristan erzählt, dass du nie heiraten, sondern immer Priesterin werden wolltest.«

»Aber das ist etwas anderes.«

»Ist es das?«, fragt er und nimmt einen Schluck Bier.

»Ja. Nein. Ein wenig.«

Korus lächelt versöhnlich. »Ich kann ihn verstehen.«

»Hast du der Liebe denn auch abgeschworen?«

»O nein, ganz im Gegenteil. Aber ich kann verstehen, warum er so gern Zeit mit dir verbringt. Ihr zwei seid euch wirklich ähnlich.«

Anstatt zu protestieren, wende ich verlegen meinen Blick ab. Denn was sein Freund sagt, trägt zumindest einen wahren Kern. Seit ich denken kann, habe ich mich unverstanden gefühlt. Doch bei Cristan … Bei ihm spüre ich das nie. Es gibt zwar viel, das uns trennt, aber was uns eint, ist besonders. »Hat er das denn gesagt?«

»Das muss er gar nicht. Ich kenne ihn gut genug.«

Obwohl ich Korus' Gesellschaft sehr angenehm finde, bin ich doch froh, als Cristan endlich wieder zu uns stößt. Gemeinsam essen wir erlesene Köstlichkeiten, trinken ein ums andere Bier, reden und lachen.

Nachdem das Essen abgetragen worden ist, bringen zwei Diener eine Harfe herbei und stellen sie in der Mitte des Raums ab. Auf einem Hocker dahinter nimmt Ilaria Platz. Alle Gäste versammeln sich in einem Kreis um sie herum, und ich bestaune ihre lockigen Haare, die mit kunstvoll vergoldeten Blüten geschmückt sind. Ihre Haltung ist so aufrecht und anmutig wie die von Cristan.

Ihre Finger gleiten über die Seiten der Harfe und stimmen eine mir unbekannte Melodie an. Sie ist schön und traurig zugleich. Ich frage mich, ob sie nur mich so berührt, weil Töne mir so vertraut sind, aber ein Blick auf die anderen Gäste verrät mir, dass es allen so geht.

»Sie spielt wunderschön«, flüstere ich Cristan ins Ohr.

»Ja, das tut sie. Aber lass dich nicht täuschen – sie hasst es zu spielen und beklagt sich stets darüber, dass ihre Fingerkuppen deshalb so hässlich sind.«

»Das merkt man ihr gar nicht an.«

»Sie ist ja auch durch die harte Schule meiner Mutter gegangen. Die harte Schule des schönen Scheins.« Geräuschvoll atmet er aus.

Ich lausche trotzdem weiter gebannt der lieblichen Melodie und schließe meine Augen leicht. Ich will träumen und mich von den Klängen davontragen lassen. Aber ich weiß nicht mehr, wohin. Vielleicht in eine friedliche Welt voller Überfluss für alle.

Die Gäste jubeln Ilaria zu und sie spielt noch ein paar weitere Stücke. Das letzte ist schwungvoller und leitet über zum Tanz. Die Harfe wird zur Seite getragen, und zwei Frauen mit unterschiedlich großen Flöten sorgen stattdessen für die Musik. Den ersten Tanz übernehmen die Gastgeber. In fließenden Bewegungen wirbeln Cristans Eltern durch den Raum. Doch Korus hat recht. Es ist eine völlig andere Art des Tanzes. Die Paare stehen weiter auseinander und berühren sich nur an den Armen und Schultern.

Das erste Lied verstummt und Ilaria löst ihre Eltern begleitet von einem jungen Mann ab. Was ich nicht kommen sehe, ist, dass Cristan meine Hand nimmt und mich ebenfalls auf den Tanzboden führt. »Ich kenne diesen Tanz nicht«, raune ich ihm zu.

»Er ist viel einfacher als der Kupfertanz«, beruhigt er mich.

Mein Herz pocht rasend schnell und alles in mir verkrampft sich. Ich habe Angst. Merkwürdigerweise fürchte ich mich mehr davor, Cristan zu blamieren als mich. »Hättest du das nicht vorher mit mir üben können?«

»Keine Zeit. Aber mach dir keine Sorgen, ich werde dich so gut führen, dass niemand merken wird, dass es dein erstes Mal ist.« Er zwinkert mir zu und ich spüre, wie mir das Blut in die Wangen schießt.

Cristans Hand legt sich um meinen Arm herum auf mein Schulterblatt und die andere hebt meinen Arm und umfasst ihn. Die Melodie beginnt und ich folge dem sanften Druck von Cristans Bewegungen. Wir machen einen Schritt in jede Richtung und wieder zurück. Dann drehen wir uns und beginnen von vorn.

»Du machst das gut«, lobt er mich leise. »Bereit für mehr?«

»Immer.« *Habe ich gerade tatsächlich »immer« gesagt?*

Mit unseren Drehungen beschreiben wir einen großen Kreis. Die meisten vollführen wir zusammen, manche mache ich jedoch allein unter seinem Arm hindurch. Ich blende die vielen Blicke, die auf uns gerichtet sind, aus und finde tatsächlich Gefallen daran. Als das Lied verstummt und Cristan mit mir zurückgehen will, bin ich fast etwas traurig.

Obwohl ich nichts sage, bemerkt er das offensichtlich. »Oder möchtest du weitertanzen?«

»Du denn nicht?«

»Warum nicht«, erwidert er schulterzuckend und wir nehmen wieder unsere Position ein. »So muss ich wenigstens nicht reden.«

Ich kann mich gerade noch davon abhalten, ihm mit meiner Segnung einen der Krüge an den Kopf zu schleudern, und begnüge mich mit einem bösen Blick.

»Nicht mit dir«, stellt er klar. »Ich meine, mit den anderen Gästen.«

»Gerade noch gerettet.«

»Ich hatte schon Angst«, scherzt er.

»Solltest du mittlerweile.«

»Willst du mich etwa zum Kampf herausfordern?«

»Wie ich gehört habe, wurdest du schon einmal von einem kleinen Mädchen geschlagen, einen Versuch wäre es also wert.«

Cristan lacht laut auf und verringert den Abstand zwischen uns etwas. »Verschieben wir das auf ein anderes Mal und einen ungestörten Ort.«

Wir tanzen, bis mir die Füße schmerzen. »Ich brauche eine Pause.«

Zusammen gehen wir zurück zu der großen Tafel und ohne dass wir etwas sagen, bringt uns ein Diener zwei frische Krüge Bier.

Ich trinke einen großen Schluck und reibe mir meine Füße. »Ich würde diese Dinger so gern ausziehen.«

»Dann tu es doch.«

»Ich weiß nicht, hier tragen alle welche.«

Cristan bückt sich, löst seine Riemen und streift sich seine Sandalen von den Füßen. »Nicht alle.«

»Deiner Mutter wird das nicht gefallen.«

»Wenn es danach ginge, wäre ich gar nicht mit dir hier.« Er beugt sich erneut herunter und löst diesmal einen meiner Riemen. »Aber ich bin mit dir hier. Und ich bin gern mit dir hier. Ob mit oder ohne Sandalen …«

Zögerlich schlüpfe ich schließlich auch aus ihnen heraus. Meine Fußsohlen berühren den kühlen Boden und der Schmerz löst sich in Luft auf. »Ist das gut.«

»Ich merke, ehrlich gesagt, keinen Unterschied«, gesteht er.

»Ich könnte sogar wieder tanzen.«

»Wollen wir?«

»Barfuß?«

»Warum nicht?« Cristan erhebt sich und reicht mir seine Hand.

Gemeinsam gehen wir zurück zur Musik. Empörte Blicke begleiten uns bei jedem Schritt. Doch niemand wagt, etwas zu sagen, schließlich ist Cristan Teil der Gastgeberfamilie.

»Also, deine Mutter lässt sich nichts anmerken.«

»Nein«, erwidert er schmunzelnd. »Aber ich kann dir versichern, sie tobt innerlich.«

»Wir sollten …«

»Einfach weitertanzen«, unterbricht mich Cristan.

Obwohl ich anderer Meinung bin, widerspreche ich ihm nicht, sondern genieße diesen Abend weiter mit ihm. Diese Unbeschwertheit kann mit jedem Tag vorbei sein, und gerade deshalb koste ich sie aus.

Wir tanzen, trinken und lachen, bis die letzten Gäste gehen.

»Hast du dich gut amüsiert?«, fragt die Mutter Cristan mit stechendem Tonfall.

»Hervorragend«, erwidert er augenblicklich.

Ich gehe in Richtung der Tafel und hebe meine Sandalen auf. Cristan folgt mir und bückt sich ebenfalls nach seinen.

»Ich gehe dann schlafen«, sage ich verlegen. »Vielen Dank für die Einladung.«

»Warte!« Cristan umfasst meinen Unterarm und hält mich zurück. »Ich gehe auch.«

So wie seine Mutter uns beide ansieht, will ich dem widersprechen, aber da der Abend für mich zu abrupt endet, schaffe ich es nicht. Ich lasse mich von Cristan durch den langen Gang führen. Mit jedem Schritt werden wir langsamer und ich bin froh darüber.

Irgendwann kommen wir trotzdem vor meinem Zimmer an. Lässig lehnt sich Cristan an die Wand und mustert mich eingehend.

»Deine Mutter hasst mich jetzt vermutlich, aber ich hatte viel Spaß«, gestehe ich ihm.

»Ich auch. Und keine Sorge. Vater bringt sie schon wieder zur Vernunft.«

»Meinst du?«

»Bestimmt.«

Nervös verlagere ich mein Gewicht von einem Bein aufs andere. Ich will nicht, dass er geht, aber ich weiß nicht, was ich noch sagen soll, um ihn länger hierzubehalten.

Cristan lässt seine Schuhe fallen, kommt auf mich zu und legt seine Arme um meinen Hals. Unwillkürlich öffne ich meine Hände und die Sandalen gleiten aus meiner Hand. Ich strecke mich ihm entgegen, warte auf einen Kuss, der nicht kommt. Stattdessen öffnet er die Halskette und nimmt sie an sich. Enttäuscht strecke ich ihm meine Hand entgegen, damit er auch den Reif lösen kann.

Er verzieht sein Gesicht und weicht meinem Blick aus. »Ich will ihn dir nicht wegnehmen. Der Schmuck gehört dir. Aber erst …«

»Nach meiner Prüfung. Ich weiß.«

Kopfschüttelnd löst er den Reif von meinem Handgelenk. »Wenn du meine Frau bist.«

Ich will mich gerade abwenden und schlafen gehen, als sich seine Hand auf meine Wange legt. Sanft streichelt er mein Gesicht. Ich sollte mich nicht von ihm trösten lassen, sondern gehen. Jetzt! Doch seine Berührungen fühlen sich so gut an.

Er legt seinen Kopf schief und kommt etwas näher. Wärme durchströmt meinen Körper. Wenn er glaubt, er kann mich jetzt küssen, hat er sich getäuscht. Denn obwohl ich nichts lieber tun würde – ich habe auch meinen Stolz. Und deshalb werde ich von nun an nicht mehr zulassen, dass es überhaupt zu solchen Situationen zwischen uns kommt.

Anstatt mich küssen, flüstert er mir ins Ohr: »Schlaf gut, Livia.«

Danach wendet er sich um und verschwindet in der Dunkelheit.

27

In ein einfaches Wickelkleid gehüllt, gehe ich zum Frühstück in den großen Speiseraum. Brot, Früchte und gebratenes Fleisch stehen auf großen Platten bereit. Ich habe Feste gesehen, bei denen weniger aufgetischt wurde. Doch in diesem Haus sieht ein gewöhnliches Frühstück so aus. Daran werde ich mich vermutlich nie gewöhnen.

Cristan und seine Eltern sitzen bereits an der großen Tafel.

»Guten Morgen«, begrüße ich sie und verneige mich leicht vor dem Vater und der Mutter. Auf dem Stuhl neben Cristan nehme ich Platz. »Guten Morgen.«

»Guten Morgen.« Er verzieht seinen Mund und grinst.

Ich wünschte, unser rein freundschaftliches Zusammenleben wäre für mich so einfach wie für ihn.

»Ich dachte, wir hätten ihr Kleider gekauft«, stichelt die Mutter.

»Haben wir.« Cristan greift nach dem Fleisch und steckt sich genüsslich ein großes Stück in den Mund.

»Ich werde heute mit meiner Segnung hoffentlich ein paar Mauern zertrümmern und wollte die schönen Kleider dafür nicht schmutzig machen«, erkläre ich mich, obwohl ich weiß, dass sie nicht interessiert, was ich zu sagen habe.

Ilaria betritt das Zimmer. Sie ist bereits perfekt frisiert und trägt ein sonnengelbes Kleid. Auch sie verneigt sich vor ihren

Eltern und setzt sich gegenüber von ihrem Bruder und mir. Gelangweilt greift sie nach etwas Fleisch und ein paar Datteln. Überfordert von der riesigen Auswahl entscheide ich mich lediglich für einfaches Brot.

Cristan schüttelt den Kopf. »Du solltest etwas Ordentliches essen. Du musst langsam etwas Kraft aufbauen.«

»Da, wo ich herkomme, ist Brot etwas ›Ordentliches‹.« Obwohl ich mein Leben immer gehasst habe, lasse ich nicht zu, dass jemand schlecht darüber redet.

Die Mutter öffnet ihren Mund und will etwas sagen, doch der Vater fällt ihr ins Wort. »Lass es.«

Aus Protest bleibe ich bei meinem Brot und sehe zu, wie der Rest der Familie Unmengen an Fleisch verschlingt.

»Bist du fertig mit deinem Brot?«, fragt mich Cristan schließlich.

»Ja, danke. Und es war köstlich.«

»Gut, ich begleite dich noch zum Tempel.«

Das tut er sonst nie. Doch etwas in seinem Tonfall hält mich davon ab, es infrage zu stellen.

Wir verlassen das Haus. Cristan umfasst meinen Unterarm und zieht mich von der Mauer weg, als wäre sie aus Feuer. Dann lässt er seinen Blick umherschweifen und flüstert mir schließlich zu: »Cyr hat eine Entscheidung gefällt.«

Er muss es gar nicht aussprechen. Ich weiß, was er mir sagen will. »Er will den Präventivschlag.«

Cristan nickt und löst sich von mir. »In zwei Tagen breche ich mit meiner Einheit auf.«

Vermutlich sollten mich die zwei Tage mehr beschäftigen, aber … »Was heißt hier ›ich‹? Du meinst wohl ›wir‹.«

»Ich meine ich. Du bist nicht mit deiner Ausbildung fertig. Du bist noch nicht bereit dafür.«

Wütend sehe ich ihm in die Augen.

Besänftigend nimmt er meine Hände in seine. »Ich weiß, du hasst es, dir Vorschriften machen zu lassen.«

»Vollkommen richtig«, antworte ich und reiße meine Hände los. »Und deshalb werde ich dich begleiten.«

»Es werden andere Einsätze kommen, bei denen ich dich brauche. Beende erst deine Ausbildung. Damit hilfst du mir am meisten.«

Eigentlich sollte ich mich darüber freuen, doch ich tue es nicht. »Ich muss zum Tempel. Aber das Gespräch ist noch nicht beendet.«

Kopfschüttelnd entfernt er sich einen Schritt von mir. »Was ist mit der Livia passiert, die nie meine Waffe sein wollte?«

»Das wüsste ich auch gern«, murmele ich und gehe an Cristan vorbei zum Stall.

Als ich den Tempel erreiche, treffe ich auf Femi, die darauf besteht, mich mit auf ihre Baustelle zu nehmen. Die Übungen mit Pea vor den Stadtmauern müssen also erst mal warten.

Nach einem kurzen Fußweg erreichen wir unser Ziel, das sich ebenfalls im inneren Bezirk befindet. Ich stehe vor den schulterhohen Wänden eines stattlichen Steinhauses, bei dem die Priesterin in den letzten Tagen bereits beachtliche Arbeit geleistet hat. Mit den Händen fahre ich über die glatten Oberflächen und staune.

»Dann zeig mal, was du kannst«, fordert mich Femi auf und deutet auf einen hüfthohen Granitblock.

Es kostet mich mehrere Versuche, ihn zu bewegen. Doch schließlich bin ich erfolgreich – sowohl mit dem ersten Höhenklang als auch mit den Richtungsklängen. Und er wiegt bestimmt so viel wie mehrere Männer.

Ich räuspere mich. »Pea hat gestern zu mir gesagt, dass meine Intensität schon für die Prüfung ausreichen würde.«

»Hat sie das.« Femi wirkt überrascht. »Wo kommt das plötzlich her?«

»Wenn morgen meine Prüfung wäre, glaubst du, ich würde sie bestehen?«

Femi lacht, hört jedoch auf, als sie merkt, dass ich es ernst meine. »Dir fehlen noch zwei Klänge.«

»Welche?«

»Der Druck- und der Berstklang. Natürlich gibt es noch mehr Klänge, doch die sind heilig und den Priesterinnen vorbehalten.«

Ich lege meine Hände auf ihre Schultern und sehe sie flehentlich an. »Bring sie mir bei. Bitte.«

»Selbst wenn ich sie dir zeige und du sie schnell lernst – dein zweiter und dritter Schwebklang … Sie sind eine Katastrophe.«

Und auf dem Schlachtfeld völlig unnötig. »Hilf mir, sie zu lernen. Falls ich erfolgreich bin, bist du mich danach los.«

Femi löst sich von mir und ich lasse meine Arme fallen. Unschlüssig wiegt sie ihren Kopf hin und her. »Falls dir Honoria morgen die Prüfung abnimmt und du sie bestehst.«

»Was hast du zu verlieren?«

Augenrollend stimmt sie einen Ton an. Es ist der Druckklang, der – wie der Name schon sagt – Gegenstände platt drückt. Sowohl er als auch der Berstklang sind tiefe Klänge und liegen mir gut.

Wir versuchen, noch etwas an den höheren Schwebklängen zu arbeiten. Der zweite geht. Die Intensität ist nicht beeindruckend, aber immerhin schweben die Gegenstände bis über meinen Kopf. Aber der dritte … Egal wie viel ich übe, ich bekomme ihn einfach nicht sauber aus dem Mund.

»Besser wird es wohl nicht«, urteilt Femi. »Aber wenn wir mit den Steinen hier fertig sind, begleite ich dich zu Honoria und lege ein gutes Wort für dich ein.«

Im Rahmen meiner Möglichkeiten helfe ich Femi beim Zerteilen und Transportieren der Steine. Es ist eine der Arbeiten, von denen ich früher immer geträumt habe. Für mich wird sie zu den Ausnahmen gehören, doch ich verspüre keine Bitterkeit mehr darüber.

Zurück im Tempel erklärt sich auch Pea bereit, mich zu unterstützen. Zu dritt stehen wir schließlich im Raum der Hohepriesterin. Mein Herz pocht, als wäre ich einmal quer durch Kalasin gerannt. Honoria erhebt sich hinter ihrem Tisch und blickt zwischen Femi, Pea und mir hin und her. »Was meinst du, Femi? Ist sie so weit?«

»Die Grundlagen sind da. An der Intensität muss sie noch arbeiten. Der zweite Schwebklang ist eine Katastrophe, aber im Vergleich zum dritten wenigstens vorhanden.« Sie seufzt. »Aber besser als jetzt wird es wohl nicht mehr.«

Das war also Femis gutes Wort für mich.

»Ich glaube trotzdem, sie kann die Prüfung schaffen«, sagt Pea aufmunternd.

Die Hohepriesterin zieht ihre Augenbrauen nach oben und geht vor uns auf und ab. »Ich verstehe deine Eile nicht.« Das »mehr« hinter diesem Satz spricht sie nicht aus, doch ich kann es hören. »Auch wenn du nicht im Tempel dienst. Die Prüfung ist die Prüfung«, klärt sie mich auf. »Ich lasse dich da nicht einfach durch.«

Ich nicke verständnisvoll. »Natürlich nicht.«

Honoria stellt sich vor mich und verschränkt die Arme vor der Brust. »Es gibt nur einen Versuch. Also überleg dir, ob du das wirklich schon riskieren willst.«

Das wird Cristan nicht gefallen, aber wenn er die Prüfung zur Bedingung macht, damit ich ihn begleiten kann … »Ich möchte es versuchen.«

»Dann erwarte ich dich morgen nach Sonnenaufgang im

Heiligtum.« Die Hohepriesterin macht eine wegscheuchende Handbewegung und deutet zur Tür.

Mit meinen beiden Lehrerinnen verlasse ich das Zimmer und falle draußen erst Pea, dann Femi um den Hals.

Femi schiebt mich von sich. »Ist ja schon gut.«

Pea kichert.

»Ich kann gar nicht glauben, dass dies mein letzter Unterrichtstag war. Ich danke euch für alles.«

Femi verdreht die Augen. »Du solltest jetzt lieber nach Hause gehen und dich auf morgen vorbereiten.«

»Ich werde dich vermissen«, sagt Pea.

»Ich dich auch.«

Femi erspare ich weitere Worte, obwohl ich sie ebenfalls vermissen werde, und verlasse den Tempel.

Als ich nach Hause komme und nach Cristan suche, sieht mich seine Mutter an wie Ungeziefer. Falls ich morgen nicht versage, gehöre ich schon bald zur Familie. Ich erwarte keine Liebe, hoffe aber, dass sie dann wenigstens mit mir redet.

»Der General ist im Innenhof«, informiert mich Jarus.

Ich nicke und verlasse das Haupthaus. Mit freiem Oberkörper und schweißüberströmt steht Cristan vor mir.

»Habe ich dich gerade bei etwas gestört?«

Er winkt ab. »Ich habe nur geübt, wie jeden Tag.«

»Du übst immer noch täglich?«

»Wer der Beste sein will, muss täglich an sich arbeiten.«

Tatsächlich habe ich keine andere Antwort von ihm erwartet. Ich will ihm gerade die guten Neuigkeiten erzählen, als mein Blick wieder einmal an den Narben auf seiner Brust hängen bleibt. Schon bei meiner ersten Prüfung im Tempel und am Übungsplatz sind sie mir aufgefallen. Doch damals kannten wir uns praktisch gar nicht.

»Was gibt es?«, unterbricht er meine Gedanken.

»Honoria nimmt morgen meine Prüfung ab.« Neugierig warte ich auf seine Reaktion.

»Morgen? Wirklich?«

»Ich kann es selbst kaum glauben. Und vor manchen Klängen fürchte ich mich auch. Aber ich werde die ganze Nacht üben und morgen mein Bestes geben.«

Skeptisch mustert er mich. »Hat das irgendwas mit unserem Gespräch heute Morgen zu tun?«

Natürlich durchschaut er mich sofort. »Wenn ich bestehe, begleite ich dich.«

»Das habe ich nie so gesagt.«

»Doch, hast du. Und damit ich die Prüfung auch bestehe, gehe ich jetzt weiter üben.«

Energisch schüttelt Cristan den Kopf. »Das wirst du nicht. Du wirst mit mir einen kleinen Ausflug machen.«

»Aber ich dachte: Wer der Beste sein will, muss täglich an sich arbeiten.«

»Das sind sehr kluge Worte und ich vermute, sie wurden von einem sehr klugen Mann gesprochen. Aber das Einzige, was du heute schulen solltest, ist dein Geist. Denn der muss morgen ruhig und konzentriert sein.«

Über den Präventivschlag verliert er kein Wort mehr und ich werte das als ein gutes Zeichen. »Gehen wir in die Bibliothek?«

»Ist das deine Vorstellung von Entspannung?« Lachend greift er nach einem Stofftuch und reibt sich den Schweiß vom Körper.

»Nein, aber es ist meine Vorstellung von Belohnung.«

»Dann belohne ich dich mit einer eigenen Bibliothek, wenn du deine Prüfung geschafft hast. Doch heute wirst du dich einfach nur entspannen.«

Ich hasse es, einfach herumzusitzen. Aber ich weiß, dass

Cristan genau wie ich will, dass ich morgen erfolgreich bin. Deshalb vertraue ich ihm.

Meine Arme sind fest um Cristans Körper geschlungen, während wir westwärts reiten. Unter seiner dünnen Tunika spüre ich seine Muskeln, und ich würde lügen, wenn ich sagen würde, sie fühlen sich nicht gut an.

Kalasin ist längst nicht mehr zu sehen. Wohin Cristan mich bringt, weiß ich immer noch nicht. Es soll eine Überraschung sein. Bereits die Landschaft hier erstaunt mich. Ich dachte immer, der Norden wäre etwas kühler und voller Berge, aber ansonsten wäre alles in Palente mehr oder weniger gleich. Die Hauptstadt ist staubig und karg, hier hingegen ist es karg und steinig. Als hätten hier einmal zahllose Bauwerke gestanden, die mithilfe der Segnung in endlos viele Stücke geteilt wurden und nun den Weg zieren.

Das Licht der tief stehenden Sonne ändert sich. Es ist nicht die Sonne selbst, sondern Wasser, das sie nachzeichnet. Doch hier im Westen befindet sich kein Meer. »Was ist das?«

»Ein See«, antwortet Cristan knapp. »Ein Stausee. Er stammt aus einer Zeit, als es hier noch eine große Stadt gab.«

Krampfhaft rufe ich mir die Karte Palentes ins Gedächtnis. »Aber im Westen gibt es keine große Stadt.«

»Nicht in Palente.«

»Das ist doch nicht etwa …« Ich wage es gar nicht auszusprechen.

Cristan stoppt, springt vom Pferd und hilft mir beim Absteigen. Mit dem Zeigefinger deutet er auf den See und das Land um ihn herum. »Alles, was du hier siehst, gehörte einst Tritevo. Bis wir es ihnen im Krieg abgenommen haben.«

»Warum? Hier leben ja nicht einmal Menschen.«

»Nicht mehr. Das waren andere, kriegerische Zeiten.«

»Ich bin froh, dass diese Zeiten vorbei sind.« Verstohlen blicke ich zu Cristan und hoffe, er stimmt mir zu.

»Ich auch.« Er umfasst meine Hand und drückt sie sanft. »Cyr ist ein guter Herrscher. Und ein guter Herrscher führt keinen Krieg um des Kriegs willen.«

»Warum hast du mich hierhergebracht?«

»Gefällt es dir denn nicht?«

Ich löse meine Hand aus seinem Griff. »Der See ja, aber nicht die Geschichte der Gegend.«

»Gerade die Geschichte des Sees sollte dich aber sehr interessieren.« Er seufzt und schaut in die Ferne. »Sie gehört zur Geschichte der Göttin. Doch diesen Teil erzählt man sich in Palente nicht, nur in Tritevo.«

Ich platze vor Neugier und fühle mich gleichzeitig schuldig deswegen. Denn warum sollte der Tempel etwas aus der Geschichte der Göttin verheimlichen? »Woher kennst du sie dann?«

Sein Blick kehrt zu mir zurück. »Ich habe unser Nachbarland oft bereist. Meist, um es auszuspähen, aber als ich noch ein einfacher Soldat war, habe ich den Herrscher zu der Verhandlung eines neuen Friedensvertrags begleitet. In dieser Zeit habe ich sehr viel gelernt und erfahren.«

»Erzählst du mir die Geschichte?«

Cristan hebt eine Hand, bedeutet mir zu warten. Er löst eine Decke vom Rücken des Pferdes und breitet sie am Ufer des Sees aus. Nebeneinander nehmen wir Platz und betrachten das Wasser.

»Tritevo war seit jeher ein armes Land. Sie haben nur wenige fruchtbare Böden, keinen Meerzugang, um Handel zu betreiben, und kaum Bodenschätze. Die Göttin wollte dies ändern.

Sie staute Wasser, pflügte die Böden und legte tief in der Erde verborgene Vorkommen an Edelsteinen frei. Das Land blühte auf und erlebte einen Wohlstand, der den heutigen Palentes bei Weitem überstieg. Dem Vater der Göttin – dem alten Gott – gefiel das nicht und er wollte, dass seine Tochter damit aufhörte, sich so in das Leben der Menschen einzumischen.«

Natürlich hat er das gewollt. Er ist ja ein Mann. »Wieso? Es ist doch gut, wenn sie hilft und es den Menschen besser geht.«

»Für die Bewohner von Tritevo war es das. Und das hat sich herumgesprochen und Länder, denen es weniger gut ging, flehten den alten Gott an, ihnen auch zu helfen. Der weigerte sich allerdings, ins Leben der Menschen einzugreifen. Viele wandten sich von ihm ab und flehten ebenfalls die Göttin um Hilfe an. Deshalb forderte der alte Gott seine Tochter auf, sich fortan aus dem Leben der Menschen herauszuhalten. Als sie sich weigerte, wollte er ihrem Leben ein Ende setzen. Er ertränkte sie in diesem See, und die Bewohner von Tritevo, denen sie zuvor geholfen hatte, sahen tatenlos dabei zu.«

Mir läuft es kalt den Rücken herunter. Ich weiß gar nicht, was ich schrecklicher finde: das Verhalten des alten Gottes oder das der Tritever. »Die arme Göttin.«

»Die Geschichte ist noch nicht zu Ende«, Cristan zwinkert mir zu. »Die Göttin war leblos, aber nicht tot. Viele Jahre lag sie am Grund des Sees und wartete darauf, dass sie jemand rief und um Hilfe bat. Und darauf, sich an Tritevo und ihrem Vater zu rächen.«

»Und dieser ›jemand‹ war Palente in Glianas Schlacht«, vollende ich und Cristan nickt.

Ich überlege, was ich nun mit diesem Teil der Geschichte anfangen soll, als Cristan sich plötzlich erhebt. »Lass uns baden.«

»Ich weiß nicht …«

»Wie du meinst. Aber ich gehe jetzt ins Wasser.« Schulterzuckend greift er nach dem Saum seiner Tunika und zieht sie sich über den Kopf.

Ich schlage meine Hände vor die Augen und schaffe es gerade noch so, meinen Blick vor seiner Nacktheit abzuwenden. »Kann ich wieder schauen?«

»Wenn es nach mir geht, hättest du nie wegsehen müssen. Aber ja – ich bin im Wasser.«

Vorsichtig lasse ich meine Hände sinken. Cristan ist bis zum Hals im Wasser und taucht gerade ganz unter. Vielleicht an der Stelle, an der die Göttin von ihrem Vater ertränkt wurde. Ich frage mich, was ihre Rückkehr aus ihr macht. Eine Rachegöttin oder eine Göttin, die nicht damit aufhören will, den Menschen zu helfen?

Cristan taucht wieder auf und streicht sich seine nassen Haare aus dem Gesicht. »Komm rein. Das Wasser ist herrlich.«

»Ich kann nicht schwimmen.«

»Es ist nicht tief hier und ich lasse nicht zu, dass du ertrinkst.«

Langsam erhebe ich mich und bewege mich zum Ufer. Ich tauche einen Fuß ins Wasser und es umschließt meine Haut wie eine laue Sommernacht.

»Nun komm schon.« Cristan bewegt sich in meine Richtung, und mehr und mehr seines Oberkörpers taucht dabei aus dem Wasser. Wenn er noch einen Schritt weitergeht, sehe ich *alles* von ihm.

»Bleib, wo du bist!«, rufe ich verlegen. Ich habe das Gefühl, meine Brust dehnt sich nach allen Seiten. Alles in mir schreit danach, zu ihm in den See zu springen. Aber ich will mich nicht entblößen. »Ich kann das nicht.«

»Ich werde mich umdrehen, während du dich ausziehst, und dich nicht unsittlich berühren«, verspricht er. »Es wird dir guttun, dir vielleicht sogar neue Kraft für morgen geben.«

Ich gebe mir einen Ruck, hebe mein Kleid an und steige knietief in den See. In sicherer Entfernung wartet Cristan auf mich und die Wassertropfen auf seiner Brust glänzen wie Gold in der untergehenden Sonne. Ich lasse mein Kleid los und wate tiefer ins Wasser. Der Stoff saugt sich voll und wird mit jedem Schritt schwerer, doch es ist mir egal. Ich will ins Wasser, ich will zu Cristan, aber ich werde dieses Kleid am Körper behalten – egal, was passiert.

»Hast du mich hierhergebracht und mir diese Geschichte erzählt, damit ich mich angesichts des Präventivschlags weniger schlecht fühle?«

»Wann habe ich denn gesagt, dass du mitkommst?«

Mit hochgezogenen Brauen sehe ich ihn an.

»Es ist das, was man sich in Tritevo erzählt«, lenkt er wieder vom Thema ab. »Jede Geschichte hat zwei Seiten und egal auf welcher man steht, es ist immer gut, beide zu kennen.«

Ich zucke mit den Schultern und gehe einen Schritt auf ihn zu. »Ich verstehe, warum man die Geschichte in Palente verschweigt. Es hört sich an, als würde der Göttin gar nichts an uns liegen. Als hätte sie uns nur benutzt, um sich zu rächen.«

»Und wenn sie das getan hätte?«

Es würde viel ändern und doch nichts. »Dann hätte sie uns immer noch gerettet. Aber der Einsatz der Segnung für den Krieg wäre vermutlich nicht verpönt.«

»Geschichten werden nicht erzählt, um zu unterhalten, sondern um Menschen zu lenken. Aber das trifft für unsere Geschichte der Göttin ebenso zu wie auf die der Tritever. Die Wahrheit liegt in den Schatten dazwischen.« Er streckt seine Hand nach mir aus und ich ergreife sie. »Deshalb solltest du nur auf dein Herz hören, um zu entscheiden, was für dich wahr oder falsch ist.«

»Ich wusste nicht, dass Soldaten auf ihr Herz hören.«

Er geht einen Schritt auf mich zu, gibt meine Hand frei und fährt sanft mit seinen Fingern über meinen Hals. »Nicht im Kampf, aber im Leben.«

Ich lege meine Hände auf seine Brust und fahre über seine Narben und Muskeln. Zwischen uns ist kaum mehr eine Elle Platz und selbst das ist zu viel für mich, deshalb überwinde ich die letzte Distanz. Cristan umfasst mein Gesicht und Gänsehaut überzieht meinen Körper. Langsam beugt er sich zu mir. Ich spüre seine Lippen, ehe sie meine berühren. Warm und weich umschließen sie meine. Einmal habe ich schon einen Jungen geküsst, auf Rinas Drängen hin. Und es war widerlich. Aber das … Mit jeder seiner Berührungen erwacht etwas in mir. Ich schlinge meine Arme um seinen Hals, will ihm noch näher sein. Cristan löst die Hände von meinem Gesicht, legt sie auf meinen Rücken und drückt mich fest an sich. Seine Zungenspitze berührt meine Lippen und fordert Einlass. Ich öffne meinen Mund und unsere Zungen begegnen einander voller Sehnsucht.

Dass sich ein Kuss so anfühlen kann, hätte ich nie für möglich gehalten. Obwohl ich unerfahren bin, weiß mein Körper genau, was zu tun ist. Als hätte er all die Sommer nur auf Cristan gewartet. Seine Lippen sind wie eine köstliche Frucht, von der ich mit jedem Biss mehr will.

Ich bin atemlos und während wir kurz innehalten, entfährt mir ein Seufzer. Durch mein nasses Kleid hindurch spüre ich seine Muskeln. Und nicht nur das. Ich spüre sein … Mein Kopf ist in Alarmbereitschaft. Ich sollte ihm eine Ohrfeige geben und ihn wegstoßen. Das gehört sich nicht. Ganz und gar nicht. Doch mein Körper gehorcht mir nicht, sondern schmiegt sich noch enger an Cristan, spürt noch mehr von ihm. Meine Hüften umkreisen seine … *Was tust du da!*

Hitze steigt in mir auf. Dort, wo ich es nie für möglich gehalten hätte. Obwohl ich Rina nie für ihre Unehrenhaftigkeit verurteilt habe, verstehe ich erst jetzt, warum sie so viel riskiert hat. Würde Cristan mir jetzt mein Kleid vom Leib reißen, ich wäre nicht imstande, mich dagegen zu wehren. Um ehrlich zu sein, bettele ich innerlich, dass er gleich genau das tut. Doch stattdessen löst er sich plötzlich von mir. In seinen Augen sehe ich die gleiche Sehnsucht nach mehr, aber sie wird überschattet von einer für mich unerklärlichen Zerrissenheit.

»Es wird gleich dunkel«, sagt er mit zitternder Stimme. »Wir sollten nach Hause reiten.«

28

Das Einzige, was am nächsten Morgen noch an die letzte Nacht erinnert, ist mein feuchtes Kleid, das in meinem Zimmer auf mich wartet. Ich sollte Cristan dafür danken, dass er sich zurückgehalten hat. Nur wenige Männer würden das tun. Und doch wünschte ich, er hätte es nicht getan. Ich kann an gar nichts anderes mehr denken, was ausgerechnet heute nicht sehr hilfreich ist. Meine Prüfung steht unmittelbar bevor. Für sie habe ich hart gearbeitet und ich darf meinen Erfolg nicht riskieren.

Ich streife mein makellos weißes Kleid glatt und durchquere den Innenhof. Die ersten Sonnenstrahlen schweben über dem Tempel und es wird Zeit für mich. Als ich im Heiligtum ankomme, wartet Honoria dort bereits auf mich. Das rötliche Morgenlicht lässt den Raum wärmer wirken als sonst und macht mir Mut.

Honoria winkt mich zu sich, und mit zitternden Knien trete ich vor sie. Sie fragt mich nicht, ob ich bereit bin, sondern beginnt mit der Zeremonie. »Göttin, schenke mir dein Auge. Sieh die Gesegnete Livia, die heute vor dich tritt, um von dir geprüft zu werden. Göttin, schenke mir dein Ohr. Hör die Gesegnete Livia, die heute vor dich tritt, um von dir geprüft zu werden.«

Ich verneige mich vor Honoria. »Hohepriesterin, ich lege mein Schicksal in Eure Hände. Möge die Göttin mich leiten.«

»Erster Schwebklang«, verkündet Honoria den ersten Ton für mich.

Ihn anzustimmen ist kein Problem. Auch ihn zu lenken, zu dehnen und zu schrumpfen nicht. Doch dabei bleibt es nicht. Honoria greift nach meiner Welle, drückt sie in die entgegengesetzte Richtung. Mit all meiner Kraft stemme ich mich dagegen, doch sie ist zu stark. Die Göttin erwartet Ausdauer und ich gebe nicht auf, ziehe weiter an meiner Segnung. Sie rührt sich ein kleines Stück. Innerlich jubele ich, da verstärkt Honoria ihren Griff und ich merke, sie hat bei Weitem noch nicht alles gegeben. Natürlich nicht, schließlich ist sie die Hohepriesterin und ich kann meine Kräfte nicht mit ihr messen. Was ich aber kann, ist, ihr zu beweisen, dass ich würdig bin.

Wir ringen um meine Welle, zerren sie durch den Raum, bis er völlig in ihrem Schimmer erstrahlt. Der Anblick lenkt mich ab, und in diesem kurzen Moment der Unachtsamkeit verliere ich die Kontrolle über meine Segnung.

»Südklang«, befiehlt Honoria.

Ich nicke knapp und lasse ihn erklingen.

»Lasse ihn wachsen.«

Egal, was um mich herum geschieht, meine Konzentration gehört jetzt allein meiner Segnung. Wie ein Soldat auf dem Schlachtfeld blende ich alles außer meinen Gegner aus. Wie ein Soldat, wie Cristan. Cristan …

Vor meinen Augen lässt Honoria meine Welle zusammenschrumpfen, bis sie sich völlig auflöst. Sie sieht mich vorwurfsvoll an, schweigt aber.

»Westklang.«

Meine Segnung, Honoria und ich. Nichts sonst ist jetzt von Bedeutung. Die Vibration verlässt meinen Mund.

»Drücke ihn nach Norden.«

Ich presse ihn fest in die Richtung und pralle gegen Honorias Kraft, die sich mir entgegenstemmt. Ich halte dem Druck stand, mache etwas Raum gut und werde prompt weiter nach

Süden gedrängt, als diese Welle jemals groß war. Trotzdem lasse ich nicht zu, dass mir meine Segnung entgleitet. Dieses Mal gelingt es mir. Auch bei den anderen Richtungsklängen. Doch gegen den Griff der Hohepriesterin kann ich mich nicht durchsetzen. Ich frage mich, ob Femi oder Pea das können, und hoffe, es ist nicht nötig, um die Prüfung zu bestehen.

»Zweiter Schwebklang«, verkündet Honoria.

Mein Körper versteift sich und in meiner Brust wird es eng. Ich atme tief durch und schließe meine Augen. Der Ton entsteht weit oben im Hals. Ihn sauber zu erzeugen, ist immer noch keine leichte Aufgabe für mich. Nicht die Höhe des Klangs selbst bereitet mir Schwierigkeiten, es ist seine Vibration. Sie ist so anders als die der anderen Töne und es fällt mir schwer, sie von falschen Klängen zu unterscheiden. Diese Vibration ist nicht rund, sondern hat einen unbestimmten Körper und kleine Spitzen.

Ich öffne meinen Mund, befehle den Klang jedoch sofort wieder zurück, als mir klar wird, dass ich etwas zu tief bin. *Göttin, gib mir Kraft.* Erneut lasse ich die Segnung in mir wachsen und entlasse den zweiten Schwebklang ins Heiligtum. Die Welle ist winzig und schwach, doch sie ist da. Ich lächele und auch Honorias Mundwinkel ziehen sich nach oben. Ohne mich davon ablenken zu lassen, bleibe ich mit meinen Gedanken bei meiner Welle.

»Lass sie weiter steigen.«

Erleichtert atme ich aus. Ich befehle sie weiter in die Luft und bin dankbar, dass ich sie nicht wachsen lassen muss, denn dazu fehlt mir noch die Kraft.

Honoria stimmt nun ihrerseits den ersten Schwebklang an. »Zerschneide ihn mit dem Teilklang.«

Erschrocken halte ich inne. Ich habe diesen Ton bisher nur an Gegenständen und nicht an Klängen probiert. Aber wäre es nicht möglich, würde mich die Hohepriesterin nicht darum bitten. Ich muss Vertrauen haben. In sie, in die Göttin und in mich.

Mein Teilklang schwebt auf ihren Schwebklang zu und mithilfe meines Griffs lasse ich sie aufeinanderprallen. Honorias Klang hält meinem stand, doch statt aufzugeben, lasse ich meinen wachsen und wachsen. Schließlich durchtrennt er die helle Welle in zwei Teile.

Honoria lässt den unteren Teil ersterben und deutet auf den noch vorhandenen Part. »Zerdrücke sie.«

Der Druckklang ist kompliziert, denn eigentlich besteht er aus gleich zwei Tönen. Einem tiefen, fast brummenden, der mit einem hohem aus der Kopfregion verschmolzen wird. Merkwürdigerweise fällt es mir jedoch nicht sehr schwer, ihn zu erzeugen. Ich kann zwar nicht viel mit ihm bewirken, weil die Intensität noch nicht stark genug ist, aber meinen Mund verlässt er tadellos. Mit einem Wink befehle ich ihm, sich über den Rest von Honorias Welle zu legen. Obwohl sie nicht mehr groß ist, weiß ich, es wird nicht reichen. Ich habe recht. Die Welle schwebt weiter ungehindert durch den Raum, und meine graue ist nicht mehr als ein kleiner Schatten auf ihrer hell leuchtenden.

Mir kommt eine Idee. Ich könnte ihren Schwebklang weiter schrumpfen lassen und ihn dann zerdrücken. Das ist vielleicht nicht die ideale Herangehensweise, führt aber zum gleichen Ergebnis. Während ich meinen Druckklang halte, strecke ich mich nach Honorias Welle aus. Es gelingt mir, sie zu berühren, aber sie gehorcht meinen Befehlen nicht. Da sich ein Lächeln auf dem Gesicht der Hohepriesterin abzeichnet, scheint sie den Versuch wenigstens zu bemerken. Und plötzlich ist es, als würde sich ihr Griff lockern, und ihr Klang schrumpft. Ohne zu zögern, lege ich meinen Druckklang darüber und der runde Glanz verwandelt sich in einen schmalen Strich.

»Berstklang«, setzt die Hohepriesterin nach.

Es ist der tiefste Ton der Segnung. So tief, dass nicht jeder ihn bilden kann. Für mich völlig unverständlich, denn mein Schwachpunkt sind die hohen Töne. Ich erzeuge die Vibration. Ihre Quelle liegt im Unterleib und es erscheint mir immer noch merkwürdig, dass dort, wo sonst Leben entsteht, Zerstörung ihren Ursprung findet. Sauber gleitet die Welle über meine Lippen und ich leite und dehne sie in Richtung des verbliebenen Streifens von Honorias Klang. Innerhalb eines Wimpernschlags zerfällt er zu Staub. So einfach es auch aussieht, ich danke der Göttin, dass der Streifen keine Mauer war. Zwar steigere ich meine Intensität hier stetig, aber nur langsam.

»Der dritte Schwebklang«, fordert Honoria leise und die Angst, die ich vor dieser Prüfung habe, schwingt in ihren Worten mit.

Dieser Ton entsteht im Kopf und er ist nicht greifbar für mich. Ich sehe ihn nicht und spüre ihn nicht. Als wäre er nicht existent. Und vielleicht ist er das für mich tatsächlich nicht. *Göttin, steh mir bei.* Ich stimme einen leisen, aber falschen Ton an und schmettere einen noch schieferen hinterher. Femi hat mir im Unterricht gesagt, ich würde mich anhören wie ein sterbendes Tier. Sie hat recht.

Ich lockere meine Schultern, atme noch einmal durch und konzentriere mich. Zwei Versuche habe ich bereits verschwendet, dies ist mein letzter. Ich rufe mir den Ton ins Gedächtnis, höre ihn mit Honorias, Femis und Peas Stimme in meinem Ohr. Mit geschlossenen Lippen korrigiere ich zaghaft etwas höher und tiefer, dann öffne ich meinen Mund. Ich bin mir nicht sicher, ob ich ihn wirklich treffe, aber näher an ihn heran komme ich nicht. Beim ersten Geräusch zucke ich vor Freude zusammen. Das ist er … leider nicht ganz.

»Knie nieder und stelle dich dem Urteil der Göttin.« Honorias Stimme hat wieder ihren zeremoniellen Tonfall angenommen.

Ich gleite hinab auf meine Knie. Bei den Schwebklängen habe ich versagt. Aber das war zu erwarten … Mich erschöpfen die anderen Klänge, das Kräftemessen mit Honoria. War ich zu schwach oder hat es gereicht?

Honoria stimmt ein Lied an. Jeder Ton ist ein heiliger, und vor meinen Augen beginnen die Farben des Regenbogens miteinander zu tanzen. Sie küssen und bekämpfen sich, teilen einander und vereinigen sich. Kraftvoll werden sie an die Mauern des Heiligtums gestoßen und noch farbenkräftiger zurückgeworfen.

Obwohl ich weiß, dass ich mit meiner Segnung den Priesterinnen unterlegen bin, wird mir erst jetzt klar, wie viel ich lernen müsste, um ihnen ebenbürtig zu sein. Dazu würde ein Leben nicht ausreichen. Umringt von den heiligen Klängen kommt mir die Geschichte der Tritever in den Sinn. Vielleicht ist es in Ordnung, dass meine Segnung unterlegen ist. Und vielleicht ist es in Ordnung, meine Segnung für den Krieg einzusetzen. Ein erschreckender Gedanke kommt mir: Was, wenn die Göttin meine Segnung genau so angelegt hat, damit ich diesen Auftrag erfülle?

»Bist du des Segens der Göttin würdig?«, fragt Honoria.

Ich will meine Zweifel beiseiteschieben und laut und deutlich Ja rufen. Doch bevor ich meinen Mund öffnen kann, wird mein Körper durchbohrt. Spitze Pfeile der Segnung dringen in mich ein. Ich kann mich nicht mehr auf den Knien halten und kippe zur Seite um. Mein Körper zuckt und ich winde mich nach allen Seiten. Dann verlassen die Pfeile meinen Körper, kehren zu Honoria zurück und lösen sich vor meinen Augen auf.

»Gesegnet seist du. Im Namen der Göttin«, verkündet die Hohepriesterin schließlich.

Ich habe mich noch nicht von den Schmerzen erholt, als mir die Bedeutung ihrer Worte klar wird. Ich habe die Prüfung bestanden! Ich habe es geschafft. Tränen rinnen aus meinen Augen. Es sind Tränen des Glücks, Tränen der Erschöpfung und Tränen der Erleichterung.

Honoria steht über mir und reicht mir eine Hand. »Steh vom Boden auf und reiß dich zusammen, Kind, dies ist das Heiligtum der Göttin.«

Ich lasse mir von ihr auf die Beine helfen. Verbeuge mich in alle Richtungen und stürme immer noch mit den Tränen kämpfend aus dem Heiligtum.

Vor der Tür falle ich Honoria um den Hals. »Ich danke Euch.«

»Du musst nicht mir danken. Du hast die Prüfung absolviert und die Göttin hat entschieden. Ich habe damit nichts zu tun.«

So wirklich glauben kann ich ihr nicht, aber sie ist die Hohepriesterin und ich werde ihr keinesfalls widersprechen.

»Lauf zu deinem General und verkünde die frohe Botschaft«, sagt sie und macht eine wegwischende Handbewegung.

Das lasse ich mir nicht zweimal sagen. Ich forme ein stummes »Danke« mit meinen Lippen und verlasse den Tempel mit meinem immer noch feuchten Kleid.

29

Als ich nach Hause komme, verlässt Cristan gerade das Haus und ich stürme auf ihn zu.

»Ich bin hier fast umgekommen vor Neugier. Wie war deine Prüfung?«, fragt er und zwischen uns klafft so viel Raum, ich könnte nicht einmal meinen Arm nach ihm ausstrecken. Als hätte es gestern nie gegeben …

»Ich habe bestanden.«

»Bei der Göttin!«, entfährt es ihm und er überbrückt den Abstand zwischen uns, schließt seine Arme um mich und wirbelt mich einmal im Kreis herum. »Nicht, dass ich an dir gezweifelt habe … Aber du kannst dir nicht vorstellen, wie froh ich bin, das zu hören.«

Meine Füße berühren wieder den Boden und ich löse mich von ihm. »Wäre auch schade um die vielen verschwendeten Goldlinge gewesen, die du dem Tempel für meine Ausbildung gezahlt hast.« Ich weiß nicht, warum ich das sage, anstatt diesen Moment einfach zu genießen. Vielleicht, weil ich eine noch stärkere Reaktion von ihm möchte.

»Das wäre es in der Tat.« Natürlich gibt er sie mir nicht.

»Komm mit.« Er nimmt meine Hand und ich folge ihm zurück ins Haus. »Jarus«, weist er seinen Diener an. »Hole meine Eltern. Ich habe etwas Wichtiges zu verkünden.«

Der Mann verbeugt sich und verschwindet mit großen Schritten in einem der vielen Gänge.

Nervös verlagere ich mein Gewicht von einem Bein aufs andere. Irgendwie wäre es mir lieber, wenn ich bei diesem Gespräch nicht dabei wäre. Schließlich ist das der Moment, in dem die Träume seiner Mutter von einer aussichtsreichen Verbindung für ihren Sohn begraben werden. »Ich werde in meinem Zimmer warten.«

»Bleib hier.« Erst jetzt wird mir bewusst, dass er noch meine Hand festhält. »Sie wissen, dass du heute deine Prüfung hattest, und wir haben über alles geredet. Sie werden dich nun angemessen behandeln.«

»Was auch immer das für deine Mutter bedeutet«, murmele ich vor mich hin.

»Berechtigter Einwand.«

Cristans Vater und Mutter erscheinen nacheinander im großen Empfangsraum, in dem wir verloren herumstehen. Beide kommen aus unterschiedlichen Richtungen und bleiben in sicherem Abstand zueinander und von uns stehen.

Ich verbeuge mich und setze ein gezwungenes Lächeln auf. Innerlich verfluche ich mich dafür. Ich habe nie darum gebeten, Teil dieser Familie zu werden. Es war Cristans Wunsch, sein Angebot. Alles, was ich wollte, war die Mitgift für Rina.

»Cristan?«, fordert der Vater ihn zum Reden auf.

»Vater«, setzt er an und verneigt sich. »Livia hat ihre Prüfung bestanden.«

»Liegt uns die versiegelte Bestätigung des Tempels schon vor?«, fragt die Mutter, als wäre ich gar nicht anwesend.

»Nein, aber ich werde sie gleich persönlich abholen und Euch vorlegen, Mutter.« Ich bin erstaunt, wie scharf er das Wort »Mutter« betont.

»Formalitäten«, erklärt der Vater.

»Äußerst wichtige Formalitäten«, ergänzt sie.

Vermutlich wäre ich auch enttäuscht, wenn ich sie wäre und mein Sohn jemand wie mich heiraten würde.

Cristan seufzt lautstark. »Ich bin mir sicher, es scheitert nicht an den ›Formalitäten‹.«

Jarus betritt den Raum und wendet sich an Cristan. »Ein Bote hat eben dies aus dem Tempel für euch gebracht.«

Er übergibt Cristan ein versiegeltes Pergament. »Wie es aussieht, kann ich mir den Weg in den Tempel sparen.« Er bricht das weiße Siegel, liest und nickt zufrieden. Dann geht er auf seine Eltern zu und drückt seiner Mutter das Schriftstück in die Hand.

»Livia, Tochter der Gesegneten Amara, wurde heute im Tempel von Kalasin von mir persönlich in den Belangen der Segnung geprüft. Die Göttin hat Livia für würdig befunden und ihr damit die heilige Segnung erteilt. Ihre Ausbildung kann damit als erfolgreich abgeschlossen erachtet werden. Hohepriesterin Honoria«, liest sie vor und lässt das Pergament kraftlos sinken. »Damit ist es wohl besiegelt.«

»Das sind hervorragende Nachrichten.« Der Vater wirft ebenfalls einen Blick auf das Pergament und klopft seinem Sohn auf die Schulter. Dann wendet er sich an mich. »Die Hochzeit wird am nächsten Tag der Göttin stattfinden.«

»Das werden wir leider verschieben müssen.« Cristan wendet seinen Kopf kurz zu mir. »Livia und ich brechen morgen wieder auf eine Erkundungsmission auf.«

Er nimmt mich also mit. Obwohl ich mich vor dem, was auf mich zukommt, fürchte, strahle ich.

Die Mutter wirkt erleichtert. »Wann kommt ihr zurück?«

»Schwer zu sagen. In ein bis zwei Wochen.«

»Dann findet die Hochzeit am Tag der Göttin in zwei Wochen statt«, verkündet der Vater ungerührt.

Die Mutter schenkt mir ein gezwungenes Lächeln. »Entschuldigt mich«, sagt sie an ihren Mann und Sohn gewandt. »Bis dahin ist noch einiges zu erledigen.«

Der Vater verlässt ebenfalls den Raum, allerdings ohne sich zu verabschieden oder zu entschuldigen.

Lächelnd drehe ich mich zu Cristan. »Du nimmst mich mit.«

»Ja, aber nur ungern.«

Ich forme ein stummes »Danke« mit meinen Lippen.

»Du könntest sterben.«

»Du etwa nicht?«, sage ich und erwidere seinen eindringlichen Blick.

Kaum merklich schüttelt er den Kopf. »Aber ich bin bereit dafür.«

»Ich auch«, beende ich die Diskussion und ziehe mich in mein Zimmer zurück.

Die Tür ist gerade erst zugefallen, als sie sich wieder öffnet. Da Cristan zu einer Besprechung mit Barul aufgebrochen ist, erwarte ich höchstens Neda, doch zu meiner Überraschung ist es Cristans Mutter. Ich verneige mich rasch und als ich mich wieder aufrichte, erkenne ich ihre persönliche Dienerin, einen Mann sowie weitere Diener, die Stoffballen in mein Zimmer tragen.

»Das ist sie«, erklärt die Mutter dem Mann.

Ich habe keine Ahnung, was hier vor sich geht, und sehe fragend zu ihr.

Augenrollend erwidert sie meinen Blick und erklärt widerwillig: »Wir sind eine angesehene Familie. Ich kann nicht zulassen, dass du so heiratest. Wie sähe das denn aus?«

Selbst ich würde nicht in dem einfachen Wickelkleid heiraten, das ich gerade trage. »Ich könnte das rote Kleid von Eurem Fest tragen.«

Vernichtend sieht sie mich an und wendet sich an den Schneider. »Ich weiß nicht, was man daraus machen kann«, seufzt sie und deutet auf mich.

Der Mann tritt hinter mich, zieht meine Schultern nach hinten und richtet meinen Kopf auf. Dann wirbelt er um mich herum und betrachtet mich von allen Seiten. »Viel zu schmale Hüften und viel zu flache Brüste. Aber mit ein paar zusätzlichen Lagen Stoff lässt sich arbeiten.«

Ich weiß, dass ich nicht den weiblichsten Körper habe. Harte körperliche Arbeit und wenig Nahrung sind eben nicht die besten Voraussetzungen, um einen zu bekommen. Scham, nicht dem gängigen Ideal zu entsprechen, hatte ich bislang trotzdem nie. Ich weiß, ich sollte dankbar sein und nicht widersprechen. Aber ich kann einfach nicht anders … »Und wenn ich keine zusätzlichen Stofflagen möchte?«

»Nur weil du das Kleid tragen wirst«, kontert die Mutter, »bedeutet das nicht, dass es für dich ist. Es ist Teil der Feier, die ich für dich ausrichte. Und mich hat auch niemand gefragt, ob ich das möchte.« Sie verschränkt ihre Arme vor der Brust und lächelt eisig. »Falls du dich fragst – ich möchte es nicht.«

»Dann bekommt offensichtlich jeder etwas, das er nicht möchte«, murmele ich vor mich hin.

Nicht leise genug … »Du bekommst immerhin meinen geliebten Sohn. Einen General, Erbe von zwei Goldminen und zahlreichen Ländereien im Norden.«

»Euer Sohn ist ein feiner Mann und ich bin mir sicher, dass sich jede Frau glücklich schätzen kann, ihn zu heiraten.« Ich straffe meine Schultern und versuche – für meine Verhältnisse –, erhaben zu wirken. »Doch bitte vergesst nicht: Die Hochzeit war seine Bedingung, nicht mein Wunsch.«

»Dreh es, wie du willst.« Sie macht eine wegscheuchende Geste und wendet sich an den Schneider. »Zeig mir deine schönsten Blautöne.«

Ein Diener reicht ihm einen Ballen und er drapiert etwas Stoff über meiner Schulter. Den Vorgang wiederholt er auf meiner anderen Schulter mit einem anderen Stoff.

Die Mutter kommt auf mich zu, hebt mein Kinn, dreht es, lässt es wieder los und betastet den Stoff. »Nicht besonders genug und für ihre ohnehin sehr dunklen Haare und Augen … Wie wäre es mit einem helleren Blau?« Sie deutet auf einen der Ballen.

Ich stimme den ersten Schwebton an und ziehe den Stoff mithilfe meiner Hände zu mir. Gekonnt lasse ich das Ende des Ballens auf meine Schulter gleiten und den Rest zu Boden. Alle im Raum starren mich mit offenem Mund an. Für gewöhnlich behandele ich meine Segnung mit Respekt und stelle sie nicht so zur Schau. Aber in Anbetracht dieser herablassenden Behandlung musste das einfach sein.

Am schnellsten fängt sich die Mutter wieder. »Diese Farbe gefällt mir viel besser.«

Nicht, dass mich jemand fragen würde, aber mir gefallen alle.

»Mir auch, mir auch«, pflichtet der Schneider ihr bei. »Für gewöhnlich versehe ich das Hochzeitskleid mit goldenen Stickereien der Familienwappen. Aber …« Immerhin spricht er nicht aus, dass meine Familie kein Wappen hat. »Ich könnte das Wappen Eurer Familie nehmen und zusätzlich Wellen, die die Segnung der Braut symbolisieren sollen.«

»Das wäre eine Möglichkeit.« Die Mutter hält den Stoff an mein Gesicht und kneift die Augen zusammen. »Aber nicht zu viele Wellen. Sonst sieht sie aus wie eine Palasttänzerin.«

Meine Meinung interessiert hier zwar niemanden, trotzdem habe ich das Bedürfnis, auch irgendetwas beizutragen. »Eure Familie besitzt Ländereien im Norden und die Farbe des Nordklangs ist blau.« Mühelos erzeuge ich eine Welle, lasse einen weiteren Ballen auf mich zuschweben und bette ihn auf meinen ausgestreckten Armen. »Es ist das Blau dieses Stoffes.«

Der Schneider wagt nicht, etwas zu erwidern, und blickt abwartend zu seiner Auftraggeberin.

»Eine schöne Idee.« Ich kann ihr ansehen, wie sehr sie es hasst, dass dieser Vorschlag von mir kommt, und wie sie damit kämpft, ihn anzunehmen.

»Das Blau, das die Familien verbindet, euer Wappen und einige dezente Wellen der Segnung.« Der Schneider seufzt schwärmerisch. »Ein wahrhaft einzigartiges Kleid.«

»Was stehst du hier noch herum«, herrscht Cristans Mutter ihn an. »Nimm Maß und mach dich an die Arbeit.«

»Sehr wohl.« Er verneigt sich und macht sich dann ans Werk, umwickelt mich mit Stoffbahnen und zeichnet Kreidestriche an mir willkürlich erscheinende Stellen. Dieses Kleid mag nicht für mich sein, aber für sie ist es nun auch nicht mehr.

Als der Schneider und Cristans Mutter endlich fertig mit mir sind, verlasse auch ich mein Zimmer und das Haus. Unser Präventivschlag ist zwar streng geheim, doch ich kann morgen nicht einfach aufbrechen, ohne mich von meiner Familie zu verabschieden. Denn auch wenn auf der Karte und mit den Holzfiguren alles so einfach aussah – wer weiß, ob ich sie jemals wiedersehe.

Ich lasse mir Warda vom Stallburschen bringen und reite in meine alte Siedlung. Vor dem Haus meiner Familie bleibe ich stehen und Toman kommt hinter dem Haus hervorgerannt. »Livi, du hast ein Pferd?«

»Ich habe heute meine Prüfung bestanden und werde es deshalb in Zukunft brauchen«, erwidere ich schulterzuckend, steige vom Pferd und werfe einen Blick ins Haus.

»Vater ist nicht da.« Er sagt es nicht dazu, aber ich spüre das stumme »Wie immer« dahinter. »Und Mutter ist auf dem Markt.«

Natürlich. »Wie kommt ihr zurecht, ohne Rina?«

»Es ist zwar mehr Arbeit«, antwortet er schulterzuckend. »Aber dafür sind weniger Bäuche zu stopfen.«

Ich steige wieder aufs Pferd und bemerke die staunenden Augen meines Bruders. »Möchtest du es lernen?«

»Was?«

»Reiten natürlich.«

Toman nickt eifrig und ich strecke meine Hand aus, helfe ihm hinauf. »Komm, ich weiß, wo wir genug Platz dafür haben.«

Durch das Osttor verlassen wir Kalasin und ich führe uns zum Tempel des alten Gottes. Ich wechsele mit meinem Bruder den Platz und zeige ihm, was er tun muss.

Noch nie habe ich Toman so strahlen sehen. Ich kenne sein Leben, denn es war jahrelang meines. Und deshalb weiß ich, wie sehr er sich dieses kleine Stück Glück verdient hat.

Als die Sonne tief steht, machen wir uns auf den Rückweg. Am Haus angekommen, werden wir von Turia begrüßt, die bereits vom Markt zurück ist und mich skeptisch beäugt.

»Ich hoffe, du hast dir keine Sorgen gemacht«, sage ich. »Aber ich wollte Toman mit einem Ausritt überraschen.«

»Es war unglaublich!«, ruft er. »Machen wir das bald wieder?«

Ich hoffe es. »Bestimmt!«

Obwohl Turia und ich nicht das engste Verhältnis haben, verspüre ich den Drang, mich auch von ihr zu verabschieden. Kurz entschlossen springe ich vom Pferd und drücke meinem Bruder die Zügel noch einmal in die Hand.

»Ich habe heute meine Ausbildung im Tempel abgeschlossen und reise morgen mit Cristan in den Norden für einen kleinen Einsatz in den Ländereien seiner Familie«, lüge ich und ziehe Turia an mich. »Pass gut auf Toman auf und drück Vater von mir.«

Sie sieht mich an, als hätte ich Fieber. »Sicher.«

Für sie mag es lächerlich klingen, doch ich möchte, dass er weiß, dass ich ihn liebe. »Versprich es mir.«

»Was ist los?«

»Nichts.« Ich räuspere mich. »Ich habe ihn nur schon lange nicht mehr getroffen und vermisse ihn.«

Damit wirkt sie zufrieden und ich mache mich auf den Weg zu Rina und Mator.

Schon vor der Tür riecht es nach gebratenem Fleisch, und drinnen sitzt die gesamte Familie um den Tisch versammelt. Die Schwere, die auf meiner Brust liegt, löst sich bei diesem Anblick. Ich bin so froh, dass Rina nicht nur mit ihrem Mator glücklich ist, sondern dass auch der Rest der Familie sie nach den anfänglichen Vorbehalten ins Herz geschlossen hat. Sie wird ein gutes Leben führen, ich sehe es vor mir. Und wenn jemand das verdient hat, dann meine Schwester.

Während mir Mator einen Platz am Tisch zuweist, springt Rina auf und holt mir einen Krug Bier. Eigentlich hatte ich nicht vor, lange zu bleiben, aber für ein paar Schlucke ist noch Zeit.

»Bedient Euch«, fordert mich die Mutter auf und zeigt auf die bereits angerissenen Tauben und Brote.

»Ich danke dir«, erwidere ich und reiße mir der Höflichkeit halber ein wenig Brot und ein kleines Stück Fleisch ab und kaue beides langsam.

Schließlich erzähle ich Rina von meiner bestandenen Prüfung und davon, dass der Schneider bereits Maß für mein Kleid genommen hat. Meine Schwester freut sich überschwänglich und ich wünschte, ich müsste sie nicht belügen. Über den Tisch hinweg blicke ich zu ihr. »Und wie geht es dir?«

»Schon viel besser. Mir ist morgens nicht mehr übel und …«

»Das Kind bewegt sich bereits«, verkündet Mator.

Meine Schwester legt ihre Hand auf den Bauch und lacht. »Ich würde eher sagen, es tritt.«

»Das spricht für einen starken, kräftigen Jungen«, behauptet Loran mit vollem Mund.

Da diese Familie aus starken, kräftigen Männern besteht, kann ich ihm kaum widersprechen. »Bestimmt.«

»Aber das Beste habe ich dir noch gar nicht erzählt.« Mit ihren Händen fächert sich Rina Luft zu.

»Wir werden bald hier ausziehen, in unser eigenes, kleines Steinhaus«, beendet ihr Mann für sie.

Ich freue mich nicht nur für Rina, sondern auch für ihr Kind. Es wird aufwachsen wie nur wenige – mit Liebe und einem vollen Bauch. *Falls wir mit unserem Präventivschlag erfolgreich sind …* »Das sind großartige Neuigkeiten. Ich freue mich so für euch.«

Obwohl ich meine Schwester am meisten vermissen werde, fällt der Abschied von ihr am leichtesten. Denn sie hat Mator und alles, was sie braucht. Ich wische meine Hände an meinem Kleid ab und erhebe mich. »Ich weiß, ich war nicht lange hier, aber ich muss leider schon wieder aufbrechen. Ich wollte nur kurz nach dir sehen.«

Meine Schwester steht auf und drückt mich an sich. Dabei spüre ich nicht nur sie, ihr Kind ebenfalls. »Mach dir keine Sorgen um mich.«

»Ich liebe dich«, flüstere ich ihr ins Ohr.

Besorgt löst sie sich ein Stück von mir. »Ist alles in Ordnung bei dir?«

»Ja, natürlich.« Ich versuche, mich zu beruhigen. »Ich wollte nur, dass du das weißt.«

»Ich liebe dich auch.«

Nun erhebt Mator sich. »Aber niemand liebt dich mehr als ich.« Er legt einen Arm um Rina und mir einen auf die Schulter. »Deiner Schwester wird es an nichts fehlen.«

»Ich weiß«, murmele ich und nicke.

Die Kinder aus Tritevo verfolgen mich in meinen Träumen und wann immer ich meine Augen schließe. Es ist so schrecklich, und der Gedanke, es könnte Rinas Kind so gehen oder Toman … Ich will diese Zustände nicht für Palente. Deshalb muss ich diesen Präventivschlag begleiten. Vielleicht ist es falsch, Leid hinzunehmen, um weiteres Leid zu verhindern. Vermutlich gibt es keine Alternative und warten, bis es zu spät ist … Untätigkeit liegt mir nicht und Palente sollte das ebenfalls nicht riskieren. Und unser Ziel ist es, unser Nachbarland zu entwaffnen. Für die Tritever mag dies eine Kriegserklärung sein. Doch für Palente ist es die Verhinderung eines Kriegs. Damit diene ich vielleicht nicht der Göttin, aber meinem Land, und wenn die Göttin die Menschen darin genauso liebt wie ich meine Schwester, dann ist das auch in ihrem Sinne.

Auf meinem Weg nach Hause komme ich am Tempel vorbei. Ich habe ihn nach meiner Prüfung viel zu schnell verlassen und muss mich einfach noch von Pea und Femi verabschieden. Vielleicht bin ich für sie nur eine Gesegnete, die sie gegen Goldlinge ausgebildet haben, für mich sind sie mehr.

Als ich die Treppen zum Eingang hinaufgehe, schüttelt der Wachmann den Kopf. »Für heute ist es zu spät.«

Für mich ist es morgen zu spät. »Ich bleibe nicht lange.«

Zögerlich sieht er zwischen mir und dem Eingang hin und her.

»Bitte, es ist dringend«, setze ich hinterher.

»Warte hier.« Er verschwindet zwischen den zwei Torbögen und taucht wenig später mit Pea an seiner Seite wieder auf.

»Was tust du hier?«, begrüßt sie mich. »Es ist spät.«

Als wüsste ich das nicht selbst. »Ich wollte nur kurz nach dir sehen.«

»Das ist …«, setzt die junge Priesterin an und ein leises Seufzen weicht einem Lächeln. »Schön, aber der Mondtanz beginnt gleich. Und es ist nur Priesterinnen gestattet, diesem Ritual beizuwohnen.«

Wenn es um die strengen Regeln des Tempels geht, ist jede Diskussion zwecklos. Und trotzdem schaffe ich es nicht, mich einfach abzuwenden. Ich gehe einen Schritt auf Pea zu und schließe sie in meine Arme. »Es war trotzdem schön, dich zu sehen.«

Pea löst sich von mir und mustert mich eingehend. »Ist alles in Ordnung?«

Das wird es sein, falls unsere Mission erfolgreich ist. Ich umfasse ihre zarten Hände und drücke sie sanft. »Ja, natürlich. Ich weiß nur nicht, wann ich das nächste Mal Zeit finde, euch zu besuchen. Grüße Femi und Honoria von mir.«

Pea zieht mich hinter eine Säule Richtung Innenhof. »Was bedrückt dich?«

»Ich kann nicht darüber reden.«

»Für mich hört sich das an, als solltest du dringend darüber reden.«

Wie gern ich das würde, doch Cristans Anweisungen waren deutlich. Allerdings ist Pea eine Priesterin …

»Du kannst von hier aus die Zeremonie beobachten. Danach komme ich zurück und wir können sprechen. Aber sei leise.«

Ich nicke und setzte mich auf den Boden, während Pea sich zu den restlichen Priesterinnen gesellt, die gerade dabei sind, sich in einem Halbkreis im Innenhof aufzustellen. Alle halten ihre Handflächen in die Höhe, als würden sie einander etwas überreichen. An ihrer Spitze steht Honoria. Auf ihren Handflächen ruht ein faustgroßes Gestein der Göttin. Ein lieblicher Ton erklingt und lässt den Stein erglühen. Die Priesterinnen stimmen mit ein und erst jetzt sehe ich die kleineren Steine in ihren Händen, die nun ebenfalls zu leuchten beginnen. Ihre Köpfe sind nach oben gestreckt und ich folge ihren Blicken zum Mond. Die Form, die er heute annimmt, gleicht der Aufstellung der Priesterinnen.

Die leuchtenden Steine werden von schimmernden Wellen getragen und lassen die schmale Sichel zu einem vollen Kreis wachsen. Untermalt wird dieses Lichterspiel von den schönsten Klängen, die ich je gehört habe. Ich wende mich ab, mache mich klein und fühle mich schuldig, Zeuge dieses Rituals zu sein, das eigentlich nur für die Augen der Göttin bestimmt ist. Obwohl ich mit dem Rücken zum Innenhof sitze, bade ich im Licht der Segnung. Eine Gänsehaut überzieht meinen Körper, doch ich spüre Wärme und Zuversicht in mir.

Irgendwann wird es dunkel um mich herum und die Laute verstummen. Schritte kommen näher und eine Hand legt sich auf meine Schulter. »Nun können wir reden.«

Langsam erhebe ich mich. »Ich glaube, ich muss gar nicht mehr reden. Der Mondtanz … Ich fühle mich gerüstet für meine Aufgabe.«

»Welche Aufgabe?«

»Ich werde morgen mit der Armee aufbrechen, die Tritever entwaffnen und so einen drohenden Krieg verhindern.« Ich blicke zu Pea und warte auf ihren Zuspruch.

Sie küsst mich auf die Stirn und drückt mich noch einmal an sich. »Möge die Göttin dir und Palente beistehen.«

»Ich danke dir.« Nun bin ich bereit. Bereit, Kalasin morgen hinter mir zu lassen und für mein Land und die Menschen, die ich liebe, zu kämpfen.

30

Zu Hause ist es ruhig, die Empfangshalle bereits verwaist. Leise gehe ich zu Cristans Zimmer, klopfe und öffne die Tür. Der Raum ist leer und er offensichtlich immer noch unterwegs. Kurz entschlossen setze ich mich auf sein Bett, warte dort auf ihn und mache es mir gemütlich.

Eine Hand berührt mich und ich schrecke hoch. Erleichtert stelle ich fest, dass sie Cristan gehört. Ich muss eingeschlafen sein.

»Was tust du hier?«, fragt er und setzt sich neben mich.

Müde suche ich seinen Blick. »Ich habe auf dich gewartet.«

Cristan schweigt und ich spüre, dass ihm das nicht Antwort genug war.

Liebevoll umfasst er mein Gesicht und seine Augen wirken traurig. »Ich weiß nicht, wie ich dir das sagen soll. Aber das hier … Das war nicht Teil unserer Vereinbarung.«

Ich kann nicht glauben, was ich da höre, und drücke ihn von mir. »Was?«

»Ich habe nicht vor, das Bett mit dir zu teilen.«

Seine Worte treffen mich unerwartet tief und ich schaffe es nicht, etwas darauf zu erwidern.

»Gestern am See … Das hätte nicht passieren dürfen. Und es tut mir leid, wenn ich damit falsche Erwartungen in dir geweckt habe.« Seine Stimme klingt fest und doch schafft er es nicht, mir dabei in die Augen zu sehen.

»Warum sagst du mir das?« Glaubt er denn wirklich, ich wäre deshalb hier? *Höchstens unbewusst.*

»Weil ich dich brauche, so wie du bist, und nicht schwanger.«

Verletzt erhebe ich mich und blicke auf ihn herab. »Ich bin hier, weil ich dachte, du wolltest vielleicht mit mir reden. Heute und gestern … Es ist viel passiert.«

Cristan springt auf, umfasst meine Handgelenke und will mich am Gehen hindern. »Es tut mir so leid. Ich …«

»Wir sehen uns morgen.« Ich reiße mich los und eile zur Tür.

»Bitte geh nicht«, sagt er und klingt dabei so gebrochen, wie ich mich fühle.

Ohne mich noch einmal umzudrehen, verlasse ich sein Zimmer und renne in meines. Heiße Tränen laufen über meine Wangen. Ich war nie auf der Suche nach einem Mann und nie hätte ich sein Zimmer betreten, um ihn zu verführen. Nie! Trotzdem verletzt mich seine Zurückweisung. Schließlich gab es in den letzten Tagen so viele Momente, in denen ich das Gefühl hatte, zwischen uns bestünde mehr als eine Vereinbarung. Nach Rinas Hochzeit, nach dem Fest, am See … Habe ich mir das etwa nur eingebildet?

Ich werfe mich bäuchlings aufs Bett und stoße einen Schrei aus, den ich mit der Decke ersticke. Wie soll ich morgen nur neben Cristan Richtung Tritevo ziehen?

Mein Bett ist mit Tränen getränkt, als ich beschließe, dass es reicht. Mit dem Handrücken wische ich meine Wangen und Augen trocken. Ich muss einsehen, dass zwischen mir und Cristan nie mehr als unsere Vereinbarung sein wird. Höchstens Freundschaft. Ich werde damit leben. Und ich werde sehr gut damit leben. Schließlich wollte ich noch vor Wochen nie mehr. Wie schwer kann es sein, mich wieder in diese Livia zu verwandeln?

Als Neda am nächsten Morgen mein Zimmer betritt, bin ich schon wach.

»Das Frühstück ist unten bereits angerichtet.« Sie deutet auf eine blaue Tunika in ihrer Hand. »Der General hat mich gebeten, Euch diese zu geben. Ihr sollt das unter Eurer Rüstung tragen.«

»Rüstung?« Merkwürdigerweise habe ich mich nie in einer Rüstung gesehen. Aber mit was denn sonst? Einem eleganten Kleid mit Stickereien?

»Ja, der General selbst wird sie Euch nach dem Frühstück geben.«

Neda reicht mir das Kleidungsstück und ich schlüpfe in die Tunika, die meine Beine bis zum Knie bedeckt.

»Ihr sollt außerdem Schuhe tragen.«

Ich betrachte die Sandalen mit den breiten Riemen, die sie vor mir auf den Boden legt. Widerstandslos schlüpfe ich hinein und stelle erfreut fest, dass diese hier nicht so unbequem sind.

Etwas fehlt noch. Ich gehe an eine der Truhen und hole das Holzkästchen mit meinen Erinnerungsstücken hervor. Kurz fahre ich über die Haarlocken von Mutter, Rina und mir, schiebe sie beiseite und hole Mamas Medaillon hervor. Ehrfurchtsvoll betaste ich es und lege es mir schließlich um. Dann verstaue ich das Kästchen wieder und verlasse mein Zimmer.

Cristan sitzt bereits im Speisesaal, der Rest der Familie schläft offensichtlich noch.

So normal wie möglich begrüße ich ihn und setze mich neben ihn. Schweigend frühstücken wir.

»Wegen gestern«, setzt er schließlich an, doch ich hebe die Hand und unterbreche ihn.

»Vergessen wir es einfach.«

»Bist du sicher?«

Natürlich nicht, aber ich werde mir nicht die Blöße geben und das zugeben. »Absolut.«

Erleichtert stößt er die Luft aus. »Dann können wir ja los.«

Zusammen verlassen wir das Haus und werden im Stall von Jarus mit den Rüstungen empfangen. Während er Cristan hilft, seine anzulegen, betaste ich meine. Sie ist mit glattem Leder überzogen und fühlt sich besser an als gedacht. Ich hebe sie ein Stück hoch und lasse sie wieder fallen. »Die ist viel zu schwer.«

»Sie schützt dich vor Verletzungen«, erwidert Cristan, der sich gerade einen letzten Riemen festzieht.

»Das ist mir bewusst.« Aber die mögliche Gefahr für mich habe ich bis jetzt weit von mir geschoben.

»Hände hoch.« Cristan nimmt mir die Rüstung ab und zieht sie mir über den Kopf. Geübt zieht er die Riemen enger, bis mich das Leder umschließt wie eine zweite Haut. »Ich weiß, dass sie schwer ist, schließlich ist Metall darin eingenäht, das dich im Notfall vor einem schweren Schwerthieb schützt. Du wirst schnell lernen, dich den ganzen Tag wie selbstverständlich in ihr zu bewegen.«

»Und was ist mit meinen Beinen?« Ich deute an mir hinab. »Die sind völlig ungeschützt.«

»Soweit ich informiert bin, haben auch Gesegnete keine lebensnotwendigen Organe in ihren Beinen.« Schmunzelnd geht er zu Jarus, der bereits mit unseren gesattelten und bepackten Pferden auf uns wartet. Cristan steigt auf Zafiras Rücken und blickt zu mir. »Bist du bereit?«

Nein. »Ja.« Ich reiße mich zusammen und schwinge mich ebenfalls aufs Pferd.

Gemeinsam setzen wir uns in Bewegung, um im Norden zu Cristans Einheit zu stoßen. Als wir den Übungsplatz der Armee erreichen, entdecke ich neben den Soldaten zwei große

Zugwagen, in denen die Waffen der Tritever zurück nach Palente transportiert werden sollen.

Die Männer formieren sich, Cristan setzt sich an die Spitze seiner Einheit und ich neben ihn. Die zweite wird von Barul angeführt, dem das Gesamtkommando obliegt. Wie Cristan mir erklärt, sind beide Einheiten beritten, da wir nicht in eine Schlacht ziehen, sondern einen Entwaffnungsauftrag haben. So sind wir schneller und können gezielter eingreifen.

Der Klang eines Horns ertönt. Er fährt mir bis in die Knochen und mir wird bewusst, dies ist etwas völlig anderes als die Erkundungsmission mit Cristan. Barul reitet los und der gesamte Zug bewegt sich langsam in Richtung Norden. Unser Weg führt nicht durch die Salzwüste, sondern östlich um sie herum. Er ist länger, dafür aber sicherer, und da niemand mit uns rechnet die bessere Wahl.

Unsere erste Rast legen wir mitten in der Steppe ein.

»Hast du Lust, in den Pausen und unterwegs etwas zu üben?«, fragt mich Cristan, nachdem ich mein Essen beendet habe.

»An was hast du dabei gedacht?«

»Ein paar Männer umwerfen, Steine zerteilen oder Pfeilhagel abwehren.«

Lust ist vermutlich das falsche Wort, aber ich würde mich sicherer fühlen. »Klingt gut. Starten wir mit dem Umwerfen.«

Cristan grinst und winkt ein paar seiner Soldaten herbei. Während sie sich in einer Reihe von mir aufstellen, stimme ich den Nordklang an. Ich vergrößere die Welle und lasse es mir nicht nehmen, sie nicht nur auf die Soldaten zu steuern, sondern auch mit auf Cristan. Obwohl sie nicht fallen, sondern nur straucheln, macht das richtig Spaß. Dass dies nicht immer so sein wird und die ernsten Situationen noch kommen werden, blende ich für den Moment aus.

Wir üben, bis wir aufbrechen, und auch unterwegs bei jeder Gelegenheit. Was ich mit meiner Segnung bewirke, ist alles andere als Furcht einflößend, aber ganz hilflos fühle ich mich längst nicht mehr.

Unsere Reise geht weiter, und immer, wenn sich beim Anblick der vielen Soldaten um mich herum meine Brust verengt, sehe ich zu Cristan. Er wirkt so bedächtig und konzentriert und beruhigt auch mich damit.

Unser Lager schlagen wir immer erst auf, sobald es dämmert. Die erste Nacht verbringen wir mitten in der Steppe, die zweite heute in Rigor, einem kleinen Dorf nicht weit von Alibal. Offiziell befinden wir uns auf einem Übungsmarsch. Cristan hat mir versichert, dass es so etwas tatsächlich öfter gibt und deshalb keine Aufmerksamkeit erregen wird.

Ich führe Warda vom Brunnen zurück zu unserem Lager am Rande des Dorfs. Zwei Feuer brennen und die Männer haben sich darum versammelt. Nur vereinzelt steht bereits ein Zelt und die Pferde sind an Bäumen, die am Rand eines Felds wachsen, angebunden. Auch ich befestige Warda dort und setze mich dann zu Cristan ans Feuer. Wie so oft gibt es Brot und getrocknetes Fleisch. Doch mit Wasser geben sich die Soldaten heute nicht zufrieden und rollen mehrere Fässer Bier aus der Schänke in Rigor heran.

Beim Gedanken, dass wir morgen die Grenze nach Tritevo überqueren, bekomme ich keinen Bissen herunter. Denn auch, wenn wir nur dort einmarschieren, um zu entwaffnen – ganz ohne Gegenwehr werden sie uns ihre Schwerter, Pfeile und Speere nicht überlassen. Und obwohl ich von unserer Mission überzeugt bin, hadere ich mit ihr. Ich frage mich, ob ich die Einzige bin, die so zerrissen ist. Gestern hatte ich noch das Gefühl, nein. Doch heute …

»Wie die Frauen in Tritevo wohl so sind? Wie sie schreien?«, sagt einer der Soldaten und schöpft sich ein Bier aus dem dritten Fass.

Vorwurfsvoll blicke ich zu Cristan. Es sind seine Männer und wenn es darum geht, sie zur Ordnung zu rufen, lasse ich ihm den Vortritt.

»Schweig, Magat«, fährt er ihn schließlich auch an. »Denk nicht einmal dran. Es ist nicht in Cyrs Sinne, Tritevo gegen uns aufzubringen. Wir wollen nur einen Krieg verhindern.«

Barul, der in der Zwischenzeit ebenfalls zu dem Feuer geschlendert ist, grinst breit. »Männer, der General hat recht.«

Das ein oder andere »Leider« dringt an mein Ohr.

Barul tut, als hätte er nichts gehört. »Der Herrscher möchte keinen Krieg und damit keine kriegerischen Handlungen. Wir werden das respektieren. So gut es uns eben möglich ist …«

»Sollen sie es uns ruhig schwer machen!«, brüllt einer der Männer und spuckt verächtlich auf den Boden. »Sie sind uns in jeder Hinsicht unterlegen und das werden sie schon bald zu spüren bekommen.«

»Dass sie überhaupt glauben, sie könnten einen Krieg gegen uns führen.« Den Soldaten, der das sagt, kenne ich nicht und will es auch gar nicht. Ich kann mir ebenfalls nur schwer vorstellen, dass das Volk mit den halb verhungerten Kindern fähig ist, unsere gut genährte und bewaffnete Armee zu bezwingen, aber dieser Tonfall …

Cristan starrt ins Feuer, sein Bierkrug steht unangetastet vor ihm. »Die Tritever mögen keine großen Krieger sein und keine großen Strategen. Aber noch im letzten Sommer hätte niemand es für möglich gehalten, dass sie überhaupt in der Lage sind, so viele Schmieden aufzubauen und genug Waffen für einen Krieg zu produzieren.«

»Was wollt Ihr damit sagen?«, fragt der Mann zurück.

»Dass sie ihre Waffen nicht einfach hergeben werden. Und

dass sie die Verzweiflung womöglich zu besseren Kämpfern macht, als wir uns ausmalen können.«

Der Oberste Heerführer nickt. »Cristan hat recht. Doch sie rechnen nicht damit, dass wir kommen. Und wir werden diesen Vorteil nutzen und sie bis aufs letzte Schwert – was sag ich –, bis aufs letzte Messer entwaffnen.«

Auch wenn dies nun mein Leben ist, auch wenn ich hinter der Mission stehe, ich will mir das nicht länger anhören. »Ich bin müde.« Ich nicke Cristan zu und gehe dann in unser Zelt, das er – der Göttin sei Dank – schon aufgebaut hat. Ohne mich umzudrehen, spüre ich, dass er mir folgt. Die Geräusche der Männer lassen erahnen, was sie sich dabei ausmalen. Doch sie liegen falsch, und langsam, aber sicher kann ich das auch akzeptieren.

»Warum bleibst du nicht draußen, bei deinen Männern?«, frage ich ihn im Zelt.

»Barul ist bei ihnen.« Mit der flachen Hand fährt er sanft über meinen Rücken. »Und ich suche vor einer Schlacht Ruhe und keine Zerstreuung.«

Seine Wortwahl lässt mich erschaudern und ich drehe mich zu ihm. »Du glaubst, es wird eine Schlacht geben?«

»Ich hoffe nicht, aber ich stelle mich lieber auf den schlimmsten aller Fälle ein.«

»Ich auch. Nur geht es mir dabei schlechter, je mehr wir uns Tritevo nähern. Ganz im Gegensatz zu deinen Soldaten.«

Cristan lässt sich zu Boden gleiten und klopft auf den leeren Platz neben sich. Langsam sinke ich mit angezogenen Beinen neben ihn und sein Arm gleitet augenblicklich um mich. »Trag es ihnen nicht nach. Natürlich sehnen manche von ihnen den Kampf herbei. Doch für die meisten von ihnen ist Soldat einfach ein Beruf, der ihnen und ihren Familien Ehre verleiht.«

»Ich weiß«, murmele ich seitlich an seine Schulter gepresst. »Immerhin sind sie … bereit. Ich hingegen …«

»Man ist nie wirklich bereit dafür. Und du bist eine Frau.«

Obwohl ich ein Stück Wahrheit in dieser Aussage erkenne, sträubt sich alles in mir gegen diese Behauptung. Ich löse seinen Arm und sehe ihn mit leicht zugekniffenen Augen an. »Was willst du damit sagen?«

»Es liegt nicht in deiner Natur.«

»Es liegt auch nicht in meiner Natur, Kamut zu mahlen, und trotzdem habe ich es zahlreiche Sommer getan.«

»Ich weiß.« Er zieht mich an sich und ich lasse meinen Kopf seitlich auf seine Schulter gleiten. »Und egal wie groß deine Angst gerade ist – ich weiß, du wirst im richtigen Moment nicht zögern.«

»Mir wäre es trotzdem lieber, wir müssten das nicht tun.«

»Damit bist du nicht allein.«

Obwohl es nichts an der Situation ändert, ich bin froh, dass er mich versteht und ich offen mit ihm reden kann. Hätte der Herrscher mein Angebot angenommen, wäre ich nun allein. Umringt von Dutzenden Männern, aber innerlich einsam.

Schweigend erhebe ich mich, nur um gleich wieder auf meinen Schlafplatz zu sinken. Ich ziehe mir das dicke Tuch über den Körper und lausche dem fröhlich wirkenden Stimmengewirr der Männer draußen. »Ständig muss ich an die Kinder aus Driga denken.«

Cristan rutscht zu mir, hebt mein Schlaftuch ein Stück an und legt sich neben mich. Nur eine Handbreit trennt mein Gesicht von seinem. »Ich auch und ich wünschte, wir könnten ihnen helfen. Aber unser Kornspeicher lässt das nicht zu.«

»Sie werden den Winter nicht überleben.«

»Vermutlich nicht.«

»Versprichst du mir etwas?«

Sanft legt er mir eine Hand auf die Wange und sieht mich fragend an.

»Versprich mir, dass wir ihre Lage nicht verschlimmern.«

»Wir nehmen nur ihre Waffen, nicht ihr Korn«, sagt er und lehnt seine Stirn gegen meine. »Versprochen.«

Ich werde auch heute Nacht nicht schlafen können, doch ich schließe meine Augen und genieße seine beruhigende Wärme.

31

Nachdem wir am nächsten Tag die Furt des Grenzflusses überquert haben, teilen wir uns auf. Barul führt eine Einheit zu den Schmieden am Fluss, um dort alle Waffen sowie das Werkzeug einzusammeln. Die übrigen Männer werden von Cristan direkt nach Driga geführt. Jedes einzelne Haus soll entwaffnet und das Lager für die Armee aufgespürt werden. Ich reite an der Spitze, neben Cristan, von den hundert Männern hinter uns dringt kein Wort an mein Ohr. Alles, was zu hören ist, sind die Hufe der Pferde, die über das vertrocknete Gras auf das Dorf zuhalten.

Die schiefen und leicht verfallenen Häuser von Driga bauen sich vor uns auf und mit ihnen die Silhouetten spielender Kinder. Als sie uns bemerken, erstarren sie in ihrer Bewegung. Beim Näherkommen werden nicht nur ihre zerlumpten Kleider für uns sichtbar, sondern auch unsere Rüstungen und Waffen für sie. Die Einheit teilt sich und strömt in die Gassen des Dorfs. Diesmal laufen die Kinder nicht auf uns zu, um zu betteln, sie laufen schreiend zurück in ihre Häuser.

Während die Soldaten hinter uns bereits die ersten Häuser stürmen, reiten Cristan und ich weiter ins Zentrum, ein Dutzend seiner Männer begleitet uns mit gezückten Schwertern. Die Menschen auf den Straßen strömen auseinander und flüchten Schutz suchend vor uns. Am liebsten würde ich vom Pferd springen und ihnen folgen, doch mein Platz ist hier.

Cristans Hand schnellt hervor und greift nach einem der Männer. Bevor er sich losreißen kann, drückt ihm Cristan die Klinge seines Schwerts an den Hals. »Führe mich zu eurem Dorfvorsteher oder ich schneide dir die Kehle durch.«

Die Kälte in seiner Stimme lässt mich erschaudern. Kaum zu glauben, dass dies derselbe Mann ist, der mich letzte Nacht in den Schlaf gewiegt hat.

»Ich führe Euch zu ihm«, erwidert der Mann. »Aber bitte verschont mein Leben.«

»Solange du tust, was ich von dir verlange, wird dir nichts geschehen.«

Wir folgen dem Mann durch eine schmale Gasse. Vor einem unscheinbaren Haus, kaum vom Rest der Bauten zu unterscheiden, bleibt er stehen. »Dort wohnt Fico, unser Dorfvorstand.«

Unbeeindruckt von der zitternden Stimme des Mannes steigt Cristan vom Pferd. Aufrecht, sein Schwert fest umklammert, geht er an ihm vorbei und stößt die Tür auf. Ich bleibe auf Wardas Rücken und warte.

Lautes Poltern dringt aus dem Inneren und wenige Augenblicke später tritt Cristan wieder nach draußen und schiebt den Dorfvorstand unsanft vor sich her. Fico ist klein. Er hat den Körper eines Kindes, aber das Gesicht eines Greises.

»Wo lagern eure Waffen?«, fährt Cristan ihn an.

»Nirgends«, erwidert er gepresst. »Wir haben kaum Waffen in Driga und schon gar nicht lagernd.«

Blitzartig greift der General nach dem Arm des Dorfvorstands, wirft ihn zu Boden und drückt sein Knie in dessen Rücken. Fast erwarte ich, die Knochen des alten Mannes brechen zu hören. »Lüg mich nicht an.«

»Ich lüge nicht.«

Würde sich am Fluss nicht eine Schmiede an die andere reihen, ich wäre versucht, ihm zu glauben.

Schneller als ich blinzeln kann, bringt Cristan die Klinge seines Schwerts an die Wange des Mannes. Das scharfe Metall berührt seine Haut und einen Herzschlag später zieht sich eine rote Linie über sein Gesicht. Instinktiv will ich mich wegdrehen, doch ich kämpfe dagegen an und betrachte den blutenden Greis.

»Im Zeughaus, beim Markt.« Cristan lässt locker und der Mann rappelt sich etwas auf. »Aber es ist wenig. In Driga gibt es keine Armee, nur ein paar Wachsoldaten. Wir haben nichts, außer die Schmieden am Fluss.«

Grob reißt Cristan den Dorfvorsteher herum und zwingt ihn so, ihn anzusehen. »Wo sind die ganzen Waffen, die ihr produziert?«

»In der Hauptstadt. Immer wenn wir eine Fuhre fertig haben, schicken wir sie nach Trita. Die letzte Ladung hat sich vor zwei Tagen auf den Weg gemacht.«

»Na toll«, höre ich die Soldaten, die uns begleiten, hinter mir murren.

Cristan bringt die Spitze seines Schwertes unter das Kinn des Mannes. »Bring uns zum Zeughaus.«

In den Augen des Dorfvorstands steht die Angst geschrieben, als er nickend zustimmt. Wir reiten zum Markt, während der Greis vor uns geht und sich immer wieder unsicher umwendet. Ich kann den Platz schon sehen und erinnere mich an das merkwürdig dunkle, aber schmackhafte Brot, das hier verkauft wird. Der Duft von Verbranntem strömt mir in die Nase und ich frage mich, was für eine merkwürdige Spezialität das wohl ist, als ich Rauchschwaden sehe. Und Flammen. Von mehreren der strohgedeckten Dächer steigen sie empor und aus den Gassen hinter dem Markt ertönen Schreie.

Erschrocken blicke ich zu Cristan. »Was ist hier los?«

Ohne mir zu antworten, wendet er sich an das Duzend hinter uns. »Geht mit ihm zum Zeughaus und lasst ihn nicht aus den Augen.« Dann nickt er mir zu. »Komm.«

Wir machen uns auf den Weg zur Quelle des Rauchs. Drei Häuser stehen bereits in Flammen. Vor einem entdecke ich eine Frau mit einem Eimer in der Hand. Klagelaute verlassen ihren Mund. Ihre Verzweiflung berührt mich und ich weiß, ich kann nicht tatenlos zusehen. Ohne nachzudenken, stimme ich den Südklang an, schiebe ihn weit in Richtung des Grenzflusses und greife mit meiner Segnung nach dem Wasser. Ich bin es nicht gewohnt, Gegenstände über solche Strecken zu bewegen, doch das Leid der Frau beflügelt meine Kräfte. Über die anderen Häuser hinweg ziehe ich das Wasser zu mir und lasse es schließlich über ihr Dach regnen. Der Großteil der Flammen erstirbt und zurück bleibt beißender Rauch.

»Was tust du?«, fragt Cristan.

»Der Frau helfen.«

»Dazu sind wir nicht hier.«

Ich lasse mich nicht beirren und schicke einen weiteren Südklang zum Fluss. »Wir sind auch nicht hier, um Driga zu verwüsten.«

Cristan seufzt und wendet sich ab, während ich das Feuer vollständig lösche. Mit großen Augen sieht die Frau mich an. »Wir sind nicht hier, um euch zu schaden. Wir wollen nur eure Waffen«, erkläre ich ihr.

Mit festen Schritten kommt sie auf mich zu. Statt mir für meine Hilfe zu danken, spuckt sie mich an. Für sie bin ich der Feind.

Eine Frau mit zerrissener Bluse kommt aus einem der Häuser gelaufen, dicht hinter ihr einer unserer Soldaten. »Fass mich nicht an!«, schreit sie.

»Und wenn doch?«, fragt der Soldat.

»Ich werde dich verfluchen und unfruchtbar machen«, antwortet sie mit zornigem Blick.

»Lass sie in Ruhe«, fahre ich den Mann an. Ob er zu uns gehört oder nicht … Ich werde das nicht zulassen.

Zornerfüllt funkelt er mich an und winkt einen anderen Mann zu sich. Mit einer Fackel in der Hand kommt der näher.

»Tut das nicht«, flehe ich.

»Verfluchst du uns sonst auch?« Verächtlich schnalzt er mit der Zunge, während der andere Soldat die Fackel auf das Strohdach wirft, das sofort zu lodern beginnt. Erneut schicke ich meine Welle zum Wasser und ziehe es mithilfe der Segnung zu mir, lasse einen Schwall über das Dach regnen.

Ich kann nicht glauben, was hier gerade passiert, will es nicht glauben. Hilfe suchend sehe ich zu Cristan, doch der schweigt. Und ich erkenne auch, warum.

Baruls Einheit ist offensichtlich mit der Entwaffnung der Schmieden fertig. Denn er taucht hinter dem Fackelwerfer auf und mustert seinen General und mich eingehend. »Krieg sie unter Kontrolle.«

Im ersten Moment bin ich erleichtert, dass der Oberste Heerführer ein Machtwort spricht. Dann wird mir klar, dass er mit »sie« nicht die Soldaten meint, sondern mich.

Cristan nickt. »Überlasst die übrigen Häuser meinen Männern und mir. Am Marktplatz im Zeughaus ist alles, was noch nicht in die Hauptstadt transportiert wurde, zu finden. Dort wird sicher jede Hand gebraucht.«

»Ihr kümmert euch um den Ostteil der Stadt, wir um das Zeughaus und den Westteil«, erwidert Barul.

»Zu Befehl.« Cristan neigt den Kopf und wir reiten ostwärts.

»Was war das?«, frage ich ihn, als wir außer Hörweite sind.

»Krieg«, zischt er leise und an der Art, wie er das sagt, kann ich erkennen, dass ihm das ebenso missfällt wie mir.

»Warum hast du nichts unternommen?«

»Weil es Baruls Einheit war und er ist der Oberste Befehlshaber. Soldaten widersprechen nicht, sondern folgen Befehlen.«

»Aber findest du das richtig?«

»Natürlich nicht«, antwortet er und steigt vom Pferd. »Aber Krieg funktioniert eben nur so und nicht anders. Wenn jeder das tut, was er für richtig hält, ist ein Kampf nicht zu gewinnen.«

Ich verstehe, worauf er hinauswill, damit abfinden kann ich mich trotzdem nicht. »Aber ich dachte, das ist kein Krieg.«

»Ich auch, obwohl ich genau das befürchtet habe. Aber egal, wie wir das nennen, die Regeln bleiben gleich.« Mit gezücktem Schwert geht er auf ein Haus zu und wendet sich um. Vermutlich erwartet er, dass ich ihm folge, aber ich bleibe wie versteinert auf Wardas Rücken sitzen. Cristan winkt ab und betritt das Haus allein.

Er ist enttäuscht, aber ich bin es ebenfalls. Ich fühle mich verraten. Schließlich hat er mir wieder und wieder versprochen, dass so etwas nicht passiert. Aber Cristan und ich haben eine Vereinbarung. Und obwohl es mir schwerfällt, ich werde mich nicht gegen ihn und die Soldaten wenden. Ihnen bei der Verwüstung von Driga helfen, werde ich jedoch auch nicht. Und wenn ich unbeobachtet bin, werde ich tun, was ich für richtig halte.

Einen Moment später verlässt Cristan das Haus mit einer Axt in der Hand. Ich steige vom Pferd und spähe ins Haus. Ein Mann, eine Frau und zwei Kinder kauern auf dem Boden. Sie und das Haus sind unversehrt. Erleichtert blicke ich zu Cristan. »Brauchst du Hilfe?«

»Würde nicht schaden.« Er nickt knapp und deutet auf die Häuser um uns herum. »Schaffst du die allein? Ich muss meine Einheit aufteilen und nach Osten kommandieren.«

»Natürlich.« Es gibt niemanden, vor dem ich weniger Angst habe als diesen armen Menschen hier.

Er drückt mir die Axt in die Hand und schwingt sich auf Zafiras Rücken, um dann an mir vorbeizureiten. Ich atme einmal tief durch und marschiere auf eines der Häuser zu. Gerade als ich durch die Tür trete, erspähe ich im Augenwinkel eine Frau. Sie hält etwas in der Hand und kommt meinem Kopf damit bedrohlich nah. Im letzten Moment springe ich zur Seite und sie schlägt ins Leere. Nun erkenne ich, was sie in ihrer Hand hält. Einen Stein. Mit dem ersten Schwebklang reiße ich ihn ihr aus der Hand und lasse ihn über ihrem Kopf schweben. Entschuldigend hebe ich meine Hände vor die Brust. »Hab keine Angst, ich werde dir nichts tun.«

Ihr Körper ist angespannt und bereit, mich anzugreifen. Doch meine Worte und Gesten lassen sie innehalten.

»Gib mir all deine Waffen und dir wird nichts geschehen«, fordere ich sie auf.

»Ich habe keine Waffen«, erwidert sie mit gerecktem Kinn.

Da sie mich mit einem Stein angreifen wollte, stimmt das vermutlich. Trotzdem kann ich es nicht dabei belassen. »Davon werde ich mich selbst überzeugen.« Ich greife mit meiner Segnung nach dem Stein und schleudere ihn ins Freie. »Und bitte versuch nicht, mich aufzuhalten oder anzugreifen. Sonst lässt du mir keine andere Wahl, als meine Segnung gegen dich einzusetzen.«

Unter ihren wachsamen Augen blicke ich mich im Raum um. Er ist winzig und besteht fast nur aus der Schlafstätte und einem winzigen freien Fleck. Es gibt hier keine Truhen oder Teppiche und nur wenig Möglichkeiten, etwas zu verstecken. Entschlossen gehe ich auf die Schlafstätte zu, schiebe das Stroh etwas zur Seite und finde dort einen Dolch. Das Heft ist schmucklos und die Klinge wirkt unscharf – doch es ist eine

Waffe und ich nehme sie an mich. Ich durchsuche auch die Tongefäße, in denen etwas Öl und ein dicker scharf riechender Brei lagern. Schließlich taste ich noch die Frau ab und stelle sicher, dass sie keine Waffen am Körper trägt. Mehr ist hier nicht zu finden. Die Axt behalte ich in der Hand und stecke den Dolch in meinen Gürtel. Dann verlasse ich das Haus der Frau und gehe zum nächsten.

Auf einen Angriff vorbereitet, trete ich die Tür auf und lasse die Axt vor mir schweben. Erst nach ihr betrete ich langsam das dunkle Innere. Dort treffe ich auf eine Frau mit drei Kindern und einem Mann. Die Kinder sind so dünn, dass ich die Knochen durch die Kleidung erkennen kann. Während die Kleinen sich an die Mutter schmiegen und die ihre Arme um sie schlingt, steht der Vater mir ebenfalls mit einer Axt gegenüber. Ich weiß nicht, ob ihn meine Segnung oder die Tatsache, dass ich eine Frau und kein Soldat bin, überrascht, doch ich nutze den Moment aus und entreiße ihm mit einem Südklang seine Axt. Während meine weiterhin auf Augenhöhe vor mir schwebt, umfasse ich die des Mannes fest. Es ist eine unelegante Waffe, aber sie passt zu der rauen Verzweiflung der Menschen hier.

»Ich will euch nichts tun. Ich bin nur hier, um eure Waffen einzusammeln«, wiederhole ich erneut.

Der Mann baut sich vor mir auf. »Die Axt war alles, was wir an Waffen besitzen.«

Es wäre lustig, wenn es nicht so traurig wäre. Ich unterdrücke das Lächeln, das sich auf meine Lippen stehlen will. Es ist fehl am Platz. Gerade raube ich diesen Menschen ihre letzte Hoffnung. Eine Hoffnung, die vermutlich unseren Tod bedeutet hätte, doch trotzdem … »Ich überzeuge mich lieber selbst davon.« Mit meinen Fingern beschreibe ich einen Kreis und die Axt dreht sich einmal in der Luft. »Wagt es besser nicht, mich aufzuhalten.«

»Lass sie«, fleht die Frau und der Mann tritt nickend zur Seite, gibt mir den Weg frei.

Die Schlafstätte ist leer und auch im Rest des Hauses ist nichts versteckt. Beim Abtasten der Einwohner finde ich jedoch einen weiteren Dolch unter dem Kleid der Frau.

Irgendwie bin ich dankbar, dass ich beim Entwaffnen helfen darf. Nicht, weil mir diese Aufgabe gefällt, aber weil ich das, was ich zuvor gesehen habe, zutiefst ablehne. Jedes Haus, um das ich mich kümmere, nimmt hoffentlich ein wenig den Schrecken unseres Überfalls. Zumindest für diese Familien …

Schließlich sind alle Häuser, die Cristan mir aufgetragen hat, von mir durchsucht und drei Äxte und fünf Dolche hängen schwer an meinem Gürtel. Ich suche unsere Einheit, meinen General und will ihn um weitere Häuser bitten. Ein paar Gassen weiter steht einer der Zugwagen. Äxte, Dolche und nur wenige Schwerter liegen auf der Ladefläche. Es sind so wenige Waffen, dass der Boden gut zu erkennen ist.

Hier im östlichen Teil des Dorfs sehe ich keinen Rauch – immerhin –, doch gut ist damit längst nicht alles. Im Eingang eines Hauses liegt ein Mann mit blutüberströmtem Oberkörper. Ich weiß nicht, ob er noch atmet, aber überleben kann man eine solche Wunde sicher nicht. Ein Haus weiter bemerke ich einen Soldaten, der mit einem Mann kämpft. Die Axt des Tritevers wird vom Schild zurückgehalten und er ist uns sowohl von seinen Waffen als auch von seiner Kraft her weit unterlegen.

Ich schicke eine Welle aus und ziehe seine Axt so an mich. Mit erhobener Hand gebiete ich dem Soldaten Einhalt. »Geh das Haus entwaffnen. Ich sorge dafür, dass der Mann hier keine Gegenwehr leistet.«

Obwohl ich keine Befehlsgewalt über den Soldaten habe, tut er, was ich von ihm verlange.

Als er das Haus wieder verlässt, zieht er mich jedoch unsanft am Unterarm zur Seite. »Was sollte das?«

»Es war nicht nötig, den Mann umzubringen. Man kann die Häuser auch entwaffnen, ohne zu töten«, sage ich ruhig, aber eindringlich.

»Eure Liebe zu diesem Volk ist wirklich rührend«, erwidert der Soldat und verdreht genervt die Augen. »Aber sie behindert unser Vorgehen. Wir haben eine Mission. Und wenn sich mir jemand dabei in den Weg stellt, dann lässt er mir keine andere Wahl. Oder sollen wir uns etwa von ihnen abschlachten lassen, mit leeren Händen nach Hause kommen und auf ihren Angriff warten?«

»Ja, genau das war mein Plan.« Nun bin ich es, die mit den Augen rollt. »Die Menschen hier sind schwach. Es geht auch anders. Ich habe eben drei Häuser entwaffnet und mir hat dabei jeweils die Androhung von Gewalt genügt.«

Er schüttelt den Kopf, als wäre ich ein hoffnungsloser Fall. »Mein General ist nicht auf ein Blutbad aus und ich ebenfalls nicht, aber wer sich mir in den Weg stellt, der bekommt den harten Stahl meiner Klinge zu spüren.«

»Man kann sich dabei aber um eine Lösung ohne Gewalt bemühen.«

»Kann man«, sagt er und zuckt gelangweilt mit den Schultern. »Wenn man sich für jedes Haus einen Tag Zeit nimmt.«

Diese Diskussion ist zwecklos. »Ich beobachte dich.«

»Tu, was du für richtig hältst. Ich mache währenddessen meine Arbeit.«

Mein eben noch empfundenes Hochgefühl fällt langsam in sich zusammen. Und dabei war das vermutlich einer der vernünftigeren Männer … Trotzdem muss ich Cristan suchen. Ich reite weiter nach Osten und halte nach ihm Ausschau. Obwohl es schwer sein sollte, ihn zwischen all den Soldaten auszumachen, fällt es mir erstaunlich leicht. Natürlich hebt sich seine Rüstung durch die vergoldeten Ornamente vom Rest der Einheit ab, doch auch ohne diese Details fängt mein Blick ihn stets zielsicher ein. Als gäbe es eine spezielle Verbindung zwischen uns, wie zwischen mir und meiner Segnung.

Weinende Frauen und Kinder kreuzen meinen Weg, und mehr als ein toter Körper liegt in den Gassen. Ich wünschte, ich könnte mehr für sie tun. Neben Zafira bringe ich Warda zum Stehen.

»Ich war sehr erfolgreich«, verkünde ich nicht ohne Stolz. »Ich habe alle Häuser, die du mir aufgetragen hast, vollständig entwaffnet. Und zwar ganz ohne Verletzte und Tote.«

Ein Lächeln zeichnet sich auf seinen Lippen ab. »Wirklich? Ich hatte etwas Sorge, dass du es nicht überlebst.«

»Lügner! Du hättest mich nicht losgeschickt, wenn dem so wäre.«

»Vermutlich.« Mit dem Kinn deutet er auf einige der umherreitenden Soldaten. »Ich habe …« Mitten im Satz bricht er ab.

»Was?«, frage ich, doch er winkt ab und gibt seinen Männern weitere Befehle zur Aufteilung des Gebiets. Dann wendet er sich an mich: »Folge mir.«

Gemeinsam mit einer Handvoll Soldaten ziehen wir ein Stück Richtung Norden. Ein Fingerzeig des Generals genügt und die Männer strömen in eine Gasse und stürmen die Häuser. »Bist du sicher, dass du das tun willst? Allein?«

Der Nordklang befreit die Axt aus meinem Gürtel und ich lasse sie über meinem Kopf kreisen wie ein Wurfgeschoss, bevor sie sanft in meiner Handfläche landet. »Keine Sorge, ich kann auf mich aufpassen.«

»Bis später.« Ich habe das Gefühl, er will noch mehr sagen, tut es aber nicht. Er gibt mir denselben Fingerzeig wie zuvor seinen Soldaten und ich folge ihnen langsam trabend in die Gasse. Per Handzeichen verständigen wir uns darüber, wer welches Haus übernimmt.

Nach vier entwaffneten Häusern ist mein Gürtel prall gefüllt. Wieder habe ich es geschafft, alles einzusammeln, ohne jemanden zu verletzen. Und offensichtlich steckt mein Vorgehen die Soldaten, mit denen ich gemeinsam die Gasse bearbeite, an. Zwar ertönen gelegentliche Schreie und das Klirren von Metall, verglichen mit dem Rest des Dorfs ist es jedoch ruhig.

Mit der Axt vor mir schwebend betrete ich das nächste Haus. Hinter der Tür steht ein Mann. Seine Tunika ist derart verlumpt, dass beinahe seine gesamte Brust zu sehen ist. In seiner zittrigen Hand hält er einen Dolch fest umklammert.

Mein Spruch geht mir mittlerweile flott von den Lippen, doch ernte ich diesmal nicht die erhoffte Antwort. »Gar nichts wirst du mir nehmen!«

Ich presse den Nordklang gegen ihn und schiebe seinen Körper damit weit von mir. »Gib mir deinen Dolch und was du sonst noch an Waffen hast. Dann werde ich gehen und dir wird nichts geschehen. Ich gebe dir mein Wort.«

»Gar nichts werde ich dir geben.«

»Aber verstehst du denn nicht …«

»Du verstehst nicht«, unterbricht er mich und lacht bitter. »Wenn du mir diesen Dolch nimmst, kannst du mich auch gleich töten. Den Winter werde ich ohnehin nicht überleben.«

Reglos stehe ich da. Soll ich ihm den Dolch lassen und einfach umkehren, so tun, als gäbe es in diesem Haus keine Waffen? Es ist ein einziger Dolch und mit ihm kann Tritevo keinen Krieg gegen uns gewinnen. Mit diesem Mann schon gar nicht …

Ich drehe mich halb zurück zur Tür, als ich einen Schatten erblicke – einer von Cristans Soldaten. Im selben Moment sehe ich, wie der Mann mit dem Dolch auf mich zustürmt. Ruckartig lasse ich meine Hand vorschnellen und der Nordklang schmettert die Axt gegen den Mann. Sie trifft seine Stirn. Das Geräusch … Obwohl es gerade erst an meine Ohren dringt, ich werde es wohl nie wieder vergessen. Blut quillt und tropft zu Boden, der Mann schwankt und schlägt mit seinem Körper am Boden auf. Und dann ertönt ein Schrei. Es ist meiner und mit ihm sinke ich auf die Knie. Fassungslos starre ich auf den blutenden Mann. Seine Augen sind weit aufgerissen und in ihnen ist jedes Licht erloschen. Ich habe einen Menschen getötet. Einen unschuldigen Mann. Ich weiß nicht, wie ich mich fühlen soll. Trauer wäre angebracht, doch statt zu weinen, muss ich mich übergeben.

Eine Hand legt sich auf meinen Rücken. Mit dem Handrücken wische ich mir über den Mund und blicke über die Schulter. Ich erwarte, das Gesicht des Soldaten zu sehen, doch es ist Cristan, der mich wortlos an sich zieht. Seine Wärme fühlt sich tröstlich an. Verdient habe ich das nicht.

»Ich habe ihn getötet.« Meine Hände zittern, meine Stimme auch.

»Du hast getan, was du tun musstest«, murmelt Cristan und drückt mir sanft einen Kuss auf die Schläfe.

»Er wollte keinen Krieg. Er wollte nur sein Messer behalten. Er wollte einfach nur überleben!«

»So wie du und all die Menschen in Palente, deren Lebensmittel diesen Winter ebenfalls knapp werden.«

Das mag stimmen. Es macht allerdings nichts ungeschehen und ändert nichts an meinen Gefühlen. »Ich dachte, ich wäre darauf vorbereitet … Ich war es nicht.«

»Man ist nie darauf vorbereitet.« Cristan hält mich in seinen Armen und sein Körper legt sich um mich wie ein zweiter Wollmantel.

Ich weiß nicht, wie lange wir so dasitzen, die Geräusche der Soldaten in der Gasse sind längst verstummt. Mein Körper ist immer noch steif und der Gedanke, einfach aufzustehen und weiterzumachen, fühlt sich falsch an. Und doch muss ich genau das tun.

»Du solltest zu deinen Männern«, sage ich mit belegter Stimme. »Sie brauchen dich auch. Ich komme zurecht.«

Zögerlich lässt er meinen Körper frei und mustert mich. »Bist du dir sicher?«

»Ja«, erwidere ich knapp. Ich umfasse kurz Mutters Medaillon und erhebe mich langsam.

Cristan steht ebenfalls auf, geht zur Tür und wartet anscheinend auf ein Zeichen von mir. Mit einer Handbewegung signalisiere ich ihm zu gehen. Erst als er weg ist, bewege ich mich mit kleinen Schritten auf den Toten zu. Ich knie neben ihm nieder, lege meine Handflächen auf seine Augen und schließe seine Lider. »Es tut mir leid.«

Seine Finger umklammern immer noch den Dolch. Ich löse sie und nehme ihn an mich. Ihn werde ich nicht zu den anderen Waffen in den Zugwagen schmeißen, sondern behalten. Dann verlasse auch ich endlich das Haus. Die Luft fühlt sich anders an. Die Kälte dringt nicht mehr in meine Haut ein, prallt einfach an mir ab. Einer der Soldaten wartet am Ende der Gasse und bedeutet mir mit einem Fingerzeig, nordwärts zu reiten. Ich steige auf Wardas Rücken und folge ihm.

Auf dem Weg entwaffne ich nur noch eine Handvoll Häuser und erbeute dabei so wenig Waffen, dass ich sie problemlos bei mir tragen kann.

Außerhalb des Dorfs treffen wir auf Baruls Einheit und den zweiten Zugwagen, in dem sich die Beute aus den Schmieden am Fluss befindet. Obwohl er voller ist als unserer, ist auch hier der Boden noch zu sehen. Mehrere Dutzend Äxte, Dolche,

Pfeile und nur einige Schwerter. Wie viele Menschen dafür wohl heute ihr Leben verloren haben? Wie viele Häuser abgebrannt wurden? Auch wenn ich die genaue Antwort nicht kenne, ich weiß, es sind viele. *Zu viele.*

32

Als es dämmert, schlagen wir unser Lager auf. Wir sind bis kurz vor den fruchtbaren Gürtel entlang des Flusses Kava gekommen. Er entspringt den Bergen Kavoleps und man soll ihm die Rauheit seines Ursprungs ansehen. Angeblich bewegt er sich schneller als jedes andere Gewässer und strahlt grünlich. Wie der Westklang, der in die gleiche Richtung fließt.

Das Kommandozelt ist als Erstes aufgebaut und Barul und Cristan ziehen sich dorthin zurück. Morgen in der Hauptstadt wird uns mehr Widerstand begegnen. Und wesentlich mehr Soldaten als die Handvoll, die in Driga das Zeughaus bewacht hat. Den Tod von Menschen zu planen, wenn man sie nur als bemalte Holzfiguren sieht, ist einfach. Doch wenn sie einem in Fleisch und Blut gegenüberstehen und man gezwungen ist, eine Entscheidung zwischen ihrem und dem eigenen Leben zu treffen … Die Entscheidung selbst ist einfach, mit ihr zu leben, nicht. Zumindest für mich nicht.

Gedankenverloren sitze ich am Feuer und starre in die Flammen. Um mich herum stehen mehr und mehr Zelte, doch nur wenige suchen darin Schutz oder Ruhe. Die meisten trinken und essen, unterhalten sich lautstark über unseren Sieg. Vermutlich ist es ein Grund zur Freude, es fühlt sich nur nicht so an. Ich erhebe und entferne mich etwas vom Feuer und den Männern. Unser Lager steht am Rand eines Waldes und ich betrete ihn. Allerdings ist dieser Wald nicht das Meer aus Grün und Braun, das ich von Cristans Augen kenne. Die Bäume sind kahl und vertrocknete Blätter bedecken den Boden. Der Wald sieht so trostlos aus, wie ich mich fühle. Immerhin bringt er die Geräusche des Lagers zum Verstummen.

Ich gleite zu Boden und lehne mich mit dem Rücken gegen einen dicken Baumstamm. Am Eingang des Waldes erleichtern sich zwei Männer. Es ist mir egal. Und es bleibt nicht bei den zweien.

Als sich erneut ein Mann dem Wald nähert, denke ich, dass auch er etwas *erledigen* will. Doch das Rascheln der Blätter, das immer näher kommt, lässt mich zusammenzucken. Ich mache mich klein und hoffe, ich bleibe unentdeckt. Zumindest bis ich Gang und Statur des Mannes erkenne. *Cristan.*

Ich atme auf. »Was tust du hier?«

»Was wohl?«, entgegnet er. »Dich suchen.«

»Du hast mich gefunden.«

»Was tust du hier allein?«

»Allein sein.«

Cristan kniet sich neben mich. Sanft streicht er mir die Haare aus dem Gesicht und fährt mit dem Daumen über meine Wange. »Es ist meine Schuld. Ich hätte dich besser vorbereiten müssen.«

»Hast du nicht gesagt, man ist nie darauf vorbereitet?«

Er lächelt gequält. »Ich wünschte, ich könnte dich von deinem Leid befreien. Wenigstens ein bisschen.«

»Das tust du doch gerade.« Ich richte mich etwas auf, lehne meinen Kopf an seine Brust und lasse mich von seinen Armen umfangen.

»Gut.« Seine Hände gleiten über meinen Rücken.

Dort, wo sich den ganzen Tag nur meine harte Rüstung gegen meine Haut gedrückt hat, nun seine Wärme zu spüren, lässt mich tatsächlich für einen kurzen Moment die schrecklichen

Bilder vergessen. Und ich verwehre mir das nicht, sondern gebe mich diesem Moment hin. »Lass mich nicht los.«

»Ich bin bei dir«, haucht er in mein Ohr. »Jetzt, heute Nacht und morgen.« Ich kann hören, wie er schluckt. »Immer.«

Ich blicke auf und umfasse sein Gesicht. Es ist zu dunkel, um die Farben seiner Augen zu erkennen, aber ich sehe sie feucht schimmern. Als würde mich eine fremde Welle ziehen, komme ich ihm näher und meine Lippen berühren seine. Sie sind warm und weich. Ich will sie schmecken, will sie spüren. Es ist falsch. Ich sollte mich von ihm entfernen, unsere Vereinbarung ehren. Doch ich kann nicht. Unsere Münder verschmelzen miteinander. Ich öffne leicht meine Lippen und Cristans Zunge tastet vorsichtig nach meiner. Spielerisch umkreisen sie einander und mir wird … Es ist, als würde ich im Sonnenaufgang baden. Seine Hände umfassen meine Hüften und ziehen mich auf ihn. Rittlings sitze ich auf ihm und während er mich fest an sich drückt, verschwimmt alles um mich herum. Mit geschlossenen Augen gebe ich mich dem Kuss hin. Er wird schneller, fordernder. Mich verschreckt das nicht. Ganz im Gegenteil. Trotzdem suche ich nach Anzeichen dafür, dass er wieder zu Sinnen kommt und mich wegstößt. Ich weiß, wie falsch er das findet, doch er kann sich genauso wenig dagegen wehren wie ich.

Mein Herz pocht laut und mein Körper zittert. Und unter mir spüre ich … *ihn.* Sanft legt Cristan seine Hände auf meine nackten Beine, gleitet langsam über meine Haut und schiebt sie unter meine Tunika. Unwillkürlich zucke ich zusammen und öffne meine Augen wieder. Noch nie hat ein Mann mich berührt und auch wenn ich mich davor fürchte, sehne ich mich gleichermaßen danach.

Cristan hält inne und sieht mich an. Ich habe schon Angst, dass er sich zurückzieht, als er sagt: »Ich will nichts tun, was du nicht möchtest.«

Ich spüre eine Sehnsucht nach Berührung durch meinen Körper wandern. Unfähig meine Gefühle in Worte zu fassen, ziehe ich mir meine Tunika über den Kopf und sitze nun völlig nackt auf ihm. Sofort nimmt er diese Einladung an und seine Hände suchen meine Brüste, streicheln sie sanft. Langsam senkt er seinen Kopf und liebkost sie mit seinen Lippen. Es ist nicht mehr nur ein Zittern, das sich durch meinen Körper zieht, es ist ein Beben. Und währenddessen wandern seine Hände südwärts. Ich habe das Gefühl zu verglühen, und sehne mich nicht nach Wasser, sondern nach mehr Feuer. Cristan so fest unter mir zu spüren, verstärkt diesen Drang ins Unermessliche. Plötzlich verstehe ich meine Schwester so gut.

Auch Cristans Verlangen wird immer stärker und er bettet mich sanft auf dem Waldboden. Mit einer schnellen Bewegung entledigt er sich seiner Tunika.

Seine Finger fahren wellenförmig über meine Oberschenkel und bei jeder Berührung habe ich das Gefühl, gleich in Flammen aufzugehen. Cristan legt sich auf mich. Haut an Haut.

»Bist du dir sicher, dass du das willst?«, fragt er und sein Atem geht schnell dabei.

Noch nie habe ich etwas mehr gewollt. »Ja.«

Und in diesem Moment werden wir mehr als eine Vereinbarung. Wir verschmelzen, werden eins.

Während ich mir meine Tunika glatt streiche, entfernt Cristan einige Blätter, die sich in meinem Haar verfangen haben. Verstohlen blicke ich zu Boden und unterdrücke ein Lachen.

Bevor er sich selbst wieder anziehen kann, fahre ich mit meiner Hand über seine Brust, spüre seine ausgeprägten Muskeln und Narben. Ich beuge mich zu ihm und bedecke sie mit

Küssen. Vielleicht ist unser Augenblick vorbei, doch ich bin noch nicht bereit, ihn endgültig gehen zu lassen. Und Cristan geht es offensichtlich ähnlich, denn er fährt mir durch die Haare, zieht meinen Kopf nach hinten und verteilt nun ebenfalls zärtliche Küsse auf meinem Hals. Am liebsten würde ich mich zurück auf den Boden legen, ihn lieben und die Welt um mich herum vergessen. Sein Körper hegt eindeutig denselben Wunsch.

Rufe dringen durch den lichten Wald zu uns: »General! General Cristan!«

Er löst sich von mir und räuspert sich. »Wir sollten zurück zum Lager gehen.«

»Sollten wir«, stimme ich ihm zu und beobachte, wie er sich ankleidet.

Schließlich folge ich Cristan zwischen den Bäumen ins Freie. Das Licht der Lagerfeuer erhellt die Umgebung und er wendet sich zu mir, sieht mir tief in die Augen. »Morgen bleibst du in meiner Nähe. Ich lasse nicht zu, dass dir etwas passiert.«

Kopfschüttelnd lege ich eine Hand auf seine Wange. »Ich bin hier, um für dich und Palente zu kämpfen und nicht, um mich von dir beschützen zu lassen.«

»Ich weiß.«

»Dann lass mich genau das tun.«

»Wenn du so weit bist.« Er löst meine Hand, führt sie an seinen Mund und küsst sie. »Aber du bist es noch nicht.«

»Ich bin es«, widerspreche ich ihm. Nicht, weil es wahr ist, sondern weil ich es sein will.

Seufzend beugt er sich zu mir. »Bleib in meiner Nähe.«

»Ich werde dort sein, wo ich gebraucht werde.«

»Und ich werde ein Auge auf dich haben.«

Entschlossen blicke ich zu ihm und löse meine Hand aus seinem Griff. »Deine Aufmerksamkeit muss den Tritevern gelten und deinen Männern. Wenn du nicht glaubst, dass ich selbst auf mich aufpassen kann, reite ich besser nach Hause.«

Cristan grinst und umfasst meine Hüften. »Viel zu gefährlich.«

Auch über meine Lippen will sich ein Lachen schleichen, doch ich unterdrücke es. Die Sache ist mir zu ernst. »Vertraust du mir?«

»Ja«, sagt er, ohne zu zögern.

»Dann behandele mich nicht wie ein Kind.«

»Ich …«, setzt er an und will scheinbar widersprechen, »werde dich gewähren lassen. Aber ich werde dich nicht aus den Augen lassen.«

Ich nicke stumm.

»Lass uns gehen.«

33

Die Soldaten sitzen um das Feuer und jubeln dem Obersten Heerführer zu, der stolz vor ihnen steht. »Morgen erwartet uns eine völlig andere Herausforderung als in Driga. Wir werden auf Soldaten treffen, die mehr Widerstand leisten als diese erbärmlichen Menschen heute. Doch wir haben einen Plan und wir werden siegen. Wir werden noch vor Sonnenaufgang losreiten und sie überraschen.«

Mit gereckten Fäusten und weiterem Jubel bekunden die Männer ihre Zustimmung.

»Da ist ja auch schon unser General«, sagt Barul, als Cristan neben ihn tritt und ich mich zu den Soldaten auf den Boden setze.

»Sehr wohl«, erwidert er, ohne auf die Stichelei einzugehen.

»Morgen werden wir uns nicht trennen, sondern gemeinsam in Trita einfallen. Die Armee ist im Osten der Stadt untergebracht und wir vermuten, dass sich das Waffenlager dort befindet.«

Zustimmend nickt Cristan und übernimmt das Wort: »Die Armee Tritevos ist vermutlich weder so gut ausgebildet wie unsere noch so gut ausgestattet. Doch sie werden mit der Kraft der Verzweiflung kämpfen und wir sollten sie nicht unterschätzen. Auch deshalb sollten wir unsere Kräfte einzig und allein darauf konzentrieren, die Waffen an uns zu nehmen, und uns nicht dazu verleiten lassen, Angst und Schrecken in der Bevölkerung zu schüren. Das ist nicht unser Auftrag.«

»Der General hat recht«, pflichtet ihm Barul bei. »Der Herrscher wünscht ausdrücklich lediglich eine Entwaffnung und will unser Nachbarland nicht gegen uns aufbringen. Natürlich wird das nicht ohne Opfer gehen und natürlich wird im Eifer des Einsatzes mal etwas Unvorhergesehenes geschehen.« Er zuckt gelangweilt mit den Schultern. »Die Nachtwachen sind eingeteilt, beim ersten Anzeichen der Morgendämmerung brechen wir auf.«

Damit ist die Ansprache beendet und die Männer widmen sich ihrem Essen. Erst jetzt fällt mir auf, dass es gebratenes Fleisch gibt und reichlich Bier getrunken wird. »Ist das aus Driga?«, frage ich Cristan, der sich gerade neben mich setzt.

Zögerlich nickt er. »Ja, aber ich habe dafür gesorgt, dass der Wirt reichlich dafür entlohnt wurde.«

Vermutlich sollte mich das beruhigen, tut es aber nicht. »Meinst du, er kann sich damit im Winter überhaupt noch etwas zu essen kaufen?«

»Ich hoffe es.«

Selbst unter diesen Umständen versucht er, ehrenhaft zu sein. »Ich auch.«

»Du solltest etwas essen. Morgen wird ein harter Tag und du brauchst Kraft.«

Ich stehe auf, hole mir ein Brot und einen Krug Bier und lasse mich dann wieder neben Cristan auf den Boden sinken. Mit den ersten Bissen, die meinen Magen füllen, bemerke ich, wie groß mein Hunger ist. Obwohl ich dachte, ich würde kaum etwas hinunterbekommen, verschlinge ich das ganze Stück gierig. Ich nehme einen Schluck Bier und sehe seitlich zu Cristan, der ebenfalls Brot isst. Seine Augen fangen meinen Blick auf und meine Mundwinkel ziehen sich nach oben. Es fühlt sich falsch an und doch richtig. Heute ist der schrecklichste Tag meines Lebens und gleichzeitig der schönste. Vermutlich war es nicht mehr als ein Moment, in dem wir uns beide von unseren Gefühlen haben davontragen lassen. Vermutlich wird nichts davon die Nacht überstehen, sondern unter dem Laub des Waldes begraben bleiben. Soll es so sein. Cristans Nähe hat mich für einen kurzen Moment die Dunkelheit vergessen lassen, sie erträglich gemacht. Auch wenn wir morgen wieder nicht mehr sind als zwei Menschen, die eine Vereinbarung geschlossen haben – ich bereue nichts.

Ich ziehe den Dolch des Mannes, den ich heute getötet habe, aus meinem Gürtel und betrachte ihn eingehend. Die Klinge ist nicht sonderlich hart und das Heft weist keinerlei Verzierungen auf. Und doch war er bereit, für ihn zu sterben. Die starren Augen des Mannes werden mich wohl bis zu meinem eigenen Tod verfolgen, dabei waren sie nur ein Vorgeschmack auf das, was noch kommt. Ich habe gelogen. Ich bin nicht bereit dafür, aber ich werde mich nicht hinter Cristan verstecken, sondern für Palente kämpfen. Dafür, dass es uns nicht bald so geht wie den Tritevern schon jetzt.

»Ist der aus Driga?«, fragt ein Soldat neben mir und deutet auf den Dolch.

»Ja«, erwidere ich knapp.

»Wirf ihn in den Zugwagen und nimm dir eine ordentliche Waffe. Das Ding ist unserer Armee nicht würdig.«

Ich stecke den Dolch zurück in meinen Gürtel. »Vielleicht nehme ich mir noch eine andere Waffe. Aber das ›Ding‹ behalte ich.«

»Wenn du meinst.« Er zuckt gelangweilt mit den Schultern und wendet sich wieder einem anderen Gespräch zu.

»Ist er von *ihm*?«, fragt Cristan und wir beide wissen, wen er damit meint.

»Woher weißt du das?«

»Weil es zu dir passt, ihn zu behalten.«

Ich weiß nicht recht, was er damit sagen will, doch sein Tonfall ist so liebevoll, dass ich nicht widerspreche. Mit einigen großen Schlucken leere ich mein Bier und erhebe mich. »Ich werde schlafen gehen.«

»Ich komme gleich nach«, erwidert er leise und zwinkert mir zu.

Auf meiner Schlafstätte warte ich kniend auf Cristan. Nach einer Weile lege ich mich auf den Rücken und schließe meine Augen. Die Geräusche der Soldaten dringen an mein Ohr. Längst bilden sie keinen einheitlichen Klang mehr. Es gibt einige wenige, die mit jedem Schritt, dem wir uns der Hauptstadt nähern, und mit jedem Leben, das sie mit ihrer Klinge genommen haben, lauter werden. Der Großteil bekundet Zustimmung – egal zu was. Und ein kleiner Teil – wie ich – wird zunehmend ruhiger. Doch ich urteile nicht mehr. Töten ist schwer. Verdammt schwer. Vielleicht ist der Lärm einfach nur ihre Art, damit umzugehen. Denn wenn es um uns herum laut ist, dann hören wir die Stimmen in unserem Kopf nicht mehr.

Als Cristan endlich in das Zelt schlüpft, bin ich immer noch wach. Obwohl ich mich nach ihm verzehre, stelle ich mich schlafend. Ich habe keine Angst vor ihm und seiner Nähe, nur davor, dass ich sie womöglich nie wieder kosten werde. Statt mich von ihm enttäuschen zu lassen, enttäusche ich mich lieber selbst.

Sein Körper schmiegt sich warm an meinen, er legt seinen Arm um mich und flüstert mir ins Ohr: »Ich weiß, dass du nicht schläfst.«

»Woher?«, frage ich zurück.

»Weil du erstens nicht mehr schläfst, seit wir Kalasin verlassen haben, du zweitens nicht tief genug dafür atmest und drittens auf mich gewartet hast.«

Schweigend beiße ich mir auf die Unterlippe und spüre, wie mir das Blut in die Wangen schießt.

Cristan fährt mit seinen Fingern die Konturen meines Gesichts nach. »Livia?«

Ich drehe mich zu ihm und stütze mich auf meinem Ellbogen ab. »Was erstens betrifft, hast du recht. Ich weiß nicht, wie du und deine Männer es schaffen, ruhig zu schlafen. Zweitens ist möglich, aber drittens eine Unverschämtheit.«

»Es ist vielleicht unerhört, aber die Wahrheit.« Seine Lippen liebkosen meinen Hals und ich lasse mich zu Boden sinken. Seine zärtlichen Küsse werden fordernder und seine Hand sucht ihren Weg unter meine Tunika.

Ein leises Stöhnen verlässt meinen Mund. Es ist völlig unnötig zuzugeben, dass er recht hat. Mein Körper hat mich längst verraten. Cristan beugt sich über mich und umfasst mein Gesicht. »Offensichtlich bist du es, der sehnsüchtig gewartet hat.«

»Das habe ich nie abgestritten.« Sein Mund berührt meinen und er küsst mich. Gierig, verzweifelt, sehnsüchtig. Aber vielleicht sind das auch nicht seine Gefühle, sondern nur meine. Doch sie strömen durch mich hindurch und lassen mich mit jeder seiner Berührungen mehr erschaudern. Ich fasse mir ein Herz, ziehe seine Tunika etwas noch oben und drücke ihn an mich. Dieses Gefühl … ich möchte es einfangen, in ein Bündel packen und mich täglich daran erfreuen.

Erneut lieben wir uns und vergessen die Welt um uns herum.

Wir liegen einander gegenüber. Es ist dunkel, doch meine Augen haben sich an das Licht gewöhnt. In all dem Leid, das war und noch kommen wird, könnte ich vor Glück platzen. »Ich …«, setze ich an und möchte Cristan sagen, was ich empfinde. Meine Angst, den Moment dadurch zu zerstören, hält mich zurück.

»Du bist wundervoll«, haucht er mir zu.

Es ist vielleicht nicht das, was ich gern hören möchte, aber immerhin etwas. »Wir sollten schlafen.«

»Das sollten wir.« Er drückt mir einen Kuss auf die Stirn und zieht mich an sich.

Ich bin alles andere als müde, schließe trotzdem die Augen. Es dauert nicht lange und Cristan fällt neben mir in einen tiefen Schlaf. Wach liege ich neben ihm und genieße seine Nähe, solange sie andauert.

Die Sonne ist noch nicht aufgegangen, doch es dämmert bereits, als wir unsere Pferde satteln. Unsere Zelte sind abgebaut und die beiden Einheiten ziehen weiter nach Norden. Hinter dem Wald führt der Weg abwärts. Ich habe bei unseren Besprechungen zwar oft gehört, dass sich Trita in einem Talkessel befindet, aber erst jetzt, wo ich es sehe, ergibt dieses Bild für mich Sinn. Während sich die Umrisse der Hauptstadt Tritevos bereits abzeichnen, ragen im Osten und Westen vor und um die Stadt Hügel empor.

»Halt!«, ertönt Baruls tiefe Stimme und der gesamte Trupp kommt zum Stehen.

»Was ist?«, frage ich Cristan.

»Warte hier«, antwortet er, bricht aus der Reihe aus und reitet nach vorn zum Obersten Heerführer.

»Was …«, setze ich an, als ich bemerke, dass sich alle Köpfe nach Westen drehen.

Auch ich blicke auf den Hügel dort. Was bis eben ausgesehen hat wie Bäume, entpuppt sich unter den ersten Sonnenstrahlen als etwas völlig anderes. Männer. Soldaten. »Tritever?«, frage ich niemand Bestimmten.

»Ich wusste gar nicht, dass sie so eine große Armee haben«, sagt einer der Männer hinter mir.

Die Reihe der Soldaten auf dem Hügel ist lang. Ich habe keine Ahnung, wie viele sich dahinter befinden, doch auch ich fürchte, sie sind in der Überzahl.

Cristan ist immer noch bei Barul und ich fixiere einen der Soldaten hinter mir mit meinem Blick. »Was machen wir jetzt?«

»Auf einen Befehl warten«, antwortet er, als wäre das ganz selbstverständlich.

Obwohl mein Herz rast, fühlt sich jeder Schlag endlos lang an. Wo bleibt bloß Cristan? Ich will etwas unternehmen. Hier untätig herumzustehen, fühlt sich schrecklich an. Worauf warten wir hier eigentlich?

Unsere Soldaten sind leise, ich höre sie nur flüstern.

»Ich frage mich, woher sie wissen, dass wir kommen?«

»Ein Bote aus Driga muss es nach Trita geschafft haben.«

»Wir hätten sie abschlachten sollen. Alle.«

Endlich kommt Cristan zurück, doch er reitet an mir vorbei, bis zum letzten Mann und gibt Handzeichen, mit denen ich nichts anfangen kann. Erst danach setzt er sich neben mir wieder an die Spitze seiner Einheit.

»Was machen wir jetzt?«, frage ich ihn.

Der Trupp setzt sich wieder in Bewegung. Allerdings nicht mehr im leisen Trab, sondern im Galopp. »Wir reiten nach Trita!«, ruft mir Cristan zu.

Das ergibt für mich überhaupt keinen Sinn.

»Wir wissen nicht, wie viele es sind. Wir müssen uns und sie streuen. Hier auf dem offenen Feld ist die Gefahr, mit unseren kleinen Einheiten zu unterliegen, zu groß«, erklärt er weiter.

Ich habe keine Ahnung von Kämpfen und Kriegen, aber vermutlich hat er recht. »Soll ich meine Segnung einsetzen?«

»Auf keinen Fall! Erst wenn sie angreifen. Wir müssen sie damit überraschen. Das ist die beste Strategie.«

Auf eine Reaktion der Tritever müssen wir nicht lange warten. Ein Horn wird geblasen und die gesamte Wand setzt sich in Bewegung. Die Reihe der nachfolgenden Männer reißt nicht ab und wie Ameisen schwärmen sie den Hügel hinab. Im Gegensatz zu uns sind nur wenige von ihnen beritten, ihre schiere Anzahl ist jedoch Furcht einflößend.

Ich warte auf ein Signal von Barul oder Cristan. Warte darauf, dass wir uns formieren, doch wir reiten weiter auf die Stadt zu. Die Tritever nähern sich viel zu schnell, wir werden es unmöglich schaffen, rechtzeitig den Fluss zu überqueren und Trita zu stürmen. Ein Teil von Baruls Einheit vielleicht, aber unsere …

Plötzlich ertönt auch auf unserer Seite ein Horn. Es ist das erste Mal, dass es seit unserem Aufbruch geblasen wird. Aber dies ist kein Einsatz mehr, es ist Krieg. Alle Pferde kommen zum Stehen und drehen sich in Richtung des Feindes. Cristan reitet vor seine Einheit, denn als General ist sein Platz genau dort. Ich folge ihm und neben uns tut es ihm Barul mit seiner Einheit gleich.

Die Anzahl der Männer, die uns entgegenmarschiert, wird immer größer und sie noch zu zählen, ist unmöglich.

»Tu, was in deiner Macht steht, um uns zu helfen«, fordert mich Cristan auf. »Möge die Göttin dir beistehen.«

»Dir auch«, erwidere ich. So viel ist ungesagt zwischen uns, doch jetzt ist nicht die Zeit dafür.

Während der Nordklang meinen Mund verlässt, konzentriere ich mich auf die Schilde der uns entgegenströmenden Soldaten. Vier gleichzeitig sollte ich zum Sturz bringen können. Ich strecke meine Hände gerade vor meinen Körper und presse meine Welle gegen die Männer. Als würden sie gegen eine durchsichtige Mauer laufen, stoppen sie abrupt und die Soldaten hinter ihnen laufen in sie hinein und geraten ins Straucheln. Beim nächsten Versuch muss ich mehr Kraft aufwenden. Viel mehr.

Ohne Pause mache ich weiter, lasse meine Segnung nach vorn preschen und drücke sie gegen die nächsten Männer. Zwei von ihnen fallen und die Reihe gerät aus dem Takt. Damit richte ich zwar keinen Schaden an, aber ich bringe Unruhe in ihre Formation und unsere Soldaten nutzen dies für einen Angriff. Von Cristan angeführt, reiten sie auf den Feind zu, strecken die erste Reihe vor mir mit ihren Schwertern nieder. Auch ich bleibe nicht untätig, streue meine Welle in alle Richtungen und stifte Chaos.

Schwerter klirren vor mir. Sie treffen auf Schilde und Fleisch. Auf dem Boden liegen unnatürlich verdrehte Soldaten des Feindes. Ich lasse mich hinter die Angriffslinie zurückfallen und versuche, mir einen Überblick zu verschaffen. Je weiter ich mich vom Geschehen entferne, desto mehr wird sichtbar, wie sehr wir in der Unterzahl sind. Selbst wenn jeder unserer Soldaten es mit einem Dutzend Männer aufnehmen würde, würde das bei Weitem nicht reichen. Und ich … Ich bin noch nicht die, die ich sein sollte. Ein paar Männer umwerfen genügt nicht.

Meine Augen suchen Cristan und finden ihn sofort. Als hätte ich nach ihm gerufen, wendet er sich um, zeigt auf die Reihe hinter ihm und nickt mir zu. Kraftvoll lasse ich meine Hände nach vorn gleiten und mit ihnen einen Nordklang. Ich schlage eine Schneise durch das Meer des Feindes. Mit offenem Mund lasse ich meine Welle nicht abebben, sondern nähre sie stetig weiter.

Cristan scheint genau auf das gewartet zu haben. Ohne zu zögern, reitet er durch sie hindurch. Wenn die Gasse, die ich für ihn gebildet habe, sich wieder schließt, ist er eingeschlossen. Mein Körper versteift sich bei dem Anblick, doch ich muss konzentriert bleiben, Cristan braucht mich. Er schwingt sein Schwert und ein Mann nach dem anderen fällt. Kaum vorstellbar, dass jemand, der so zärtlich ist, so todbringend sein kann. Einige seiner Männer folgen ihm und ich drücke die Tritever weiter beiseite, bis die Reihe komplett durchbrochen ist. Am anderen Ende reiten unsere Männer in einem Bogen nach Westen.

Cristan ist weit von mir entfernt. Ich kann ihn weder sehen noch hören, nur hoffen, dass ich instinktiv das Richtige tue. Diesmal stimme ich einen Südklang an, schmettere ihn hinter die feindlichen Soldaten und drücke die Reihe von hinten nach vorn auseinander. Angeführt von ihrem General reiten unsere Soldaten hindurch und dort, wo sie sind, fallen Männer. Wie umgetretene Grashalme liegen sie da. Vielleicht ist es nicht viel, was ich so bewirke, aber ich störe sichtlich das Gefüge in den Reihen und mache sie anfälliger für unseren Angriff.

Die Ränder meines Sichtfelds verdunkeln sich und ein heller Streifen kommt auf mich zu. Ein feindlicher Soldat steht nur einen Schritt von mir entfernt und holt gerade mit seinem Schwert zum Schlag aus. Instinktiv lasse ich die Welle, die Platz für Cristan und seine Männer macht, los und schmettere einen unsauberen Nordklang gegen meinen Angreifer. Er geht zu Boden, erhebt sich jedoch gleich wieder. Und hinter ihm kommen noch zwei weitere Männer in meine Richtung.

Die Zeit der Verteidigung endet hier und jetzt für mich. Ich atme einmal tief durch und setze zu einem Klang an, von dem ich nie dachte, dass ich ihn einmal bei einem Menschen einsetzen würde: den Druckklang. Während der Mann mit wutverzerrtem Gesicht auf mich zuläuft, lenke ich die tiefe Vibration auf ihn zu. Augenblicklich schnappt er nach Luft – wie ein

Fisch an Land – und fällt zuerst auf seine Knie und dann zu Boden. Ich hatte Blut erwartet oder das Knirschen von Knochen, doch sein Tod kommt schnell und ruhig. Ganz anders als die Leben, die durch das Schwert auf diesem Schlachtfeld genommen werden.

Meine Gedanken wandern wieder zu Cristan und seinen Männern, die mitten in den Reihen der Tritever eingeschlossen sind. Ich habe sie im Stich gelassen und muss ihnen helfen. Zuerst muss ich mich allerdings um die beiden Männer kümmern, die es ebenfalls auf mich abgesehen haben. Beide sind mit Schwertern bewaffnet. Mithilfe des Südklangs umfasse ich den hinteren und schiebe ihn in meine Richtung. Er kämpft dagegen an und wirbelt damit Staub vom Boden auf. Ich lasse kurz locker und nutze die Kraft seines Taumelns, um ihn mit ausgestrecktem Schwert in den Rücken seines Vordermanns laufen zu lassen. Die Spitze des Schwertes bohrt sich durch die Brust des Mannes hindurch und färbt sie rot. Ohne zu zögern, ersticke ich den Hintermann und wende meinen Blick sofort zurück aufs Schlachtfeld.

Mit voller Wucht fließt meine Welle durch die Männer und lässt sie auseinanderfahren. Zwei unserer Pferde liegen am Boden. Doch es ist nicht Zafira. Erleichterung durchflutet mich, als ich sehe, dass Cristan noch auf ihr sitzt und in meine Richtung die Reihe des Feindes durchquert. Die Sonne erhellt mittlerweile das Feld und das Blut auf seinem Schwert schimmert leuchtend rot bis zu mir.

Nicht alle Männer haben es lebend zurück auf unsere Seite geschafft. Und es werden nicht die letzten sein, die fallen. Es sind einfach zu viele Gegner. Ich muss mehr tun.

Cristan und ich bleiben an vorderster Front und kämpfen. Ich schicke meinen Druckklang aus, mache damit ein paar Männer in zweiter Reihe unschädlich. Es gibt weitere zerstörerische Klänge, die mir noch mehr liegen. Unsere Soldaten sind in Bedrängnis, kämpfen gleichzeitig gegen zwei oder mehr Männer. Auch Cristan … Ich muss meine Zweifel ausschalten und sie einsetzen.

In hohem Bogen schwebt die tiefe Vibration aus meinem Mund. Ich schicke sie in Cristans Richtung, auf den Hals des Mannes zu, der sich ihm nähert, während er bereits mit einem anderen kämpft. Es handelt sich um einen der wenigen berittenen Männer, der es offensichtlich darauf anlegt, die Spitze der Einheit auszulöschen. Mit einem letzten Wink lotse ich die Welle zu ihrem Ziel und im selben Moment fällt der Kopf des Mannes ab. Das Pferd trabt weiter und einen Augenblick später fällt der kopflose Körper von seinem Rücken. Es ist ein grotesker Anblick, der mich mehr erschrecken sollte, als er es tut. Tatsächlich bin ich einfach nur erleichtert.

Jeder Tritever weniger auf diesem Schlachtfeld ist ein Grund zur Freude. Nicht, weil ich diese Menschen oder ihr Land hasse, sondern weil ich leben möchte. Und Cristan soll leben. Wir alle.

Während unsere Soldaten furchtlos mit ihren Schwertern kämpfen, wird der Teilklang zu meiner Waffe. Ich reite von Nord nach Süd und lasse ihn sein Werk verrichten. Die abgetrennten Köpfe … Ich sehe sie und kann ihr Blut förmlich riechen. In diesem Moment erkenne ich jedoch nicht den Menschen dahinter. Das darf ich auch nicht. Ich sehe Objekte – fast wie in meiner Ausbildung –, die ich zerteile. Mein Blick bleibt kurz an einem der abgetrennten Köpfe hängen. Die Augen sind starr aufgerissen, wie die des Mannes gestern. Ein Soldat reitet vorbei und über den Schädel. Das Knirschen geht im Hufgetrappel unter, doch als das Pferd vorüber ist, sehe ich die Trümmerreste. Das ist Krieg – dunkel und blutig.

Ich ziehe an Wardas Zügel, reite einen Bogen und führe meine Arbeit fort. Die Tritever sind immer noch weit in der

Überzahl, aber der Boden füllt sich mehr mit ihren als mit unseren Leichen. Und Teilen von Leichen …

Etwas Hartes prallt gegen meinen Rücken. Ich will mich gerade umdrehen, als ich einen Schlag auf den Kopf spüre und wenig später vom Pferd falle. Nein, gezogen werde. Während sich eine Hand fest auf meinen Mund presst, werde ich weiter zurückgeschleift. All das spüre ich nur, denn meine Augen sind geschlossen. Langsam öffne ich meine Lider und orientiere mich. Ich bin südlich des Schlachtfelds und werde weiterhin von einem Mann vom Geschehen weggezerrt. Mit geschlossenem Mund kann ich nicht viel ausrichten. Verzweifelt versuche ich, mich loszureißen, trete und zerre. Doch der Mann ist zu stark. Ich will ihm in die Hand beißen. Obwohl ich scheitere, höre ich nicht auf, mich zu wehren. Endlich gelingt es mir, mich etwas aus seinem Griff zu lösen. Ich ramme ihm meinen Ellbogen in den Magen und seine Hand gleitet von meinem Mund. *Endlich!*

Bevor ich nur einen Klang von mir geben kann, packen mich erneut starke Arme von hinten und eine Hand verschließt wieder meinen Mund. Der zweite Angreifer reißt mich herum und ich erkenne den Mann, der mich zuvor im Griff hatte. Es ist kein Tritever. Er trägt eine andere Rüstung und ist um einiges größer. Wer sind diese Männer? Und warum zerren sie mich vom Schlachtfeld?

Die beiden treiben mich den gegenüberliegenden Hügel nach oben. Hinter mir ertönt Hufgetrappel. Ich wende meinen Kopf ein Stück und erhasche einen kurzen Blick. Es ist einer unserer Soldaten und die goldenen Verzierungen auf der Rüstung sagen mir, es handelt sich um Cristan. Mein Herzschlag beruhigt sich. Alles wird gut. Er wird mich retten. Und dann werden wir gemeinsam unsere Männer retten.

»Lasst sofort das Mädchen los!«, ruft er.

Die beiden denken jedoch nicht im Traum daran und schleifen mich weiter hoch.

Cristan kommt näher und im gleichen Moment ... Am Kamm des Hügels, dem wir uns gerade nähern ... Was ist das? Wer ist das? Eine Reihe Männer – besser gesagt Soldaten – erscheint dort wie aus dem Nichts. Ich will mich losreißen, Cristan zurufen, er soll fliehen. Doch ich versage.

Cristan überholt die Männer und baut sich vor ihnen auf, die fremde Armee in seinem Rücken. Was tut er denn da? Ist er völlig verrückt geworden? Ich suche seinen Blick, flehe ihn stumm an zu gehen. Aber entweder hat er mich nicht verstanden oder lässt sich nichts von mir sagen. Er holt mit seinem Schwert aus und stößt es einem der Männer in die Brust. Während der Mann neben mir zusammensinkt, zieht Cristan die blutige Klinge aus seinem Körper. Der Griff des anderen Mannes wird fester. »Glaubst du, du kannst sie retten und uns alle bezwingen?«, fragt er und lacht höhnisch.

»Vielleicht sterbe ich bei dem Versuch, es herauszufinden«, antwortet Cristan und lächelt mich dabei an. »Aber du stirbst zuerst.«

Mit einem Satz springt er vom Pferd und rammt meinem Angreifer die Klinge in den Hals. Augenblicklich löst sich seine Hand. Ich springe zur Seite und sehe, wie das Blut in einem großen Schwall aus seinem Mund quillt. Cristan tritt gegen seine Brust und der Mann fällt zu Boden und gibt so gleichzeitig sein Schwert frei.

Dann packt er mich am Arm und zieht mich zu sich. »Lass uns schnell von hier verschwinden.«

Ich nicke und wir beide steigen auf Zafiras Rücken. »Was sind das für Männer?«

»Kavoleper«, antwortet er knapp und drückt die Beine fest gegen sein Pferd. Noch bevor wir losgaloppieren, haben sich die

Soldaten aus Kavolep längst in Bewegung gesetzt. Es sind mindestens genauso viele wie die Tritever.

Ich klammere mich an Cristan und wende mich immer wieder nach hinten, um zu sehen, wie nah sie uns sind. Der Boden unter uns wird von ihren festen Schritten erschüttert, doch wir schaffen es, etwas Abstand zwischen uns und sie zu bringen. Wir sind beinahe wieder im Tal angelangt, als Zafira sich plötzlich wiehernd auf ihre Hinterbeine stellt. Sie stürzt und wir mit ihr. Meine Knochen schmerzen, trotzdem rappele ich mich rasch auf. Dabei sehe ich eine Axt im Körper von Cristans Stute stecken. Die Äxte ... In den Waffenschmieden wurden viele gefertigt, obwohl die Soldaten der Tritever mit Schwert und Schild kämpfen.

Für Fragen bleibt keine Zeit, die Kavoleper kommen immer näher. Cristan umfasst mein Handgelenk und wir rennen los. Leider bin ich nicht so schnell wie er. Und die Männer hinter uns – sie holen uns ein, umzingeln uns. Schützend stellt sich Cristan vor mich. »Lasst sie gehen«, fordert er.

Einer der wenigen berittenen Männer – vermutlich ihr Anführer – lacht laut auf. »Du kannst gehen. Sie bleibt.«

»Nur über meine Leiche«, antwortet er und schirmt mich weiter ab.

»Das kannst du gern haben.« Der Anführer springt vom Pferd und baut sich vor uns auf. Er ist riesig, vermutlich einen Kopf größer als die meisten unserer Soldaten.

Ich greife nach Cristans Hand. »Lass das.«

Schweigend schüttelt er den Kopf.

»Keine Angst, wir töten sie nicht gleich«, sagt der Riese und entblößt dabei seine schiefen Zähne.

Cristan springt einen Schritt nach vorn, doch der Anführer pariert seinen Angriff mühelos mit seiner Axt.

Reglos stehe ich da und sehe zu, als mir bewusst wird, dass

ich gerade freie Bahn habe, um meine Segnung zu nutzen. Allein können Cristan und ich nur wenig ausrichten, aber wir werden uns sicher nicht kampflos ergeben.

»Lasst ihn gehen«, flehe ich den Riesen an.

»Schön, verzieh dich«, blafft er Cristan an.

»Ohne sie gehe ich nirgends hin.«

Ich suche Cristans Augen und sende ihm einen flehentlichen Blick. Hätten sie mich töten wollen, hätten sie mich nicht gefangen genommen, sondern mir gleich den Kopf abgeschlagen. Aber Cristan ist in Gefahr. Ich weiß nicht, was sie von mir wollen, und es ist mir auch egal. Jedenfalls werde ich nicht zulassen, dass er meinetwegen stirbt. »Bitte, vertrau mir.«

Schmerz steht in seinen Augen geschrieben. »Ich kann dich nicht hierlassen.«

Erneut holt er mit seinem Schwert aus und setzt seinen Kampf mit dem Anführer fort. Ich frage mich, wie viele Köpfe ich gleichzeitig oder sehr kurz hintereinander abtrennen kann, um uns so die Möglichkeit zur Flucht zu verschaffen. Ich werde es gleich herausfinden. Tief in mir erzeuge ich eine starke Welle und lasse sie quer über die Hälse der Männer gleiten. Drei immerhin. Unbeirrt mache ich weiter, doch die Kavoleper stoppen nicht. Schon gar nicht ihr Anführer. Aus seinem Gürtel zieht er eine zweite Axt und stürmt mit beiden auf Cristan zu, der jedoch nur mit seinem Schwert und ohne Schild kämpft. Eine Gruppe Soldaten läuft auf mich zu. Ich muss sie stoppen. Aber ich muss auch Cristan helfen. Ich stoße einen Nordklang aus, teile ihn, leite die eine Hälfte auf den Riesen und die andere auf die Männer.

Das verschafft Cristan etwas Luft und ich kann mich um die Männer vor mir kümmern. Schneller, als sie sich wieder in Bewegung setzen, enthaupte ich sie.

Mehr und mehr Soldaten kommen auf mich und Cristan

zu. Es ist meine Schuld. Ich hätte in Kalasin bleiben sollen. Wir können sie zu zweit nicht aufhalten. Cristan wird sterben. Wegen mir! Dabei sollte es doch umgekehrt sein. Ich sollte die Waffe sein, die ihn unbesiegbar macht, die ihn zum neuen Obersten Befehlshaber macht.

Ein weiterer Teilklang verlässt meinen Mund und ich schlinge ihn um den Hals des Riesen. Er fällt zur Seite und Cristan wendet sich kopfschüttelnd zu mir. Seine Reaktion ist nicht ganz unbegründet. Die Soldaten nehmen die Tatsache, dass ich ihrem Anführer den Kopf abgeschlagen habe, nicht gut auf.

Schlachtrufe erklingen und eine Wand aus Kavolepern bewegt sich auf uns zu. Ein Blick zurück verrät mir, Warten auf Hilfe ist sinnlos. Nur ein einziger unserer Soldaten reitet auf uns zu. Ob die restlichen noch gar nicht bemerkt haben, dass sie es nicht nur mit einer, sondern mit zwei gegnerischen Armeen zu tun haben, oder ob sie einfach selbst zu sehr damit beschäftigt sind, zu kämpfen und zu sterben … Ich weiß es nicht und es spielt keine Rolle. Dies werden unsere letzten Atemzüge sein. Irgendwie war mir klar, dass mein Leben an Cristans Seite auf dem Schlachtfeld enden würde. Ich dachte nur nie, dass dies schon so bald der Fall sein würde.

Ich greife nach seiner Hand und drücke sie fest. Und in seinen Augen sehe ich alles, was ich brauche. Alles, warum es sich trotzdem lohnt zu kämpfen. Auch ich lasse einen Kampfschrei los und Cristan lacht liebevoll, bevor er meine Hand loslässt.

»Möge die Göttin mit dir sein«, hauche ich ihm zu.

Gemeinsam stürmen wir der Armee entgegen. Ich schicke einige Nordklänge durch die Reihen des Feindes und zerstöre so die Aufstellung der ersten Reihen.

Schädel fallen zu Boden und Metall klirrt. Dazwischen versuche ich immer wieder, Cristan etwas Raum zu schaffen. Er ist ein guter Krieger und ich glaube, niemand führt sein Schwert so schnell und gekonnt wie er. Doch allein gegen Hunderte hilft auch das nicht.

Mittlerweile ist der eine Soldat von unserer Seite bei uns angekommen und kämpft tapfer an Cristans Seite. Ich bewundere diesen Mann, der mit uns diesen nicht zu gewinnenden Kampf kämpft, und lasse ihm den gleichen Schutz wie seinem General zukommen. Mit dem ersten Schwebklang befördere ich mehrere Dutzende der abgetrennten Schädel in die Luft und schleudere sie gegen die uns entgegenströmenden Männer. Sie sind keine Waffe und sie stoppen die Soldaten nicht, doch ich hoffe, sie senden eine Botschaft.

Die ausweglose Lage mobilisiert ungeahnte Kräfte in mir. Mittlerweile schaffe ich es, mit dem Nordklang eine kleine Wand vor Cristan und dem anderen Soldaten zu ziehen und sie mit einer Hand zu halten, während ich mit der anderen meinen Teilklang gegen die Hälse der Kavoleper schmettere. Ich habe gesehen, wie Honoria alle Richtungs- und Schwebklänge gleichzeitig hält und steuert. Dass ich selbst etwas Ähnliches vollbringen kann, hielt ich bis eben für unmöglich. Vielleicht ist die Lage also gar nicht so aussichtslos, wie sie scheint.

Unermüdlich kämpfen wir weiter. Ich steuere einen weiteren Teilklang, als plötzlich mein Nordklang nachgibt. Sofort verstärke ich ihn und korrigiere nach, doch meine Welle bricht. Die blaue Wand fällt in sich zusammen und verschwindet vor meinen Augen. Ungebremst stürmen Soldaten auf Cristan zu.

»Nein, nein!« Meine Segnung darf mich jetzt nicht im Stich lassen. Ich strecke beide Hände nach vorn und schicke noch einen Nordklang hinterher. Vor Cristan und dem Soldaten breite ich ihn aus und erzeuge erneut eine Mauer. Sie ist stark und wird halten, ich spüre es. Erleichtert atme ich aus, halte weiter den Klang. Ich traue mich nicht, ihn mit einer Hand loszulassen und wieder selbst in den Kampf einzugreifen. Tue ich es nicht, sind wir auch verloren. Noch bevor ich meine zweite Hand entferne, spüre ich eine Erschütterung. Etwas stößt gegen meine Segnung. Mit aller Kraft stemme ich mich dagegen, doch ich kann sie nicht halten. Meine Welle wird zu Boden gedrückt und über ihre letzten kläglichen Reste marschieren die Kavoleper einfach hinweg.

Wie machen sie das nur? Ratlos sehe ich von meinen Händen zu dem Meer aus Kriegern. Der Soldat, der uns zu Hilfe geeilt ist, liegt am Boden. Ob verletzt oder tot, kann ich nicht sagen – zu viele Männer stehen um ihn herum. Auch Cristan ist umzingelt.

Ich jage einen Teilklang auf die Männer, die ihn mit ihren Äxten bedrängen, und enthaupte sofort zwei von ihnen. Das Pferd unseres Soldaten droht, querfeldein zu flüchten. Mit einem Westklang halte ich es auf, renne zu ihm und steige auf. Von hier oben kann ich das Geschehen besser überblicken und meine Segnung so gezielter einsetzen.

Mit zitternden Händen lasse ich weitere Köpfe rollen. Doch die Zahl unserer Gegner nimmt kein Ende. Es scheint, als würden für jeden, den ich enthaupte, zwei neue von hinten nachkommen.

»Vorsicht, Livia!«, schreit Cristan zu mir herüber.

Während ich vergebens versucht habe, die Feinde von Cristan fernzuhalten, habe ich meinen eigenen Schutz vernachlässigt. Das wird mir jetzt zum Verhängnis. Eine Gruppe Männer kommt auf mich zu. Es sind mehr, als ich gleichzeitig töten kann, und mein Nordklang hat mich zuletzt im Stich gelassen. In mir vibriert ein Ostklang und ich lasse ihn mit voller Wucht gegen sie prallen, drücke sie seitlich weg. Weg von mir, weg von Cristan. Meine Welle … Sie löst sich nicht einfach auf, grüne

Fäden weben sich in meinen gelben Teppich und ziehen ihn auseinander. Zur Göttin! Jemand spielt mit meiner Segnung.

Kavoleper dringen durch die Lücken. Ich sollte mich um sie kümmern, doch mein Blick sucht nach etwas anderem. Einer Frau, einer weiteren Gesegneten. Alles, was ich sehe, sind Krieger und … »Nein!«

Cristan stößt zwei Männer beiseite und rennt auf mich zu. »Geh in Deckung!«

Nicht mal eine Armeslänge von mir entfernt steht die Reihe der Männer, die ich kurz zuvor nach Osten gedrückt habe. Mit dem Zügel bringe ich mein Pferd zum Wenden, presse meine Beine fest gegen seinen Körper und will so aus dem Stand losgaloppieren. Noch in der Drehung erreichen die Krieger mich. Einer greift nach meinem Arm und will mich vom Pferd zerren. Bevor es dazu kommt, trenne ich ihm den Kopf ab. Cristan rammt einem weiteren sein Schwert in die Brust, dreht sich mit einer Pirouette zum nächsten und streckt auch ihn nieder. Ich schenke ihm ein Lächeln, doch seines währt nicht lange. Wie aus dem Nichts trifft ihn eine Axt in die Seite.

»Nein, Cristan!« Ich springe vom Pferd und komme vor ihm zum Stehen. Mit einem Arm versuche ich, ihn zu stützen, aber er sackt zusammen. Ich halte seinen Kopf und dämpfe so den Aufprall. Aus seiner Wunde fließt Blut, so viel Blut … Ein Schrei verlässt meinen Mund und er trägt den Teilklang in sich. Ich höre weitere Körper zu Boden fallen, doch ich sehe nicht auf. Was um mich herum geschieht, spielt keine Rolle. Meine Gedanken sind einzig und allein bei Cristan.

»Halte durch. Ich werde dich zu einem Heiler bringen.« Ich presse meine Hände auf seine Wunde.

Kaum merklich schüttelt er seinen Kopf. »Es ist zu spät.«

Wie kann er das nur sagen? »Nein, ist es nicht. Ich werde dich retten.«

»Rette meine Männer, rette Palente.«

Ich umfasse sein Gesicht und bedecke es mit seinem Blut an meinen Händen. »Ich lasse dich hier nicht liegen.«

»Ich bin verloren, Livia. Palente ist es noch nicht.«

Wie kann er das sagen! Wie kann er von mir erwarten, dass ich ihn hier sterben lasse? »Aber …«

Ein Bach an Tränen fließt aus meinen Augen. Die Axt, die in seinem Fleisch steckt … Es ist, als würde man mich entzweireißen, der Länge nach mit dem Teilklang an mir zerren.

»Beug dich zu mir«, flüstert er mit schwacher Stimme.

Ich bringe mein Gesicht an seines und meine Tränen mischen sich mit seinem Blut, waschen ihn rein. »Ich liebe dich.«

Cristan hebt seinen Kopf leicht und seine Lippen berühren meine, verschmelzen zu einem letzten Kuss. Er schmeckt nach Blut, Tränen, Schmerz und Verzweiflung.

»Du liebst mich?« Erwartungsvoll blickt er zu mir.

»Ja.«

Ein breites Lächeln, das der Situation nicht angemessen erscheint, zeichnet sich auf seinem Gesicht ab. »Dann kämpfe. Für mich. Es ist mein letzter Wunsch.«

»Ich kann nicht!«

»Du kannst«, sagt er mit halb geschlossen Augen. »Geh!«

34

Es ist sein letzter Wunsch, den ich ihm nicht verwehren kann. Doch meiner ist es nicht. Ich will ihn nicht gehen lassen. Ich kann nicht. »Göttin! Bitte, hilf mir! Bitte, steh mir bei. Du hast zugelassen, dass man mir meine Mutter nimmt. Du schuldest es mir!«

»Geh«, murmelt Cristan sanft. »Für mich.«

»Göttin! Wenn du Palente liebst, dann hilf mir.« Ich lasse meinen Kopf auf den Körper meines Geliebten sinken und will nur ein letztes Mal seine schwindende Wärme spüren. Langsam erhebe ich mich und sehe ihm in die Augen. »Ich kämpfe für dich und Palente.« Jedes Wort wird von Tränen begleitet, die ich mir mit dem Handrücken und seinem Blut wegwische.

Cristan wirkt friedlich, als sich plötzlich ein golden funkelndes Licht über uns legt. Vielleicht ist das die Gesegnete der Kavoleper, die meine Klänge gestört hat. Ein kurzer Rundumblick verrät mir: Nicht nur die Toten liegen still, auch die noch Kämpfenden sehen aus, als wären sie erstarrt. Mitten im Licht erscheint eine weiß gekleidete Frauengestalt. Eine Priesterin. Oder ist es etwa …

Ich bin es, sagt die Göttin. Ihre Stimme ist das Schönste, was ich je gehört habe. Sie klingt heller als die höchsten Schwebklänge der Priesterinnen und aus ihrem Mund dringt ein goldener Schwall. Tröstlich umhüllt er mich inmitten dieses schrecklichen Augenblicks.

»Du hast meinen Ruf erhört.« Nie hätte ich geglaubt, dass sie Menschen wie mir erscheinen würde. Dass sie nach Gliana überhaupt noch einem Menschen erscheinen würde.

Ich habe Palentes Ruf erhört, stellt sie klar. Ich sehe durch sie hindurch und doch erkenne ich sie deutlich vor mir.

»Hilf uns, diese Schlacht zu gewinnen. Aber ich flehe dich an, hilf zuerst ihm.« Ich deute zu Cristan, der kaum noch bei Bewusstsein ist.

Ich kann nicht eingreifen. Vor langer Zeit habe ich einen Pakt mit meinem Vater geschlossen, der es uns beiden verbietet.

»Aber du bist hier …«

Sie lächelt gütig. *Mir ist Palente nicht gleichgültig. Und während mir die Hände gebunden sind, kannst du euch alle retten.*

Wut steigt in mir auf. »Ich kann gar nichts! Und das solltest du eigentlich wissen.«

Du bist eine Gesegnete und mit mir verbunden. Du beziehst deine Kraft aus mir und wenn ich bei dir bin, kannst du noch viel mehr aus mir ziehen.

»Es sind zu viele.«

Sie legt ihre Hand auf meine Schulter und ich spüre nicht die Schwere einer Berührung, aber die Wärme. *Es sind viele, aber du besitzt die Segnung und Hilfe ist bereits unterwegs.*

»Aber Cristan … Du musst ihm helfen.« Verzweifelt suche ich ihren Blick. »Du kannst ihn mir nicht nehmen. Nicht jetzt schon.«

Ich habe ihn dir nicht genommen. Genauso wenig wie ich dir deine Mutter genommen habe, seufzt sie. *Es gibt so viele, denen ich gern helfen würde. Aber ich darf nicht.*

»Bring ihn wenigstens zu einem Heiler. Mehr verlange ich gar nicht.«

Livia, antwortet sie einfühlsam. *Er ist bereits sehr schwach. Ich glaube nicht, dass ein Heiler noch etwas ausrichten kann.*

»Versuch es. Bitte!«

Schweigend blickt sie zwischen mir und Cristan hin und her. »Dafür werde ich weiterkämpfen.«

Eine weiß schimmernde Welle hebt Cristans Körper vom Boden und lässt ihn schweben. Ich umfasse seine Hände und presse meine Stirn gegen seine. »Versprich mir, dass du überlebst.«

Er lacht leise auf und hält sich die verwundete Seite. »Versprochen.«

Dann schwebt er davon und die Göttin mit ihm. Die Krieger lösen sich aus ihrer Starre, bewegen sich, und zwar genau auf mich zu. Ich renne zurück zum Pferd, springe auf seinen Rücken und verschaffe mir etwas Abstand. Unsere Soldaten, die am Fuß des anderen Hügels gegen die Tritever kämpfen, haben viele Verluste erlitten. Wenn die zweite Armee auf sie trifft, sind sie verloren. Ich muss die Kavoleper zurückstoßen und so viele wie möglich unschädlich machen.

Wieder erzeuge ich eine Wand aus meinem Nordklang. Meine Hände zittern, während ich sie halte, denn ein Teil von mir erwartet, dass sie gleich in sich zusammenbricht. Tatsächlich dauert es nicht lange, bis ich eine Erschütterung verspüre und erneut fremde Fäden in meiner Welle entdecke. Sie reißt in der Mitte auseinander und mit ihr das Heer der Kavoleper – zwischen den Männern tritt eine kleine, zierliche Frau hervor. Ich traue meinen Augen nicht. Es ist Pea und statt einer Begrüßung jagt sie einen Westklang auf mich zu, der mich fast vom Pferd wirft. Im letzten Augenblick schaffe ich es, dagegenzuhalten.

Mit einem Handzeichen befiehlt sie den Soldaten stehen zu bleiben und alle gehorchen ihr.

»Du bist stark geworden«, sagt sie. »Aber nicht stark genug.«

»Noch nicht«, entgegne ich fest.

Sie lacht verächtlich. »Niemals.«

Hat sie denn die Göttin gar nicht gesehen? Ihrem Tonfall nach zu urteilen, nicht. »Was tust du hier? Warum kämpfst du gegen mich? Gegen Palente?« Bei der letzten Frage kämpfe ich gegen die Tränen an. »Gegen Cristan?«

»Ich kämpfe nicht gegen euch, sondern für mein Land.«

»Dein Land?«

Sie ist im Tempel ausgebildet worden und sieht völlig anders aus als diese Menschen. »Du hast mir nie erzählt, dass du aus Kavolep kommst.«

»Ich komme aus Tritevo, nicht aus Kavolep. Ich habe nur geholfen, die beiden Länder gegen Palente zu vereinen.« Pea kommt einen Schritt auf mich zu und ihr Blick ist hasserfüllt.

»Wieso?«

»Weil ich nicht mit ansehen werde, wie mein Volk stirbt. Wenn es jemand verdient hat, dann die arroganten Palenter.«

»Du bist eine Priesterin. Der Tempel hat dich ausgebildet und die Göttin …«

Mit einer Handbewegung wischt sie meine Worte weg. »Der Tempel hat mich ausgebildet. Mit Geld aus Tritevo. Und dafür schulde ich es meinem Land, jetzt für es zu kämpfen.«

Sie hat mich nicht nur hintergangen, mit diesem Hinterhalt hat sie auch Cristan auf dem Gewissen. Ich werde ihr das nie verzeihen. Doch ich muss sie hinhalten, bis die Göttin zurück ist. »Es ist noch nicht zu spät, das hier zu beenden. Lass uns die Waffen niederlegen und eine friedliche Lösung finden.«

»Es gibt keine friedliche Lösung. Es gibt nur Leben oder Tod. Und euer Tod bedeutet unser Überleben.«

»Wir könnten Tritevo helfen – zusammen. Mit unserer Segnung Äcker bepflanzen und bewässern.«

Sie lässt mich stehen und geht zurück zu ihren Männern. »Es ist zu spät.«

Für dich … So schnell ich kann, werfe ich einen Teilklang nach ihr, doch sie lenkt ihn ab und lacht einfach.

»Angriff!«, ruft sie den Kavolepern zu und die Einheiten setzen sich in Bewegung.

Im Galopp reite ich zu unseren Soldaten, von denen ein kleiner Teil tapfer weiterkämpft. Ich wende mich den Männern zu, die angeführt von Pea auf uns zumarschieren. Auch ohne die Göttin muss ich versuchen, sie so lange wie möglich aufzuhalten, bis unsere Hilfe kommt. Der Nordklang verlässt meinen Mund und ich ziehe die Welle auseinander und drücke sie gegen den neuen Feind. Natürlich versucht Pea, sie zu brechen, aber ich halte mit aller Kraft dagegen, nähre meine Welle stets neu. Sie wackelt und bekommt Risse, aber bricht nicht.

Erleichtert sehe ich goldenes Licht auf mich hinabregnen, doch die Göttin erscheint nicht und auch die Kavoleper und Pea bewegen sich nach wie vor.

Meine Kraft ist deine Kraft, höre ich ihre Stimme an meinem Ohr.

Ich spüre keinen Unterschied und meine Welle droht, von Peas Segnung zerdrückt zu werden.

Geh an die Quelle deiner Segnung. Dort bist du mit mir verbunden und kannst auf meine Kraft zugreifen.

Solche Anweisungen kenne ich von Cristan. Doch ich stehe hier nicht mit ihm in einem Wald. Dies ist ein Schlachtfeld und jeder verlorene Augenblick kann ein Leben kosten.

Meine Welle zerreißt. Sofort schicke ich eine neue hinterher und noch während ich sie aufziehe, bemerke ich Peas geschickten Griff. Ich schließe meine Augen, erzeuge eine neue Vibration und versuche, ihn zu finden. Den Ursprung. Ich dachte, er wäre in mir. Meinem Bauch, meiner Brust, meinem Hals. Doch je mehr ich meine Fühler nach ihm ausstrecke, desto mehr habe ich das Gefühl, dass nur ein Teil aus mir kommt und der andere von außen. Wie zwei Ströme, die in mir zusammenlaufen. Ich versuche, etwas mehr von dem äußeren in mich fließen zu lassen, und prüfe mit einem neuen Klang, ob dieser stärker geworden ist. Peas Druck ist immer noch deutlich zu spüren, aber ich habe nicht mehr das Gefühl, dass sie meine Wand jeden Moment einreißt.

Gut, bestätigt auch die Göttin das Stärkerwerden meiner Segnung.

Ich ziehe mehr Kraft von außen und lege eine neue Welle vor die Soldaten. Wenn ich nicht wüsste, dass Pea gegen sie ankämpft, ich würde es schon gar nicht mehr spüren. Die Hände vor meinen Körper gestreckt, gebe ich der Welle einen Schubs und eine Reihe der Soldaten stürzt. Zufrieden marschiere ich auf Pea zu. Jetzt wird sie dafür bezahlen. Für Cristan und all die anderen Soldaten, die heute hier gefallen sind.

Nicht!, ruft die Göttin, die weiterhin unsichtbar bleibt.

»Wieso?«, frage ich ins Leere und Pea sieht mich stirnrunzelnd an.

Weil sie eine Gesegnete ist, lautet die Antwort der Göttin.

»Sie hat weder ihre Segnung noch meine Gnade verdient.«

Kümmere du dich um die Soldaten, beharrt die Göttin. *Ich kümmere mich um sie.*

»Ich dachte …«

Obwohl sie mir verborgen bleibt, spüre ich ihre Hand auf meiner Schulter. *In Angelegenheiten der Segnung darf ich mich immer einmischen.*

Hass und Wut waren nie Gefühle, von denen ich mich habe leiten lassen. Und doch ist der Drang in mir, Pea für meinen Schmerz zahlen zu lassen, unendlich groß.

Schweren Herzens wende ich mich von ihr ab und überlasse sie der Göttin. Ich bin nicht hier, um Rache zu üben, sondern um mein Volk zu schützen. Um Cristan seinen vielleicht letzten Wunsch zu erfüllen.

Mit einem weiteren Nordklang fege ich so stark über die Kavoleper, dass sie aufgewirbelt werden wie Mehlkörner im Wind. Dann wende ich mich um und verschaffe unseren Soldaten ebenfalls etwas Luft, indem ich die Tritever weit von ihnen wegschleudere.

Als ich mich wieder umdrehe, liegt Pea zuckend am Boden. Aus ihrem Mund kriechen farbige Fäden. Einer nach dem anderen verlässt ihren Körper und es sieht aus, als würde man sie ihr gewaltsam entziehen.

Es wird Zeit, dieser Schlacht ein Ende zu bereiten. Mit nur einem einzigen Klang trenne ich die Köpfe in der ersten Reihe der Kavoleper ab. In den Augen der folgenden Krieger steht Angst geschrieben. Trotzdem halten sie ihre Äxte kampfbereit auf mich gerichtet. Ich habe keine Angst. Nicht vor ihnen, nicht einmal vor dem Tod.

Ich beschließe, meine Welle wieder zu teilen, und halte die Tritever mit einem Südklang zurück, während ich auf meiner Seite weiter töte. Entschlossen greife ich tiefer nach der Quelle und lasse meine Wellen wachsen. Diese endlosen Reihen an Männern. Ich werde nicht zulassen, dass sie ein weiteres unserer Leben nehmen. Wie ein dunkles Tuch legt sich meine Segnung über die Feinde, Reihe um Reihe wächst es an. Etwa hundert Menschen sind von meiner tödlichen Welle überzogen und mit einer Bewegung des Handgelenks fallen ihre Köpfe von den Körpern. So wie ein Bauer mit seiner Sichel auf dem Feld Getreide erntet, ernte ich feindliche Leben.

Hinter mir sind unsere Soldaten erneut in Bedrängnis. Ich reite zu ihnen, schiebe die Tritever zusammen und breite dann wieder meine Welle des Teilklangs aus. Aus der Quelle schöpfe ich mehr und mehr Energie und ziehe die Segnung weiter und weiter. Ein Stechen geht durch meinen Körper. Ich ignoriere den Schmerz und lasse meine Segnung nicht los.

Es ist zu viel für dich, sagt die Göttin neben mir.

Es ist viel, aber ich kann und werde es ertragen. Ich breite den dunklen Teppich weiter über die Feinde. Es sind bestimmt schon zweihundert Männer darunter. Doch ich spüre die Kraft der Quelle lodern und ziehe noch mehr aus ihr. Das Stechen in mir wird stärker, aber ich kämpfe dagegen an, so wie es unsere Soldaten tun.

Du bist nur ein Mensch, warnt mich die Göttin. *Du kannst nicht so viel Segnung durch deinen Körper fließen lassen.*

»Ich muss.« Wenn ich jetzt nicht weitermache, wird keiner unserer Männer Palente je lebend wiedersehen.

Meine Welle wächst. Noch etwas und ich habe die Tritever darunter eingeschlossen.

Hör auf, mahnen sowohl die Göttin als auch der Schmerz in mir erneut.

»Ich kann nicht.« Während in meinem Rücken nun die Kavoleper das Schlachtfeld erreichen, umschließe ich auch den letzten Tritever mit meiner Welle. Mit meinen Händen besiegele ich ihr Todesurteil und im selben Moment zerreißt mich das Ziehen in meiner Brust. Ich falle vom Pferd und die Welt um mich herum verliert ihre Farben und Umrisse.

35

Als ich meine Augen wieder aufschlage, sehe ich Honoria. Sie wäscht meine Arme mit einem feuchten Tuch ab und es riecht nach Kräutern.

»Was …« Meine Stimme ist nicht mehr als ein Krächzen.

»Du bist im Tempel, mein Kind«, beruhigt sie mich. »Alles ist gut.«

»Cristan, die Schlacht?«

Sie legt das Tuch beiseite, setzt sich neben mich und nimmt meine Hand. »Cristan lebt. Er war sehr schwer verletzt, aber er hat es geschafft.«

Erleichtert drücke ich ihre Hand.

»Als wir am Schlachtfeld ankamen, haben wir dich noch fallen gesehen.«

»Wir?«

»Femi und ich. Es waren zwar auch weitere Soldaten unterwegs, aber die waren nicht mehr nötig.«

Ich versuche mich aufzurichten, werde aber sofort von Schwindel erfasst und lege mich wieder hin. »Dann ist die Schlacht gewonnen?«

Honoria nickt sanft und löst ihre Hand.

»Aber … ich dachte … und wie?«

»Die Göttin hat mich gerufen«, antwortet sie und streicht mir eine Strähne hinters Ohr.

»Ich danke Euch.«

»Ich danke dir«, sagt die Hohepriesterin und schüttelt den Kopf. »Ohne dich würde Palente schweren Zeiten entgegenblicken.«

»Wie lange bin ich schon hier?«

»Seit fünf Tagen.« Honoria reicht mir einen Becher Wasser. »Trink langsam.«

Ich gehorche ihrem Befehl und nehme ein paar kleine Schlucke. Während ich langsam zu mir komme, bleibt Honorias Blick betrübt.

»Was ist passiert?«, frage ich.

»Deine Segnung«, setzt sie an, räuspert sich und nimmt mir den Becher wieder ab. »Du hast sie verloren.«

Ich greife mir an die Brust. »Das kann nicht sein.«

»Doch.« Honoria nickt traurig und erhebt sich. »Ruh dich noch etwas aus.«

Nachdem sie den Raum verlassen hat, setze ich mich ruckartig auf. Ich kann mich jetzt nicht ausruhen, ich brauche Gewissheit. Richtungsklänge, Schwebklänge und Teilklänge verlassen meinen Mund. Sie alle bleiben farblos und bewirken nichts. Und in mir … Ich spüre meine Segnung nicht mehr. Die Quelle ist versiegt.

Ich lasse mich zurück aufs Bett gleiten und schlage die Hände vors Gesicht. Tränen rinnen aus meinen Augen und ich trauere um meine Segnung, als wäre sie ein Mensch. Natürlich bin ich dankbar dafür, am Leben zu sein, und dafür, dass Cristan noch lebt. Nur ohne meine Segnung … Wer bin ich dann? Ich kenne die traurige Antwort darauf, aber ich brauche Zeit, um sie zu akzeptieren. Ich schließe meine Augen und weine stumme Tränen, bis ich irgendwann vom Schlaf übermannt werde.

Ein paar Stunden später verlasse ich den Tempel. Ratlos stehe ich auf den Stufen und weiß nicht, wohin mit mir. Obwohl ich mich nach Cristan sehne, schäme ich mich, ihm unter die Augen zu treten. Was auch immer in Tritevo mit uns passiert ist – wir hatten eine Vereinbarung und ohne meine Segnung trage ich nichts mehr zu ihr bei.

Der Marktplatz ist bereits menschenleer und ich gehe weiter in Richtung unserer alten Siedlung. Alles sieht aus wie immer und doch fühlt es sich gänzlich anders an. Es fühlt sich an … wie damals, als wir nach Mutters Tod hierhergezogen sind. Anders als einst spüre ich jedoch keine Wut, in mir herrscht völlige Leere.

Ein paar der Nachbarn nicken mir übertrieben freundlich zu, bevor sie in ihre Häuser verschwinden. Endlich erreiche ich das Haus meiner Familie. Ich atme einmal tief durch und trete ein.

»Livi«, begrüßt mich als Erstes Rina und zieht mich in ihre Arme.

»Unsere Kriegsheldin«, sagt Toman voller Ehrfurcht in der Stimme. Ich wuschele ihm durchs Haar, nachdem mich Rina freigelassen hat.

»Wie schön, dass du uns besuchst«, begrüßt mich auch Turia.

Ich lächele und überlege, wie ich ihnen sagen soll, dass dies mehr als ein Besuch ist. »Ist Vater unterwegs?«

Turia nickt. »Seine Tage werden immer länger. Ich frage mich, wie lange er das noch aushält.«

»Vielleicht kannst du ja etwas ausrichten.« Mein Bruder sieht mich mit großen Augen an. »Du bist eine Heldin. Die ganze Stadt redet über dich.«

Turia stellt ein paar Brote auf den Boden. »Er hat nicht unrecht. Palente steht in deiner Schuld.«

Ich fühle mich alles andere als heldenhaft. »Ich werde um eine Audienz bitten und Cyr fragen.«

Gemeinsam mit Rina und Toman nehme ich am Boden Platz.

»Was tust du hier?«, flüstere ich Rina ins Ohr. »Warum bist du nicht bei Mator?«

»Ich hatte Sehnsucht nach meiner Familie.«

Ich kenne meine Schwester gut genug, um zu wissen, dass das eine Lüge ist. Mit gehobenen Brauen mustere ich sie.

»Wir haben gestritten.« Sie reibt sich über den Bauch, der inzwischen ziemlich groß geworden ist. »Es ist die Schwangerschaft, sagen die Leute. Sobald das Kind da ist, wird das wieder vorbei sein.«

Ich lege meine Hand auf ihre. »Was ist los?«

»Ich weiß es nicht. Es ist nur … In letzter Zeit habe ich das Gefühl, dass alles, was ich sage oder tue, falsch ist. Er ist ständig so wütend auf mich.«

Wenn es einen Menschen gibt, der mich nie wütend gemacht hat, dann ist es Rina. »Ich bin für dich da. Immer. Egal, was ist.«

»Es wird aufhören, sobald das Kind auf der Welt ist«, wiederholt sie, aber so wie sie sich anhört, glaubt sie selbst nicht daran.

»Ich bin für dich da«, wiederhole ich deshalb.

Ein Schatten zeichnet sich auf dem Boden ab. Ich drehe mich um und erwarte, Vater zu sehen, doch es ist Cristan, der gerade durch die Tür tritt. Ratlos sieht er mich an.

Ich erhebe mich, gehe auf ihn zu und lotse ihn nach draußen hinters Haus. Es ist nicht nur der Platz, an dem ich immer Kamut gemahlen habe, es ist auch der Platz, an dem ich mit Rina über alles geredet habe.

»Du lebst!« Wie gern würde ich meine Arme um ihn schlingen, aber ich kann nicht.

»Jemand hat mich gerettet.«

»Die Göttin«, murmele ich leise.

»Warum bist du nicht nach Hause gekommen?« Er klingt besorgt, nicht vorwurfsvoll.

»Das ist mein Haus«, antworte ich langsam.

»Nicht mehr.«

Ein schweres Gefühl legt sich auf meine Brust. Wie soll ich ihm das nur sagen? »Meine Segnung … Sie ist weg. Ich habe sie bei der Schlacht verloren.«

»Ich weiß«, antwortet er ruhig.

»Du weißt es?«

Er nickt. »Honoria hat es mir gesagt, nachdem sie dich zurück nach Kalasin gebracht hat.«

»Dann weißt du ja, warum ich hier bin.«

Er geht einen Schritt auf mich zu und nimmt meine Hände in seine. »Was redest du da?«

»Ich weiß, ich bin ohne meine Segnung nichts wert für dich. Und ich will dich gar nicht erst in eine Situation bringen, in der du das aussprechen musst.« Ich presse meine Lippen zusammen und schlucke kurz. »Ich verstehe das. Es ist in Ordnung. Du kannst gehen.«

»Und wenn ich gar nicht ohne dich gehen will?«

»Dann …« Ich sehe in seine wunderschönen Augen und kann nicht verhindern, dass sich eine Träne aus meinem Auge löst. »Warum solltest du das wollen?«

Er hebt meine Hände und küsst sie beide sanft. »Weißt du das denn nicht?«

»Warum sagst du es mir nicht?« Ich löse meine Hände und wische mir mit dem Handrücken die Tränen weg.

»Weil ich dich liebe, Livia.«

Die Welt um mich herum verstummt und alles, was ich noch höre, ist mein Herzschlag. »Du liebst mich?«

Er nickt und umfasst mein Gesicht. Auf Zehenspitzen komme ich ihm näher und unsere Lippen treffen aufeinander. Dieser Kuss ist so anders als alle zuvor. Denn er vertreibt die Verzweiflung und erfüllt mich mit Wärme, Gewissheit und Hoffnung.

Sanft fährt er mir über die Wange. »Und jetzt komm mit mir nach Hause. Die Nächte sind so kalt ohne dich.«

Ich beiße mir auf die Unterlippe. »Dann lass uns gehen und das Bett wärmen.«

Wir gehen ums Haus herum und ich husche noch einmal zurück ins Innere.

»Wenn du möchtest, lasse ich dir ein Zimmer bei uns herrichten. In dem großen Haus fällt das gar nicht auf«, flüstere ich Rina ins Ohr.

»So schlimm ist es nicht.«

»Sicher?«

»Sicher«, bestätigt sie. »Außerdem solltest du Cristan nicht warten lassen. Er sieht sehr … *hungrig* aus.«

»Nicht nur er«, erwidere ich und spüre, wie ich rot anlaufe.

»Dann geh.« Sie gibt mir einen Schubs und ich verabschiede mich vom Rest der Familie.

Draußen wartet Cristan mit Warda auf mich. Ich streiche ihr über den Hals und lege meinen Kopf gegen sie. »Du hast auch überlebt!« Im Gegensatz zu Zafira.

Da Cristan keine Anstalten macht aufzusteigen, tue ich es. Von oben reiche ich ihm die Hand, so wie er es immer bei mir getan hat. Er steigt auf und streicht meine Haare zur Seite und presst mir einen Kuss auf den Nacken.

Cristan hält sich an mir fest und ich reite uns nach Hause. Es wird ein anderes Leben, ein neues Leben, ein Leben an seiner Seite.

Epilog

Viele Monde sind seit der Schlacht von Trita vergangen. Die körperlichen Wunden sind längst verheilt, die seelischen heilen noch. Von den zweihundert Männern, die loszogen, um unser Nachbarland zu entwaffnen, kehrten nur sechsundzwanzig zurück. Auf den Straßen Palentes trifft man kaum einen Bürger, der nicht in Rage ist und Tritevo lautstark verflucht. Insbesondere seit bekannt ist, dass Cyr das Volk als Teil seines Friedensvertrags mit Lebensmitteln versorgt hat.

Ohne unseren Verlust kleinreden zu wollen – der Großteil unserer Armee hat überhaupt nicht an der Schlacht teilgenommen, während nahezu alle Soldaten Tritevos und Kavoleps gekämpft und ihr Leben gelassen haben. Ich hadere nicht mehr mit dem Tod, den ich an diesem Tag gebracht habe. In einer ausweglosen Situation muss man schließlich den einen Ausweg, der sich zeigt, nutzen. Doch die Gründe, die überhaupt erst zu dieser Schlacht geführt haben, lassen mir auch heute noch keine Ruhe. Denn unsere großzügigen Lebensmittellieferungen an unser Nachbarland waren kein Geschenk. Sie waren ein Instrument der Unterdrückung. Eine Rechtfertigung dafür, den Fortschritt, der unseren Wohlstand ausmacht, von unserem einstigen Feind fernzuhalten. Palast und Tempel tragen die Verantwortung dafür und ich werde nicht müde, das zu betonen. Wäre ich keine gefeierte Kriegsheldin, hätte Cyr mir vermutlich bereits die Zunge herausschneiden lassen. Doch erstaunlicherweise hört er mir zu, und Honoria tut noch mehr als das – sie ist meiner Meinung und stärkt mir den Rücken.

Obwohl kein Tag vergeht, an dem ich nicht über all das nachdenke und rede, heute bin ich still und lasse Vergangenheit und Politik ruhen. Nicht leicht, aber mein Hochzeitstag ist dieses kleine Opfer wert. Cristan ist es. Lange genug haben wir auf dieses Ereignis gewartet. Aber direkt nach unserer Rückkehr und all den Opfern, die die Schlacht gefordert hat, hat es sich einfach falsch angefühlt.

Schon seit Sonnenaufgang ist Neda damit beschäftigt, mich zu baden, zu frisieren und zu verschönern. In einem dünnen Wickelkleid warte ich darauf, dass der Schneider mit meinem Kleid eintrifft. Dabei leisten mir auch Rina, Turia und sogar Ilaria Gesellschaft. Ich hätte problemlos ohne die letzten Änderungen, die Cristans Mutter in Auftrag gegeben hat, leben können, so wie ich überhaupt ohne das Kleid leben könnte, aber ich habe beschlossen, ihr die Freude zu lassen und mich in diesem Punkt ruhig zu verhalten.

Wir alle sitzen auf Ilarias riesigem Bett, trinken Bier und erzählen einander den neuesten Klatsch und Tratsch. Und merkwürdigerweise genieße ich es.

»Ist der Schneider endlich da? Holt mir endlich diesen Schneider! Wenn er nicht sofort kommt, wird er nie wieder Hand an einen Stoff legen!«, hören wir Cristans Mutter durchs ganze Haus rufen.

»Ich bin mir nicht sicher«, setzt Rina kichernd an, »was passieren würde, wenn sie auf dem Markt Brot verkaufen müsste. Würde niemand kaufen oder würden alle aus Angst kaufen?«

Die sonst so beherrschte Ilaria lacht laut auf. »Letzteres, glaub mir.«

»Und vermutlich müsste sie den Kamut nie selbst mahlen, da

er vor lauter Angst vor ihr von selbst aufspringen würde«, sagt Turia und nimmt noch einen Schluck Bier.

Auch ich muss lachen und kann nicht abstreiten, dass die Bemerkungen irgendwie treffend sind. »In letzter Zeit war sie sehr nett zu mir.«

Ilaria zuckt mit den Schultern. »Du hast schließlich ihrem geliebten Sohn das Leben gerettet.«

»Nicht ich, die Göttin«, stelle ich klar, doch ernte nur kollektives Kopfschütteln.

Plötzlich springt Rina vom Bett auf, dreht sich mit nach oben gereckten Händen im Kreis. »Das hier tut so gut.« Sie kommt zum Stehen und presst ihre Hände an die Brust. »Versteht mich nicht falsch – ich liebe meinen Sohn. Er ist mein Ein und Alles. Aber mich einmal nicht um ihn kümmern zu müssen …«

So niedlich der Kleine auch ist, meine Schwester ist nur noch Haut und Knochen, weil er sie so auf Trab hält. »Dann solltest du mich öfter besuchen kommen. Wenn wir hier im Haus von etwas genug haben, dann sind es Dienerinnen.«

»Und im Vergleich zu den Aufgaben, die Mutter für sie hat, reißen sie sich um die Kinderpflege«, stimmt Ilaria zu.

»Ihr seid spät!«, erschüttert die Stimme von Cristans Mutter die Wände und wenig später betritt sie mit dem Schneider das Zimmer.

»Entschuldigt. Ich und zwei weitere Näherinnen haben bis jetzt an dem Kleid gearbeitet.« Er legt ein großes, weißes Stoffbündel auf das Bett. »Ich hoffe, es entspricht Euren Erwartungen.« Er schlägt die weiße Hülle zur Seite und der blaue Stoff kommt zum Vorschein.

Wir alle treten näher und betrachten das Werk. Dieses Kleid ist wirklich einzigartig. Die Farbe des Nordens und diese Stickereien. Wellen ziehen sich über die gesamte Beinlänge und werden von dem mehrlagigen Stoff, der sich dort in Falten legt, noch verstärkt. Auf der Brust ist das Wappen der Familie, die vier Sterne des Nordens, eingestickt. Und die dünnen Träger sind nicht aus Stoff gearbeitet, sondern aus goldenen Reifen. Nicht bequem, aber unfassbar schön. Und obwohl ich nicht mehr über die Segnung verfüge und den Nordklang nie wieder sehen werde – dieses Kleid ist meines und es ist perfekt. »Es ist wunderschön.«

»Du kannst gehen«, weist die Mutter den Schneider an und wendet sich dann an Neda: »Und du, kleide sie an.«

Ich warte noch, bis der Schneider das Zimmer verlässt, und lasse mir dann vor den neugierigen Augen aller Versammelten von meiner Dienerin ins Kleid helfen. Die vielen Schichten machen es schwer und lassen es trotzdem mit jedem Schritt luftig schwingen.

Mit einer Drehung präsentiere ich mich und während Rina, Turia und Ilaria begeistert ihre Hände vor den Mund schlagen, betrachtet mich Cristans Mutter kritisch. Sie steht vor mir, schweigt mehrere Augenblicke und sagt schließlich: »Du siehst schön aus.«

Ich bin wirklich froh, dass sich unser Verhältnis so sehr gebessert hat. Es ist immer noch nicht innig, aber auf einem guten Weg.

Auffordernd sieht sie zu ihrer persönlichen Dienerin, die ihr einen großen goldenen Reif überreicht. Sie steckt ihn mir ins Haar und schluckt. »Ich habe ihn bei meiner Hochzeit getragen und meine Mutter bei ihrer. Und heute möchte ich, dass du ihn trägst.«

Ich kann nicht glauben, dass sie mir gerade tatsächlich ihren Familienschmuck aufgesetzt hat. »Ich weiß nicht, was ich sagen soll.«

»Ich danke Euch, ist für gewöhnlich angebracht.«

»Ich danke Euch«, wiederhole ich und meine es auch so.

Die Dienerin der Mutter bestückt meine Arme noch mit zwei breiten goldenen Reifen, die wie das Schmuckstück in meinem Haar mit dunklen Saphiren verziert sind.

Ich wünschte, Mutter könnte mich sehen.

Die Tür öffnet sich erneut und zu meinem großen Erstaunen ist es Honoria, die eintritt. Sie trägt wie immer ein reinweißes Kleid. Schließlich sollen allein die Wellen der Segnung in Farben erstrahlen und so der Göttin huldigen und nicht die Kleider einer Priesterin. Doch die Hohepriesterin benötigt keine Farben oder Schmuck, um anmutig zu wirken.

»Honoria.« Ich begrüße sie mit einem Knicks. »Ich wusste nicht, dass Ihr kommt.«

Sie zieht einen Mundwinkel nach oben. »Hast du denn nicht gewusst, dass ich die Zeremonie leite?«

»Ihr?« Für gewöhnlich leitet *eine* Priesterin die Zeremonie, doch nicht *die* Hohepriesterin. Außer es handelt sich um die Herrscherfamilie. Oder Cristans Familie, wie es aussieht.

»Ich führe nicht viele Zeremonien durch, aber deine konnte ich mir einfach nicht entgehen lassen.«

Wenn ich zurück an meine erste Prüfung denke und wie viel Angst ich vor Honoria hatte … Aber seitdem ist viel passiert und nicht nur ich habe mich verändert, auch die Hohepriesterin hat es. »Ich danke Euch.«

»Wenn du möchtest, kann ich dich auch an Cristan übergeben.«

Abgesehen davon, dass Cyr Vaters Entbürgerung zurückgenommen hat … »Danke für das Angebot, aber Cristan und ich haben beschlossen, uns einander selbst zu übergeben.«

»Das ist sehr ungewöhnlich.« Honoria zieht die Brauen zusammen. »Aber gleichzeitig auch sehr schön.«

Cristans Mutter macht ein paar aufscheuchende Gesten. »Der Rest folgt mir.«

Bevor Rina mit den anderen aus der Tür tritt, halte ich sie am Arm zurück. »Du siehst heute fröhlich aus. Und ich würde dich gern öfter wieder so sehen. Komm mit deinem Sohn zu uns. Wann immer und wie lange du möchtest. Du bist immer willkommen.«

»Mator und ich streiten schon viel weniger. Mach dir keine Sorgen, es geht mir gut«, antwortet sie und drückt meine Hand. »Aber erst mal werden wir dich aus der Schande, in der du gerade lebst, befreien.«

Kopfschüttelnd lasse ich sie frei und auch sie geht aus Ilarias Zimmer.

Gemeinsam mit Honoria verlasse ich das Haus durch den Hintereingang, damit die Gäste mich nicht sehen können, bevor die Zeremonie beginnt.

»Vielleicht ist heute nicht der richtige Zeitpunkt«, sagt Honoria, während wir ums Haus herumgehen. »Aber Cyr war gestern bei mir. Das Frühjahr naht und er möchte es nicht nur nutzen, um neue diplomatische Beziehungen zu unseren Nachbarländern aufzubauen, sondern ihnen dabei helfen, Wasserspeicher zu bauen und ihre Landwirtschaft unseren Standards anzupassen. Weil das ohne die Segnung schwere Arbeit ist, hat er mich gefragt, ob ich mir vorstellen könnte, einen Tempel in Tritevo zu errichten.«

Überrascht bleibe ich stehen und auch die Hohepriesterin stoppt. »Was sagt die Göttin dazu?«

»Sie sagt, die Zeit dazu wäre gekommen.«

»Wirst du es tun?«

Honoria legt mir eine Hand auf die Schulter und der goldene Träger meines Kleides drückt kühl gegen meine Haut. »Würdest du mir dabei helfen?«

Ich lache verlegen. »Ich liebe diese Idee, aber wie soll ich das tun, so ganz ohne Segnung?«

»Die Schülerinnen im Tempel müssen so viel mehr lernen als ihre Segnung. Lesen, schreiben, Geschichte. Die Liste ist lang.«

Am liebsten würde ich sofort Ja sagen, doch es ist eine Entscheidung, die nicht nur mich betrifft. »Euer Angebot schmeichelt mir. Ich denke darüber nach.«

Wir setzen uns wieder in Bewegung und treffen vor dem Haupteingang auf Cristan.

Er mustert mich eingehend und umfasst meine Hände. »Wie ist es möglich, dass jemand gleichzeitig die größte Kriegsheldin und die schönste Frau Palentes ist?«

»Wie ist es möglich, dass jemand General ist und sich immer von Mädchen verprügeln oder retten lässt?«

»Schlimm genug, lass mich nicht auch noch die Wortgefechte verlieren.«

Ich löse meine Hände und schlinge sie um seinen Hals. »Ich liebe dich.«

»Und ich dich.«

Honoria räuspert sich. »Seid ihr bereit?«

Grinsend nicken wir. Die Wache öffnet die Tür und Honoria verschwindet dahinter.

Es ist eigentlich wirklich nicht der Moment dafür, aber ich kann die Frage einfach nicht zurückhalten. »Könntest du dir vorstellen, eine Weile im Norden zu leben?«

»In Alibal?«

»Nicht ganz. Tritevo.«

Cristan sieht mich an, als hätte ich gerade sein dunkelstes Geheimnis gelüftet. »Mach dir keine Sorgen. Was auch immer du gehört hast, ich habe das Angebot noch nicht angenommen. Das würde ich nie, ohne vorher mit dir zu sprechen.«

Die Wache nickt uns zu, ich bedeute ihr mit einem Handzeichen, dass wir noch etwas brauchen. »Ich habe gar nichts gehört. Welches Angebot?«

»Cyr hat mich gefragt, ob ich für eine längere Aufbaumission nach Tritevo gehen würde. Ich habe ihm gesagt, dass ich noch etwas Zeit brauche, um mich zu entscheiden. Und eigentlich wollte ich erst nach der Hochzeit mit dir darüber reden.«

»Würdest du gern gehen?«, frage ich ihn. Er zögert und eigentlich ist das schon Antwort genug. »Ich habe nämlich auch ein Angebot und würde es gern annehmen.«

»Immer wenn ich denke, du kannst mich nicht mehr überraschen, tust du es wieder.«

»Heißt das, wir gehen?«

Er umfasst mein Gesicht und beugt sich zu mir. »Das heißt es.«

Wir tun, als würden wir die gestikulierende Wache nicht sehen und küssen uns, bevor wir uns schließlich voneinander lösen und ebenfalls durch die Tür treten.

Der Empfangssaal sieht wunderschön aus. An den Wänden hängen lange Stoffbahnen. Auch sie tragen die Farbe des Nordklangs und sind ebenfalls mit dem Familienwappen und Wellen bestickt. Der Boden des Mittelgangs ist übersät mit Rosenblättern, und Cristan und ich setzen unsere nackten Füße darauf. Es wird nicht jeden Tag in unserem Leben Rosen regnen und wir werden nicht jeden Tag so glücklich sein wie heute. Wir werden uns nie für ein einfaches Leben entscheiden, sondern für eines, in dem wir Kämpfe auszufechten haben. Aber es wird ein volles Leben, eines, das es sich zu leben lohnt. Es ist das Versprechen nach mehr, das ich vom ersten Augenblick in seinen Augen gesehen habe.

Danksagung

Der Startschuss zu »Blessed & Broken« ist im ersten Lockdown gefallen. Schreiben, Homeoffice und Homeschooling unter einen Hut zu bringen, war nicht leicht, aber zum Glück war ich damit nicht allein. Denn zu dieser Zeit hat sich die #frühschreiben Gruppe auf Instagram gebildet und wir sind gemeinsam früh – oder sagen wir besser sehr früh – aufgestanden, um unser Schreibsoll zu erfüllen, bevor der Alltag uns vereinnahmt. Ohne die Motivation meiner Kolleg:innen dort, hätte ich wohl nicht so viel geschafft. Ich drücke euch alle!

Ein riesengroßes Dankeschön geht an meinen Agenten Klaus. Nachdem ich versprechen musste, dass trotz des altertümlichen Settings niemand im Buch Felle tragen wird, hat er sich sofort an die Arbeit gemacht und ein liebevolles Zuhause für meine Geschichte gesucht.

Und das hat »Blessed & Broken« bei Moon Notes gefunden. An dieser Stelle möchte ich mich herzlich bei Maren von Oetinger bedanken, die an das Projekt geglaubt hat und dafür gesorgt hat, dass ich mich bei Moon Notes bestens aufgehoben fühle. Doch der Text wäre nicht, was er heute ist, ohne meine geniale Lektorin Yvonne, mit deren Hilfe ich das ganze Buch einmal komplett auf den Kopf gestellt habe. In diesem Lektorat habe ich echt geschwitzt, aber es hat sich gelohnt. Danke für deinen Input und dein Auge für all die Details, die ich selbst nicht sehe.

Danke an all die Blogger:innen und begeisterten Leser:innen. Ich freue mich immer wahnsinnig über eure Rezensionen, Bilder und Rückmeldungen. Ihr glaubt gar nicht, wie viel mir jede einzelne Nachricht bedeutet.

Aber die wichtigste Person fehlt hier. Du! Danke, dass du zu diesem Buch gegriffen hast und dich gemeinsam mit Livia und Cristan auf die Reise begeben hast. Und weil das für mich nicht selbstverständlich ist, sage ich es noch einmal lauter: DANKE!